幸存女孩

Final Girls

[美] 赖利·塞杰（Riley Sager）——著　刘丽洁——译

湖南文艺出版社
HUNAN LITERATURE AND ART PUBLISHING HOUSE

博集天卷
CS-BOOKY

图书在版编目（CIP）数据

幸存女孩 /（美）赖利·塞杰（Riley Sager）著；刘丽洁译 . — 长沙：湖南文艺出版社，2018.3
书名原文：Final girls
ISBN 978-7-5404-8472-9

Ⅰ . ①幸… Ⅱ . ①赖… ②刘… Ⅲ . ①长篇小说—美国—现代
Ⅳ . ① I712.45

中国版本图书馆 CIP 数据核字（2017）第 330943 号

著作权合同登记号：图字 18-2017-250

FINAL GIRLS © 2017 by Todd Ritter
Simplified Chinese language edition published in agreement with Kuhn Projects LLC through The Artemis Agency.

上架建议：畅销·外国文学

XINGCUN NÜHAI
幸存女孩

著　者：	［美］赖利·塞杰（Riley Sager）
译　者：	刘丽洁
出 版 人：	曾赛丰
责任编辑：	薛　健　刘诗哲
监　制：	蔡明菲　邢越超
策划编辑：	马冬冬　刘宁远
特约编辑：	蔡文婷
版权支持：	辛　艳
营销支持：	李　群　张锦涵　姚长杰
版式设计：	潘雪琴
封面设计：	殷　舍
出版发行：	湖南文艺出版社
	（长沙市雨花区东二环一段 508 号　邮编：410014）
网　址：	www.hnwy.net
印　刷：	北京京都六环印刷厂
经　销：	新华书店
开　本：	880mm × 1230mm　1/32
字　数：	320 千字
印　张：	12
版　次：	2018 年 3 月第 1 版
印　次：	2018 年 3 月第 1 次印刷
书　号：	ISBN 978-7-5404-8472-9
定　价：	49.80 元

若有质量问题，请致电质量监督电话：010-59096394
团购电话：010-59320018

致迈克

目录
Contents

第三部

噩梦延续

"我从来没有对你说过谎，昆西。一次都没有。"

"可是，你并没有把全部事实告诉我，"我说道，"我只是想了解真相而已。"

第四部

最后的女孩

我看见刀在他手中举起，我看见他模糊的眼镜，镜片后面，他那双大睁着的迷惑不解的眼睛里充满恐惧。对我的恐惧。

第一部

松林小屋的印记

　　"幸存下来是一种荣耀，"她曾经对我说过，"也是一种恩赐。因为我们经历过，并且活了下来，我们有能力给其他经受痛苦的人带去一些鼓励。"

松林小屋
凌晨一点

这是一片长着爪牙的森林。

昆西尖叫着穿过树林，她被那些尖锐的岩石、荆棘和树枝刮得生疼。但她并没有停下脚步。即便碎石子刺进她光着的脚底板，即便细细的树枝像鞭子般抽到她脸上留下一道血痕，她也没有停下来。

绝对不能停，停下就意味着死亡。于是她继续奔跑，虽然脚踩到的都是荆棘，那些刺深深扎进肉里。不过，在昆西强烈的求生意志面前，那些荆棘也只能颤抖着让开路来。就算被刺扎疼，她也感觉不到，因为她的身体承受着比这严重无数倍的疼痛。

她这样狂奔是出于本能。一股莫名的力量驱使着她，无论如何也要继续往前跑，她甚至已经忘了自己为什么要这样跑。她记不起十五分钟之前发生的事情，甚至连十分钟、五分钟之前的事情都不记得。到底是什么原因促使她在森林里飞奔，这段记忆一定生死攸关。她只能确定，如果不跑，自己就会丧命在这片森林当中。于是，她继续往前跑，尖叫着，努力不去想死亡的事情。远处出现一道白光，在苍翠的地平线处若隐若现。

是车灯。

难道快到公路上了？昆西希望如此。她的方向感也跟记忆一样丧失不见了。

她加快脚步，提高喊声，朝着车灯的方向跑去。

又一根树枝抽打到她脸上。这根树枝有擀面杖粗细，抽在脸上比第一根要疼得多，差点让她晕厥过去。就在疼痛传导到大脑的那一瞬间，她模糊的视线里忽然闪过一道蓝光。它们变得越来越清晰，她看见汽车大灯前面站着一个人影。

一个男人。

他。

不，不是他。

是别人。

安全了。

昆西快速平复自己的情绪，伸出血迹斑斑的双臂，仿佛这样就能把这个陌生人拉得更近。这个动作让她肩部的疼痛变得异常剧烈。剧痛虽然没有让她恢复记忆，却让她意识到一个残酷的现实。

其他人都死了。

她是最后唯一的幸存者。

第一章

杰夫打来电话的时候，我手上全是糖霜。虽然尽了最大努力，我还是让那些法式奶油沾到了手指上，还弄到了手指之间的绷带上面，像糨糊一样黏糊糊的。我的双手只剩一根小拇指没有受伤，我都是用它来按下手机的免提键。

"卡彭特 & 理查德私家侦探社，"我模仿着黑色电影里秘书那种气声很重的发音说道，"您要接通哪个电话？"杰夫顺着我的发问往下演，他用介于罗伯特·米彻姆[1]和达纳·安德鲁斯[2]之间硬汉式的腔调说道："请连线卡彭特小姐，我需要马上跟她通话。"

"卡彭特小姐正在忙一个很重要的案子。需要我留言给她吗？"

"需要，"杰夫说道，"告诉她，我从芝加哥飞过来的航班延误了。"

我的脸沉了下来："哦，杰夫，真的吗？"

"是啊，抱歉，从刮大风的城市飞出来实在太危险了。"

---

1. 罗伯特·米彻姆（Robert Mitchum），美国男演员，以主演黑色电影著称。1999 年被美国电影学会选为百年来最伟大的男演员第 23 名。
2. 达纳·安德鲁斯（Dana Andrews），美国电影演员，有一定歌唱基础。

"延误多长时间？"

"那可说不好，短则两小时，长则要到下周了吧，"杰夫说道，"我倒希望它多延误几天，正好让我躲开刚开始的烘焙季。"

"你不会那么走运的，朋友。"

"顺口问一句，你最近怎么样啊？"

我低头看着自己的双手："一团糟。"

烘焙季是杰夫对十月上旬到十二月末那段时间的特称，接连不断的假期里总是充斥着让人腻歪的甜点，他每次提起这事，都会一副很丧气的样子，抬起手把手指舞动得像蜘蛛腿一样。

讽刺的是，让我双手沾满糖霜的，恰恰是一只蜘蛛。这只蜘蛛由纯黑巧克力糖霜制成，它的腹部紧贴着一个纸杯蛋糕的边缘，黑色的蜘蛛腿从蛋糕顶部一直耷拉到蛋糕底部。我做完这些蛋糕以后，会把这些蛋糕摆好、拍照，上传到我的网站的万圣节烘焙创意专区上去。今年的主题是"美食的复仇"。

"机场情况如何？"我问道。

"拥挤不堪。不过，我想我还是能活着挤到航站楼的酒吧去。"

"如果延误情况加重，记得给我打电话，"我说道，"我会披星戴月地赶过来的。"

"然后像风一样烘焙起来。"杰夫答道。

挂断电话，我又回到我的糖霜蜘蛛和它所覆盖的巧克力樱桃蛋糕跟前。如果做得成功，第一口咬下去，它红色的心儿应该就会溢出来。不过，我待会儿再做这个测试，现在，我主要的注意力还在外部。

装饰蛋糕并没有想象中那么容易，尤其是在你的劳动成果要被放到网上，让成千上万人评论的情况下，绝不允许出现一点闪失。在网络高清图片里，一点小瑕疵就会被放大数倍。

细节决定成败。

这是我的个人主页写的"十条金科玉律"之一，处在"量杯是你的挚友"和"不要害怕失败"之间。我做完第一个蛋糕，正着手做第二个蛋糕的时候，电话再次响起。这一次，我的两只手甚至已经找不到一根干净的手指，于是不得不忽略来电。电话一直在厨房工作台上振动着响个不停。过了好久，它才安静下来，过了一会儿，响起一声信息提示音。

是一条短信。

好奇到底是什么消息，我放下冰袋，把双手擦干净，拿起电话。是库珀打来的。

我们需要谈谈，面对面谈谈。

我的手指停在手机屏幕上。库珀开车花了三小时才来到曼哈顿，之前他早就在计划这趟行程，终于在关键时刻过来了。

我回复短信："什么时候？"

他几乎立刻回复短信："现在，老地方。"

我感觉自己脊梁下面升起一阵忧虑。库珀已经到那里了。

这只能说明一件事—— 出问题了。

离家前，我草草履行了跟库珀见面通常要走的那些流程：刷牙、抹口红，匆匆拿出一小片阿普唑仑[1]，直接拿着瓶装葡萄味苏打水把这个蓝色的小药丸冲服下去。

在电梯里，我才想到自己应该换身衣服。自己身上依然是烘焙甜点时的行头：黑色牛仔裤，上搭杰夫的一件旧开衫，里面是红色打底衫。衣服上有许多面粉和彩色奶油的痕迹。我注意到自己的手背上还沾着一块干了的糖霜，皮肤上隐约可见蓝黑色的污渍，看起来像一块瘀青。我赶紧把它抠掉。

走出大楼，就是82街。我右拐往哥伦布广场的方向走去，行人摩肩接踵，看到那么多陌生人，我的身体不由得紧张起来。我停下来，把手伸进手

---

1. 阿普唑仑，一种抗焦虑药物。

提包，去找里面装着胡椒喷雾剂的罐子。有这么多人自然是安全的，但是也存在着不确定性。摸到胡椒喷雾剂罐之后，我才继续往前走，脸上带着一种"别惹我，烦着呢"的表情。

虽然太阳出来了，但空气中还是充满寒意。尤其在十月上旬的纽约，天气总是忽冷忽热、变幻不定。不过，秋天显然已经迅速来临。西奥多·罗斯福公园映入眼帘，里面的树叶已经变得黄绿相间。

透过树叶，依稀能看到美国自然历史博物馆的后墙，在清晨，那边拥入许多小学生，他们叽叽喳喳的声音如同鸟鸣般回荡在林间。有一个孩子尖叫的时候，其他孩子反倒安静下来。那一瞬间，我忽然僵立在人行道上，让我紧张的不是那个孩子的尖叫，而是其他孩子的沉默。不过，很快，其他孩子的声音再次响起，我也平复下来。我继续走着，朝着博物馆以南两个街区的一家咖啡馆走去。

我们的老地方。

库珀已经在靠窗的一张餐桌前等我，看起来跟往常没什么两样。那张棱角分明、粗犷的脸庞，在安静的时候会显得有些忧郁，现在便是如此。身材高大厚实，一双宽厚的大手，手指上的结婚戒指换成了红宝石戒指。唯一明显的变化是他的头发，一绺一绺顺从地贴着头皮。

每次会面我都会得知更多灰色的消息。

虽然咖啡馆已是人满为患，他的出现还是引起了咖啡馆里那些老女人和喝咖啡的雅痞的注意。当然，这跟一个全身制服的警察出现在咖啡厅令顾客紧张不安截然不同。他身上穿着平整的蓝衬衫，还有笔挺的黑色西裤。库珀魁梧的身形和一眼就能看出来的成块肌肉，让他的身材更显壮硕。我进门的时候，看到他立刻抬起头来。我在他的眼睛里看到疲惫。他一定是结束三班倒的工作后，直接开车来这里的。

桌子上已经摆好两个杯子，加了牛奶和双份白糖的伯爵茶是给我的，他自己的是一杯不加糖的黑咖啡。

"昆西。"他点着头说道。

每次都是这样打招呼，点头在库珀看来就代表握手。除了我们初次相遇的那个晚上，我绝望地抱着他，之后我们再也没有拥抱过。后来，无论我们见过多少次面，当时的那一幕始终萦绕脑际，像记忆中一个无法抹去的圆环。

"她们死了。"我一边紧紧抱住他，一边抽泣着说道，这些字从我喉咙里一个一个滚出来。

"她们都死了。他还在那里。"

十秒钟后，他救了我的命。

"真是很意外。"我说着坐了下来，声音中有一丝惶恐，我努力掩饰这种惶恐。不知道库珀为什么给我打电话，不过，如果是坏消息，我希望自己能够平静地面对它。

"你看起来还不错，"库珀边说边漫不经心地打量着我。如今，我已经习惯了他的这种眼神。"不过你好像瘦了点。"

他的语气中带着焦虑。松林小屋事件发生半年以后，我得了厌食症，最后回到医院，被迫接受输液。我记得自己一醒来，就看见库珀站在病床前，两眼直勾勾地盯着我鼻子上缠着的塑料软管。

"别让我失望，昆西，"他说，"那天晚上你都活过来了，可不能这样死掉啊。"

"哪儿瘦了，"我说道，"我后来才知道，我不用把自己烘焙的每个甜点都吃掉。"

"那个进展得怎么样？你的烘焙事业？"

"很好，真的。上个季度，我的粉丝数达到五千人，而且又得到一家公司的赞助。"

"太棒了，"库珀说道，"很高兴听到你一切都好。哪天你可得给我烘焙点好吃的。"

跟点头一样，这是库珀的另一个习惯。他经常这么说，但并不是认真的。

"杰斐逊[1]怎么样？"他问道。

"他挺好的。公共辩护律师办公室刚刚把他升为首席大律师，专门负责有挑战性的大案子。"

我跟他讲了杰夫接手的一个案子，一名男子被指控因枪支走火而杀死一个吸毒的警探。

库珀已经开始关心杰夫的工作了。没必要让我们本就复杂的事情变得更复杂。

"对他来说挺好的。"他说道。

"他两天前就走了，不得不飞到芝加哥去采集家庭成员的证词，说这样有助于争取陪审团的同情。"

"嗯。"库珀漫不经心地答道，他似乎并没有在听我说话，"我猜他已经向你求婚了吧。"

我摇摇头。我对库珀说，我想杰夫会在今年八月我们去外海岸度假的时候向我求婚，不过，现在还没有动静。这才是我最近消瘦的真实原因。我变成了那种为了想象中的婚纱开始跑步减肥的女孩。

"还得等。"我说道。

"那一天会来的。"

"你呢？"我试探性地问道，"你找到女朋友了吗？"

"没有。"

我皱了下眉头。"男朋友呢？"

"我这次来是专门为了你的事情，昆西。"库珀说道，他并没有被我的玩笑逗笑。

---

1. 杰斐逊，即杰夫。

"当然。好的，有什么你就问吧，我都会回答。"

我们的见面就是这样，哪怕一年有一次、两次甚至三次，都不例外。

很多时候，我们的见面就像心理治疗课程，我从来没有机会向库珀提出自己的问题。我只能了解到一些他的基本情况。他今年41岁，当警察前曾在海军服役。发现在林中尖叫的我之前，他充其量只能算是个菜鸟警察。我只知道，在发生那些可怕的事情之后，他依然在那个小城巡逻，我不知道他是否开心，对自己的状态是否满意，或者是否感到孤独。我从没在假日里接到过他的电话，甚至连一封圣诞贺卡都没有收到过。九年前，在我父亲的葬礼上，他坐在讲堂最后一排的长椅上，没等我向他道谢，他就早早溜了出去。他最接近真情流露的时候，是在我的生日，他给我发了条短信："你差点就错过的又一年。好好活着。"

"杰夫会说出来的，"库珀又一次左右了谈话的方向，"我猜，他会选择圣诞节，男人喜欢趁这样的时机求婚。"

他喝了一大口咖啡，我则小口啜饮着我的茶，把眼睛闭上一小会儿，希望黑暗能让我仔细品味伯爵茶的醇香。可是，我感受到的却是比刚进咖啡厅时更浓重的焦虑。

我睁开眼睛，正好看见一名穿得很漂亮的女孩子走进咖啡厅，她领着一个同样穿得很漂亮的小孩。或许她是一个靠帮人带孩子换取住宿的互惠生。

这片街区多数30岁以下的女子都是互惠生。在阳光明媚暖和的日子里，人行道上随处可见她们的身影——对那些刚刚走出大学，揣着闪亮文凭和学生贷款的互惠生女孩来说，这里就是天堂。这个女孩之所以引起我的注意，是因为我们看起来好像，面孔光洁，样子清新。金色的长发扎成一个马尾，身材不胖也不瘦，一看就是中西部的丰饶土地和新鲜牛奶养大的一代。

如果没有松林小屋，没有鲜血，没有噩梦中才会出现的变了颜色的裙子，我的生活会是截然不同的另一番景象。

每次见到库珀，我都会想到这一点。那时他认为我的裙子是红色的，他用步话机通知同事前来支援的时候，小声告诉他们。它出现在警察局的口供记录上（这份记录我看过很多次），也出现在调遣录音上（我想办法听到过一次）。

有人在林子里跑。高加索裔女性，年纪不大。她穿着一条红色的裙子，她在尖叫。

在林子里跑的人是我，确切地说，是在飞奔。踩着落叶，对浑身的疼痛全然不觉。虽然我能听到的只有自己心脏咚咚跳动的声音，但我知道自己在尖叫。库珀只有一个细节没有搞对，就是我裙子的颜色。一小时以前，它还是白色的。

上面的红色一部分是我自己的血，剩下的属于其他人，主要是贾内尔，我受伤之前，曾经拥着她。

我永远忘不了，库珀发现自己搞错了之后脸上的表情。微微睁大的双眼，张成长方形的嘴巴，努力不让嘴张得更大，但还是忍不住倒吸一口冷气，三分震惊，一分怜悯。

这是我能回忆起的为数不多的细节。

我在松林小屋的经历断裂成两个部分。开始的一段，是恐惧夹杂着惶惑，我看到贾内尔跌跌撞撞地走出林子，好像是快不行了。然后，也就是最后，库珀发现穿着被血染成红色的裙子的我。

在这中间发生的事情，我一点都记不起来，脑子里一片空白。这一小时的时间，仿佛被完全删除了一般。

医学上把这种现象称为"分离性遗忘"，更通俗的叫法是"记忆抑制效应"。简单来说，就是我所经历的那些恐怖的事情，已经超出了脆弱的内心能够承受的范围。所以我的大脑自动删除了这段记忆，相当于是自己给自己实施了前脑叶白质切除术。

当然，人们并不会因此停止对我的追问，他们都迫切地想知道究竟发生了什么。心怀善意的家人、被误导的朋友、满脑子书本案例的精神科医生，他们都会对我说，想想吧，好好想想，究竟发生了什么。仿佛这样就能让悲剧反转似的，仿佛只要我回想起那些血淋淋的细节，就能让我的其他朋友起死回生似的。

不过，我还是在努力，治疗、催眠，甚至还经历过一种荒唐的感官记忆游戏，我被蒙住眼睛，一位专家拿着几张带香味的纸放到我鼻子跟前，问我对每张纸有何感觉。我的大脑里一片空白，那一小时是我记忆中被完全删除的一个黑洞，除了尘埃，什么也没有留存。

我能理解那种渴望了解更多信息、更多线索的冲动。但是，在这件事上，我宁可不要知道细节。我知道松林小屋里发生过什么，无须确切知道它究竟是怎么发生的。因为在这件事上，太多的细节，也可能意味着一种干扰，会妨碍人们认清事实的真相。就好比一位做了气管切除手术的患者，为了掩饰手术的伤疤，而戴上一条艳俗的项链。我不打算去掩饰自己的伤疤，我只是想假装它不存在而已。

在咖啡馆，我依然在假装，仿佛这样库珀就不会把一个装满坏消息的手榴弹扔到我怀里一般。

"你这次过来是出差吗？"我问道，"要是你待的时间长，杰夫和我很想请你吃顿饭。我们三个人似乎都觉得去年去过的那家意大利餐厅还不错。"

库珀望着桌子对面的我。他眼睛的颜色是我见过的最浅的蓝色，比我之前吞下的消融在中枢神经系统里的药丸的颜色还要浅。但并不是那种让人放松的蓝。

他的眼神中透出一种压力，迫使我不敢长时间正视他的眼睛，不由自主地把目光移向别处，尽管我很想深深地看进去，仿佛能从里面窥探到它后面隐藏的真实想法。那是一种激烈的蓝—— 那种你渴望寻求保护的人所拥有的蓝色眼睛。

"我想你知道我为什么来这里。"他说。

"坦率地说，我并不知道。"

"我有一些坏消息，还没有透露给媒体，但他们会知道的，很快。"

他。

这是我的第一想法。一定是跟他有关的消息。

虽然自己亲眼看到他死去，但我的大脑还是自动闪回到那个不易察觉的终极领域，他从库珀的子弹下逃生，藏匿多年，现在抱着找到我的企图重出江湖，完成他没有做完的事情。

他还活着。

我感觉自己的胃里充满了焦虑，沉重的、挥之不去的焦虑。仿佛胃里正在形成一个篮球大小的肿瘤，我忽然想要小便。

"不是这个。"库珀说道，他很容易就猜出我在想什么。

"他离开了，昆西，我们都知道的。"

听起来虽好，但这并没有让我得到丝毫放松。我已经不自觉地把手攥成拳头，敲击着桌面。

"请告诉我到底是什么坏消息。"

"是丽莎·米尔纳。"库珀说道。

"她怎么了？"

"她死了，昆西。"

这个消息差点让我背过气去。我想我一定在大声喘气。我不确定，因为脑海中已经浮现出她那无力的喊声。

我想帮你，昆西。我想教你怎么做最后的女孩。

我顺从了她的意思，至少当时是这样。我以为她最知道该怎么做。而现在，她走了。

现在，只剩下我们两个人。

第二章

丽莎·米尔纳版本的松林小屋事件，发生在印第安纳州的一所女子俱乐部。很久以前的一个二月的夜晚，一个名叫史蒂芬·利伯曼的男子敲响了她的大门。他是一个辍学了的大学生，跟父亲住在一起。他是个胖子，肥乎乎的黄脸让人想起鸡的脂肪。

开门的女子俱乐部姐妹，发现他拿着一把猎刀，站在前面的台阶上。一分钟之后，她就死了。利伯曼把尸体拖到里面，锁上门，切断电源和电话线。接下来，是长达一小时的杀戮，夺走了九个年轻女孩的性命。

丽莎·米尔纳差点成为第十个。

在凶手施暴的过程中，她跑到一个女子俱乐部姐妹的卧室，独自藏在一个衣橱里面，紧紧抱着那些并不属于自己的衣服，祈祷那个疯子不要发现自己。

可最终，他还是发现了。

直到史蒂芬拽开衣柜的门，丽莎才抬起眼睛看他。她首先看到的是那把刀，然后才是他的脸，但刀和脸都在滴血。肩上被刺了一刀之后，她打算用膝盖踢他的下体，然后趁机逃出房间。当她冲过第一道门，正打算往大门跑去的时候，利伯曼抓住了她，并再刺了她一刀。她的胸部和腹部一共有四处刀伤，手臂也在她抬起胳膊准备自卫的时候被刺伤，留下一道五英寸长的伤口。如果再多一刀，她恐怕就要丧失性命。可是，因剧痛和失血过多而差点晕厥的丽莎，还是抓住利伯曼的脚踝，让他摔倒。猎刀掉到地上，丽莎趁机抓住刀子，把它深深插进他的下腹。史蒂芬·利伯曼流着血倒在她旁边的地板上。这就是那些人想知道的细节，不是他们的血，所以鲜血横流对他们来说不算什么。

这些发生的时候，我只有七岁。这是我第一次记得自己关注新闻上的东西。我没法儿不去看，尤其是当母亲站在电视前，用一只手捂住自己的嘴，不停重复着"天哪，我的天哪"时。

在电视上看到的，让我恐惧，让我迷惑，也让我不安。那些哭泣的旁观者，那些盖着油布裹着黄色带子的担架，穿过大门。那些四溅的血迹，在印第安纳的白雪上显得分外刺眼。直到这一刻，我才意识到这个世界上存在着邪恶的人，会干出邪恶的事情。

我开始哭，父亲抱起我，把我带到厨房。等我的泪水干成盐渍，他把一个大碗放在餐台上，并往里面倒入面粉、糖、黄油和鸡蛋。他会给我一只勺子让我搅拌，好让它们混合在一起。这就是我的第一节烘焙课。

他对我说，昆西，有一种状态叫作放糖过多。所有好的烘焙师都知道，需要掌握合适的配比。深色的、苦味的、酸味的东西。无糖巧克力、小豆蔻、肉桂、柠檬汁和酸橙汁。他们会尽量控制糖的用量，合理调配。这样，当你品尝到一点点甜味，反而会更喜欢它的味道。

现在，我嘴里唯一的味道就是一种干涩的酸味。我又往茶里倒了些糖，然后一饮而尽。但这也无济于事，糖会抵消阿普唑仑的药效，不过药最终还是开始起作用了。它在我身体里左冲右突，让我感到烦躁不安。

"什么时候的事？"我问库珀，最初的震惊已经渐渐减退成一种持续的怀疑，"情况到底是怎样的？"

"昨天晚上。曼西市的警探在半夜时分发现她的尸体，她是自杀的。"

"我的天哪。"

我的声音好大，引起了旁边那个互惠生样貌的女孩的注意。她把眼光从苹果手机上抬起，歪着脑袋的样子好像一只西班牙猎犬。

"自杀？"我说，这个词让我的舌头变得更苦，"我以为她很幸福呢。我的意思是，她看起来很幸福的样子。"

丽莎的声音还在我脑海中回响。

你无法改变已经发生的事情。你唯一能掌控的，就是自己对待它的方式。

"他们在等着毒物检测报告出来，看看她有没有过量饮酒或者吸毒。"库珀说道。

"这么说来，这有可能是一次意外？"

"不是意外，她的手腕上有伤口。"

那一刻，我的心脏几乎停止跳动。我能意识到那个本该搏动而没有搏动的瞬间产生的空隙。接着，悲伤迅速涌入这空隙，我感到一阵眩晕。

"我想知道细节。"我说道。

"你没必要知道，"库珀说道，"这不会改变任何事情。"

"这也是信息，总比蒙在鼓里要好。"

库珀紧盯着自己的咖啡，仿佛是查看自己明亮的眼睛在咖啡中的影子。最后，他说道："我所知道的情况是：丽莎在十一点四十五分左右拨打了911急救中心的电话，而且显然是经过一番考虑之后才打的电话。"

"她说什么了？"

"什么也没说。她刚一拨通就把电话给挂了。"接线员根据号码追查到她的地址，并派了两位工作人员到她家查看。门没有锁，他们就直接进去了。她就是在这个时候被发现的，在浴缸里，身边的电话机浸泡在水里，可能是从她手里滑落的。

库珀望向窗外。我能看出，他有些疲惫。他无疑是担心有一天我也会试图做出同样的举动。不过，我其实从来没有萌生过自杀的念头，甚至在我被送到医院，浑身上下插满管子的时候都没有。我把手伸到桌子对面，想去握他的手，可他还没等被我抓住，就把手抽走了。

"你是什么时候得到消息的？"我问道。

"几小时前。从印第安纳州立警察局的一个熟人那里得知的消息。我跟那个熟人一直保持着联系。"

我没必要再去追问库珀怎么会认识印第安纳州立警察局的警察。毕竟，不只是我这样的杀戮案件幸存者才需要社会支持系统。

"她觉得有必要提醒你一下，"他说，"让你表个态。"

当然，他指的是媒体。在我眼中，他们就像贪婪的秃鹫，嘴里叼着猎物的内脏。

"我不会接受他们采访的。"

我的话再次引起了那个互惠生的注意，只见她抬起头，挑了下眉毛。我一直盯着她，直到她把苹果手机放到桌上，假装逗弄自己看护的婴儿车里的孩子。

"你是没有这个义务，"库珀说道，"但是你至少可以考虑表达自己的哀悼之意。否则，这些小报的记者会像猎狗一样随时追踪着你。你还不如在他们追到之前，先抛块骨头给他们。"

"我为什么一定要说？"

"你知道为什么。"库珀说道。

"为什么不能让萨曼莎说呢？"

"因为她依然下落不明。销声匿迹这么多年，我怀疑她迟早会出来的。"

"幸运的女孩。"

"你不一样，"库珀说道，"所以这也是我为什么要过来，亲自把消息告诉你的原因。现在，我知道我不能强迫你去做你不想做的事情，但尝试着开始友好地对待媒体，这总不是坏事。丽莎不在了，萨曼莎也不知所踪，你是他们能找到的唯一的亲历者。"

我把手伸进手提包，拿出我的手机查看。很平静，没有新的来电，也没有新的短信。只有几封跟工作相关的电子邮件，我今天早上还没抽出时间来打开。我合上手机。这算是一个小小的缓兵之计。不管怎样，媒体终究会找到我的，库珀说得没错。

他们肯定会纠缠不休，从我这个唯一能联系到的"最后的女孩"那里套出只言片语。

毕竟，我们——"最后的女孩"——本身就是他们塑造出的形象。

"最后的女孩"是影迷们对一部恐怖片中活到最后的那个女孩的称呼。至少他们是这样告诉我的。在松林小屋事件之前，我从来不喜欢看恐怖片，因为那些假的血，那些橡皮做的刀，还有那些尽干蠢事的主人公，会让我暗暗觉得他们本来就该死。

可是，发生在我们身上的不是恐怖片，是真实的生活，我们的生活。那些血不是假的，那些刀子是钢的，噩梦般锋利。而那些死去的姑娘，根本就不应该丧命。

我们几个只是喊得更大声，跑得更快，挣扎得更用力，所以活了下来。

我不知道丽莎·米尔纳开始怎么得到那个别称的。或许是因为中西部地区的某个报纸——在距离她家不远的地方。一些记者极力想给女子俱乐部谋杀案加上一些噱头，这个别称就是他们的成果。而向来喜欢兴风作浪的网络，正好发现了它，于是把它传播开来。媒体迅速趋之若鹜地转载来吸引眼球，一开始是小报，然后是大报，后来到杂志。

没过几天，消息便传遍大街小巷。丽莎·米尔纳不仅是谋杀案的幸存者，她更成了恐怖片里的"最后的女孩"。

四年后，萨曼莎·博伊德碰到同样的遭遇，八年后，轮到我了。虽然这些年来各种谋杀事件时有发生，但没有哪个像我们这样引起关注。从某种意义上来说，我们是惨烈命案的罕见存活者，是浑身沾满鲜血的妙龄少女。所以，我们每个人都被外界当作稀有而奇异的物种，如同每隔十年才张开炫目羽翼的美丽小鸟，抑或是一开花就会散发出腐肉般臭味的怪异花卉。松林小屋事件发生后的几个月里，外界对我的关注由善意渐渐演变成猎奇，有时二者兼而有之。比如，我收到一对膝下无子的夫妇写给我的信，说要帮我支付大学的学费。我回信婉拒了他们慷慨的馈赠，后来就再也没有收到过他们的来信。

还有的来信则更加烦人，我都记不得有多少次，收到暗黑系男生或者监狱囚犯的来信，说他们想跟我约会，想跟我结婚，想用他们刻着文身的双臂拥抱我。一个内华达的自动化工厂的技工，甚至还主动提出要把我带到他家圈养起来，以防我受到进一步伤害。他的诚恳令我震惊，莫非他真的认为把我圈养起来就是最善良的举动。

接着，我还收到来信，声称我应该被解决掉，遭遇杀害是我的宿命，这封信没有署名，也没写寄件人地址。我把它交给了库珀，以备真有什么关联案件它会成为线索。

我开始感到紧张，糖和阿普唑仑像最近在夜总会嗑的药一样，进入我的身体。库珀察觉到我情绪的变化，说道："我知道这给你带来许多的压力。"

我点点头。

"你想离开这里吗？"

我再次点点头。

"那咱们走吧。"

我站起来的时候，那个互惠生继续假装忙着照顾婴儿车里的宝宝，故意不往我这边看。也许她认出了我，所以才会觉得不舒服。这种事情已经不是第一次发生了。当我跟在库珀后面，从她身旁经过的时候，不小心碰到了她的苹果手机，它掉到地上，她却没有注意到。

我趁机捡起手机把它揣进衣兜里，然后走出餐厅。

库珀走路送我回家，他的身体稍稍比我靠前一些，看起来像一位秘密特工。我俩都不停地扫视四周，留意是否有媒体的人，不过似乎没有。

我们来到大楼下面，库珀站在绛紫色的防雨棚下面。这栋大楼是"二战"前的建筑，高大华丽。我的那些邻居，不是头发染成蓝色的上流社会女士，就是穿着时尚的男同性恋绅士。我相信，每次库珀经过这里，都忍不住好奇，一个经营烘焙博客的女孩和一个年轻公共辩护律师，怎么负担得起上西区这栋高档公寓楼的房租。

事实是，我们负担不起。杰夫那点少得可怜的薪水肯定不够，我从网上挣来的钱也无力承担。这间公寓在我名下，归我所有，买房的钱来自松林小屋案件后的一系列法律诉讼。这些诉讼由贾内尔的继父联合受害者的父母发起，针对可能涉案的每一个人提起诉讼：放任凶手逃逸的精神病院，凶手的医生，那些生产抗焦虑和抗精神病药物的公司（这些药物有可能导致他的精神出现崩溃），甚至包括生产医院病房房门的厂商——房门门锁故障才导致他逃逸成功。

上述机构都遭到法庭的传唤。他们知道，与其跟那些可怜的受害者家属在法庭上对抗，导致负面新闻和恶性公关事件，不如以花上几百万美元为代价来平息风波。有的公司甚至达成庭外和解之后也未能摆脱厄运。一家生产抗精神病药物的公司不得不退市，而凶手所在的布莱克肖恩精神病院也不得不停业长达一年之久。

唯一无法支付赔偿的就是凶手的父母。他们已经因为支付他的巨额医药费而入不敷出。这对我来说倒是无所谓。我可不打算因为他们儿子的罪恶，而去惩罚他老眼昏花、老泪纵横的父母。而且，我从其他诉讼中得到的赔偿已经足够多。我父亲的一个从事会计工作的朋友帮我把一部分钱投资到股市，那时的股票还算便宜。大学毕业以后，我买了这套公寓，那时房地产市场也正在从大崩盘中复苏。这套带有两间卧室、两个卫生间、一个客厅、一个餐厅、一间带早餐台的厨房的公寓，便成为我毕业后一个"过渡性的住处"。我以极低的价格把它买了下来。

"你想上去坐坐吗？"我问库珀，"你还从来没去过我家呢。"

"下次吧。"

这是他的另一个挂在嘴边但并不会成真的口头禅。

"我猜你是急着赶回去？"

"回去还得开很长一段路。你不会有事吧？"

"是的，"我说，"震惊总会过去的。"

"如果有任何需要，给我打电话或者发短信。"

他这句话倒是认真的。自从松林小屋案件发生以后，库珀总是随时准备着放下一切事情过来看我。记得案件发生后的第一个早晨，在痛苦和悲伤中挣扎的我，哭着喊道："我想见那个警官！请让我见他！"结果，他不到半小时就赶过来了。

十年以后，他依然在这里，跟我点头告别。我也跟他回礼告别，只见库珀已经戴上一副雷朋太阳镜遮住自己浅蓝色的眼睛，迈着大步走开，最终消失在行人当中。

回到公寓，我径直走进厨房，又服下一片阿普唑仑，冲下药片的葡萄味苏打水裹着浓浓的甜意，加上之前喝的茶里加的糖，让我的牙齿酸痛起来。可是，我还是继续喝着，又轻轻啜饮了几口，然后把偷来的苹果手机从衣兜里拿了出来。简单查看一番之后，我得知这部手机先前的主人名字叫吉姆，而且她的手机没有任何安全保护措施。我能看到她接打的每一个电话，浏览的每一个网页，收发的每一条短信，包括最近的一条，来自一个叫扎克的方形下巴的家伙。

"今晚出去找点乐子？"

为了捉弄他一下，我给他回了条短信："好的。"

手里的手机响了一下。来自扎克的回信。他发来一张他自己的照片。

挺帅的。

我关上手机，以防对方拨打过来。吉姆的手机和我的可能外形上有些相像，但铃声却是截然不同的风格。接着，我把手机翻过来，盯着它银色的外壳，上面布满了指纹。我把它们擦干净，干净得能从上面看到自己的影子，不过里面的影子是变形的，就像在照哈哈镜一样。

这很适合我。

我用手指抚摩着脖子上一直戴着的金项链，上面挂着一把小小的钥匙，它能够打开厨房唯一一个上锁的抽屉。我故意让杰夫以为，那个抽屉里装的是重要的网络文本。

其实，里面装的是一堆丁零当啷的金属物件儿：一支亮闪闪的唇膏和一只沉甸甸的金手镯，几个勺子，还有一个银色的粉盒，是松林小屋事件发生后，我离开医院时从护士站顺走的。坐车回家的路程显得分外漫长，我一直盯着粉盒镜子里自己的影子，确认自己依然还活着。此时此刻，我端详着镜子里自己有些扭曲的影子，体会到了当时那种安心的感觉。

是的，我还活着。

我把苹果手机扔进抽屉，把它加入我的收藏，然后关上抽屉，锁上小锁，重新把钥匙挂到脖子上。

这是我的秘密，贴在锁骨上感觉暖暖的。

第三章

整个下午，我什么都没干，仿佛在故意躲避那些未完工的蛋糕。它们仿佛就在厨房餐台上盯着我，等着被装饰得像旁边的两块完工的蛋糕一样漂亮。我知道自己应该把它们做完，即便只是出于自我疗愈的目的。毕竟，我网页上列出的第一条语录就是："烘焙比治疗更加有效。"

平时，我还是很相信这条格言的。烘焙确实能帮助我忘记过去的事情。可是，得知丽莎·米尔纳的消息之后，烘焙也不起作用了。

我的情绪低落至极，烘焙也无法让我摆脱忧郁。于是，我来到客厅，翻开未读的《纽约客》杂志和早上的《纽约时报》，试图用漫无目的的阅读来欺骗自己。可是，我却怎么也看不进去。我来到窗户旁边的书架跟前，搬了一把椅子站到上面，去够最顶层书架上摆放的书籍。

那是丽莎的书。

在跟史蒂芬·利伯曼相遇一年以后，她写下了这本书，并将这本书命名为：生存意志：我的伤痛和治愈之旅。这个书名现在反观起来让人好伤心。这本书一度畅销，美国 Lifetime 女性电视频道还把它拍成了一部电视电影。

松林小屋事件之后，丽莎给我寄了一本。她在书中写道："致昆西，跟我一起活下来的了不起的妹妹。无论何时，只要你需要倾诉，我都会陪在你身旁。"这行字下面是她的电话号码，数字写得一丝不苟、整整齐齐。

我从来没有动过给她打电话的念头。我告诉自己，我不需要她的帮助。既然我已经记不得当时的事情，又有什么必要去找她呢？

可是，国内的每家报纸和有线电视新闻网都连篇累牍地报道松林小屋谋杀案凶手的情况，这令我猝不及防。不过，不管是叫"松林木屋"还是叫"松林小屋"，这个标题已经足够耸动。而且，松林小屋后来成了那个被焚烧的夏令营房更正式的名字，由房门顶上镶嵌的一根雪松木而得名。

接下来的几天，除了去参加葬礼，我都深居简出。即便出门，也是去看医生或者参加治疗课程。因为已经有一队记者占领了我家的草坪，我母亲不得不把我从后门接出去，穿过邻居家的院子，然后走到等在相邻街区的一辆轿车上。可就算这样，也没能阻止我高中年报上的照片被媒体登到《人物》杂志的封面上，我那长着青春痘的脸颊上，赫然印着"唯一幸存者"几个大字。

所有人都想得到我的独家专访，于是，记者的电话、邮件和短信可谓络绎不绝。其中有一个知名的女新闻人——我都不屑于点出她的姓名——狠命地拍打我家的大门，我则坐在门背后，后背紧紧抵靠着咔咔作响的木门。

离开之前，她从下面的门缝塞给我一张手写的字条，提出可以付给我十万美元作为参加一次专访的报酬。

我把这张散发着香奈儿五号香水味道的字条丢进垃圾桶。虽然难过到心碎，虽然刺痛的伤口还没有拆线，但我知道这笔交易的价值。媒体试图把我包装成"最后的女孩"。

也许，我本可以处理得更好，可以让自己的家庭生活尽可能少受影响，保持平静。但是，事情并没有这样发展。

父亲的癌症突然复发，而且来势凶猛，他的身体因为化疗变得虚弱不堪，而且经常感到恶心。我本就糟糕的情绪也变得雪上加霜。可是，父亲仍旧在坚持，上一次他差一点就失去我，这一次，他更是要让我知道，他最关心、最在意的事情，就是我是否安好。他每天都要确认我正常吃了饭，睡了觉，并且没有被伤心吞噬。他只是希望我一切都好，虽然他自己一点也不好。最后，我开始相信，自己之所以能够从松林小屋惨案中侥幸逃生，都是因为父亲已经跟上帝签好了协议，要用他自己的生命来交换我的生命。

我相信母亲也有同样的想法，可是，背负着强烈的负罪感，我甚至都不敢问她这个问题。而且，我也没什么提问的机会。那个时候，母亲已经变成一位绝望的家庭主妇，不惜一切代价去维系家庭表面的常态。她觉得，厨房需要重新布置，仿佛新的地毯能够抵御癌症和松林小屋案件带来的接二连三的打击。

在心情沉重地送我和父亲接受各种诊疗之余，她会让自己忙碌起来，不是在厨房餐台上收拾，就是在整理各种油画作品，更不用说继续去市郊参加她从未缺席过的编织课程和读书俱乐部活动。对我母亲来说，打破任何一项她固有的社会活动，就意味着承认自己的失败。

我的精油治疗师告诉我，拥有稳定的社会支持系统是一件好事，于是我找到库珀。他尽最大努力来帮助我，感谢上帝的眷顾。不知有多少个深夜，他耐心地跟绝望的我通电话交流。

然而，我需要的是跟一个经历过类似松林小屋事件痛苦折磨的人来交流。丽莎似乎最合适不过。丽莎并没有逃离那个噩梦之地，继续待在印第安纳。

经过半年的恢复期，她又重新回到同一所大学，并在那里攻读儿童心理学专业。当她在毕业典礼上被授予学士学位的时候，在场的观众全部起立为她鼓掌。报告厅最后一排站满了记者，纷纷用闪光灯记录这一时刻。

于是我读了她写的书，并找到她的电话号码，给她打了电话。

"我想帮助你，昆西，"她对我说道，"我想要教你如何做一个'最后的女孩'。"

"可是，如果我并不想做'最后的女孩'呢？"

"这不是你能选择的，这已经是你注定要经历的。你无法改变已经发生的事情，唯一能控制的，就是怎么去面对它。"

对丽莎来说，这就意味着直面现实情况。她建议我挑几个媒体授予他们采访的权利，但要发出自己的声音。她说，公开谈论这件事情，能够帮助我去正视过去的经历。

我遵循她的建议，并授权给三家媒体——《纽约时报》《新闻周刊》和那个香奈儿五号小姐，虽然我并没有主动提，她还是把几十万美元付给了我，不过，这笔钱还远不够买那套公寓的。如果你认为我拿到这笔钱一点愧疚都没有，那么你错了。

这些采访非常可怕。谈论那些永远无法为自己发声的死去的朋友，是一件非常糟糕的事情，更何况，我已经记不起她们当时到底经历了什么。在那次事件中，我更多的是一个局外人，可人们却急于像消费饼干一样消费我的采访。

每个人的离开，都会给我留下巨大的空虚和空白，没有任何东西能够弥补这种空虚和空白。于是，我停止努力，最终在离开医院六个月后又回到医院。那时候，我父亲已经放弃了跟癌症的斗争，而是静静等待它最终的发作。不过，他依然每天陪伴着我，颤颤巍巍地坐在轮椅上，用勺子把冰激凌喂到我嘴里，来冲淡我不得不服下的抗抑郁药留存的苦味。

"昆西，再来勺糖吧，"他说道，"歌里唱的都是真的。"

恢复味觉后，我才得以出院。刚回到家，就接到奥普拉方面的电话，她的一个制作人在电话里说，奥普拉希望我上她的节目，这样，丽莎、我和萨曼莎·博伊德，我们三个"最后的女孩"终于可以共聚一堂了。丽莎当然会毫不犹豫地答应，萨曼莎也是，这倒出乎我的意料，因为她已经有过自杀的举动。与丽莎不同的是，松林小屋事件之后，她从来没有试图联系过我。她就像我的记忆一样难以捉摸。

我也答应了，虽然一想到要坐在一大群故作同情的家庭主妇观众面前，我就险些再度跌入厌食症的深渊。不过，我倒是想面对面地见见也经历过惨案的"幸存女孩"，尤其是萨曼莎。如果说丽莎对外界的开放到了让人疲惫的地步，那萨曼莎则是另一个极端。如今，我已经有心理准备去面对她，只是一直没有机会而已。

这天早晨，按照事先的计划，母亲和我要乘飞机去芝加哥，醒来之后，我发现自己站在她刚刚装修过的厨房，房间里一片狼藉—— 地板上满是摔破的盘子，冰箱的门大敞着，橙汁从里面流出来，餐台上充斥着鸡蛋壳、面粉团、油乎乎的香草精瓶子等东西。母亲坐在地上的碎渣中间，为失去神志的女儿哭泣不止。

"为什么，昆西？"她哽咽道，"你为什么要这样做？"

当然，如同强盗般把厨房翻了个底朝天的人就是我。看到周围一团糟的情景，我就立刻意识到是自己干的。我真是太过分了，甚至完全记不得自己刚才做过什么。破坏厨房的那一段时间，就跟在松林小屋里度过的那段时间一样，在我大脑里是一片空白。

"我不是故意的，"我说道，"我发誓，我完全不知道刚才发生了什么事情。"

母亲假装相信了我说的话。她站起身，擦去脸颊上的泪水，小心翼翼地整理了下头发。可是，她眼中闪现的阴影出卖了她的真实情感。我意识到，她其实是害怕我的。

在我打扫厨房的时候，母亲给《奥普拉脱口秀》的人打了个电话，取消了我的约定。对方认为如果不是我们三个人全部出场，那节目就失去了意义，所以，母亲的这个决定也改变了制作方的安排，最后几个幸存的女孩将不会在电视节目里齐聚一堂。

那天晚些时候，母亲带我去看了医生，那个医生给我开了好多抗抑郁药，简直够我吃一辈子的。母亲急于控制我的病情，逼着我在药店的停车场，用车上仅剩的一瓶葡萄味苏打水服下一粒药丸。

"这下好了，"她说道，"你不会再昏过去，也不会再突然狂躁，不会再把自己当受害者了。吃下这些药，你就能恢复正常了，昆西。所以你得吃药。"

我照做了。我可不希望看到一大群记者出现在自己的毕业典礼上，我也不希望再有舆论风暴袭来的时候，自己不得不写书或者接受采访承认自己的伤痛一直都在。我更不希望自己成为那种永远跟悲剧捆绑在一起的女孩，永远跟自己生命中最可怕的时刻连在一起。

脑子还因为先前的抗抑郁药而嗡嗡作响，我给丽莎打了个电话，告诉她我不打算接受任何采访，我受够了永远当受害者的生活。

我对她说："我不是什么'最后的女孩'。"

丽莎的语气耐心得出奇，这让我很生气。"那你是什么，昆西？"

"正常人。"

"像你、我，还有萨曼莎这样的女孩，根本就没有正常可言，"她说道，"但我能理解你为什么想要尝试一下。"

丽莎希望我好。她说无论什么时候，只要我需要她，她都会第一时间赶到。不过，从此以后我们再没有说过话。

此时，我盯着她那本书封面上她的面孔，显然是经过了修图，但的确变美了。友善的眼睛、小巧的鼻子，脸颊似乎有点宽，颧骨似乎有点高，虽然不是传统意义上的那种美女，但还是好看的。照片上的她并没有笑，因为笑容显然跟这本书的内容不搭调。她的嘴唇恰到好处地抿起来，既不会太高兴，也不会太刻板，在严肃和自我满足之间实现了完美的平衡。

我想象着丽莎对着镜子练习自己接受采访时的表情。这让我感到有些难过。接着，我想到她蜷缩在浴缸里，手里拿着一把刀。

更可怕的，是那把刀。

这是我无法理解的，比自杀行为本身更加令人费解。

有时，人遇到糟糕的事情，生活陷入困境，无法应对，就选择离开。这种事情时有发生，甚至连丽莎这样开朗的人都没能避免，真是让人悲哀。

可是，她使用的是一把刀，而不是用伏特加服下一瓶安眠药来结束自己的生命（如果我要自杀，这种方式一定是我的首选）。

她也没有选择更温和、更致命的烧炭的方式（我的第二选择）。丽莎居然选择用十几年前差点使自己丧命的方式来结束自己的生命。她有意让刀片划过自己的脉搏，然后让它深入肌肤，完成了当年杀手史蒂芬·利伯曼没有完成的工作。

我不禁猜想，要是丽莎和我一直保持联系的话，局面会如何发展。或许我们最终还是会相见，或许我们可以成为朋友。

或许我可以救她一命。

我挪着步子回到厨房，打开平时写博客才会用到的笔记本电脑，用谷歌快速搜索了一下关于丽莎·米尔纳的新闻，看到她的死讯也刚刚在网上公布。相信消息很快就会扩散开来，对我来说，最大的悬念就是它会在多大程度上改变我的生活。

点击了几个按钮之后，我登录了 Facebook 这片充斥着各种意见、各种链接和各色污言秽语的信息沼泽。从个人角度而言，我是不喜欢社交网络的，我没有 Twitter，也没有 Instagram，几年前注册过 Facebook 的个人主页，但是，因为后来，有太多陌生人因为我是"最后的女孩"而跑来表示怜悯，或者提出一些示好的要求，我就把页面关了。不过，我还是保留了账户，因为通过它，我可以很轻易地访问到丽莎的主页，毕竟她也是我的"昆西甜品站"博客的粉丝之一。

如今，丽莎的主页成了一个虚拟的悼念墙，上面充斥着她再也看不到的各种悼念消息。我快速浏览着这些留言，其中多数都是很普通，但却很真诚的。

"我们会想你的，丽莎·比萨！XOXO[1]。"

"我们永远不会忘记你美丽的微笑和你杰出的灵魂。安息吧。丽莎。"

最感人的留言来自一个眼睛长得像小鹿的褐色头发的女孩，她的名字叫杰德。

"你勇敢地挺过了人生中最艰难的日子，这鼓舞着我挺过我人生中最艰难的日子。丽莎，你的精神会永远鼓舞我。现在，既然你已经到了天堂，跟天使们在一起，请继续关照我们这些仍在大地上的人。"

在丽莎个人主页这些年一点点积累的照片墙中，我找到了杰德的照片。它是三个月前贴上去的，照片上她跟丽莎脸贴着脸，好像是在一个主题乐园，背景是纵横交错的木质过山车的骨架。丽莎怀里抱着一只巨大的泰迪熊，毫无疑问，她们脸上的笑容是发自内心的。这种快乐是无法假装出来的。反正我是装不出来。不过，她们两人都透出一种失落的气息，我从她们的眼睛里能看出来。我的照片也总是透出这种不经意的哀伤。去年圣诞节，我跟杰夫去宾夕法尼亚看望我母亲，我们三人在圣诞树前合影，显得我们是幸福一家人的样子。后来，我在母亲的电脑上看到这张照片，母亲误以为我笑容僵硬是在做鬼脸，她说："昆西，笑一下你会死吗？"

我花了半个钟头浏览丽莎的照片，这是一个跟我截然不同的存在。虽然她一直没有结婚，也一直没有定居下来，也没有孩子，但她的生活看上去

1.XOXO，在短信或电子邮件的末尾，表示亲吻、拥抱的意思。

非常充实。丽莎总是被众人包围——家人、朋友，还有像杰德那样需要榜样的女孩。如果我接受的话，我本来也可以成为这样的一个榜样。

然而，我却是个反面教材。我总是跟他人保持着安全的距离，一有机会就将他人拒之门外。亲密关系对我来说是一种奢侈品，我无法承受再次失去它。

看着丽莎的这些照片，我开始在脑海里把自己放入这些场景。我在这里，跟她一起站在大峡谷边上；我在这里，在尼亚加拉大瀑布前抬起手擦去溅到脸上的水珠。我在这里，扎在一群女人当中，在一个保龄球道上晃悠着穿夹趾拖鞋的脚，标题上写着"保龄闺密！"几个大字。

我在丽莎三个星期之前上传的一张照片前停了下来。这是一张自拍照，一看就是伸直手臂从头顶的角度往下拍的。画面里，丽莎端着一杯葡萄酒，背景好像是一家贴有装饰木板的餐厅。照片标题上写着："葡萄酒时间！哈哈！"

她后面的一个女孩，身体大部分都在画面之外，她让我想起那些劣质玄幻剧里所谓的"大脚人"。画面里远离相机的地方露出一簇她的黑色头发。这个不知道名字的女孩让我有一种亲切感，虽然我看不到她的脸。

我也远离丽莎，独自后退到背景之中，变得模糊——变成一团模糊的暗影。

松林小屋
下午三点三十七分

一开始，在昆西的脑海中，小屋就像一个童话，这归功于它那奇怪的名字：松林小屋。

一听到这个名字，脑海里不禁会浮现出白雪公主和七个小矮人，还有那些争先恐后帮助他们干零活的森林小动物的画面。可是，当克雷格的越野车载着昆西驶过沙石小径，小屋终于映入眼帘的时候，她知道，自己的想象破灭了。现实是，这个小屋显得平淡无奇。

从外观看，它笨重、敦实，朴实无华，也就比原木造的房子稍微精致一点。它坐落在一片高大茂密的松林之中，屋顶浓荫密布，让房子显得比实际更加狭小。高大的松树枝杈交叉，像一堵厚厚的绿墙包围着小屋，绿墙外面是更加浓密的松林，往远处静寂昏黑处蔓延。

这就是昆西之前心驰神往的童话般的黑森林，只不过，这童话不是迪士尼那种可爱的风格，而是格林童话里的阴郁风格。她走出越野车，朝藤蔓交错的浓荫里张望，心中忽然泛起一阵莫名的不安。

"原来神秘之地的中心就是这个样子。"她说道。

"好吓人。"

"胆小鬼。"贾内尔说着来到昆西身后,手里拖着两个行李箱。

"拖油瓶。"昆西回击道。

贾内尔冲她吐出舌头,一直不收回去,昆西这才意识到,她这是要让自己用相机拍下她的样子。于是,昆西会意地从相机包里取出新尼康相机,拍了几张照片,贾内尔这才收回舌头,伸直自己的小细胳膊试图拎起两个行李箱。

"昆——西,"贾内尔故意拖长声音像唱歌般喊道,昆西再了解不过她的意思,"帮我拿一下好吗?拜托了?"

昆西把相机挂到脖子上。"才不呢,是你自己要带这么多东西的。我怀疑其中一半的东西你都用不上。"

"可我这也是为了做好准备以防万一呀。难道不是吗?童子军不也是这样教大家的吗?"

"以防万一,"克雷格说着从她俩身边走过,结实的肩膀上还搭着一个冰袋,"但愿你带的东西里能有一样在这个地方发挥重要作用。"

贾内尔终于找到一个放下行李箱的借口,搁下箱子,伸出手在牛仔裤兜里摸索着,终于找出钥匙。接着,她跳到大门口,拍了下雪松木的标志,标志上写着小屋的名字。

"来合个影吧?"她提议道。

昆西把相机调成倒计时模式,然后把它放在克雷格的越野车上面。接着,她快步跑到小屋前排好的其他人当中。他们六个人一起露出微笑,等着快门自动按下。

新生刚入学的时候,贾内尔把他们几个人称为"东大厅小组"。还有两个月就到大二了,他们这个小组还是铁得像强盗团伙一样。

照完相后,贾内尔仪式般地打开房门。

"你们觉得如何?"门刚一打开,还没等其他伙伴瞟一眼房子里的情况,她就迫不及待地问道。

"很温馨，对吧？"

昆西点点头，虽然她并不觉得这个墙上挂着熊皮、地板上铺着旧地毯的房子有什么温馨之处，她更愿意用"乡土气息"来形容这里，尤其是看到厨房水槽上面的灰尘和唯一的一间卫生间的水管里溅出的水渍之后。不过，就乡间小屋而言，这套房子算是大的，它有四间卧室，房子后面有一个木质的小露台，人站上去的时候会颤颤巍巍地晃动。贾内尔和昆西同住的那间大屋子，里面的石质壁炉足有一间小卧室那么大，边上整齐地堆放着一些木块。

跟朋友们在小屋中共度周末，其实是贾内尔的母亲和继父送给她的一份特别的生日礼物。他们很想成为那种比较酷的父母，那种把女儿当作朋友的父母，他们觉得自己上大学的女儿一定会很喜欢这种庆生的方式。虽然，他们本来可以为女儿租下波科诺斯一带更安全的木屋，那里提供 48 小时的免费网络服务和必需的食物，而且必须刷卡才能进入每道门和每个电梯。

在庆祝开始之前，贾内尔要求大家把手机都放到一个小木盒子里。

"不许打电话，不许发短信，而且绝对不可以拍照和摄像。"她说着，把小木盒放进越野车的后备厢里。

"那我的相机呢？"昆西问道。

"我可以放它一马。不过，你得把我拍好看点。"

"那是当然。"昆西说道。

"我可是认真的，"贾内尔警告道，"如果周末我在 Facebook 上看到你发的照片不好看，那咱们就友尽啦，不管是在网上，还是在现实生活中。"

接着，依照她的意思，六个人开始找自己的卧室，每个人都想找到最好的房间。艾米和罗德尼选择了那间有水床的卧室，他们躺上去的时候，感觉身下的水在不停晃荡。贝茨没有带男朋友，于是责无旁贷地选了那个带上下铺的房间，她带着那本字典般厚重的《哈利·波特与死亡圣器》跳上下铺。昆西拉着贾内尔来到一个双床的房间，两张床都靠墙，很像她们的宿舍。

"啊，好甜蜜的小家，"昆西说道，"或者至少很像一个小家了。"

"还行吧，"贾内尔说道，这话在昆西听来显得很空洞，"不过，我也不知道。"

"我们也可以选其他房间，你过生日，你来挑吧。"

"有道理。我想选——"贾内尔一把抓住昆西的肩膀，把她从软塌塌的床上拎起来，"自己一个人睡。"

她把昆西拽到走廊，朝着最尽头的一间小屋走去。这是木屋中最大的一间卧室，号称是有一扇巨大的飘窗，能看到整个森林的风景。靠墙的地方摆放着好几床被子，看起来就像一个布艺的大万花筒。克雷格坐在双人大床边上，双眼望着地板，盯着自己穿着匡威高帮运动鞋的双脚之间的地板。一双手搁在大腿上，手指交叉转动着。昆西进来的时候，他抬起头，她注意到，他羞涩的微笑中浮现出一丝期待。

"我相信这样就会舒服多了，"贾内尔狡黠地说道，"你们两人好好玩。"

她踢了下昆西的屁股，把她推进房间里面。然后走出房间，带上门，朝走廊那边走去。

"这都是她的主意。"克雷格说道。

"我估计也是。"

"我们不用——"

他停了下来，想让昆西把接下来的话说完。一起住？按照贾内尔武断的安排睡在一起？

"没关系。"她说道。

"昆西，真的，如果你还没有准备好的话。"

昆西在他身旁坐下，把一只手放在他颤抖的膝盖上。克雷格·安德森，这个冉冉升起的篮球新星，褐色头发，绿色眼睛，身材颀长性感的克雷格。在学校的那么多女生当中，唯独选中了她。

"没关系，"她重复道，意思已经很明显，这个 19 岁的女孩子可能已经打算终结自己的处子之身，"我愿意。"

第四章

　　杰夫找到我的时候，我正坐在沙发上，腿上放着丽莎的书，眼睛因为哭了一下午变得有些红肿。他放下行李箱，把我揽进怀中，我把头靠在他胸脯上，又哭了几下。经过两年的朝夕相处，加上此前无数次约会，杰夫知道，在这种时候，不用立刻问我发生了什么事。他只是让我继续哭。直到我的泪水浸湿他的衣领，我才开口对他说："丽莎·米尔纳自杀了。"

　　杰夫紧紧搂住我。"就是那个丽莎·米尔纳？"

　　"就是她。"

　　不用再解释，他就全明白了。

　　"哦，昆西，我很难过。什么时候？究竟发生了什么？"

　　我们坐回沙发，我把详情告诉杰夫。他全神贯注地听着——这也是他的一个职业习惯，在了解一个案件的过程中，尽可能快地吸收所有资讯。

　　"你怎么样？"听我说完以后，他问道。

　　"还好，"我说，"我只是很震惊，并且很悲恸，是不是很傻？"

　　"不是，"他说道，"你完全有理由难过。"

"是吗？可是丽莎跟我连一面都没有见过。"

"这并不重要。你俩聊过很多次。她帮助过你。你的心很善良。"

"我们都是受害者，"我说道，"这是我们唯一的共同点。"

"你不用掩饰，昆西，尤其是跟我。"

这就是辩护律师杰斐逊·理查德的用语。每次他跟我有不同意见的时候，就会不经意地使用这种律师的语言，当然，这种情况并不多见。

通常情况下，他就是我的杰夫，跟我搂搂抱抱的男朋友，厨艺比我高超许多，穿着制服上法庭的时候，臀部看起来很性感。

"我无法想象你们那天晚上到底经历了什么，"他说道，"没有人能够想象，只有丽莎和你们几个女孩子知道。"

"萨曼莎。"

杰夫心不在焉地重复着这个名字，仿佛自己全都知道似的。"萨曼莎。我相信她的感觉跟你们一样。"

"这已经没有任何意义了，"我说道，"我就是无法理解，丽莎经过了这么多事情之后，为什么还要选择自杀。这实在是一种浪费。我以前觉得丽莎绝对不会干出这种事来。"

她的声音再次回响在我脑海里。

"幸存下来是一种荣耀，"她曾经对我说过，"也是一种恩赐。因为我们经历过，并且活了下来，我们有能力给其他经受痛苦的人带去一些鼓励。"

现在，这变成无稽之谈。

"我很难过，事情变得一团糟，"我对杰夫说，"丽莎的自杀，我的反应，所有这些都太反常了。"

"那是当然。你有什么反常的地方呢？可是，我最喜欢你的，就是你并没有被这件事情左右。你跨过了这个坎儿。"

杰夫以前曾跟我说过这些，事实上，是说过很多次。经过那么多次重复，我都开始相信这是真的了。

"我知道，"我说道，"我是跨过去了。"

"这也是你唯一做的有建设意义的事情。过去是过去，现在是现在。我很希望现在的你是开心的。"

说到这里，杰夫微微一笑，他微笑起来像电影明星，灿烂而爽朗。我们第一次在枯燥的工作场合相遇的时候，我就是被他的微笑吸引，忍不住想要去跟他搭讪。

"我猜，"我对他说，"你是一个牙膏广告模特吧。"

我心里就像犯了错一般紧张。

"什么牌子？或许我也要开始用它刷牙了。"

他可能用的是水亮牌的，但是，我要的是他开口的重要时刻：

"高露洁。"

我大笑起来，虽然他的回答并不可笑。他急着回答我的问题的样子好可爱，让我想起那种金毛猎犬，柔软、忠诚，给人安全感。虽然我还不知道他的名字，但我当时已经握住他的手，并且从那以后再也没有放开过。

除了松林小屋案件和杰夫以外，我的社交生活几乎为零。当我终于恢复到可以去上学的时候，我并没有回到自己过去的学校，我知道，在那里，对贾内尔和其他人的那些回忆会永远缠绕着我。于是，我转学到一所离家近一些的学校，并独自在一个双人宿舍里住了三年。

当然，这跟我的身份有很大关系。人们都知道我是谁，也知道我经历过什么事情。可是，我平时还是总低着头，不怎么说话，每天都用葡萄味苏打水冲下抗抑郁的药物。我还算友善，但是没有朋友，还算随和，但是刻意跟人保持距离。我不觉得有跟任何人亲近的必要。

每周我都要去参加一次群体治疗课程，在那里要面对一大堆的烦恼。我们一起上课的这些人变成某种朋友，不算亲密，但互相信任，如果某一个人感觉很焦虑，或者自己去看电影，都会放心地给其他同学打电话分享。

即便在那个时候，我也很难跟这些遭受过强奸、暴力虐待或者车祸毁容的女孩子交往。她们的经历跟我的很不一样。她们中没有一个体验过在顷刻之间失去了几个最亲密的朋友。她们都不知道，记不起在生命中最可怕的一个夜晚到底发生了什么，是多么糟糕的感觉。我反而察觉，我的失忆让她们有些嫉妒，她们也很希望能够忘记，仿佛忘记比回忆更加容易似的。

在学校里，我吸引了几个精瘦敏感的男生，他们想要解开我这个害羞、沉默、刻意跟人保持距离的女孩身上的秘密。我多少向他们开放了一些，于是出现了一些尴尬的在学校约会的场景。在咖啡厅，我跟他们闲谈的时候，常常以在心里默数他们会用多少种方法避免提起松林小屋事件来娱乐自己。

在我感觉特别寂寞的时候，可能也会跟他们来个吻别。渐渐地，我偷偷喜欢上在无聊派对或者喧闹酒局上形单影只的那种男孩。你懂的，就是那种有着宽厚的臂膀、结实的胸肌和微微凸起的啤酒肚的家伙。那些不在乎你过去伤疤的家伙。那种无法像绅士般对待你，而是乐于像个活塞般不停做爱，事后也不介意你连电话号码都不留就溜走的人。

邂逅这些人之后，我居然不再感到痛苦和易怒，反而精力出奇地充沛。得到你想要的东西，虽然是为人所不齿的东西，却能够赋予人能量。

不过，杰夫跟这些人不同，他是非常正常的人，是穿保罗或者拉夫·劳伦品牌的那种正常男人。我们是在我敢提起松林小屋之前的那个月开始约会的。他一直以为我是那个到处宣称要开烘焙博客的昆西·卡彭特。他不知道实际上我是从谋杀惨案中幸存的昆西·卡彭特。

从他的身份而言，他对这件事情的接受程度比我想象的要好。他说的话都是正确的，最后总会加上一句："我坚信人可以不被自己过去经历的不好的事情所牵绊。人是可以走出来，可以继续前进的。你当然已经走出来了。"

那时候，我就知道，他可以成为保护我的那个人。

"芝加哥那边怎么样？"我问道。

杰夫微微耸耸肩，我知道事情进行得并不顺利。

"我没能搜集到想要的信息，"他说，"不过，还是不提这件事了吧。"

杰夫站起来，突然提议道："接下来我们应该出去，我们应该打扮起来，到一个有意思的地方去，用一大堆美食和美酒来淹没我们的悲伤。你说呢？"

我摇摇头，像猫一样在沙发上舒展开身体。"我今天晚上不太想去。不过，你知道我真正想要什么吗？"

"木盒装的葡萄酒。"杰夫说道。

"还有呢？"

"打包的泰式炒河粉。"

我挤出一丝微笑。"你太了解我了。"

接着，杰夫和我做了爱。是我挑起来的，我把他手里的案件卷宗抽走，跳到他身上。杰夫稍微有些抵触，不过这更像是假装反抗，很快，他就进入我的身体，无比地温柔和专注。杰夫是个话痨，跟他做爱的时候，他会问一百个问题。"感觉好吗？太猛了？像这样？"

多数时候，对于他的这种无微不至，我都心存感激，他声音传递出的欲望正好满足我的需要。但今晚不同。我沉浸在丽莎之死的哀伤中，我感到的不是快感的起落，而是一种深深的不满。

我要的是那些叫不上名字的兄弟会男孩那种无情但猛烈的刺激，他们以为他们是在引诱我，但其实并非如此。这像一种体内的冲动，又疼又痒，杰夫那种温暖细腻的方式并不能满足这种冲动。不过，我还是假装自己很满足的样子。

我像一个三级片演员一般假装呻吟和尖叫着。杰夫问我感觉怎样的时候，我用一个吻封住他的唇，这样他就没法儿说话了。事后，我们一起看了几部特纳的经典电影，这也是我们行房后的例行活动。后来，这反而成为我最喜欢的性生活的内容。在余波中，感受身旁的他那坚实多毛的身体，然后随着高潮退去聊着聊着进入梦乡。

可是，今晚，睡意却并没有如期到来。部分是因为那部电影——《上海小姐》。丽塔·海华斯饰演的女主角和奥逊·威尔斯饰演的男主角在镜厅中，他们在镜子里的影像在冰雹般的子弹中碎裂开来。另一部分原因在于杰夫，他在我身旁不停地动，在被子底下翻来覆去，似乎也睡不着。

后来，他终于开口说道："你确定你不想聊聊关于丽莎·米尔纳的事情吗？"

我闭上眼睛，希望睡意能抓住我的喉咙，把我拖下去。

"关于她实在是没什么可聊的，"我说道，"你想聊聊你的事情吗？"

"那都不算什么，"杰夫干脆地说道，"这是我的工作。"

"对不起，"我顿了一下，眼睛依然没有看他，心里猜测着他有多烦我。"你想聊聊你的工作吗？"

"不想，"他说着，然后又改变了主意，"或许可以聊几句。"

我翻了个身，坐了起来，用左胳膊肘支撑着身体。"我猜是不是辩护工作进行得不太顺利。"

"也不是，在法律上我只能说这么多。"

杰夫很少允许我谈论他经手的案子。客户保密制度对夫妻之间也是有效的。或者，对我来说，这也没什么可说的。这就是杰夫和我合拍的另一个原因。他不可以谈论他的工作，而我也不想谈论自己的过去。一般夫妻经常会谈论的两个领域，对我们则如同跳房子游戏里需要小心避开的陷阱。在我们最初相处的那几个月，我觉得我们快要掉进陷阱里面去，然后两人都在尽最大努力去避免它。

"我们该睡了，"我说道，"你明天一大早不是还要出庭吗？"

"是的，"杰夫没有看我，而是看着天花板说道，"那你难道都不愿意停下来想一想，我为什么睡不着吗？"

"我不愿意，"我又躺了下去，"很抱歉。"

"我想你并不了解这个案子关系多么重大。"

"它都上新闻了，杰夫。我很了解。"

现在，轮到杰夫坐了起来，用胳膊肘撑着身子，望着我。"如果进展顺利，这对我，对我俩来说可算是一件大事。你以为我愿意永远当一个公共辩护律师吗？"

"我不知道。你愿意吗？"

"当然不愿意。赢得这个案子将会是一个重要的里程碑，这样，我就有可能去一家大的律师事务所，这样，我就能真正挣到钱了，而不是只能住在女朋友用受害补偿金购买的公寓里。"

我难过得说不出话来，虽然看得出杰夫刚说出这话立刻就后悔了。他愣了几秒，嘴巴因为沮丧而抽搐了一下。

"昆西，我不是故意的。"

"我知道。"我从床上坐了起来，身上一丝不挂，感觉自己手无寸铁地暴露在这个事实当中。

我一把抓起离手最近的衣物——杰夫那件旧的棉织睡袍——把它披在身上。"没关系。"

"有关系，"杰夫说道，"我是个浑蛋。"

"睡吧，"我对他说，"明天很重要。"

我走进客厅，忽然间觉得睡意全无。我的手机立在咖啡桌上，仍旧处于关机状态。我把它打开，屏幕在黑暗中闪烁着冰蓝色的光芒。有二十三个未接来电，十八条未读短信，还有三十多封未读邮件。它们几乎都来自那些记者。

丽莎的死讯已经传出去，媒体终于开始追踪这一消息。我浏览着我邮箱的收件夹，它自从昨晚起就再也没被访问过。在一大堆记者发来的提问邮件下面，是许多我博客的粉丝发来的邮件，还有一些烘焙工具的厂商发来让我试用他们产品的邮件。

一大堆名字和电话号码当中，一个邮件地址如同一条银鱼跃出水面，显得分外突出—— Lmilner75。我的手指滑下屏幕。我盯着这个地址，直到它自己跃进我的视野，我眨了一下眼，它的影像依旧挥之不去。

我认识的人里，只有一位可能使用这个电子邮件地址，而她已经死去超过一天了。意识到这一点，我的喉咙紧张地跳了一下。我使劲吞了下口水，才点开邮件。

昆西，我需要跟你谈谈。这非常重要。拜托，拜托不要忽略这封邮件。

下面署着丽莎的名字和跟她书里写得一样的电话号码。

我把这封邮件反复读了好几遍，喉咙里的跳动变成一种心跳加速的感觉，仿佛自己吞下了一只蜂鸟，它不停扇动翅膀拍打着我的食管。

我看了看邮件发送的时间，晚上十一点。考虑到警方根据 911 急救中心的电话追踪到她家所需的时间，这意味着丽莎发送这封邮件不到一小时后，就结束了自己的生命。

我或许是她试图联系的最后一个人。

第五章

　　灰色混沌的早晨来临，我醒来以后，发现杰夫已经离开了，去法庭见他负责起诉的那个谋杀警察的人。

　　在厨房，有一个惊喜在等着我：一个花瓶，里面装的不是鲜花，而是烘焙工具。有木勺、木铲，一个大功率搅拌器，它的手柄有我的手腕那么粗。花瓶的颈部系着一根红色的丝带，上面绑着一张卡。

　　"我是个傻瓜，对不起。你永远是我最爱的甜心。爱你的，杰夫。"

　　花瓶旁边，那些没做完的纸杯蛋糕依旧在瞪着我。我没有理睬它们，而是喝了两口葡萄味苏打水服下早上该吃的抗抑郁药片。接着，我又泡了杯咖啡，吃了点早餐，努力让自己清醒一些。

　　有一段时间，我曾经晚上睡觉总是做噩梦，我本以为自己已经度过了那个阶段。在松林小屋事件发生之后的最初几年里，我每天晚上都会做噩梦，是些常规的场景——奔跑着穿过森林，贾内尔跌跌撞撞地从林子里跑出来，还有他。

　　不过，后来，我开始有几个星期、甚至几个月，没有做噩梦。

昨天晚上，我梦见好多记者用手扒着我家窗户，在玻璃上留下血淋淋的手掌印，他们脸色苍白，形容枯槁，用沙哑的声音喊着我的名字，像吸血鬼一般，等着我开门让他们进去。

他们的牙齿不是像吸血鬼那样的尖牙，而是像铅笔和冰锥那样尖细，尖端上是闪着亮光的肌肉组织。

丽莎出现在其中一个噩梦中，她的样子跟她那本书封面上的照片一模一样。嘴唇依旧是经过精心练习的，抿得恰到好处。甚至在她从记者手中抢过一支铅笔，把笔尖戳向自己的手腕的时候，都没有变过。

当然，我一醒来，第一个想到的就是她的那封邮件。它就像是一个弹簧支撑的夹子，一晚上都在等着我，等着有些微的意识跑出来，就把它们夹住。我喝下一杯又一杯咖啡提神，但它依然紧紧攫住我的大脑。我内心深处一直存在着一个无法改变的念头，就是除了丽莎给911急救中心打的那个未能接通的电话，我其实是她想要联系的最后一个人。如果真是这样，究竟是为什么呢？为什么那么多人，她偏偏要选择我，认为跟我聊聊，就能帮助她走出某种精神的深渊？没能及时查看她发来邮件的我，是不是在某种程度上要对她的死亡负责？

我的第一反应是给库珀打个电话，把这件事情告诉他。毫无疑问，他肯定会抛下手头的事情，开车赶到曼哈顿，安慰我她的死并不是我的错。可是，我并不确定自己是否愿意连续两天跟库珀见面。上次松林小屋案件发生后，我们接连两天见面，之后就再也没有这样过，我并不喜欢这样的经历。

我给他发了一条短信，努力显得跟平时一样。

"方便时给我打电话，别着急，没有特别重要的事情。"

不过，我的本能告诉我，她肯定有重要的事，或者至少是潜在的重要事。如果不重要的话，我怎么会醒来就立刻想到它呢？

不知为什么，我接下来的想法，就是给杰夫打电话，只是为了听听他的声音，即便我知道他此刻正在出庭，他的手机处于关机状态，并且被放在他手提包的最里面。

我努力让自己不去想这件事，但事实证明这是徒劳的。翻开手机，又有十几个未接来电。我的语音信箱里也充满了各种留言。我只听了其中一个留言——一条奇怪的留言，来自我母亲，她明明知道一小时前我在睡觉，但还是给我发送了语音信息。她最近常常刻意避免跟我直接对话，这条留言便可证明。

"昆西，是妈妈。"她先说了这句，难道是怀疑我会听不出她的声音？"我刚刚被一个记者打来的电话吵醒，他问我能不能对你那位叫丽莎·米尔纳的朋友发表几句评论。我跟他说他应该来问你。所以我觉得有必要把这件事情告诉你。"

既然是这个原因，我觉得自己就没有必要给她回电话了，我母亲也不想跟我通话，自从松林小屋案件发生，我重返大学之后，她就是这样。那时，我父亲刚刚过世，她想让我住在家里，每天坐通勤车去学校。可是我不肯，她就说我抛弃了她。

不过，最终遭到抛弃的是我。在我好不容易毕业的时候，她已经嫁给了一个叫弗莱德的牙医，那人带着前一段婚姻中留下的三个孩子，不过他们都已成年，快乐、温和，脸上时常挂着笑容。而不是一个从谋杀案中幸存的"最后的女孩"。于是，他们变成了母亲的家庭，我则成为她过去残留下来的一个不受欢迎的部分，成为她完美无缺的新生活中的一个污点。

我把母亲的语音留言重听了一遍，寻找其中有没有丝毫感兴趣或者关心的意味。可是，并没有，于是我把那条留言删除，继续看那本《时代》杂志。

出乎我意料的是，首页背后的那篇文章就是关于丽莎·米尔纳的死亡的，我带着不悦的心情把它大概看了一遍。

印第安纳州，曼西市—— 丽莎·米尔纳，一位杰出的儿童心理学家，震惊全国的女子俱乐部谋杀案中唯一的幸存者，昨天被官方证实死在她本人家中，时年 42 岁。

文章的主要内容都在描述丽莎在很久前的那个夜晚所经历的可怕场景，似乎她生命中的其他时刻都无足轻重。看了这篇文章，我大概也能了解以后自己的讣告会写些什么。一想到这里，我的胃就翻江倒海起来。

不过，文章中的一句话让我停下来——接近结尾，像是后来加上去的。

警方仍在继续调查。

调查什么？丽莎割断了自己的脉搏，这在我看来十分明显。接着，我忽然想起库珀曾提到的毒理检测报告，警方要看看丽莎当时有没有服用什么有毒物质。我把报纸放在一边，去拿自己的笔记本电脑。我在网上浏览了几大新闻网站，并直接登录到几个讲真实案件的博客，我看到"最后的女孩"这个博客的关注量相当惊人。经营这个博客的都是男性—— 女性有更有意义的事情做—— 现在还时不时到我的网站联系我一下，企图用甜言蜜语忽悠我接受他们的采访。我从来没有回复过他们，我们之间最接近交流的互动，是在我收到恐吓信之后，库珀曾给他们去过信，询问他们恐吓信是不是出自他们之手。他们都否认了。

我一般不会访问这些页面，因为害怕在里面看到关于自己的东西。可是，今天，我却打破了惯例，挨个仔细浏览着这些网页。几乎所有人都提到了丽莎的自杀。跟《纽约时报》上的那篇文章一样，他们也没能给出什么新的信息。多数都在强调，这位尽人皆知的幸存者，最终选择结束自己的生命，这是多么讽刺的事情。甚至有篇文章还斗胆称其他幸存的"最后的女孩"也会步入丽莎的后尘。

我愤愤不平地关闭这些窗口，并"啪"的一声合上电脑，然后站起来，试图把体内分泌愤怒的肾上腺素甩掉一些。这些抗抑郁药、咖啡因和网页上可气的内容让我越发烦躁不安。于是，我换上运动衣和运动鞋，过去，每当我心情不好的时候，唯一的治愈方法就是跑步，一直跑到坏心情消失。到了电梯，我才突然想起来外面可能会有记者。他们既然都能弄到我的电话号码和电子邮箱地址，肯定也能够知道我的住址。我心里琢磨着，待会儿一到街上，就立刻开始奔跑，而不是像平时一样先溜达到中央公园。于是，电梯门一开，我就迈开步子在楼里跑起来。

不过，跑出去之后，我才发现没有必要。楼门前并没有一大群记者，而是只有一个记者。他看起来年轻、热情、帅气，就是有点傻乎乎的，戴着巴迪·霍利牌的眼镜，头发浓密，看起来更像演《超人前传》的克拉克·肯特而不是吉米·奥尔森。我刚跑出楼，他就朝我冲过来，手里拿着的笔记本被风吹得沙沙作响。

"卡彭特小姐。"

他向我报上名字——"乔纳·汤普森。"我记起来了，他是给我打电话、发邮件和发短信的记者之一。无聊的三部曲，一个都没落下。

接着，他告诉我自己工作的那家报纸的名字，是本地一家有名的小报，每天出版。从他的年龄判断，他要么就是工作特别出色，要么就是特别没节操。我怀疑他两者兼备。

"无可奉告。"我边说边迈开大步往前跑。

他试图跟上我，无奈牛津鞋的鞋底太硬，在人行道上啪啪作响。"我就是想问您几个关于丽莎·米尔纳的问题。"

"无可奉告，"我重复道，"如果我回来的时候你还在这里，我就打电话报警。"

乔纳·汤普森被我甩在后面，我感觉到他一直盯着我的背影，他的目光灼烧着我的后颈部。我加快步伐，快速穿过一个街区来到中央公园。进去之前，我回头瞥了一眼，看他有没有想方设法跟到这里来。看上去似乎没有。至少穿着那双鞋子是不可能。

在公园里，我一直朝北往水池那边跑去，这里是我经常选择的一条路线，比公园的其他地方更加平整，视野也更好，没有公园两侧那些弯弯曲曲的小路，更没有浓密树荫的遮蔽，只有笔直的石子路，我可以挥舞双手，挺直腰板，尽情奔跑。不过，早晨天气这么冷，很难让人专心跑步，我的思绪跑到了别的地方，想起了那个面孔新鲜的乔纳·汤普森和他那让人讨厌的纠缠不休；想起了报道丽莎之死的那篇文章，不知道是什么事情让她如此困扰，以致决定把刀子划向自己的手腕。最后，我还是想到丽莎自己，她给我发那封邮件的时候，心里究竟想的是什么呢？她当时是伤心？绝望？写信的时候手里已经拿着那把刀子？

突然间，无数想法涌上心头，体内的肾上腺素随之消失，速度就像它充满身体一样快。伴随着嘎吱嘎吱的脚步声，其他慢跑的人不停地从后面超过我。我放慢步子，走到路边，步行往家走去。

回到我家楼下，看到乔纳·汤普森已经不在这里，我松了一口气。可是，取而代之的是另外一位记者，在马路对面徘徊。我仔细看了她一眼，发现她并不是那种传统意义上的记者。主流媒体的记者没有她那么泼辣，她的样子让我想起在威廉斯堡出没的暴女[1]，完全不在意自己穿着比自己年龄小一半的小姑娘才穿的衣服，紧身黑色连衣裙外面，套着一件黑色的皮夹克，磨旧的皮靴上面露出黑色的渔网袜。中分的黑色头发像帘子一样遮住脸和眼睛，嘴唇上涂着像血色一样鲜亮的唇膏，我猜想她是个知名博主，只是粉丝群跟我的截然不同。

不过，我还是觉得她有些眼熟，自己以前见过她。

或许吧。我肚子里翻腾着一种感觉，觉得根本不想认识这个本该认识的人。

可是，她已经认出了我。她那浣熊般的眼睛透过发帘打量着我。我看着她，她看着我，连眼睛都不眨一下。她在马路对面沿着大楼走来走去，跟周围的环境格格不入。鲜红的嘴唇里叼着一根香烟，吐出层层烟圈。她喊我

---

1. 暴女（Riot Grrrls）是女权朋克中一种原始而极具煽动性的类型，产生于 20 世纪 90 年代初；它最初的影响已开始渐渐消逝，但所引发的暴女亚文化还一直持续。

的时候，我已经打算走进楼内了。

"昆西。"这是陈述语气，而非疑问语气，"嘿，昆西·卡彭特。"

我停下来，扭过身子，对着她的方向皱起眉头。"无可奉告。"

她沉下脸——脸上阴云密布。"我不需要奉告。"

"那你想干什么？"我瞪着她说道，想要瞪到她低下头去。

"我就是想谈谈 。"

"关于丽莎·米尔纳？"

"是的，"她说道，"还有其他事情。"

"那你干的就是记者的事。我无可奉告。"

她咕哝着"上帝呀"，然后把香烟扔到马路上，弯腰拎起脚边的一个装得鼓鼓囊囊看上去很重的大背包，不知道里面装的是什么东西，反正她提起包的时候，里面的东西把包撑得都有了裂缝。很快，她穿过马路，径直来到我面前，把包扔到我脚下，差点砸到我的右脚。

"你别在这里装圣女了。"她说道。

"什么？"

"听着，我只不过想跟你聊两句而已。"最后几个字被她说得沙哑而有磁性。她的呼吸中有香烟和威士忌的味道。"鉴于丽莎的遭遇，我觉得我们有必要谈一谈。"

我突然想起她是谁了。她的样子跟我想象中很不一样。

她唤醒了我遥远的记忆，让我想起一张学生纪念年刊上的照片，那是很久以前的一个夏天，这张照片被印得到处都是。照片上的人那头巨长无比的长发不见了，红润的脸颊和双下巴也不见了。她比那时候瘦了许多，纯真无邪的年轻光彩也不再有，时间让她变得紧张而憔悴。

"萨曼莎·博伊德。"我说道。

她点点头。"叫我萨姆吧。"

第六章

萨曼莎·博伊德。

第二位最后的女孩。

在我们三个最后的女孩当中,她可能是受影响最大的。

案件发生的时候,她还有两个星期就高中毕业了,她当时只是一个努力凑钱想要付清社区学院学费的女孩。她在坦帕市外一家叫作夜光旅馆的汽车旅馆打工,负责清理房间。因为刚入职,她只能先上夜班,给那些疲惫的卡车司机拿毛巾,或者更换钟点房里带着汗臭和精液的床单。

在她第四班到第二个小时的时候,一个头上顶着马铃薯袋子、浑身看上去一团糟的男子出现了。他是一个流动的杂务工,带有那种《圣经》上没人愿意提及的故事——巴比伦的妓女、惩戒罪人、以牙还牙以眼还眼等等。他的名字叫卡尔文·惠特默。可是,在那个夏天之后,他将永远因为麻袋而被世人记住。

"麻袋人"这个称呼对他来说再合适不过,因为他的小卡车上装满了麻袋,里面都是些废品,很多袋空罐头瓶,很多袋兽皮,很多袋沙子、盐巴和鹅卵石，此外，还有他带到夜光旅馆的一袋工具，有锯条、凿子和水泥钉，很多工具上面都沾着血迹。

萨曼莎亲眼见过其中的两样东西，一个是尖锐的钻头，是在她的后背上被发现的；另一个是插进她大腿动脉中的一根锯条。那个麻袋人用一卷带刺的铁丝把她逼到旅馆后面的一棵大树前，然后她就被钻头刺中。在她试图反抗的时候，锯条刺进她的大腿里。

那天晚上有六个人丧生——四个是汽车旅馆的住客，一个是值夜班的前台接待特洛伊，然后就是卡尔文·惠特默。卡尔文的丧生是萨曼莎所为，她好不容易挣脱开来，双手拔出插进自己后背的钻头，再跳起来，把钻头插进麻袋人的胸膛，插进去，拔出来，又插进去，又拔出来……当警察发现她的时候，她手里拖着那卷带刺的铁丝，坐在那个死人身上，拿着钻头不停地刺进死人的身体。

我之所以知道这一切，是因为它上了《时代》杂志，我父母绝对想不到我会看这本杂志，可一看到封面下面的目录，我就用寒湿的手攥着笔筒式手电筒，认真读了起来，读完这篇报道，我做了一个星期的噩梦。

同时，丽莎的新闻跟萨曼莎的一样，也纷纷被各种媒体报道转载，最后就该轮到我了。从各种晚报、头条新闻，到杂志封面故事，记者们络绎不绝，也许这帮人迟早会跑到我父母家前院的草坪上去。萨曼莎当时接受了一系列平面媒体的采访，另外就是那个拿着带香奈儿香水味报纸的电视台的那个婊子，她给萨曼莎开出的价码似乎跟我的差不多。萨曼莎提出的唯一一个条件，就是镜头中不可以出现她的脸，媒体也不可以拍摄任何她的照片。所有人看到的，就只是那一张学校纪念册上的照片——她特有的身体和那张永恒的面孔。

所以，从这里可以看出，她当初答应与丽莎和我一道参加《奥普拉脱口秀》，在镜头前面对全世界，对她来说是一个重大的决定。而我退出采访，则是一件更大的事情。就是因为我，大家都失去了再见到萨曼莎·博伊德的机会。

在此一年之后，她就消失了。

她的消失并不是偶然的，相反，是一个逐渐淡出的过程，如同被阳光一点点驱散的晨雾。记者针对夜光旅馆谋杀案十周年的报道，最终将她击垮。她母亲最后出来承认，萨曼莎跟她失去了联系，而需要跟暴力案件受害者保持联系的联邦调查机构，也无法找到她。

她不见了，用库珀的话来说，是远离尘世了。

没有人确切知道到底发生了什么，可是，这也并没有能够阻止各种小道消息像孢子一样四散传播开来。我读到一篇文章，说她已经改姓更名搬到南美洲去了。另一篇报道则暗示说她隐姓埋名地住在西部的某个地方。而那些报道凶杀色情案件的网站的推测则更加黑暗，编出一些阴谋论的观点，认为她已经自杀，或者被绑架，或者被政府保护起来。

可是，如今，她在这里，就在我面前，她的出现如此突然，我一时间说不出话来。嘴里唯一能挤出的一句话就是："你来这里干什么？"

萨姆转了下眼睛。"你真是不会跟人打招呼。"

"抱歉，"我说道，"你好啊。"

"说得好。"

"谢谢。可是你还是没有告诉我你为什么会在这里。"

"这还不明显吗？我来这里是见你呀。"萨姆的声音让我想起了地下酒吧那种弥漫着烟酒气息的氛围，并带着某种禁忌色彩的暗黑腔调。"我想我们终于还是见面了。"

我们彼此对视了一会儿，两人都在估量着自己的目光对对方的杀伤力。我感觉萨姆也在审视着我，因为她的眼睛先盯着我的肚子，然后又看着我的肩膀。同时，我也瞟了眼她的腿，努力回忆她刚才过马路的时候腿有没有一点跛。

这时，我脑海里忽然浮现出丽莎的观念。她有一次对我说："我们是一群稀有物种，我们需要互相抱团。"现在，她已经不在了，再也没有人能够理解我们所经历的事情，只剩下萨曼莎和我两个人。可是我现在还是没法儿完全猜透，她为什么要这样神神秘秘地跑出来找我。想着想着，我发现自己很不情愿地对她点了点头。

"是，我们见面了，"我说道，声音还是因为惊讶显得有些含混不清，"你想上来吗？"

我们来到我家客厅，都没有喝我摆在我们面前的咖啡。我已经把刚才穿的跑步服换成了蓝色牛仔裤、青色衬衣，脚穿一双红色平跟鞋，一身艳丽的色彩跟萨姆的一袭黑衣形成鲜明的对比。

我在一把紫色天鹅绒面直背靠椅上坐了下来，这把椅子靠背的角度太直，感觉不像是让人坐的，更像是一个摆设，我坐在那里身体很僵硬。萨曼莎坐在一个古董沙发上，看起来跟我一样不舒服。她两腿紧紧并拢，胳膊紧张地放在身体两边，说话短促而紧张，每个字都像是迅速射出的樱桃炸弹。

"你家不错啊。"

"谢谢。"

"看起来挺大。"

"还行吧，我家只有两间卧室。"

说完这话，我自己也有些难为情。"只有"。仿佛是被剥夺了似的。从萨曼莎背的鼓鼓囊囊的背包来看，我怀疑她都没有固定的住所。

"挺好的。"

萨姆在沙发上换了个姿势。我觉得，她在努力克制自己不要脱掉皮靴在沙发上躺下去，因为她看起来很不自在。

"虽然这个房子很小，"我说道，努力让自己的语气不透露出被惯坏的意味。"但我知道自己有多么幸运，幸亏有了那间空房，杰夫的父母过来的时候就有地方住了。杰夫，是我男朋友，他父母在特拉华州，他兄弟、嫂子和两个侄子住在马里兰州。他们经常过来，有时候有孩子过来也挺好玩的。"

我喜欢杰夫的家人，他们都像杰夫本人一样完美。他们都知道松林小屋事件，我俩的关系刚一确立，杰夫就把这件事告诉了他们。这些踏实的中产阶级新教教徒从没有因此对我另眼相看。他母亲甚至还送给我一个果篮，里面放的一张字条上写道，她希望我未来的日子充满阳光。

"你的家人呢？"萨姆问道。

"他们怎么样？"

"他们经常来看你吗？"

我想起自己母亲唯一的一次来访。她是不请自来，借口说自己跟弗莱德关系不太好，想离开一个星期。杰夫认为这是一个好的讯号。当然，我也这么认为。我觉得母亲应该会为我创造的新生活而感到震撼。可是，事实却相反，她一整个星期都在批评我，从我穿的衣服，到我吃饭时喝的酒。等她要离开的时候，我们已经变得无话可说。

"不，"我对萨姆说道，"他们不常来。你家人呢？"

"一样。"

在松林小屋事件发生后不久，我又一次在《20/20》杂志上看到博伊德夫人的专访，才知道萨姆失踪了。她个子不高，皮肤上长着一些红斑，泛白的头发根部两英寸是黑色。采访中，她对自己女儿很不关心的样子。她一直喋喋不休，说话拐弯抹角，又不是太友好。她看起来很疲惫，伤痕累累的样子，虽然萨姆身上也有着跟她一样的气质，但我能理解她，为什么想从母亲身旁逃开。博伊德夫人就像一座经过太多风暴冲刷的老宅子。

我母亲则正好相反。希拉·卡彭特拒绝让任何人看见自己的疲惫和泪水。松林小屋案件发生后，我住院的那段时间，她每天早晨都会带着精致的妆容、头发梳得一丝不苟地出现在我面前。当然，她唯一的孩子差点没能逃过一个疯子的魔爪，而且这个疯子已经把她女儿的好友全部杀害，可是，这都不能成为她邋遢的借口。如果把萨姆的母亲比喻成一栋需要修缮的房子，那我的母亲则是城郊的一幢从内部开始腐烂的豪宅。

"我最近听说，你似乎销声匿迹了。"我说道。

"算是吧。"

"这些年你待在哪里？"

"居无定所，反正就是隐居起来。"

我发现自己坐在那里，双臂紧紧环抱在胸前，两只手插进腋窝里。我赶紧把两手抽出来，先是放到大腿上，可是几秒钟之后，它们又不自觉地回到开始的位置。我感到自己的全身都极度需要一片阿普唑仑。

萨姆并没有察觉到我的异样。她忙着把自己的头发别到耳后，好再次打量一下这套公寓。我把房子装修成那种精致的破旧风格，里面的一切似乎都有些不搭调，从蓝色的墙壁，到从跳蚤市场淘来的灯具，到那块白色的粗线地毯，刚买的时候我好不喜欢，后来却渐渐爱上了它。我意识到，这套公寓反映了主人想极力掩饰自己其实是多么有钱，不知道萨姆发现以后会做何感想，是惊叹，还是厌恶。

"你有工作吗？"她问道。

"是的，我，嗯——"

我迟疑了一下，每次有人问起我轻松美妙的工作，我都会先出现这种反应，尤其对萨姆这样，携带着一种终生贫穷气质的女性。很显然，她穿的渔网袜、绑带皮靴和那种苦大仇深的眼神，像颤抖却密集的无线电波一样，传递出她的绝望。

"你也可以不说，"她说道，"我的意思是，你甚至都还不认识我呢。"

"我是一个博主。"这话蹦出来像一个问句，仿佛我自己都不清楚自己是干什么的。"我有一个个人主页，叫作'昆西甜品站'。"

萨姆勉强挤出一个礼貌的微笑。"名字很酷，就像是'猫猫和便便'那种？"

"主要是烘焙一些甜品，像蛋糕、饼干、松饼之类。我把照片上传到主页上，然后把烘焙技巧、配料、方法等附在后面。它会被转载到专门的食品网站上。"

上帝，我把食品网站都吹嘘出来了？我自己都恨不得扇自己一耳光。但是萨姆不停点头表示她的赞许。

"很酷。"她说道。

"有点意思。"我说着，最终把自己的声音压到很低。

"为什么是蛋糕呢？这个世界为什么不渴求政治或者——"

"猫猫和便便？"

这次，萨姆发自内心地笑起来。"对，是这个。"

"我一直喜欢烘焙，这也是为数不多的我擅长的事情之一。这让我感到放松，感到开心，在那件事情之后——"

我再次迟疑起来，却是出于截然不同的原因。"在我经历了那些事情之后——"

"你指的是松林小屋杀人案？"萨姆问道。

一开始，我为她居然知道事件的官方名称而感到惊讶。接着，我才意识到她当然会知道，就像我会知道夜光旅馆杀人案一样。

"是的，"我说道，"从那以后，我住在家里的时候，就会花很多时间给朋友和邻居们烘焙甜点，作为感谢他们的礼物。真的，人们太慷慨了，连续几个星期，我每天晚上都会烤一盘不同的点心给他们。"

"这么多食物。"萨姆把手指放到牙齿跟前，啃着手指上的肉刺。她皮夹克的袖子滑落下来，露出她手腕上的黑色印记，那是一个文身，正好隐藏在不易被看见的地方。"这一定是个很好的社区。"

"的确是。"

萨曼莎用牙齿咬住一片指甲，把它扯了下来。"我住的社区可不好。"

接下来是一阵沉默，我脑海里忽然闪出一个问题，一个萨姆本人可能不愿意回答的问题。那个带刺的电线把你绑在树上有多长时间？你是怎么把它解开的？把钻头刺进卡尔文·惠特默的心脏是什么感觉？

不过，我最终还是说："我们是不是该聊聊丽莎的事？"

"听你这样说，仿佛我们还有别的选择似的。"

"我们也不是非说这个不可。"

"她自杀了，"萨姆说道，"我们当然有必要聊聊她。"

"你觉得她为什么要这样做？"

"或许是她再也无法承受这一切。"

我知道她是什么意思。是那种负罪感，那些噩梦，还有挥之不去的哀伤。更重要的，是那种痛苦的感觉，那种难以改变的，觉得自己不应该活下来的感觉，觉得自己不过是一只绝望的不停蠕动的小虫，注定无法挤出一条生路。

"你销声匿迹这么久，现在突然出来，是因为丽莎自杀吗？"

萨姆盯着我问道："你是怎么想的？"

"是的，我被它折磨的程度，不亚于你。"

萨姆默不作声。

"我还好，不是吗？"

"也许吧。"她说道。

"你最后终于亲自见到我，是因为你好奇我活得怎么样。"

"哦，我已经很了解你了。"萨姆说道。

她向后靠在沙发上，终于还是换了一个更舒服的姿势，交叉双腿，把穿着靴子的左脚随意地搭在右边膝盖上。我放下交叉在胸前的双臂，在椅子上探出身子。

"你会出乎意料的。"

萨姆扬起一条眉毛。她的两条眉毛都描成黑色，这个动作让她头上伤疤处的几根碎头发暴露出来。

"昆西·卡彭特小姐遇到了什么意料之外的挑战吗？"

"不算是挑战，"我说道，"只是一个事实。我有一些秘密。"

"我们都有秘密，"萨姆答道，"但是，你除了是自己博客上假装成的那个玛莎·斯图尔特之外，你还是别人吗？这才是真正的问题所在。"

"你怎么知道我是假装的？"

"因为你是一名最后的女孩。这是我们不同于常人的地方。"

"我不是最后的女孩，"我说道，"我从来就不是。我就是我。现在，我不打算撒谎说我没有想过以前的事情，我有想过，但只是偶尔。我已经从过去走出来了。"

萨姆看起来对我的话很不以为然。此时，她描过的两条眉毛都翘了起来。"这么说，你是想要告诉我，你已经被烘焙治愈了？"

"它有帮助。"我说道。

"那证明给我看。"

"证明？"

"是的，"萨姆说道，"烘焙点什么。"

"现在？"

"当然。"萨姆站起身，伸展了一下，然后把我从椅子上赶下来。"给我看看那个真正的你。"

第七章

烘焙是一门科学，就像化学和物理学一样严谨。它需要遵循许多规则，某样东西放太多，或者某样东西放得不够，都会搞砸。我在这个过程中找到了慰藉。而在此之外，外面的世界是一个没有规则的社会，会有拿着剪刀偷偷尾随你的男人。在烘焙的世界里，只有秩序。

这就是昆西甜品站存在的原因。我大学毕业获得市场营销专业的学位，然后搬到纽约，可我依然把自己当作一个受害者，其他人也是。烘焙似乎是改变这一点的唯一方法。我想把自己稀松软塌的存在变成人形的模子，然后升高温度，让它变得焕然一新，柔软而富有弹性。

到目前为止，这个方法是奏效的。

在厨房，我在餐台上摆开两列碗碟，大小根据所盛的食材有所不同，最大的装着基础原料——面粉和雪堆般的糖霜。中号的碗分别用来盛装水、鸡蛋和黄油。最小的那些碗里装的是各种调味料，有南瓜泥、橙皮和蔓越橘。

萨姆盯着这一排原料，不解地问道："你打算烘焙什么？"

"我们要做橘子南瓜面包。"

我想让萨姆亲身体验烘焙的流程并感受它带来的那种安全感。我想让她看看它怎么帮助我摆脱尖叫着从松林小屋中逃出的女孩的身份。

如果她相信这一点，那这种治愈的效果或许确实是真的。

萨姆一动不动，先是看看我，然后又看看周围的环境。

我觉得我的厨房很温馨，蓝绿相间的底色让人舒服而放松。窗台上摆着一瓶雏菊，墙上挂着几块垫布。我用的烘焙设备是目前最先进的，但设计却是复古的风格。萨曼莎用掩饰不住的恐惧眼神看着这一切，仿佛是野蛮部落的孩子突然被拖进了文明社会。

"你知道怎么烘焙吗？"我问道。

"不知道，"萨姆说道，"我都是用微波炉。"

接着她大笑起来，沙哑的声音回荡在厨房中。我喜欢这种声音，平时只有我自己一个人在厨房，一切太过安静了。

"很简单的，"我告诉她，"相信我。"

我让萨姆站在一排碗碟前面，我自己则站在另一排碗碟前面。接着，我一步步地向她演示，如何把黄油和糖掺和到一起；如何把面粉、水和鸡蛋搅拌到一起；如何分别加入各种调料。萨姆揉面团跟她说话是一种风格——短频快的爆发。带着南瓜汁的面团渐渐成形。

"嗯，我这样做对吗？"

"差不多，"我说道，"你需要再轻柔一点。"

"你的口气跟我以前那些男朋友似的，"萨姆笑道，不过，她还是听从了我的建议，放轻力道把各种食材混合在一起。效果立竿见影。"嘿，奏效了！"

"慢慢来，你就能找到节奏。"这是我博客上写的第十条准则。

"你应该去写一本美食书啊，"萨姆说道，"傻子烘焙书。"

"我确实有想过，不过，就是一本普通的食谱而已。"

"那你有没有想过写一本关于松林小屋的书？"

一听到这几个词，我立刻僵住。虽然拆开来看，"松林"和"小屋"这两个词对我没有任何影响，就是两个普通的词而已，可是，当它们组合在一起时，就变成凶手刺进我肩膀和腹部的那把尖刀。眨一下眼睛，我知道自己就会看到森林中跑出来的贾内尔，虽然还有生命体征，但其实已经死亡。于是，我故意瞪大眼睛，盯着自己面前碗里越来越大的面团。

"那这本书肯定薄得可怜。"我说道。

"哦，是的。"萨姆的声音里出现了一丝假音，仿佛她故意想让我知道她刚刚得知我失忆的状况。

"是的。"

她也瞪大了眼睛，不过，盯的不是碗里的面团，而是我。我感觉到她盯着我的脸颊的目光，就像下午透过厨房窗户照进来的阳光。我知道她或多或少是在试探我，这让我很不自在。

如果我抬起头跟她目光交汇，那我就输了。于是，我继续低头看着碗底那层厚厚的黄油。

"你看过丽莎写的书吗？"我问道。

"没有，"萨姆说道，"你呢？"

"没有。"

我不知道自己为什么要撒谎，这本身就是一个谎言，我知道，我撒谎是为了让萨姆意外，我敢打赌，她一定猜想我已经从头到尾读过丽莎写的书，我确实是读过。可是，猜到结果多么无聊啊。

"你们两人从来没有见过面？"我问道。

"丽莎一直没有机会，"萨姆说道，"你呢？"

"我们在电话里交流过，关于怎么应对这场悲剧，以及人们对我们的期望。这跟当面交流还是不太一样。"

"当然，跟当面一起烘焙更不一样。"

萨姆用臀部轻轻碰了碰我的臀部，然后大笑起来。不管她想要试探我什么，我想我是通过了。

"该把它们放进烤箱了。"我宣布。

我用铲子把我揉好的面团放进烤盘，萨姆则索性把她碗里的面团直接扣在烤盘上，不过，她没能成功，面团跑到了餐台上。

"见鬼，"她说道，"我从哪儿能找到这种扁平的家伙呀？"

"你是说铲子吗？在那里。"

我指了指她身后餐台的一个抽屉。她用手拉了餐台下面一个抽屉的把手，是上了锁的抽屉。我的抽屉。里面的东西嘎嘎作响。

"这里面是什么？"

"别碰它！"

我的声音比我的内心更加慌乱，而且带着怒气。我把手伸到脖子上，寻找着钥匙，仿佛它自己会想办法跑到抽屉的锁里似的。当然，钥匙还在，紧贴着我的胸口。

"是食谱，"我平静地说道，"我的最高机密。"

"对不起。"萨姆说着松开了抽屉的把手。

"谁都不可以看。"我补充道。

"当然，我明白了。"

萨姆举起双手，她夹克的袖子从手腕上滑下去，把手腕上的文身整个暴露出来，原来是一个词，文成黑色——"SURVIVOR"（幸存者）。

字母都是大写，字体也是斜体，既是一种宣告，也是一种挑衅。它仿佛在说："来吧，试试能不能动到我。"

一小时后，昨天没做完的纸杯蛋糕全部装饰完毕，两个橘子南瓜面包酷酷地立在烤炉上面。萨姆带着隐隐的自豪看着这些东西，她脸颊上留着一点面粉，就像打仗时涂在脸上的涂料一样。

"怎么样啊？"她说道。

我开始把这些纸杯蛋糕摆到厚实的彩釉托盘上，它们黑色的透明底托在浅绿色的盘子上熠熠发光。

"现在，我们要摆好餐桌，把这两种甜品放在上面，然后拍摄网页上用的照片。"

"我的意思是我们，"萨姆说道，"我们见了面，谈了话，又一起烘焙，很神奇，是不是？那么现在，怎么样了？"

"这取决于你来找我的目的是什么，"我说道，"真的只是因为丽莎的事吗？"

"这还不够吗？"

"你完全可以打电话，或者发邮件跟我联系的。"

"我想要当面见到你，"萨姆说道，"在知道丽莎对自己做了什么之后，我想要看看你过得怎么样。"

"那我过得怎么样呀？"

"我看不出来。你能给点暗示吗？"

我把精力放在手里的纸杯蛋糕上，尝试着不同的摆法，萨姆则站在我身后。

"昆西？"

"我很难过，可以了吗？"我说着，转过身面对着她，"丽莎的自杀让我很难过。"

"我不难过。"萨姆边说边查看着自己的双手，把面渣从指缝中抠去。"我逃出来了，她虽然也逃了出来，却这样结束了自己的生命？我简直要疯掉了。"

虽然这跟昨天晚上我和杰夫讨论的算是一件事情，但我却被愤怒所包裹。我转过身说道："别去责怪丽莎。"

"我不会的，"萨姆说道，"我气的是我自己，从来没有主动联系过她，或者你。也许，如果我联系过的话，我——"

"能够避免？"我说道，"无独有偶。"

虽然我还是背对着萨姆，但我知道她再次盯着我。这一次，一个微凉的小点降低了她目光的温度。出于一种莫名其妙的好奇心，我好想把丽莎死前发给我一封电子邮件的事情告诉她。让萨姆知道我可能无心犯下的过错，或许能让她的心理负担减轻一些，而对我来说，把这件事说出来自己也会好受一些。可是，她或许正是因为这种负罪感，才上门来找我。我并不想增加她的负罪感，况且，她的这次来访很可能也算是一种心照不宣的赎罪的仪式。

"丽莎这家伙到底怎么搞的，"她说道，"知道这个消息，我——嗯，其实是我们——本来可以帮到她的。我可不希望同样的事情发生在你身上。"

"我是不会自杀的。"我说道。

"可是就算你做了我也不会知道的。如果你需要帮助什么的，告诉我。我也会为你做同样的事情。我们需要互相关照。所以，你可以把遇到的事情告诉我，在你有需要的时候。"

"别担心，"我说道，"我挺幸福的。"

"很好。"这话听起来好空洞，仿佛我知道她不会相信我。

"听你这么说我为你高兴。"

"真的，我的个人主页经营得还不错，杰夫也是个不错的人。"

"我可以见见这个杰夫吗？"

这是一个套娃式的问题，掩盖了其他潜藏在里面的问题。

如果把它拆开，我会发现"你喜欢我吗？"然后里面又套着"我们可以成为朋友吗？"再里面就是最重要、最有压力的问题，也就是事情的本质：

"我们一样吗？"

"当然，"我索性一次把这些问题回答完，"你得留下来吃晚饭。"

我把桌子收拾好，纸杯蛋糕都是按角度摆放的，这样它们的毛边正好能把盘边占满。作为背景，我选择了一块 20 世纪 50 年代流行的那种大菱形格子的桌布和一个从跳蚤市场淘来的古董陶瓷南瓜。

"很酷。"萨姆说道，从她鼻子的动作可以看出，这并不是恭维。

"就烘焙博客的生意来说，这是很好的卖点。"

我们肩并肩站在一起，研究着摆放的这些东西。虽然经过很多调整，但还是觉得不对劲，是缺少了什么。我忘了加入某个无形的亮点。

"太完美了。"萨姆说道。

"不是的。"我说，当然如此。整个摆设显得很平淡，毫无生气。一切都显得太朴素，纸杯蛋糕也显得有些假。它们当然会成为这个样子，像泡沫底座上面镶嵌的一个塑料制品。"你会做些什么来改善呢？"

萨姆走到摆好的蛋糕跟前，一根食指放在脸颊上，陷入了沉思。接着，她又投入了工作，就像踏平东京的哥斯拉一样。她把纸杯蛋糕拿出盘子，然后把盘子草草摞在一起。一个陶瓷南瓜被碰掉了一个角，而一条餐巾被弄皱，然后把又胡乱叠起来堆在中间。有三个纸杯蛋糕的纸托被拿掉扔在一旁。

原本还算质朴的摆台现在变得一团糟，很像是刚刚进行过一场狂欢宴会的餐桌，又乱，又满足，又真实。

好极了。

我一把抓起相机，开始拍照，并给那些被弄乱的纸杯蛋糕特写。在它们后面，是一摞乱糟糟的盘子，有些绿色的底色下带着亮黑色的圆形图案。萨姆抓起一块蛋糕，大大地咬了一口，碎屑落下，果酱溢出。"快来给我拍照。"

我迟疑了一下，原因却是她无法理解的。

“我的博客上没有人的照片，”我说，“只有食物。”我也不给人拍照，即便不是冲着网站来的人也不拍。我不会像丽莎那样自拍，自从松林小屋事件之后，我就再也没有给自己拍过照片。

“就这一次，”萨姆假装噘着嘴说道，“为了我。”

我迟疑地看着相机的取景器，倒吸一口气，就如同自己在看一个水晶球，里面照出的不是自己的未来，而是自己的过去。我看见贾内尔，站在松林小屋前面，带着一大堆箱子摆出古怪的姿势。之前，我还没有注意到她们的相似点，但现在却很明显。萨姆和贾内尔外貌并不相同，但她们却有着同样的特质：开朗生动，毫无愧意，而且拥有惊人的活力。

“有什么不对吗？”萨姆问道。

“没有。”我按下快门，只拍了一张照片。“没什么不对。”

萨姆快速走到我跟前，推着我，直到我把照片给她看。

“我喜欢它，”她说道，“你绝对有必要把它传到你的博客上去。”

我告诉她我会的，她终于满意了。可是，我心里盘算的却是一有机会，一定要第一时间把照片删掉。

接下来，该把南瓜面包摆好拍照了。我让萨姆看看其中一块面包，它的边沿不均匀地翻起来，就像一本书卷边的书页。我把那个南瓜瓷器替换成一个星期前从韦斯特镇淘来的一组古董茶杯。我往茶杯里倒上咖啡，每个杯子里的量有所不同。一滴咖啡溅到桌子上，我并没有管它，而是让它环绕在茶杯底部周围。萨姆拿起茶杯，啜饮了一大口。她的口红在杯沿上留下印迹，像一个红色的吻，神秘而诱惑。她退后一步，让我把吻痕拍下来，我按下快门，对着这混乱的一摊又照了几张没必要的照片。

第八章

晚饭时间到了，我在慌乱中开始准备，并完成最后的细节。我简单煮了点扁面条，配上杰夫母亲教我制作的扁面酱。另外还有沙拉、新鲜出炉的面包棍和瓶装葡萄酒，我把它们精心摆放在餐厅的原木餐桌上，这个餐桌还是我们去年夏天特意从雷德胡克买过来的。

杰夫到家后，特意找出客厅音响里罗丝玛丽·克卢尼的光盘，我则换上自己觉得宴会时非穿不可的 20 世纪 50 年代的晚宴裙，穿上它，感觉自己的脸色也变得红润有光起来。天知道杰夫心里此刻做何感想，他一定彻底被弄糊涂了，或许是觉得我做得有点过了，我确实如此。不过，我希望他心中也能涌出一点自豪。而我已经有了这种自豪感，因为，在跟他的家人进行过那么多次非正式的会餐之后，我终于也有了属于自己的客人。接着，萨姆出现在餐厅，脸上刚刚补了一层粉，嘴唇上也涂了更多口红。我都能猜到杰夫在想什么，他一定是又吃惊又怀疑。

"杰夫，这是萨姆。"我说道。

"萨曼莎·博伊德吗？"杰夫问道，似乎更是在问我，而不是问她本人。

萨姆微笑着伸出手跟他握手。"叫我萨姆吧。"

"当然。你好，萨姆。"杰夫一定是大吃一惊，因为他都差点忘记要跟萨姆握手。等他伸出手，也是轻轻握了一下，与其说是握手，不如说只是触碰了一下。"昆西，我能跟你单独聊两句吗？"

我们走进厨房，我迅速地跟他简要解释了一下下午发生的事情，最后说道："我希望你不会介意我留她一起吃晚饭。"

"这当然让我觉得很意外。"他说道。

"是的，事情发生得很突然。"

"你下午应该给我打个电话的。"

"那你一定会劝我不要留她。"我说道。

杰夫没有接话，主要是因为他知道我说得对。

"我只是觉得，她突然这样出现很奇怪，昆西，这有些不正常。"

"你有些多虑了，我的律师先生。"

"我只是觉得，最好还是多了解一下她过来的真正用意。"

"我也正在想办法了解呢。"我说道。

"那你为什么要留她吃晚饭？"

我很想告诉他，在下午，有那么一刻，萨姆的感觉跟贾内尔非常相像，这让我差点喘不上气来。但是，他是不会理解的，没人能够理解。

"我有点为她感到难过，"我说道，"在经历过那么多事情之后，我觉得，她或许只是需要一个朋友。"

"好吧，"杰夫说道，"如果你觉得这没问题，那我也没问题。"

不过，他脸上掠过的一丝阴影告诉我，他并没有彻底接受我的做法。不过，我们还是回到餐厅，萨姆礼貌地假装不知道我们刚才在谈论她。她问道："没事吧？"

我故意咧嘴笑着，咧得脸颊都疼了。"没事。咱们开吃吧！"

晚餐时，我努力扮演着女主人的角色，给客人添食倒酒，并努力不去注意杰夫像对待客户那样跟萨姆谈话——和蔼地试探。这样的杰夫像一个谈话领域的牙医——极力把松动的牙齿往外拔。

"昆西说你销声匿迹了好些年。"他说道。

"我更愿意把这当成一种隐居。"

"这是一种什么样的生活呢？"

"很平静，没有人知道我是谁。没有人知道我身上发生过那些可怕的事情。"

"听起来更像是逃犯的生活啊。"杰夫说道。

"我想是吧，"萨姆答道，"唯一的区别是我没有做任何错事，要记住这一点。"

"那为什么要隐姓埋名呢？"

"为什么不呢？"

杰夫一时间想不出好的回答，于是大家都陷入沉默，只听见刀叉跟盘碟相碰的声音。这让我感到紧张，我还没有意识到自己的紧张，就发现自己已经把酒杯里的酒喝光了。于是，我给自己倒满酒，然后也准备给他们倒酒。

"萨姆？再来一杯？"

"当然。"她说，把自己杯中剩下的酒一饮而尽，然后让我倒酒。

我又转向杰夫："再来杯酒？"

"我没事，"他对我说道，然后，他又对萨姆说，"那这些年你住在哪里呢？"

"居无定所。"

跟她给我的回答一样。不过，这个回答并不能让杰夫满意。他放下手中的叉子，盯着萨姆继续盘问道："那具体都是在哪里呢？"

"都是你没听说过的地方。"萨姆说道。

"我听说过美国所有五十个州。"杰夫露出友好的微笑,"我甚至能说出绝大多数州府所在地的名字。"

"我想萨姆是想保密吧,"我说道,"万一她想回到那里继续隐居起来。"

桌子对面,萨姆感激地冲我点点头。我在为她着想,正如她之前说的,我们应该互相支持。虽然在当下,我跟杰夫一样对这个问题充满好奇。

"我相信她最后一定会告诉我们的,"我补充道,"是吧,萨姆?"

"也许吧。"她生硬的语气告诉我们,不会有"也许"。不过,她试图用一个笑话来磨平自己语气的生硬。"这取决于今天的餐后甜点有多好吃。"

"不过这都不重要了,"杰夫说道,"重要的是你们两个最终还是有机会聚到一起。我知道这对昆西来说很重要。丽莎的遭遇真的让她很崩溃。"

"我也是,"萨姆说道,"我刚一听到这个消息,就决心一定要来这里跟昆西谈谈。"

杰夫歪着脑袋,蓬松的头发,棕色的大眼睛,让他看起来像一只发现骨头的西班牙猎犬,又饥饿又警觉。"那么,你之前就知道昆西住在纽约?"

"几年前就知道了,我一直在关注她和丽莎的消息。"

"有意思,为什么关注呢?"

"我想,就是出于好奇吧。我希望知道她们都过得好,或者是至少认为自己过得好。"

杰夫点点头,低头看着自己的盘子,用叉子把自己盘子里的扁面条从一边挑到另一边。最后,他开口说道:"这是你第一次来曼哈顿吗?"

"不是。我以前来过几次。"

"你上一次来是什么时候?"

"几十年前吧,"萨姆说道,"在我还是个孩子的时候。"

"在所有那些事情发生之前?"

"是的。"桌子对面的萨姆盯着他,几乎是怒目而视,"在所有那些事情发生之前。"

杰夫假装没有注意到她话里的反讽意味，而是继续说道："那我猜，算是很久以前了。"

"是的。"

"那牵挂昆西的状况，是你来到这里的唯一原因吗？"

我伸出手拍了下杰夫的手，悄悄暗示他问得太多，已经超过界限了。上次我们一起去看我母亲的时候，我跟母亲在一些问题上争论得不可开交，他也是像这样拍拍我的手。

"还能有什么别的原因呢？"萨姆问道。

"我觉得还会有很多原因，"杰夫答道，我的手依然重重地拍着他的手，"或者，你是想通过丽莎的去世寻求一些宣传的机会，又或者，因为你需要钱。"

"这不是我来这里的原因。"

"但愿不是。我也希望你来只是为了看望昆西。"

"我猜想，丽莎一直有个心愿，"萨姆说道，"你知道吗？就是让我们三个人能够见一面，并且互相帮助。"

气氛彻底变了，餐桌上笼罩着压抑、怀疑和敌对的气息。我冲动地举起酒杯，它只剩下杯底的一点红酒，差点又空了。

"我想我们应该干一杯，"我宣布，"为了丽莎。虽然我们三个人一直没有机会见面，我想，她在精神上是跟我们在一起的。我也觉得，她会乐意看到我们两个人最终还是见了面。"

"为丽莎干杯。"萨姆跟着我举起酒杯。

我给自己的酒杯添了酒，给萨姆的酒杯里也添了酒，虽然她的杯子还有大半杯酒。

我们的酒杯在桌子上方碰到一起，碰撞的声音是那么重，那么大，感觉水晶杯差点要被碰破。几滴黑比诺葡萄酒从杯沿溅出来，洒在下面的沙拉和面包棍上。葡萄酒浸入面包，留下几滴红渍。

我紧张地笑了一声，萨姆则爆发出一阵大笑。杰夫并没有被逗笑，而是甩给我一个尴尬情境下才会有的眼神，像是在说："你喝多了吗？"我没有，嗯，现在还没有。不过，我知道他为什么觉得我醉了。

"那你靠什么谋生呢，萨姆？"他问道。

她耸耸肩。"随便干点这个那个的。"

"我明白了。"杰夫说道。

"这会儿正好没什么事做。"

"我明白了。"杰夫重复道。

我又喝了一口酒。

"你是一个律师？"萨姆抛出一个问题，像是作为自己的挡箭牌。

"是的，"杰夫说道，"一个公共辩护律师。"

"有意思。我想来找你的有各种各样的人。"

"当然。"

萨姆向后靠到椅背上，一只手捂住肚子，另一只手拿起酒杯，放到自己的嘴唇前，微笑着说道："你所有的客户都是罪犯吗？"

杰夫也向后靠到椅背上，手里举起酒杯，跟萨姆的动作如出一辙，我看着他们互相背过脸去，感到刚刚吃进去的食物在胃里无法消化。

"我的客户在被证明为有罪之前，都是无罪的。"杰夫说道。

"可是，他们多数都是有罪的，对吧？被证明为有罪？"

"我觉得你可以这么说。"

"你对此有什么感受呢？知道法庭上坐在自己身边、穿着借来的西装的那个家伙，的确做过他被起诉的那些罪行，这是一种什么样的感觉？"

"你是想问我对此有没有负罪感吗？"

"你有吗？"

"没有，"杰夫说道，"我感到很荣幸，因为我是为数不多的几个能够对这个借西装穿的家伙予以信任的人之一。"

"可是，万一他真的做了坏事呢？"

"我们所说的坏是有多坏呢？"杰夫问道，"杀人犯？"

"比杀人犯更坏。"

我就知道萨姆会说起这个，我感觉自己的胃更不舒服了。于是我用一只手捂住胃部，轻轻揉了两下。

"不会比杀人犯坏多少。"杰夫说道，他也知道萨姆接下来要说什么，但是他并不在意。他很乐意陪她聊到话题的极限处。我以前见过这种场景。

"你曾经为杀人犯代理过吗？"

"有过，"杰夫说道，"事实上，我现在就在这样做。"

"你喜欢这样吗？"

"我喜不喜欢并不重要，重要的是需要有人来做这件事情。"

"要是这个家伙杀过好几个人呢？"

"他依然需要辩护。"杰夫说道。

"如果这个家伙是夜光旅馆杀人案的主犯呢？或者是松林小屋谋杀案的主犯？"此刻，萨姆的怒意变得明显起来—— 餐桌上的温度开始升高。她的语速开始加快，说出的每一个词都变得更沉重。"知道这些以后，你仍然乐意坐在那些浑蛋旁边，努力帮助他们逍遥法外吗？"

杰夫依然一动不动，面无表情，眼睛都不眨地盯着萨姆。

"倒也难怪，"他说道，"你会把自己生活的一切不如意都归咎到他身上。"

"杰夫，"我感到口干舌燥，声音小到几乎听不见，"别说了。"

"上帝，昆西也可以这样做的，她完全有理由这样。但是，她没有。因为她努力从这件事情中走出来。她变得强大起来，她不是那种—— "

"杰夫，求你别说了。"

"逃离家人和朋友的无助的受害者，她在努力从十多年前发生的那场悲剧中走出来。"

"够了！"

我从椅子上弹了起来，斜端着酒杯，里面的酒洒了不少在餐桌上。我用餐巾擦了擦，白色的餐巾立即变成红色。

"杰夫，去卧室，现在。"

我们回到卧室，关上门，站在门边，面对着彼此，身体却刻意保持着距离。杰夫双臂垂在身体两侧，显得平静而放松。我的双臂则交叉叠在胸前，一会儿拿起，一会儿放下，因为生气，感觉双手怎么放都不自在。

"你没必要那么尖锐嘛。"

"在她对我说了那些话之后？我觉得我有必要，昆西。"

"你不能否认，话题是由你挑起的。"

"出于好奇的也算？"

"出于好奇的也算，"我说道，"你是要给她判定为三级吧，可这里不是法庭。她也不是你的客户，杰夫！"

我听到自己的声音好大，在墙壁间回响。杰夫和我都停下来，望着门口，想看看我们的话有没有被萨姆听见。我相信她一定听见了，即便她努力不去注意我那越来越尖厉的声音，但也很容易就能分辨出我们是在谈论她。

"我是要问她几个理性的问题，"杰夫说道，他努力压低声音以带动我也小点声，"你不觉得她在刻意回避吗？"

"她不想谈论这个问题，这不能怪她。"

"但这也不能成为她那样跟我说话的理由。仿佛袭击她的那个人是我。"

"她很敏感。"

"胡说，她就是在挑衅我。"

"她是在保护她自己，"我说道，"杰夫，她不是我们的敌人，她是朋友，或者说，她至少可以成为我们的朋友。"

"你居然还想跟她做朋友？直到昨天，你还为自己跟最后的女孩这些事情没有关系而感到庆幸呢。是什么让你变得这么快？"

"除了丽莎·米尔纳的自杀，还会有什么？"

杰夫叹了口气。"我能理解这让你有多难过。我知道你对于她的事情感到多么伤心和失望。可是，这为什么会让你突然有兴趣跟萨姆交朋友呢？昆西，你甚至根本就不认识她。"

"我认识她。她跟我经历过同样的事情，杰夫。我非常清楚她是什么样的人。"

"我只是担心一旦你们两个接近起来，你就会陷入过去那些事情里面。可是你本来已经翻过那一篇了。"

杰夫说得对，我知道。而且，跟我生活在一起并不是一件容易的事情，我也知道。可是，他的话还是让我越听越恼火。

"我的朋友们都被杀了，杰夫。这并不是一件我可以翻篇的事情。"

"你知道我并不是那个意思。"

我扬起下巴，感觉自己因为愤怒变得趾高气扬起来。"那你是什么意思？"

"你已经不仅仅是一个受害者，"杰夫说道，"你的生活—— 我们的生活—— 不会被那个可怕的夜晚左右。我不希望这一点发生变化。"

"我对萨姆好，这不会改变任何事情。而且，我又不是有一大群朋友整天敲门拜访的那种人。"

我在无意中承认了这个事实。我平时可以不让杰夫知道自己的孤独。当他下班回家问我这一天过得如何的时候，我总是会给他一个阳光的微笑，并回答说自己挺好的，事实上我只是又浑浑噩噩地度过了孤独的一天。用一个漫长的下午独自烘焙，有时还会对着烤炉说话，只为了听听自己的声音。

我有一些熟人，却没有朋友。以前的同学和同事，都算是熟人。她们很多都有老公、有孩子、有工作，并不能经常跟我保持联系和往来。我有时会故意跟她们保持一定距离，直到她们变得越来越抽象，化为偶尔的短信和邮件。

"我真的需要这个，杰夫。"我说道。

杰夫抓住我的肩膀，轻轻帮我捏了捏。他望着我的眼睛，看见了一种无法名状的、异样的东西。

"你有什么事情没告诉我？"

"我收到了一封邮件。"我说道。

"萨姆发的？"

"丽莎，她给我发了那封邮件，一小时以后，她就——"

我本想说，结束了自己的生命。结果，反而用了史蒂芬·利伯曼没找到机会讲出来的那个词——"过世了"。

"信上说什么？"

我把那封邮件逐字逐句给他复述了一遍，那些文字仿佛刻在我的记忆当中。

"她为什么要这么做？"杰夫说着，仿佛我能给出答案似的。

"我不知道，我永远也不会知道。但是，她在临死之前想到我，肯定是有原因的。而我所能想到的就是，如果自己及时查看了这封邮件，说不定就有可能拯救她。"

我的眼睛开始盈满滚烫的泪水。我努力眨眼，想让它们收回去，可这都是徒劳。杰夫一把把我揽在怀中，我的脑袋贴着他的胸膛，他的双臂紧紧环着我的背。

"上帝啊，昆西，我真抱歉，我居然不知道这件事。"

"你肯定不会知道。"

"但是，你不能让自己认为你要对丽莎的死负责。"

"我没有，"我说道，"可是，我的确认为自己错失了帮助她的机会。我也不想让类似的事情在萨姆身上重演。我知道她有些不修边幅，但是，我想她还是需要我的。"

杰夫长长地叹了一口气。

"我会好好表现的，"他说道，"我发誓。"

我们吻在一起和好，带着咸味的泪水滑落到嘴唇上。杰夫放开我之后，我把唇上的泪水擦去。我理了理衬衫，并且帮他擦去我留在他身上的泪痕。接着，我们一起走出卧室，在走廊里牵起手，组成统一战线。

回到餐厅，我们发现餐桌前空无一人，萨姆的椅子已经推开，厨房和客厅里也没有她的影子。在门厅里，她的黑色背包放置的地方也空空如也。

萨曼莎·博伊德又一次消失了。

第九章

凌晨三点，我的手机忽然响起，把我从在林中奔跑的噩梦中惊醒，梦里，我跌跌撞撞，大声喊叫着，从他的魔爪下逃开，三根树枝伸出来拴住我的手腕。虽然已经醒来，我感觉自己还在跑，双腿还在被子下面猛蹬，电话一直在响——急迫的铃声划破房间里的沉寂。杰夫是那种睡觉非常死的人，只有听到他自己手机的铃声才会条件反射似的醒来，所以，此时他仍在呼呼大睡。为了不吵醒他，我拿起手机，按停铃声，然后用手盖住屏幕，从手指间查看是谁打来的电话。

未知号码。

"喂？"我轻轻下床，一边快步向门边走去，一边小声说道。

"昆西吗？"

是萨姆，在嘈杂的背景音中，依稀能听出是她的声音。后面有人的说话声，喊叫声，还有手指在键盘上噼噼啪啪敲响的声音。

"萨姆？"我站在黑暗的走廊里，睡眼惺忪，头脑中一片迷惑，"你跑到哪里去了？为什么这么晚给我打电话？"

"很抱歉，真的很对不起。可是，出事了。"

我猜想她接下来会说一些跟他有关的事情，可能是由于刚才的噩梦依然像未挥发的汗般粘在我的皮肤上。我已经做好准备，等着听她告诉我，他又出现了，就跟我预想的一样。他要是真死了，倒也没什么大不了的，我很乐意看着他死。

然而，萨姆说出的却是："我需要你的帮助。"

"怎么了？发生什么事了？"

"我被捕了。"

"什么？"

我的嗓音突然提高，话音在走廊里回荡，吵醒了杰夫。我听见卧室里传来床垫沙沙的响声，他坐起来，呼唤我的名字。

电话里，萨姆说道："请过来救我，中央公园警局，带上杰夫。"

还没等我问她是怎么得知我的电话号码的，她就挂断了电话。

杰夫和我打了一辆出租车来到中央公园警局，它就位于水池南边。我跑步的时候曾经多次路过这里，并且总是为这里新旧夹杂的风格感到迷惑。这里有中央公园建设之初建起的那种低矮的砖房，中间却被一个里面闪着光的极具现代风格的中庭隔成两半。每次我看到它，都会想起那种玻璃雪球，玻璃里面装着一个狄更斯笔下的小镇。

进去之后，我立刻提出要见萨曼莎·博伊德。前台的值班警察是一个红脸的爱尔兰人，制服下面的赘肉依稀可见。他在电脑上查询了一下，然后说道："我们带进来的人里没有叫这个名字的，小姐。"

"可是她刚才告诉我她在这里。"

"什么时候的事？"

"二十分钟以前。"我边说边理了理腰间掖进裤子里的衣服。杰夫和我半夜起来穿衣服非常匆忙，我就直接套上了前一天下午穿的那身衣服。杰夫则随便穿了件牛仔裤和长袖衬衫，头发乱得像鸡窝一样。

赘肉警官对着电脑皱了下眉头。"我这里查不到。"

"说不定她已经被放出去了，"杰夫说这话似乎只是为了表达自己美好的祝愿，"有这种可能吗？"

"她应该还在系统里，或许是因为她把警察局搞错了，也可能是你听错了。"

"是这个警局，"我告诉他，"我确定。"

我瞟了眼警局大厅，高高的房顶，光洁的楼梯，鞋子踩在抛光地板上咔咔作响。大厅灯火通明，照明设备也十分先进，看起来更像一个装修现代的火车站，而不是警察局。

"最近有任何女性被带进来吗？"

"有一个，"值班警官一边说着，一边继续在电脑上查找，"三十五分钟以前。"

"她叫什么名字？"

"我想这是保密的。"

我满怀期待地望着杰夫。"可能是她。"接着，我又看着值班警官，乞求道，"我们能见见她吗？"

"这其实是不允许的。"

杰夫掏出钱包，亮出了自己的工作证。他和气礼貌地解释道，自己是一位公共辩护律师，我们到这里来不是找麻烦的，而是因为我们的一个朋友刚才声称被这个警局逮捕了。

"求求你了，"我对值班警官说道，"我很担心她。"

他动了恻隐之心，把我们带到另一位警官跟前，这个人更加高大、强壮，身上没有赘肉。他把我们带到警局中央。这个房间散发出一种被咖啡因环绕的、令人不安的气氛。那些设定好的照明系统让人彻底忘记现在是深夜。萨姆果然在里面，戴着手铐坐在审讯台前。

"就是她。"我对那个警官说道。我还想往里走，他却一把抓住我的胳膊，不让我进去。我大声喊她的名字，"萨姆！"审讯台前的警察问了她一个问题。从他的唇形，我看出，他问的是"你认识那个女人吗？"萨姆点点头。警察拉着我向她走去，他的手像钳子一般夹住我的胳膊。

在我离审讯萨姆的警察还有不到一米远的时候，他放开了我。

"萨姆？"我说道，"发生什么事了？"

警察又看了她一眼，皱起眉头问道："你确定你认识这个女人？"

"是的，"我替萨姆答道，"她的名字叫萨曼莎·博伊德，不管发生了什么，我相信那都是一个误会。"

"她告诉警察的可不是这个名字。"

"你说什么？"

警察翻阅着卷宗，咳嗽了一下，然后说道："这上面写的她的名字叫蒂娜·斯通。"

我望着萨姆。熬夜让她的脸颊变得有些红肿。她的眼线已经晕开——黑色的线条染到眼睛里面。

"这是真名吗？"

"是的，"她耸耸肩说道，"我隔一段时间就会改一个名字。"

"那么，你的名字真是蒂娜·斯通？"

"现在是，嗯，法律上是。"

我能够理解。在松林小屋事件发生的那一年里，我也动过同样的念头，也是出于跟萨姆同样的原因，虽然此刻她没有必要说出原因。因为，我已经厌倦了在被介绍给陌生人时他们的那种反应。因为我讨厌他们先是一怔，过了几秒想起来之后那种恍然大悟的样子。因为，这意味着我的名字将跟他的名字永远联系在一起。

库珀最后说服我不要改名。他说，我应该保留自己的名字作为一种坚强和自豪的表现。改名并不能把昆西·卡彭特和松林小屋恐怖事件切割开来。保留我的名字，可以帮助我翻过这一页，帮助我找到不同的自己，找到多人丧生命案中的幸存者以外的身份。

"现在，既然我们已经把名字的问题搞清楚了，"杰夫说道，"谁能告诉我她为什么被逮捕吗？"

"你是她的律师吗？"警察问道。

杰夫叹了口气。"我想是的。"

"斯通小姐，"警察说道，"面临三级袭警和拒捕的指控。"

接下来，萨姆和审讯她的警察零零碎碎地说出一些片段，杰夫平静地收集着这些信息，然后问了几个问题。我努力跟上他们的节奏，头一会儿转向这个，一会儿转向那个，大脑因为缺觉变得昏昏沉沉。

就我所听到的信息来看，萨姆，也就是现在的蒂娜·斯通，离开我家后，就去了上西区的一家酒吧，喝了几杯之后，她到外面去抽烟，碰到了一对正在吵架的中年夫妇。

据萨姆说，他们吵得很激烈，并且有了肢体冲突。那个男的推了那个女的一下，她便介入了。

"我是在劝架。"她告诉我们。

"你袭击了他。"审讯警官说道。

不过，他们俩都承认一点——萨姆最后打了那个男的一拳。

那名男子打电话报警，而萨姆则去询问那个女的是否还好，她和老公是不是经常打架，她老公有没有打过她。两名警察赶到的时候，萨姆已经穿过中央公园的西侧，消失在公园当中。

警察一直尾随着，追上了她，并拿出手铐。就在这个时候，她开始反抗。

"他们无缘无故就要逮捕我。"她说道。

"你打了一名男子。"警察说道。

她抽了下鼻子。"我只是想帮忙。他看上去想要打那个女的的样子。如果我不出手的话，他恐怕早就揍她了。"

萨姆说，她对警察的不公平感到失望至极，于是打了其中一个警察，然后在拒捕的过程中打掉了他的帽子。

"上帝，只不过碰掉了他的帽子而已。"最后她咕哝着说道。

"我又没有打伤他。"

"他却认为你想要伤害他，"审讯的警官说道，"你显然是有伤害他的动机。"

"那让我们敞开来说吧，"杰夫说道，"她被指控只是因为她在公园里的作为，对吗？"

警察点点头。"被她打的那个男子最终决定撤销起诉。"

"那我们就能把事情弄清楚了。"

杰夫把警察推到一边。他们靠在墙边，声音很低，但我还是能听见他们的话。我站在萨姆身旁，把手搭在她肩膀上，手指压着她那软软的皮夹克。她不屑于去听他们在说什么，而是直勾勾地盯着前方，咬紧牙关。

"这在我看来就是一个天大的误会。"杰夫对警察说道。

"我可不这么认为。"警察答道。

"显然，她做了不应该做的事。但是，她其实是努力想帮助那个女人，当时情绪很气愤，让她变得有些失控。"

"你是说指控应当撤销？"

警官朝我们这边看来。我微笑了一下，希望这能够说动他。似乎他看到有活泼无害的我在萨姆这一边，就会让自己的天平向她这边倾斜似的。

"我是说，她压根儿就不应该被起诉，"杰夫说道，"如果你们知道她曾经经历过什么，你们就能够理解她为什么会做出那样的举动。"

警察一脸茫然。"那你就说说她经历了什么。"

杰夫小声跟他说了几句，我没有完全听清，只听到几个词，其中一个是"夜光"，另一个是"凶手"。

警官转过脸又看了萨姆一眼。这一次，他的眼神里出现了一种好奇跟同情相夹杂的表情。这种眼神，我曾经看到过上千次，就是一种人意识到自己看见的是"最后的女孩"的那种表情。他也低声对杰夫耳语了几句，杰夫又跟他耳语了几句。这样持续了几个回合，然后他们握手，杰夫步履轻快地朝我们走来。

"收拾东西吧，"他对萨姆说道，"你可以走了。"

到了外面，我们三个人站在警察局玻璃幕墙前面的院子里，那个爱尔兰裔值班警官从座位上望着我们。从公园的方向吹来一阵冷风，吹到我的耳朵和鼻子里。我走得太急，都忘了带上一件毛衫，现在只有双手环抱蜷缩起身子来取暖。

萨姆把皮夹克的拉链拉到下巴的位置，翻起衣领。然后背起双肩包，包的重量把她压得晃了一下。她说道："谢谢你们帮助我，在我晚上说了那么多不该说的话以后，我终于不用在牢房里过夜了。"

"不客气，"杰夫说道，"现在我不是坏人了吧？"

他冲我们露出一个自豪的微笑。我转过身，虽然我知道自己应该表现出感激，但是，身体表面却涌起一阵不屑。不过，萨姆却显得很感激，她伸出手，袖口里的文身依稀可见。杰夫跟她握了手，并且转过来看了我一眼，我觉得哪里不对劲，并没有跟他对视。

萨姆并没有跟我握手，而是快速拥抱了我一下。"昆西，终于见到你了，真好。"

"等等—— 你这就要走吗？"

"我想我找的麻烦已经够多了，"她说道，"我只想看看你过得怎么样。

现在，我有了答案。你过得很好。宝贝，我为你感到高兴。"

"可是，你要去哪里呢？"

"四海为家，"萨姆说道，"好好照顾你自己，好吧？"

她迈步走开。或者说，她假装迈步走开，心里知道我会叫住她。在背包的重压下，我很难分清她是真的走不动还是不想走。不过，我知道我不能就让她再次这样溜走，像这样溜走。

"萨姆，等等，"我说道，"我知道你没有地方可去。"

她转过身来，风把她的头发吹到脸上。"别担心了，我没事的。"

"你会没事的，"我说道，"因为你要跟我们一起回家。"

第二部

熟悉的陌生人

只要违背过一次诺言，就会有第二次、第三次，她会把一切都
当作一个笑话般甩得一干二净。

第十章

我们一到家，杰夫跟我就闪进卧室，关上门，我们把声音压到最低，这样在客厅的萨姆就不会听到我们讲话。

"她可以住一晚上。"杰夫说道。

"今天晚上就要过去了，"我说道，心里依然因为说不出的原因在生他的气。"至少两个晚上。"

"这不是谈判。"

"你为什么这么反对？"

"你为什么这么热情？"杰夫说道，"她是个陌生人，昆西。她甚至都不愿意告诉我们她的真名。"

"我知道她的名字，是萨曼莎·博伊德。她对我来说也不是陌生人。她跟我有过同样的经历，而现在需要一个容身的地方。"

"我们在曼哈顿，"杰夫说道，"这里有成千上万个她可以去的地方，有无数的旅馆。"

"我确定她没有钱住旅馆。"

杰夫叹了口气，在床上坐了下来，踢掉脚上的鞋子。"凭这一点你就应该打住。谁会从不知道什么地方跑到纽约来，身上还不带钱？或者，没有任何计划，随便游荡？"

"就是对丽莎·米尔纳的遭遇感到伤心，而现在想做点什么的人。"

"她不是我们的责任，昆西。"

"她到这里是为了看我，"我说道，"这就让她成为我们的责任，我的责任。"

"我已经让他们撤销了对她的指控，我想这对我们不认识的人来说，已经是仁至义尽了。"

杰夫脱掉衬衫和裤子，钻进被窝，准备把这一晚上的事情忘到脑后。我依然站在门边，双手交叉，一股无名怒火涌上心头。

"是的，你起了推波助澜的作用。"

杰夫坐起来，眨着眼睛对我说："等等，你真的因为这事生我气了？"

"我生气的是你这么快就打出了受害者这张牌。一提到夜光旅馆，别人就立刻知道是怎么回事了。"

"萨姆不介意。"

"那只是因为她没有听见你说话，我相信，要是被她听见了，肯定不是这个反应。"

"我可不会因为把她弄出看守所而道歉。"

"你当然不用，"我说道，"但你至少应该承认，有比这更好的办法。你应该看看那个警察是怎么看萨姆的，仿佛她是一只受伤的小狗。正是因为这个原因，她才选择改名字，杰夫，这样人们就不会总是用怜悯的目光看她了。"

可我生他气的原因不只是因为萨姆，当他跟警察低声耳语的时候，我瞥见了工作中的杰斐逊·理查德的样子，为了让客户脱罪，不惜说出任何话来，即便那话会让客户沦为别人可怜的对象。我不喜欢他这个样子。

"听着，"杰夫说着向我伸出手来，"我为当时的做法向你道歉，但是，在当时那种情况下，这似乎是快速解决问题的唯一办法了。"

我把双臂紧紧环绕在胸前。"如果换个角色，如果被逮捕的是我，你会做同样的事情吗？"

"当然不会。"

我注意到他的语气中带着一丝伪装，话中的不确定让我的皮肤重新感受到那种讨厌的刺痛的感觉。我挠了挠脖子，试图赶走这种刺痛。

"不过这就是我，对吗？"我说道，"一个受害者？就像萨姆一样？"

杰夫绝望地叹了口气。"你知道你不仅仅是这样。"

"萨姆也是。当她跟我们待在一起的时候，你也应该这样对待她。"

杰夫试图再跟我解释道歉，但我打断了他，转过身，重重关上卧室的门。我离开的时候，关门关得很重，感觉墙壁都震动起来。

客房不大，但是很整洁，东西摆得满满当当。床头灯在墙壁上投下玫瑰色的光芒。因为是半夜，一切看起来都像在梦境中般摇曳不定。我知道自己应该睡觉，可是我不想睡，因为我感觉到萨姆也毫无睡意，在散发着生命的活力和能量。于是，我们挤在双人大床上，把鞋子扔在地板上，把脚蜷缩在羊毛毯子里取暖。

萨姆把她之前扔到墙角的双肩包拉到跟前，从里面取出一瓶野火鸡威士忌。

"来点提神的，"她重新爬上床说道，"我想咱们都需要它。"

我俩直接拿着野火鸡威士忌的瓶子喝起来，瓶子被递过来递过去。对我来说，每喝一口都像是在喉咙里吞下一团火。它们会点亮回忆的点点滴滴：我和贾内尔第一天晚上在宿舍的床上，两人肩并着肩，她喝着从走廊对面宿舍大一新生那里骗来的加冰葡萄酒，我则小口啜饮着健怡可乐。那天晚上，我们成为最要好的朋友。直到现在，我依然把她视为最好的朋友，虽然她已经在坟墓里躺了十年。我知道，如果她还活着，我们的友谊反倒不一定会那么长久。

"这只是为了今晚而喝的，"萨姆说道，"明天早上我就走了。"

"你在这里可以想待多久就待多久呀。"

"我只需要一个晚上。"

"你早就应该告诉我你生活困难，"我说道，"我很乐意帮忙，我可以借钱给你，或者其他任何你需要的。"

"我确信你男朋友对此也没什么意见。"

我又喝下一口野火鸡威士忌，然后咳嗽起来。"别担心杰夫。"

"他不喜欢我。"

"萨姆，他还不了解你。"我顿了一下，"我应该叫你蒂娜吗？"

"叫萨姆吧，"她说道，"蒂娜这个名字只是为了走个形式罢了。"

"你叫这个名字有多久了？"

萨姆喝下一口酒，一边咽下一边说道："好几年了。"

"从你消失的时候开始？"

"是的。我不想再当萨曼莎·博伊德，不想再当最后的女孩。我想成为别的人，至少在纸面上成为也行。"

"你的家人知道吗？"

萨姆摇摇头，把酒瓶递给我，然后下了床。她先是来到背包跟前，取出一盒香烟，然后走到窗户旁，问道："我能抽烟吗？"

我耸耸肩表示同意，萨姆打开窗户，窗外依稀可见青黑色的天空中飘着几朵薄云。感觉黑暗已经越来越无力，黎明正在接近。

"我得戒烟了，"萨姆说着点燃香烟，"香烟他妈的越来越贵了。"

"更不用说它还有害健康、致命呢。"我说道。

她向窗外吹出一缕烟圈。"我担心的倒不是这个问题。我都已经骗来一条命了，不是吗？"

"这么说来，你是从夜光旅馆事件之后改名的？"

"我需要让自己平静下来，你明白吗？"

哦，是的，我知道。除了镇静药阿普唑仑以外，我的放松方式是喝葡萄酒，红葡萄酒、白葡萄酒，或是别的什么葡萄酒，都无所谓。我相信贾内尔一定会觉得这很讽刺。

"我很诧异你跟丽莎一直没有开始吸烟，"萨姆说道，"这在我看来是很自然的事情。"

"我曾经试过一次，但感觉还是不喜欢。"我的脑海里忽然闪过一个问题。

"你怎么知道丽莎不吸烟？"

"我猜测的，"萨姆说道，"她在她的书里，或者在别的地方，都没有提到过。"

她手里香烟的顶端，已经变成一根灰柱，眼看马上就要掉到地板上。她走离窗边，手里握着残存的半根烟，另一只空闲的手伸进背包，从里面取出一个烟灰缸。

这是一个皮质的像小包的东西，看起来像一个带弹簧拉钩的零钱包，整个动作暴露出一个长期吸烟者的熟练。萨姆按下按钮把它打开，并把烟灰弹到里面。

"你真的读过她的书？"我问道。

萨姆吸了一口烟，点点头，然后吐出烟圈。"我想这没什么，她的书当然不能帮助我处理我自己遇到的问题。"

"你经常会想起它吗？"

我又喝下一大口野火鸡威士忌，喉咙里面已经习惯了它的"热度"。萨姆伸出一只胳膊，去够酒瓶。我把瓶子递给她，她喝下一大口，然后吸了口烟，接着又是一大口。

"经常。"

她把瓶子递回给我。我把酒瓶举到嘴唇跟前，听到自己平静的话语碰到玻璃瓶壁上又弹回来。

"你想聊聊关于它的事情吗？"

萨姆长吸一口，把烟抽完。香烟很快变成一柱烟灰，她迅速把它捻灭。她把窗户关上，香烟继续污染着房间里的空气，像一段糟糕的记忆般阴魂不散。

"你认为这只有在电影里才会出现，"她说道，"在现实生活中不会发生。至少，不会像那样发生，可是，它的确发生了。一开始是在印第安纳州的女子俱乐部，接着是在佛罗里达州的汽车旅馆。"

她脱下夹克，露出下面的黑色裙子，露出胳膊和双肩，苍白的皮肤显得很精致。在她的背上，右肩下方的位置露出一个死神的文身，死神的脸在裙带间若隐若现。

"卡尔文·惠特默，"她爬上床说道，"那个废物。"

这个名字让我身体深处产生一阵颤抖，感觉像是体内的器官上沾着一团冰。

"你说出了他的名字。"

"我为什么不能说呢？"

"我从来没有说出过他的名字。"我没有必要去澄清。她知道我谈论的是谁。"一次都没有过。"

"我倒不介意，"萨姆说着把瓶子从我手里抢过去，"我总是想起他。你知道吗，我现在还能看见他，在我闭上眼睛的时候。他把麻袋套在头上，眼部挖了两个洞，鼻子上也留了一个小孔用来出气。我永远忘不了他呼吸的时候，麻袋片跟着呼扇呼扇的样子。为了固定麻袋，他还特地在脖子上系了根绳子。"

我感觉自己内脏里又有一大块冰堵住，于是赶紧从萨姆手中抢过野火鸡威士忌，虽然她还没有喝完。我大喝两口，希望它能让那团寒冰融化。

"细节太多了吗？"萨姆说道。

我摇摇头。"细节很重要。"

"那你呢？你记得任何细节吗？"

"有一些。"

"但是不多。"

"不多。"

"我听说这不是真事，"她说道，"所有那些被压抑在深处的记忆。"

我又喝下一大口酒，努力让自己不去理会萨姆隐晦的讽刺。虽然我们有许多共同点，但她还是无法窥见我的意识深处，去填补松林小屋事件留下的记忆黑洞。她永远不会知道，记得事情的开端固然让人欣慰，但怎么都记不起结尾又是多么让人沮丧。这就好比是在电影开场五分钟后就离开了电影院，而回来的时候，结尾的字幕已经开始滚动了。

"相信我，"我说道，"这是真实的。"

"你不介意记不起这些事情？"

"我觉得，记得一点总比什么都不记得要好。"

"可是，你难道不想知道到底发生了什么事吗？"

"我知道最终的结果，"我说道，"我知道这些就足够了。"

"我听说它还在那里，"萨姆说道，"松林小屋。我在那种讲述真实犯罪案例的网站上看到过。"

几年前我也曾看到过同样的内容，或许就是在同样的网站。记得那时，案件调查刚一结束，松林小屋的主人就急着想把这块地方卖掉。当然，没有人会想买。没有什么比发生过血案更会让房子贬值的。后来，那人破产了，这个地方就落到他的债主手里。他们也无法将其售出，于是，松林小屋就一直留在那里，变成宾夕法尼亚州森林里的一块墓碑。

"你曾有想过回去看一眼吗？"萨姆问道，"或许这能够帮助你回想起来。"

这个主意让我感到恶心。"从来没有。"

"你曾经想起过他吗？"

显然，她是希望由我来说出他的名字，那种预感像体温一样从皮肤下升腾起来。

"没有。"我说了谎。

"我就知道你会这么说。"萨姆说道。

"是真的。"

我又喝了一大口野火鸡威士忌，然后盯着酒瓶，看看我们喝了多少酒，事实上，是想看看我喝了多少酒。我意识到，萨姆几乎没怎么再碰那个酒瓶。我闭上眼睛，身体摇晃了一下。我能感觉到自己已经到达醉酒的边缘，只要再多喝一杯，我就将酩酊大醉。

我把瓶子拿过来，又喝了两口，体味着那种灼烧的感觉。萨姆的声音变得遥远而轻微，虽然她就在我旁边。"你显得自己已经完全翻过了那一篇，但其实你没有。"

"你错了。"我说道。

"那证明给我看，告诉我他的名字。"

"我们得睡觉了，"我望着窗外渐渐亮起来的天空说道，"天很晚了，可能都到早上了。"

"我不睡。"

"这样也不能让他复活呀。"

"我知道。"

"那你为什么还老是放不下？"

她的语气跟贾内尔如出一辙。一点点地推动、刺探、引诱我去做我不想做的事情。我内心升起一丝烦躁，夹杂着气愤。我试图用野火鸡威士忌把这种情绪压制下去，这时才发现，萨姆已经把酒瓶从我手里拿走了。

"你知道吗，你就是，"她说道，"一个放不下的人。"

"够了，萨姆。"

"如果你真把所有发生过的事情都放下了，那一个简单的名字不应该是什么大不了的事情。"

"我要睡觉了。"

我准备离开，她却一把抓住我的胳膊。我努力挣脱，从床上滑下来，重重地跌在地板上，屁股摔得生疼。不知是因为喝了太多野火鸡威士忌，还是因为缺乏睡眠，我花了好大力气才站起来。胃里泛起一阵酒酸味。我的视线模糊起来。萨姆却在步步紧逼："我希望你说出来。"

"不。"

"就一次，为了我。"

我转过脸看着她，摇摇晃晃地说道："你为什么要费这么大功夫打听这个？"

"那你为什么这么抵触？"

"因为他不配我说出他的名字！"我大声喊道，自己的声音在黎明前的沉寂里高声回响。"他干了那么多坏事，还配让别人讲他的名字！"

萨姆瞪大眼睛。她知道她已经做得太过分了。

"可你没必要因此发火呀。"

"我当然会，"我说道，"我让你过来，已经是在帮你的忙了。"

"你是，你不要认为我不知道。"

"并且，如果我们想成为朋友的话，你需要记住，我不谈论关于松林小屋的事情。我已经翻过这一篇了。"

她低下头，两只手握住酒瓶，把瓶子放在胸口。"我很抱歉，"她说道，"我不是故意的。"

等我站在走廊里，忽然感到稍许清醒，我用手摸了摸刚才痛到抽搐的屁股，努力让自己显得不那么酩酊大醉。"或许你是对的，你最好今天早晨离开吧。"

在完整地说完这一句话之后，醉意再次袭来。我跟跟跄跄地走出房间，然后回到自己的房间，门一关上，就意味着更多的争吵。

我上床的时候，杰夫已经醒了一半，他咕哝着说道："我听见你在喊。"

"没什么。"

"你确定？"

"是的。"我答道，感觉自己已经累得说不出更多话来。在我平躺下来睡着之前，混沌的脑子里忽然闪过一个想法，这时一段记忆一闪而过——一段不受欢迎的记忆。他。在我第一次见到他的时候，在杀戮开始之前，在他成为他之前。

接着，我脑中又涌起一个想法，这个想法比第一个更让我困扰。就是萨姆想让我去回忆这段历史。但我却不知道她这样做的用意。

松林小屋
下午五点零三分

　　贾内尔想先探索下这片森林，她很清楚，大家会喜欢在唱生日歌之前进行这样的活动。于是，他们走出宿舍，走进了小屋后面山坡上的林子里。

　　以前当过童子军队员的克雷格带路，他虽然很自信，但还是犯了愚蠢的错误，带错了路。他是一行人中唯一一个脚上穿对了鞋的人—— 一双登山靴，里面还穿了一双厚厚的防磨脚的高筒袜。他还拿了一根长得很荒谬的登山杖，戳在地上发出有节律的声音。

　　昆西和贾内尔就跟在他后面，穿得没有那么专业。上身穿着条纹毛衣，下身穿着牛仔裤，脚上穿着不实用的休闲鞋。他们费力地在被盖满落叶的山坡上穿行。头顶还不停地有叶子落下，黄昏的余晖洒在他们纤细的身影上，他们则在林子里跌跌撞撞，艰难前行。天空不时有叶子如流星般坠下，先是红色的，然后是橙色的，还有黄色的。

　　贾内尔摘下一片树叶，别在耳后，橘色的叶子在她红褐色的头发上熠熠发光。

"我得拍张照。"她说道。

昆西满足了她的要求，给她拍了两张照片，然后转过身，给贝茨拍了一张，脚步沉重得像是拍了一天照片。对她来说，这趟旅行与其说是生日礼物，不如说是一种负担。一个需要忍受的周末。

"笑一笑。"昆西说道。

贝茨蹙了下眉头。"等这次远足结束，我就能笑出来了。"

不过，昆西还是给她拍了一张照片，然后来到艾米和罗德尼跟前，那俩人紧挨着走在一起，就像屁股连在一起的一个人一样。他俩从来就没有分开的时候，其他人干脆把他俩合并叫作"莱米"。

艾米穿着罗德尼的法兰绒衬衫，袖子太长，把她的手指尖都挡住了。她后面的罗德尼好像一只灰色的小熊，虎背熊腰，头发披在 V 字领的衣服领口。他们挤在一起看着昆西，默不作声。

"就是这种眼神，"昆西说道，"把相机当作你的情人。"

"你们就一直待在那里吗？"大家开始上一个小坡的时候，克雷格对他们喊道。落叶让地面变得更滑，贾内尔和昆西手牵手，交替领路往山上爬去。

"说真的，你们不想落在后面吧，"贾内尔说道，语气中带着导游的权威，"这片林子闹鬼哦。"

"瞎扯。"罗德尼答道。

"是真的。几百年前，曾经有个印第安人部落居住在这里。后来，白人来了，把他们赶尽杀绝。我们的手上还沾着他们的血呢。"

"我什么也没看见。"罗德尼说着，转动脑袋假装在查看四周的样子。

"正常点。"艾米嗔怪道。

"无论如何，"贾内尔说道，"有人看见印第安人的鬼魂在这片林子里游荡，随时要把他们见到的白人杀掉。所以，罗德尼，小心你后面。"

"为什么是我？"

"因为克雷格太强壮，不容易被鬼魂打垮，不管是印第安人的，还是其他人的。"

"为什么不是你？"

"我说了，是白人杀死他们的，"贾内尔说道，"我们是女人，他们跟我们没有仇怨。"

"真的有人死在这里。"

说话的是贝茨，是那个安静的、总是当旁观者的贝茨。她看着大家，一双会说话的大眼睛瞪得圆圆的。

"是我们世纪文学课上的一个同学跟我说的，"她说道，"去年，有两个露营者在林子里被害。是一对男女朋友。警察发现他们在自己的帐篷中被刺死。"

"他们抓住凶手了吗？"艾米问道，身体更加紧地靠着罗德尼。

贝茨摇摇头。"这我就不知道了。"

他们走剩下的山路的时候，没有人再说话。甚至连脚下布满落叶的小路似乎也安静下来，使得他们忍不住去倾听林子里有没有其他人的声音。在这新的柔软的静寂中，昆西感觉到，林子里不只有他们这拨人。她知道自己这种感觉很傻，很可能这是听了贝茨的话之后产生的心理作用。可是，她就是没法儿摆脱这种想法，觉得林子里还有其他人跟着他们。而且，就在不远的地方，观察着他们。

附近的一根树枝动了一下，也就不到十码开外。昆西听到这个声响，差点尖叫出来，这引发了一连串连锁反应，贾内尔、贝茨和艾米都小声惊呼起来。

不过，罗德尼却大笑起来。"天哪，"他说道，"太神经质了吧？"

他指了指声响的始作俑者，原来是一只松鼠，它竖起长尾巴躲在草丛里，尾巴摇摇晃晃的。其他人也大笑起来，甚至昆西，也忘记了自己刚才听到的动静有多么诡异。

在山顶，他们发现了一大块顶部扁平的岩石，足有双人床那么大。岩石表面刻着许多名字——感觉是跟他们一样的爬山者留下来的。岩石周围丢着不少烟蒂和啤酒罐，附近草丛中还有用过的避孕套，把贾内尔和昆西给恶心坏了。

"估计只有克雷格能在这里做出这种事情，"贾内尔小声说道，"至少有了保护。"

"如果是我们做，"昆西说，"肯定不会在岩石上面，看这样子，肯定要被传染性病的。"

"等等——你们还没有做决定？"

"我决定不要做决定。"昆西说道。事实上，她已经做了决定，已经答应晚上跟克雷格睡在同一张床上，完成那个特定的交易。"该发生的总会发生的。"

"最好早点发生，"贾内尔说道，"克雷格是块鲜肉，昆西。我相信，有好多女孩迫不及待想尝鲜呢。"

"有趣的比喻。"昆西面无表情地回应道。

"我只是想说，你也不想等太长时间，让他都失去兴趣了。"昆西望向克雷格，他已经爬到岩石顶上，眺望着远处的地平线。他感兴趣的不只是性。昆西很确定。首先他们是朋友，他们初见是在大学开学第一天的正式场合，并且整个大一都在缓慢地发展关系、互相调情。直到八月底，他们才开始约会，因为暑假两人返校之后，都意识到这个夏天他们是多么想念彼此。如果昆西感觉到克雷格等不及要发生性关系，她会想办法把这变成他的欲望，而不是贾内尔暗示的那种一直无法得到满足而产生的失望。

克雷格爬上岩石，发现昆西正在看自己。她举起相机，说道："笑一笑。"

他不只对她笑一笑。他还双手叉腰，胸膛挺得像超人一般。昆西大笑着按下快门。

"风景如何？"她问道。

"非常好。"

克雷格向下伸出手，帮助她爬上岩石，站在自己身旁。

他们的位置比昆西想象中更高，能够看到整片森林如何向下延伸长达一英里，然后在一处暗色的山谷旁戛然而止。其他人也爬上岩石，贾内尔又给大家拍了一张照片。

"来张合影，"她说道，"大家都过来，还有你，昆西。"

六个人挤到一起，昆西伸出胳膊，招呼每个人都进入镜头。照片刚一拍完，昆西就跑去查看。这时，她注意到他们身后的远处，山谷中央，矗立着一个庞大的建筑物，灰色的墙壁在林木间依稀可见。

"那是什么？"昆西指着建筑问道。

贾内尔耸耸肩。"打我我也不知道呀。"

当然，"百事通"贝茨知道。

"那是一所精神病院。"她说道。

"天哪，"艾米回应道，"你是故意吓唬我们吧？"

"我只是告诉你们。这是一所为疯子设立的医院。"

昆西眺望着远处的精神病院，低层的大型建筑隐藏在树林中，显得密不透风的样子，感觉这个建筑本身就是活的，释放出一种明显的悲哀。昆西感觉这种悲哀从山谷一直向上往岩石顶上袭来。她想象一朵风暴云团始终盘踞在这里的上空，虽然看不见，但是很容易就能感觉出来。

她本打算给疯人院拍张照片，但最终还是克制住这股冲动。她似乎又不想让这幅景象进入自己的相机。

克雷格站在昆西旁边，凝视着天空。太阳已经落到天际线处的森林下边，变成一道强光照耀并温暖着整片森林。大树把这片亮光切碎，它们长长的影子在林地上投下一道道网格线。

"我们得往回走了，"他说道，"要是天黑了我们就走不出去了。"

"是啊，而且我们知道，还有印第安鬼魂呢。"贾内尔补充道。

昆西也来添油加醋："还有疯子。"

不过，他们还是因为罗德尼耽误了一会儿才动身。罗德尼坚持要在岩石上刻完字才肯走。他先是刻上自己的名字，然后又在下面加上艾米的名字，然后用一个加号把两人的名字连在一起，并在外面草草画了一个心形。接着，他们便出发，沿着来时的路往回走。没过多久，他们就来到通往木屋的平路上，下坡路感觉比实际更加漫长。不过，大家都说，从大岩石到松林小屋之间的距离，也就不到半英里。

不过，他们走出林子的时候，太阳已经彻底落山，木屋上只留下一层粉色的秋天般的余晖。阴影沿着大树往下爬，并把树根包裹起来。依然走在最前面的克雷格忽然停了下来。昆西跳到他跟前，他把她往后一推。

"怎么搞的——"

"嘘。"他边小声说着，边斜眼瞄着屋后台阶上的暗影。

后来，昆西终于看见他看到了什么，其他人也看见了。有人站在回廊里。一个陌生人双手扒着后门上的窗户，正在往屋子里张望。

"嘿。"克雷格一边喊着，一边往前走了一步，手里的登山杖像武器般挥舞着。

门口的陌生人——昆西现在才看清，是名男子——惊恐地转过身来。他看起来跟他们差不多大，或者比他们大几岁。因为他戴着眼镜，镜片反射出的黄昏的微光模糊了他的眼睛，很难看出确切年龄。他很瘦，几乎是骨瘦如柴，长长的胳膊紧紧夹住身上的灰色粗线毛衣，肩部的位置有一个硬币大小的洞眼儿，露出里面穿的白色T恤衫。他下身穿着一条绿色的灯芯绒长裤，膝部很皱，腰部很松，以致他不得不用食指钩住腰带，才能让裤子不至于掉下来。

"抱歉，吓着你们了。"他说出的每个字之间都透出迟疑，仿佛他不太清楚该怎么讲话。他讲英语的口音像外国人，又正式又犹疑。昆西仔细分辨，想找到一点线索，但还是听不出他是哪里人。

"我想看看这里面有没有人。"

"有我们，"克雷格说着，往前迈了一步，他的勇气让昆西很震撼，不过，这可能只是他的策略而已。

"你们好。"陌生人冲他们挥挥手，并没有把手放回腰上。

"你迷路了吗？"贾内尔问道，她的好奇心战胜了恐惧。

"是啊，我的车在几英里外抛锚了。我走了一下午，接着，就看到通往这里的道路，希望这里有人能够帮助我。"

这时，贾内尔离开众人，走出林子，三大步迈到屋檐下。陌生人往后退了一步，那时，昆西以为他要逃跑，像一头受惊的小鹿般钻进林子。可是，他还待在那里。贾内尔仔细打量着他的深色头发，他略微上翘的鼻子和嘴唇显出性感的曲线。

"走了一下午，嗯？"她问道。

"差不多。"

"你一定很累了。"

"有点。"

"你应该进来跟我们一起庆祝。"

陌生人又把一只手的食指放到皮带上扶着，贾内尔握了下他的另一只手。

"我叫贾内尔，这些是我的朋友，我今天过生日。"

"生日快乐。"

"你叫什么名字？"

"我叫乔。"陌生人冲她点了下头，然后谨慎地笑了下，"乔·汉南。"

第十一章

我醒来的时候，已经是十点多。双人床上杰夫那一边已经空了很久，用手一摸，床单都是凉的。我来到走廊，在客卧前停了下来。虽然开着门，但我知道，萨姆还在。她的双肩包还在墙角，威士忌酒瓶也还在茶几上，里面只剩下一点点酒。

厨房那边传来声音—— 是关抽屉和碗碟碰撞的声音。来到厨房，我看见萨姆，腰间系着一条白色的围裙，上身穿着一件性感的T恤衫，下身穿着黑色牛仔裤。

我的头开始痛起来，不是因为昨晚喝了太多野火鸡威士忌，而是由于它制造出了一种超现实的景象。虽然昨晚的很多记忆都变得模糊，但我还是很清楚地回想起，萨姆曾不止一次试图让我说出他的名字。这让我很困扰，既因为她，也因为那段记忆。这些萨姆都明白，从她看到我露出的充满歉意的笑容，我就能看出来。她殷勤地把倒满热咖啡的杯子递到我手里，烤炉里散发出带着蓝莓香味的热气。

"是你烘焙的？"

萨姆点点头。"柠檬蓝莓玛芬蛋糕。我在你的博客上找到的食谱。"

"我应该很惊喜吗？"

"也许不会，"萨姆说道，"虽然我希望你会。"

我心中其实有暗暗的惊喜。自从父亲去世以后，从来没有人专门为我烘焙过什么。甚至连杰夫都没有过。然而，萨姆却在这里，两眼紧盯着计时器倒数到零。我虽然不情愿，但还是被感动了。

她把玛芬蛋糕从烤炉里取出来，并没有给它们足够的时间来冷却，就把烤盘抽了出来。蛋糕纷纷掉到餐台上，蓝莓也滑落下来。

"老师，我做得怎么样？"她充满期待地看着我问道。

我微微点点头。蛋糕看上去有点干，这说明她没有放黄油，从口味来看，糖放得也很不够，没能压住水果的味道。结果，玛芬蛋糕只有面团味，也并没有透出柠檬或者蓝莓的味道。我喝了一小口咖啡，味道太过浓烈。舌尖上的苦味都跑到言语里面。

"我们需要谈谈昨晚——"

"我是个婊子，"萨姆说道，"你对我那么好，而我——"

"萨姆，我从来不谈论松林小屋案件，昨晚你过分了，知道吗？我会专注未来的事情，你也应该这样做。"

"我明白，"萨姆说道，"而且，我想多多少少弥补一下。当然，如果你允许我多待一阵子的话。"

她深吸一口气，等着我给她回答。这或许是一种表演。我有点觉得，她很确定我会让她留下来，就像昨天晚上，她很确定我不会让她背着双肩包离开一样。只是，我自己对什么都不确定。

"我只会多待一两天。"见我不说话，她又说道。我又喝了一小口咖啡，更多是为了让咖啡因给我力量。

"你来这里到底是为什么？"

"想来见见你，这个理由还不充分吗？"

"充分，"我说道，"但是，这不是你唯一的理由。从你问我的这些问题，这些试探来看。"

萨姆拿起一块表面凹凸不平的玛芬蛋糕，然后又把它放下，把手指上的蛋糕屑掸去。"你真想知道？"

"是的，现在到了讲实话的时候，不要玩虚的。"

萨姆深吸了一口气，就像即将潜入水中的孩子那样贪婪地呼吸着空气。"我过来，是想看看你是不是跟我一样愤怒。"

"对丽莎的所作所为感到愤怒？"

"不是，"萨姆说道，"为自己是'最后的女孩'而愤怒。"

"我没有。"

"你不愤怒，还是你不是'最后的女孩'？"

"都不。"我说道。

"或许你应该愤怒。"

"我已经翻篇了。"

"你昨天晚上跟杰夫可不是这么说的。"

这么说来，她是听见了昨晚我俩在卧室的争吵。可能是一部分，也可能是全部，当然，这些话足以让她晚上气得跑出门去。

"我知道你并没有翻篇，"她说道，"就像我没有一样。我们永远不可能翻篇，除非我们变成下一个丽莎·米尔纳。我们被这场暴行附身了，宝贝。生活把我们大家都吞没，然后又甩出来，所有人只是希望我们像什么事都没有发生过一样。"

"至少我们活了下来。"

萨姆抬起手腕，露出上面的文身。"当然。而你的生活从那以后也是完美的，对吗？"

"我挺好。"我说道，声音有些畏缩，因为我感觉自己的声音听起来好像我母亲。她经常用这句话作为幌子，来掩饰所有的情绪。"我挺好。"在我父亲的葬礼上，她对所有人说。"昆西和我都挺好。"仿佛那一年我们的生活并没有改变得天翻地覆。

"当然。"萨姆说道。

"这是什么意思呢？"

她把手伸进牛仔裤前面的口袋，取出一个苹果手机，然后"啪"的一声放在我面前的餐台上。这个动作让手机屏幕亮起来，上面出现了一个男子的生殖器的画面。

"我将孤零零地从这里出去，假装这不是杰夫，"萨姆说道，"正如假装这不是你的手机。"

我望向厨房另一边，胃里的咖啡和玛芬蛋糕忽然泛起一阵酸味。那个上了锁的抽屉—— 我的抽屉—— 是开着的。

钥匙孔的位置有很多黑色的碎屑。

"你把锁撬开的？"

萨姆自豪地点点头。"我少数的几个技能之一。"

我跑到打开的抽屉跟前，确定自己的秘密收藏还在那里。我抓起银色的粉盒，透过镜子看自己的样子，被里面自己憔悴的面容吓了一跳。

"放心，我不会告诉任何人的，"萨姆说道，"坦率说，知道这个快乐的家庭主妇面具下面，还有一些不为人所知的阴暗面，我反而松了一口气。"

羞愧让我的脸颊发烫。我转过身，靠在餐台上，手掌抚摩着餐台，滑过那些掉落的蛋糕屑。

"不是你想的那样。"

"我不是要评判你什么。你以为我没有偷过东西吗？你猜对了，我可能也是偷过的。食物、衣服、烟。如果你像我一样穷，你很快就会克服那种负罪感。"萨姆把手伸进包里，拿出一支偷来的口红。她把它扭开，嘴巴噘成一个标准的圆形，把玫红色的口红涂在嘴唇上。"你觉得怎么样？这个颜色是不是很适合我？"

"这跟松林小屋发生的事情一点关系也没有。"我说道。

"是的，"萨姆抿起嘴唇说道，"你是完全正常的。"

"去你的。"

她笑了。玫红色的双唇像闪烁的霓虹灯。

"现在，到了我想要说正事的时候！昆西，把你的感情表达出来。我之所以想要你说出他的名字，就是这个原因。我之所以要打开你的秘密抽屉，也是出于这个原因。我想看你生气，愤怒会给你启示。不要总是用你挂在网上的蛋糕和面包，去掩饰你的真实感情。你过得并不好，我也是。承认这一点，并没有什么坏处。宝贝，我们都是被破坏的商品。"

我又瞟了眼抽屉里面，感觉里面的每样东西仿佛都是第一次见到，我这才意识到，萨姆是对的。只有遭到严重伤害的女人，才会去偷勺子、苹果手机，还有镀银外壳的粉盒。一阵羞耻感紧紧攫住我的身体，渗透进每个细胞。我推开萨姆，木然地走到放阿普唑仑镇静药的柜子跟前。我拿起瓶子，摇出一粒药片放在手心。

"你的药片够我们所有人吃吗？"

我面无表情地望着她，心里却在想别的事情，只想着怎么把这个浅蓝色的药丸吞进自己的身体。

"阿普唑仑，"萨姆说道，"给我一片。"

她把药片从我手中抢过去，并没有立刻吞下，而是像吃拜耳公司生产的维生素那样，把它放在牙齿间嚼碎。我则像往常那样，用葡萄味苏打水吞下药片。

"这个方法有意思。"她说着，用舌头舔了舔牙齿，寻找着药片的碎渣。

我又喝下一大口苏打水。"就像一勺糖，歌里唱得果然没错。"

"我猜，不管怎样，效果是达到了。"萨姆伸出手。

"再给我一片。"

我又倒出一粒药片到她手心。它待在那里，像一颗小小的罗宾鸟蛋，她好奇地看了它一眼。

"你不要再来一片吗？"

这不是一个问题。

这是故意在激将。

忽然，我觉得我们在重演昨天下午的一幕。

回到厨房，萨姆还是望着我，我忽然莫名地想战胜她。

"当然。"我说道。

我又吃下一片阿普唑仑，接着又喝了几口葡萄味苏打水。萨姆这次没有嚼药片，而是伸手来拿苏打水瓶。她喝下两大口，最后打了一个嗝。

"你是对的。这样并不能帮助我更快吞下它。"接着，她又伸出手，"第三片就更有魅力了。"

这一次，我们同时吞下药片，苏打水在我们两人之间被快速传递着。这些阿普唑仑在我舌尖留下苦涩的味道，而唇齿间的苏打水只是让这种苦涩更加强烈。我们只是两个在吃阿普唑仑的屠杀案幸存者。丽莎要是知道，一定不会同意我们这么做的。

"我们是不是很酷？"萨姆说道。

柔和的晨光透过厨房窗户洒在她脸上。虽然她化了妆，但阳光还是让她眼角和嘴角处的细微皱纹暴露无遗。它们吸引我的目光，如同凡·高的画作一样，总是让人想要去寻找藏在颜料下面的东西。这才是我想寻找的真正的萨姆，藏在野性女孩面具下的一个成年女人。

此时，我发现的一切开始变得阴暗、诱人。我看见一个仍然在试图理解生命是什么的人。我看见一个孤独、悲伤、对一切事情都充满不确定的人。

我看见我自己，这种顿悟让我的身体释然起来，那里终于出现了一个跟我自己一样的人。

"是的，"我说道，"我们很酷。"

十五分钟后，我在卫生间冲澡的时候，阿普唑仑开始发挥作用。我的身体开始一点点变软，感觉仿佛花洒喷出的水蒸气渗进毛孔，在我体内盘旋，把我塞满。我感觉自己像在云端—— 没有重量，飘浮着，沿着走廊飘出去。萨姆在门边等着，她也在飘浮，眼里带着笑意。

"咱们走吧。"她的声音像是被裹住一般，软软的，像是从很远的地方传来的。

"去哪里？"我问道，感觉自己的声音像是从其他人身上发出来的，一个更快乐、更无忧无虑的人。一个从未听说过"松林小屋"几个字的人。

"咱们走吧。"萨姆再次说道。

于是我走起来，一把抓住钱包，然后跟着她走进走廊，走进电梯，走到大厅，来到街道上，阳光洒到我们身上，金灿灿的，发出温暖的光芒。萨姆也发着光，橘色的阳光照亮她的头发，她的脸泛出粉色的光彩。每走过一扇门，我都试图停下来，想看看玻璃上反射出的自己的样子，看看自己是不是也在发光，可是，萨姆却把我推开，拽我进一辆出租车里。我都没有留意到她是什么时候拦下的出租车。

我们在飘浮，飘进城市浓重的蒸汽里，接着，又飘到中央公园，车窗外吹来一阵秋天的凉风。我闭上眼睛，感受着这凉风的抚慰。出租车停下来，萨姆再次拽拽我，我却不怎么感觉得出来。

"我们到了。"她说道。

这里是第五大道。这里是萨克斯的混凝土堡垒。我们沿着人行道飘浮，穿过一道道大门，飘进闪亮的香水柜台，里面的香气如此浓烈，我几乎可以看到它们在粉色和紫色的液体间荡漾。我跟着萨姆穿过彩色的空气，上了一部电梯，或者我们只是上了电梯，但根本就没有上行。或许只有我，飘进女装部，这里出现另一道彩虹，是一排排的棉质、丝质和绸缎的衣服。

这时，又出现了一些女子，无聊的售货员、傲慢的女保安，还有许多本应在学校上学的少女，对着手机窃窃私语。她们用异样的眼神看着我们，仿佛我们根本不值得一看。

分明是嫉妒。

她们知道我们与众不同。

"嘿。"我笑着对其中一个人说道。

"喜欢那件衬衫吗？"萨姆对另一个人说道。

她把我领到卖衬衫的区域。白衬衫间有许多其他颜色的衬衫，她把其中一件从货架上抓下来，举着它说道："你觉得怎么样？"

"你穿这件会特别好看的。"我说道。

"真的吗？"

"是的，你应该试试。"

萨姆抓起一件衬衫。"把你的钱包给我。"她说道。

我的钱包，我都忘了自己还带着钱包。接着，混沌的思绪忽然清醒了一些，但很快又混沌起来。

"你不打算偷了？"我问道。

萨姆面无表情。她脸上的金色光彩褪成灰色。"如果是你自己挣来的，那就不算偷。宝贝，在我们渡过这个难关以后，我们就会赚到大钱的。钱包，给我吧。"

我的双臂已经麻木，几乎感觉不到它们的存在。但我还是把钱包递给了萨姆。她把它夹在腋下，然后消失在一个试衣间中。

她离开的时候，一道金光吸引了我的目光，我顺着金光来到销售区。那是一小排饰品——细细的腰带、厚重的手镯，还有各色珠宝项链。不过，引起我注意的是一对耳环。两个摇摇晃晃的椭圆形珠子，好像一对反光镜，吸收了光线就会发光。

闪闪发光。

就像我。

就像萨姆。

我拿起其中一颗闪闪发光的珠子。它映出我的样子，苍白的方脸。

"你想要，是吗？"萨姆不知什么时候出的试衣间，突然出现在我身后，在我耳边小声说道。

"去吧，你知道该怎么做。"

她把钱包塞到我怀里，不用看，我就知道，她已经把衬衫买下来了，我已经感觉到它散发出的热量。白色丝质的光芒也依稀可见。

"这不会伤害任何人，"萨姆说道，"你才是那个受伤害的人，昆西，你，我，还有丽莎。"

她又飘到旁边的毛衣货架处，抓起几件，把它们扔到地上，塑料衣架发出咔咔的响声，声音引来了一位售货员，她来到萨姆身旁。

"我真是笨手笨脚。"萨姆说道。

这是给我的信号。当萨姆和售货员一起收拾地上的毛衣的时候，我迅速把耳环从货架上取下来，把它们扔进手提包，接着，迅速从犯罪现场走开。就在我快要走出女装区的时候，萨姆从后面追上来。她抓住我的手腕，让我走慢点，然后小声对我说道："放轻松，宝贝，不用显得那么可疑。"

但我们的确可疑。我确信，那些无聊的售货员、傲慢的女保安和本应该在学校的女生，她们都知道我们做了什么。我希望她们能够一直盯着我们，但事实上并没有。我们如此光芒四射，变得无形。

　　只有一名男子注意到我们，他20岁左右，穿着仿旧的牛仔裤，布鲁克斯兄弟牌的带领T恤衫和一双亮闪闪的黑色帆布鞋，上面还系着红色的鞋带。他透过一个香水柜台偷偷窥视着我们，并停下来看着我们飘到门口。我也看着他，注意到他的眼睛里面闪烁着某种光泽，这让我感到紧张。

　　"我们被发现了，"我对萨姆说道，"是保安。"

　　我的心脏开始在胸腔里面狂跳，并且越来越快，越来越快。我又害怕，又兴奋，同时又觉得喘不上气，筋疲力尽。我想要跑，但萨姆一直拽着我的胳膊。只见男子放下手中的古龙香水，从柜台上拿起一份报纸，开始跟着我们。

　　他冲我们喊道："麻烦停一下。"

　　萨姆小声骂了一句，我的心跳得更快。

　　"麻烦停一下。"男子重复道，语气更加紧急，引起了旁人的注意，他们抬起头，看了看他，又看了看我们。我们又能被旁人看见了。

　　萨姆加快了脚步，并且拽着我跟上她。我们来到门口，开始穿过大门，可是，男子已经到达我们身后，动作比我们更快，并且用手拍到了我的肩膀。

　　萨姆已经走到大街上，她准备要跑。她的身体就在我旁边，随时准备要弹出去。我也紧张起来，主要是因为那名男子现在就在我的身后。他的手落在我的肩膀上，推得我一转身，提包正好对着他，像是要主动送给他一般，那人并没有看我的提包，而是看着我俩，脸上出现一丝憨笑。"我猜就是你们。"

　　"我们不认识你。"萨姆说道。

　　"我认识你们。"他说道，"昆西·卡彭特和萨曼莎·博伊德，对吧？最后的女孩。"

　　男子把手伸进口袋，掏出一支笔，上面还缠着一串钥匙。他把钥匙解开，把笔递给我。

"希望能有幸得到你们的签名。"

接着，他把报纸递过来。这是一份小报，封面展开正对着我们。我低头一看，正好看见我的脸盯着自己。

"看到了吧？"男子自豪地说道。

我摇晃着往后退了一步，把报纸扔到地上，感觉脚下的人行道忽然变得又坚硬又硌脚。我又瞄了眼报纸，我已经知道的事情得到证实。

不管怎样，萨姆和我还是成了头条新闻。

第十二章

　　我们的照片占据了几乎整个头版，甚至连报头都占据了。这张照片显示的是萨姆和我第一次见面时的情景，我们站在我家的大楼外面，彼此打量着对方。它正好捕捉到我最难看的样子—— 我的重心正从左腿换到右腿，撅着屁股，双臂充满狐疑地交叠在一起。萨姆则在离镜头稍远的位置，只能依稀看到一个苍白的身影。她的背包依然在我脚下，嘴巴张开像是在说话。根据我对那一刻断断续续的记忆，那是在萨姆说"你别在这里装圣女了"之前。

　　照片下面印着大红色字体的标题：灵魂的幸存者。下面是一幅丽莎·米尔纳的照片，跟她出的书封面上的照片是同一张。标题旁边用稍小些不那么醒目的字体印着一行字："连环杀人案受害者丽莎·米尔纳自杀后，最后的女孩聚到一起。"

　　我又看了眼报头，这跟昨天在我家大楼外面徘徊的记者恰好同属一个报社。他的名字浮现在我脑海里，乔纳·汤普森，这个狡猾的狐狸。他一定还在这里，在一辆停着的车的前座上，透过仪表盘上放着的相机的镜头，窥探着我们。

　　我一把抢过报纸，迈步走开。

"嘿！"他喊道。

我沿着第五大道一直往下走。虽然双腿在阿普唑仑的作用下已经失去知觉，肌肉抽搐了一下又一下，但我并没有停下脚步。

虽然这些天来发生的许多事情让我把它淡忘了，但现在想来我的怒气还是没有平息。

我一边走一边翻开报纸，里面是一张更大的丽莎的照片，还有几张萨姆跟我对话的照片，它们都是从同一个角度拍摄的。在这些照片里，我看起来没那么愤怒，姿势和表情也变得柔和一些。接着，是下面的文章，我才看了两段就看不下去了。

"那上面说什么？"萨姆赶紧追上我问道。

"说我们都在城里，因为丽莎突然自杀而聚到一起。"

"嗯，算是事实吧。"

"这是我俩的事，关他们屁事。这正是我要对乔纳·汤普森说的。"

我翻阅着报纸，最终找到它报社的地址。西四十七大街。我在愤怒的驱使下继续往前走着，走了两步，才意识到萨姆并没有动。她站在街角，一边看着我，一边啃着自己的手指甲。

"咱们走吧。"我说道。

她摇摇头。

"为什么不？"

"因为这并不是一个好主意。"

"既然那些女的鼓励我从商场顺东西，"她的话让很多路人为之侧目。不过我并不在意，"那我还会去的。"

"你的脑子是怎么想的，宝贝？"

"你真的不为这件事生气？"

"当然，我很生气。"

"那我们应该做点什么？"

"这不会改变什么的，"萨姆说道，"我们还是会出现在报纸的头版上。"

更多路人扭头来看我们。我瞪着那些人，接着，又瞪着萨姆，对她的心平气和感到很沮丧。就在一小时前，萨姆还要求我直面自己的愤怒，可此时，她已经变成了那个被阿普唑仑掏空的我的样子。

"我还是会去。"我说道。

"不要。"萨姆说道。

我再次走起来，愤怒推着我往前走。我喊了萨姆一声，声音一直延续，变成一种嘲讽。"我要去了。"

"昆西，等等。"

但是，已经太晚了。我已经走到马路另一头，并且顶着红灯穿过街道。我听见萨姆在身后喊我，她的声音融入城市的杂音当中。我继续往前走，手里握着报纸，拒绝停下来，但却正好跟乔纳·汤普森碰个正着。

过了保安室再也没有路，报社就在大厅里面，离繁忙的电梯只有几步远。我可以利用不停开关的电梯逃走，但值班警卫足足比我高出一个头。他可以随时穿过大厅冲过来，挡住我的去路。

于是，我直接走上前去，把报纸卷在手里，大声对他说："我来找乔纳·汤普森。"

"你的姓名？"

"昆西·卡彭特。"

"他约你来的？"

"没有，"我说道，"但是我知道他会想要见我的。"

保安查阅了电话本，打通了电话，然后让我在电梯对面的壁画旁边等着。这是一幅巨大的装饰画，上面画着曼哈顿的天际线，用柔和的色调勾勒出来。我一直看着它，直到一个声音从背后响起。

"昆西，"乔纳·汤普森说道，"你改变主意要说出来了？"

我转过身，看见他，我气得血液都要沸腾起来。他穿着一件方格图案的衬衫，上面系着一条窄窄的领带，时髦而整洁。胳膊底下夹着一个鼓鼓囊囊的文件夹，或许是他的下一个受害者的资料。

"我来这里是为了要一个道歉，你这个浑蛋。"

"你已经看过报纸了？"

"现在全城的人都知道我住在哪里。"我说着，把报纸在他面前挥舞着。

他厚厚框架眼镜后面的眼睛眨了眨，似乎不仅没被我吓住，反而觉得可笑。"文章里和照片上都没有提到你住在哪里呀。我确定，我甚至连街道名字都没有提过。"

"是没有，但是你把我们拍出来了。你指出了我们的身份，现在，全世界都能用谷歌搜索到我们的名字，能看到萨曼莎·博伊德和我长什么样子。这意味着任何变态都可能出现来找我们的麻烦。"

这倒是他没想到的。他的脸稍稍变白了一下，暴露了他的思想。

"我不是故意要——"

"当然你不是故意的，你只是想着你的报纸能卖出多少份，你能得到什么样的提拔，报社能够分给你多少提成。"

"不是这个原因——"

"我可以起诉你，"我再次打断他，"萨姆和我都可以。所以，你最好祈祷萨姆和我不要出什么事情。"

乔纳咽了口口水。"这么说，你这次来就是为了告诉我，你要起诉我们报社？"

"我来这里是要警告你，如果我看见你们再发表关于我或者萨曼莎·博伊德的任何文章，我绝对会让你们付出代价。多年前发生在我们身上的事情，就让它止息吧。"

"关于文章，你需要知道一件事情，"乔纳说道，"关于那篇文章，你可以把它抛在脑后。"

我准备要走，他却抓住我的胳膊，把我往后拽。

"别碰我！"

乔纳比看起来更显强壮，他抓得非常紧。我努力想要挣脱，使劲扭着胳膊，手肘弯成了弓形。

"听我说，"他说道，"是关于萨曼莎·博伊德。她在对你撒谎。"

"放开我！"

我推了他一下，力气比自己预想中大得多，这引起了保安的注意，他大喊道："小姐，你得离开。"

仿佛我自己不想走似的，仿佛我不知道自己待的时间越长，对乔纳的火气就会越大，我又推了他一下，这一次，比第一次的力度还要大。

他后退一步，文件夹从他胳膊上掉落，在地面上打开，里面的资料全部散落出来。这些全是剪报，它们的标题虽然各不相同，但看得出都是讲的同一件事情。

松林小屋。屠杀。幸存者。凶手。

很多文章上面都附着像素很低的照片。对其他人来说，这些并没有什么意义，不过是一些很不清晰的暴力照片而已。只有我了解它们究竟是什么。有松林小屋的外景，有拍摄于谋杀案发生前的，也有案件发生后的。上面有贾内尔、克雷格和其他人的学年照，有一张我的照片，跟《人物》杂志未经我允许刊载在封面上的是同一张。

他也在上面。他的形象就在我旁边一个单独的盒子里。十年了，自从那晚之后，我一直没有见过这张脸。我赶紧闭上眼睛，但这已经太晚，单是这短短的一瞥，我内心某个松软的部位就感觉到一阵刺痛，就离他尖刀插入的地方不远。我的喉咙咕咕地叫起来，紧接着是一阵恶心，仿佛那个受伤的自我在升腾，黑暗、暴躁而厚重。

"我要把它们全扔掉。"我警告道。

我真的这么做了。我把它们全部扔到地板上，每篇文章都被盖住。

松林小屋
下午六点十八分

昆西和贾内尔站在小屋的厨房区，这个区域跟大屋之间隔着一个齐腰高的餐台。贾内尔建议他们每个人准备一道菜。这倒是出乎昆西的意料，因为此前她烹制过的最精细的食物就是方便面。

"要不我们卷个热狗就行了吧，"他们之前为这个周末做计划的时候，昆西说过，"毕竟，我们是来露营的。"

"热狗？"贾内尔说道，感觉像是受到了冒犯，"我的生日不可以吃热狗。"

于是，他们每个人都被分派了任务。艾米和贝茨负责做烤鸡肉的主菜和几道配菜。昆西负责蛋糕，她专门带了一整袋的烘焙工具来备用：一个烤盘，所有必要的食材，一个装着可拆卸小器皿的冰袋。是的，虽然贾内尔的母亲和继父已经支付了小屋租赁的费用，但昆西决心要用蛋糕把自己这份房租给付了。

贾内尔承担的则是最简单的工作——酒吧女招待。

就在贝茨和艾米忙着弄鸡肉，昆西在专心装饰蛋糕的时候，贾内尔端出几瓶液体。装在那个廉价的大塑料瓶子里的，是要倒到红色单脚杯里的，贾内尔带了许多这样的杯子。

"你打算让乔待多久？"昆西小声对贾内尔说道。

"他想待多久就待多久呗。"贾内尔小声回答道。

"比如一整晚？你没搞错吧？"

"当然，"贾内尔说道，"反正天已经晚了，这里房间也充足。这一定会很有意思的。"

昆西不同意，其他人也不同意，只是他们都没有出声。

甚至用又怪又脏的眼镜遮住眼睛的乔本人，似乎也对这个提议不以为然。

"你难道不觉得，万一乔想要回家呢？"昆西说道，"对吧，乔？"

这位不速之客坐在大屋里一个破旧的沙发上，看着促膝坐在壁炉前的克雷格和罗德尼，他们正在琢磨点火的最佳方法。他忽然意识到自己的名字被提及，于是惊讶地望着昆西。

"我不想打扰你们。"他说道。

"这不是打扰，"贾内尔宽慰他道，"除非你急着要去别的地方。"

"我没有。"

"而且你饿了，对吗？"

乔耸肩道："我想是的。"

"我们有足够的食物和饮料。而且，我们有沙发，更不用说一张多余的床了。"

"我们也有一辆汽车，"昆西说道，"里面全都是手机，克雷格可以打电话叫来一辆牵引车，或者可以开车把他送到任何他想去的地方。比如，去找他自己的车，或者回到他的家。"

"这可能需要好几小时。况且，万一乔想要加入我们的聚会呢。"

贾内尔向他的方向看去，希望他能够重新考虑一下。"既然现在我们成了好朋友。"

"可从道理上来看，他依然算是个陌生人。"昆西说道。

贾内尔脸上露出了一种典型的表情，出现这种表情就是在说，昆西真是个伪道学家。

在昆西喝啤酒只喝一小口、吃烤肉只吃一小块的时候，都见到贾内尔露出这种表情。而在那两次，贾内尔最后都是想办法诱使她去做自己不想做的事情。不过，此情此景下，她的沮丧更加严重，这个周末的每件事情——松林小屋、贾内尔的生日，还有这种毫无防备的态度—— 都让她感到有些崩溃。

"我们来这里是为了好玩，不是吗？"她说道。她说话中带有谴责的意思，仿佛她怀疑除了她自己，别人来这里都不是为了好玩的。"所以，让我们尽情地玩耍吧。"

似乎这样就解决了。乔想在这里待多久，就可以待多久。过生日的女寿星又一次达成了自己的意愿。

"你怎么想的？"讨论完毕后，贾内尔问乔。

他冲着瓶子眨眨眼，似乎不知道该怎么选择。"我……我不怎么喝酒。"

"真的吗？"贾内尔说道，"真的，一点也不喝吗？"

"是的。"他皱着眉说道，"是不。"

"嗯，这是什么意思？"

"可能是他不想喝酒吧。"昆西再次发出理性的声音，她就像一直待在贾内尔肩上的天使。

"或许，跟我一样，乔更希望能够控制自己的大脑。"

"你不喝酒，因为你是个胆小鬼，如果被你爸爸妈妈知道了，他们会疯掉的，"贾内尔对昆西说道，"乔可不一样。对吗？"

"只是—— 我从来没试过。"乔说道。

"跟你的朋友也没喝过吗？"

乔结结巴巴地试图给出一个回答。可是太晚了，贾内尔已经跳了起来。

"什么？你连朋友都没有？"

"我有朋友。"乔说道，他的声音中带着一丝痛楚。

"有女朋友？"贾内尔试探性地问道。

"或许吧。我不知道她是什么。"

贝茨在昆西身后小声说道："我猜这都是他臆想的。"

贾内尔瞟了她一眼，然后转过来对乔说道："那下次你见到她的时候，可是有故事跟她说了。"

说完她开始倒酒，把几个瓶子里的液体倒进一个杯子，然后又倒了一些橙汁进去。她对着乔举起酒杯，要求他也举起红色的酒杯。

"干了。"

乔直愣愣地盯着酒杯，然后像鸟一样把鼻子伸到酒杯里面。他先喝了一小口，抬起头吸气的时候，眼睛傻傻地瞪起来。

"不错。"他说道。

"何止是不错？你简直是爱上它了。"贾内尔答道。

乔抿了下嘴唇。"太甜了。"

"我能解决。"贾内尔一把从他手中抢过杯子，快速倒满酒。接着，她回到吧台跟前，拿起一个柠檬，开始找哪里能切柠檬。

"谁有刀呀？"

她看见一个台面上，有一把艾米和贝茨准备用来切鸡肉的刀。贾内尔一把抓起刀子，把它切进柠檬，先是果皮，然后是果肉，最后，是她的手指。

"见鬼！"

一开始，昆西觉得她是为了引起乔的注意，故意表现得这么夸张。她们私下把她这种表现称为"贾内尔的秀"。接着，她看见鲜血从贾内尔的手指流出来，立刻就把压在伤口上的纸巾染红了，然后滴落在餐台上，仿佛一片片玫瑰花瓣。

"哦，"贾内尔呻吟道，眼睛里含着泪水，"嗯，嗯，嗯。"

昆西跑到她身后，轻声地安慰她，履行一个室友应尽的责任。"没关系的，抬起手，压住它。"

她把厨房翻了一遍，想要找急救箱。贾内尔看见自己流了那么多血，跳脚起来。

"快点呀。"她催促道。

昆西在水池下面找到一盒创口贴，是那种老式的、带铰链和盖子的盒子。这种东西好古老，她都记不得自己在家里上次见到这种东西是什么时候。她找出一片最大的创口贴，把它贴在贾内尔受伤的手指上，希望她不要去动它。

"搞定了，"昆西后退一步，举起手说道，"你什么事也没有了。"

这一幕使得乔从沙发上站了起来。他走到跟前，看着贾内尔仔细查看着自己的手指。接着，他又低头看了看放在餐台上的刀子，以及沾着血渍的刀刃。

"它看上去很尖，"他一边拿起刀子，用食指指尖试了试刀刃，一边说道，"你得当心点。"

他盯着贾内尔和昆西，仿佛在寻求她们的支持。他的下嘴唇沾着一些泡沫——应该是刚才初试鸡尾酒留下的。他用手背把它们擦去，他手里还握着那把刀，并用它贴着自己的嘴唇。

第十三章

大约半小时后，杰夫把我叫醒，是乔纳·汤普森通知他的。汤普森在我的手机里找到他的电话号码，当时，我吐得他满鞋都是，他问我要我的紧急联系人的电话号码。杰夫赶到的时候，我在大厅的女士洗手间里的一个马桶前呕吐，虽然我的胃感觉上像一个空水瓶一样干瘪。乔纳的一位同事把我从卫生间中扶出来。那是一个记者的小跟班，名叫艾米丽，她紧张地喊着我的名字，仿佛我是个可怕的传染病人。

回到家后，杰夫把我推到床上，虽然我反对，说自己感觉已经好多了。不过显然，我并没有好起来，因为我的头一挨到枕头就睡着了。我断断续续地睡了一个下午，其间模糊地意识到杰夫或者萨姆轻手轻脚地到卧室来查看我的情况。到晚上，我彻底醒来，感觉肚子饿极了。杰夫端来一盘为病人准备的食物——鸡肉汤面、烤肉和姜汁汽水。

"我又没有感冒，你知道的。"我对他说。

"你怎么知道没有，"杰夫说道，"听声音感觉你病得很厉害。"

缺乏睡眠，加上喝了那么多野火鸡威士忌、吃了那么多阿普唑仑，他当然已经看出来了。

"一定是因为我吃了什么东西,"我说道,"坦白说,我现在好多了,我没事了。"

"我相信你会很乐意听到,你妈妈打电话来了。"

"她说邻居们在问你为什么会出现在报纸的头版。"杰夫继续说道。

"只有一家报纸。"我说道。

"她想知道该怎么跟邻居们说。"

"她当然会想知道。"

杰夫切下一块烤肉,咬了一口,又把它放回我的托盘上。他一边嚼着一边说道:"给她回个电话也无妨啊。"

"然后听她教训我表现得不完美?"我说道,"我想还是算了吧。"

"嗯,她担心你呀。这些天真是不平静,丽莎自杀,你上报纸,萨姆和我担心你能否面对这一切。"

"这意味着你俩曾经聊过?"

"我们聊过。"杰夫说道。

"心平气和地?"

"绝对是。"

"这倒出乎我的意料。你们都聊什么了?"

杰夫又伸手过来切烤肉,但是我把他的手挡了回去。他踢掉鞋子,把双腿放到床上,伸展开身体,跟我相对。

"聊你。你觉得让萨姆在这里待上一个星期怎么样?"

"哦。你是谁?你对真正的杰斐逊·理查德做了什么?"

"我是认真的,"杰夫说道,"我今天一天都在考虑你昨天晚上说的事情。你是对的,那些针对萨姆提起的诉讼都是错误的。她需要一个更好的辩护人。很抱歉。"我递给杰夫几块烤肉,"我接受你的道歉。"

"而且，"他咬了一口说道，"我现在手里的这个杀害警察的案子需要多花些时间，我也不希望你整天一个人待在家里。尤其是在你的照片已经被散布得全城皆知的情况下。"

"你是在建议让萨姆当我的保姆吗？"

"陪伴，"杰夫说道，"其实这是她提出来的。她说昨天你们还一起烘焙了，现在正是烘焙季，你多个帮手说不定也是好事。你一直说你需要个助理来着。"

"你确定吗？"我问道，"那你会多了不少麻烦。"

杰夫歪着脑袋看着我。"听起来你还不太确定。"

"我觉得这是一个好主意。我只是不想影响你。或者我们。"

"听着，在这里我必须要坦率说，萨姆和我可能永远不会成为朋友。但是，你俩有联系，或者可能有联系。我知道，我们一般不怎么讨论你们过去的事情——"

"因为没有必要。"我赶紧说道。

"我同意，"杰夫说道，"你说你永远无法摆脱过去发生的事情，但是你已经做到了。你再也不是那个幸存的女孩，你是昆西·卡彭特，烘焙女神。"

"才不是呢。"我说道，虽然这个称呼让我心中暗暗欣喜。

"但也许你的确需要某种形式的支持，除了警察以外的人。如果萨姆就是你需要的那个人，我可不想阻拦你。"

我又一次意识到，我能够嫁给杰夫这样的人，是多么幸运。我不禁要想，他其实才是萨姆和我之间最大的区别所在。没有他，我就会像她一样——狂野、愤怒而孤独，像一场永远不会登陆的风暴，一直受折磨、被困扰。

"你太棒了。"我说着把餐盘推到他跟前。

我亲吻了他，他也吻了我，并用双手紧紧拥着我。

这一天的压力立刻化作欲望，我发现自己不假思索就开始脱他的衣服，解开他脖子上系着的领带和他牛津衬衣的纽扣，亲吻着他毛茸茸的胸部，感觉到他变得兴奋起来。

放在床头柜上的我的手机振动起来。我努力不去管它，觉得一定又是记者打来的。或者，更糟糕的可能，是我妈打来的。可是，手机一直在床头灯旁边振动个不停。我看了下来电显示。

"是库珀。"我说道。

杰夫叹了口气，他的兴致低落下来。"可以等下再接吗？"

不能等。昨天晚上，库珀给我打过电话，因为我给他发过一条短信，然后又叫他不要担心我。当时，我在厨房做晚饭，萨姆又在身边，就没有接他的电话。如果现在我再不接电话，他肯定会紧张的。

"我的照片还在头版头条上登着，所以不能等了。"我一边跟杰夫说，一边拿起振动不停的手机，从床上起来，快速走进主卫生间，并把门关上。

"你为什么不告诉我，萨曼莎·博伊德来找你了？"这就是库珀打招呼的方式。

"你怎么知道的？"

"我收到谷歌的警报。"他说道。这个回答真是出乎我的意料，不亚于我听到"线人"这个词的惊讶程度。"虽然我更希望是由你本人亲自告诉我的。"

"我本打算给你打电话的，"我说道，而且这也是事实。我刚遇到乔纳的时候就打算给他打电话的。"昨天萨姆出现在我家，她觉得，丽莎自杀，我们最好见个面。"

当然，我本可以告诉库珀更多事情，比如萨姆如何在多年前更名改姓，如何诱使我吃下过量的安眠药，我在看到自己的照片出现在头版后，如何把报纸扔得满地都是。

"她还在吗？"库珀问道。

"是的，她会跟我们住在一起。"

"多长时间？"

"我不知道，可能要等她搞清楚一些事情吧。"

"你真的觉得这是一个好主意吗？"

"为什么？你为我担心吗？"

"昆西，我一直为你担心。"

我顿了一下，不知道该怎么回答。库珀以前从来没有这么直接过。我不知道这种变化是好还是坏。不过，听到他大声说出他在乎我，我心里还是很高兴的，这显然比点头示意让人觉得暖心多了。

"承认吧，"我最后说道，"当你看到谷歌警报的时候，你没开车过来看我。"

"我都把车开出车库了，但最后还是控制住了自己。"库珀答道。

我不怀疑他，正是他的这种关注，让我这些年来感到安全。

"那什么让你改变了主意？"

"我知道你能照顾好自己。"

"别人也是这么跟我说的。"

"但我还是关心萨曼莎·博伊德为什么在隐匿了这么久之后突然冒出来，"库珀说道，"你不得不承认，这有些蹊跷。"

"你说话的语气好像杰夫。"

"她怎么样？她——"

我想到的第一个词，跟萨姆今天早上说的一样。受损的商品。不过，我还是说："很正常啊。想想她经历过的那些事情，她的表现已经算很正常了。"

"可是，她是像你一样正常吗？"

我察觉到他的声音中带着一丝笑意。我能想象他那双蓝眼睛闪动出的光彩，这种时候很少，只有在他放下戒备的时候才会出现。

"当然没有，"我说，"我算是正常女王了。"

"好吧，正常女王，你觉得，我来这里见见萨姆，这个主意怎么样？我很想好好研究一下她。"

"为什么？"

"因为我不信任她。"库珀稍微软化了一下自己的语气，他意识到自己正在切入一个严肃的话题。"我得亲自见见她，我想要确定，她不是冲着什么来的。"

"她不是，"我说道，"杰夫已经把她给吓坏了。"

"嗯，我不会的。"

"我不想耽误你的正事。"

"你没有啊，"库珀说道，"我有一天假期，天气也不错。波克诺山上的树叶开始变黄了。多么适合开车外出。"

"那好吧，"我说道，"那中午怎么样？"

"非常好。"虽然隔着电话，我也知道库珀在点头，我能感觉到。"老地方。"

"那就约好了。"我说道。

库珀再次变得严肃起来，他的声音沙哑而低沉。"在这之前，务必要保持小心。我知道你是觉得我担心过度了，但是我没有。她是一个陌生人，昆西，一个经历过很多坏事情的人。我不知道这会对她造成什么样的影响。我不知道她会做出什么样的事情。"

我在浴缸边沿坐了下来，双膝紧靠在一起，忽然觉得冷。乔纳·汤普森的声音在脑海中响起。"是关于萨曼莎·博伊德，她在对你撒谎。"他真是个懦弱的浑蛋。

"别担心，"我对库珀说道，"我想你会喜欢她的。"

我们互相告别，库珀又用通常的方式来结束我们的对话："如果你有任何需要，随时给我打电话或者发信息。"

我在洗脸池前，用双手接了些水洒到脸上，然后用漱口水漱了几下口。我看着镜子里的自己，努力想显得性感一下，希望从思想上准备好，继续刚才跟杰夫的暧昧游戏。虽然被库珀的电话打断，但刚才升起的欲望还是很强烈，甚至更加强烈。我已经完全准备好跳回床上，跟被我挑起的杰夫完成我们的游戏。

可是，等我走出卫生间，我看见杰夫，大概是等得累了，已经睡着了。

深夜，我的精神筋疲力尽，但身体还是很清醒。下午的睡眠，让我此刻身体里充满能量。

我在被子下面翻来覆去，盖着嫌太热，不盖又嫌太冷。杰夫则没有这样的问题，他在我身旁轻轻打起鼾来，睡得什么也不知道了。于是，我不再待在床上，而是起来换上牛仔裤、T恤衫，又在外面套了件毛衣。有一种想要深夜去烘焙的感觉。

传统的苹果馅饼，是昆西甜品站烘焙日程表里的下一个项目，它已经被耽搁了一天。无意中，我经过客房，我想，现在，它已经变成了萨姆的房间。门缝下面透出一丝灯光，于是我试探性地敲了一下门。

"门没锁。"萨姆说道。

我发现她在墙角，正在背包里翻找着什么东西。她找出一副来自萨克斯商店的耳环，把它们摆在床上，这唤醒了我的记忆，本来，我差点把它们忘个干净。

"你回家的时候我从你手提包里找出来的，"她对我说道，"怕万一杰夫看到了。"

"谢谢你，"我说着，茫然地盯着这对耳环，"我不确定自己还是不是想要它们。"

"那我会收下它们，"萨姆一把从床上抓起耳环，把它们放回自己的背包，"我们也不可能把它们归还回去。你好些了吗？"

"好多了，"我说道，"可是现在，我睡不着觉。"

"睡觉也不是我的强项。"

"杰夫跟我说了你们今天早些时候聊的事，"我说道，"我很高兴。我们很高兴，我的意思是，你能留在这里。需要什么随时招呼，别客气，就像在自己家一样。"

不过她已经做到了。床头柜上摆着几本书。一本书页卷曲的平装科幻小说，一本精装的《战争的艺术》。虽然开着窗，我还是能闻到空气中残留的香烟味道。床头柜上还摆着萨姆的皮质钱包，另外还能看到些许烟灰。

"对不起，白天后来留下你一个人，"我说道，"我希望你不会觉得太无聊。"

"很酷。"萨姆在床头坐了下来，然后拍拍床垫，直到我在床的另一头也坐下来。"我沿着附近的街区走了走，并且跟杰夫聊了聊。"

"明天我会补偿你的，"我对她说道，"我想起来了，明天我们要去见一个人。他的名字叫富兰克林·库珀。"

"就是那个救你命的警察。"

我很诧异她居然知道他是谁。看来她之前确实有跟踪过我。

"是的，"我说道，"他想要见见你，跟你打个招呼。"

"并看看我是不是一个精神病，"她说道，"别担心，我明白了，他需要看看我是否值得信任。"

我清了下嗓子。"这意味着你不可以提阿普唑仑的事。"

"当然。"萨姆说道。

"还有——"

"有时出现的顺手牵羊行为？"

"是的，"我答道，很庆幸她不用我亲口大声说出来，"这也算。"

"我会尽最大能力好好表现的，"萨姆说道，"我都不用发誓。"

"见完后，我们就到处逛逛。帝国大厦啦，洛克菲勒中心啊，去任何你想去的地方。"

"中央公园？"

我看她是不是在调侃前天晚上发生的事情。"如果你想去的话。"

"那等什么？我们为什么不现在去呢？"

现在我知道她是在开玩笑。

"这可不是一个好主意。"我说道。

"那吐在那个记者身上是个好主意吗？"

"我不是故意的。"

"他说什么了吗？"

乔纳·汤普森笃定的声音再次在我耳边响起，我也再一次选择忽略它。萨姆撒过的唯一的谎就是她改名的事情，而现在我已经知道了。说谎的是乔纳，他是想逼着我透露被叫作最后的女孩的想法，我是透露了我的想法，只不过是以他想不到的方式。

"没什么要紧的，"我说，"我去那里不是为了听他说。我去那里就是去骂他的。"

"好样的。"

我的脑海中涌现出另一个想法，使我的语气也柔和起来。"你为什么没跟我一起去？你为什么甚至都不想让我去？"

"因为你需要选择你的战斗，"萨姆说道，"我早就听说，跟媒体斗争是徒劳的。他们每次都会赢。对像乔纳·汤普森这样的浑蛋，斗争只会让他变本加厉。说不定明天，我们又会上报纸了。"

听到这个观点，我的身体因为恐惧而变得僵硬起来。"要是真的发生，那我得给你说声抱歉。"

"这不是什么大事。我倒是乐意看到，终于有事情让你感到恐惧了。"她的眼睛里闪过一丝光芒，"跟他对峙是什么样的感觉？"

我考虑了一小会儿，在模糊记忆中仔细搜索了一下，试图把它跟安眠药带来的感觉区分开来。我想我喜欢这种感觉，它让我兴奋。当时我感觉自己充满力量，无比强大，直到后来恶心的感觉袭来。

"感觉不错。"我说道。

"愤怒的感觉就是这样，你现在还生气吗？"

"没有啊。"我说道。

她从床那边凑过来狠狠推了我一下。"撒谎。"

"好吧，是的，我还是很生气。"

"接下来的问题就变成，你打算怎么应对这种愤怒？"

"没什么打算，"我说道，"你不是刚刚还在说嘛，跟媒体斗争是徒劳的。"

"我现在说的不是媒体。我说的是生活，是这个世界，这个充满扭曲和不公平的世界，像我们这样的女性被那些无知的男性伤害，但只有少数人会在意这一点，而能够对这种不公平表示愤慨，并且采取行动的，则少之又少。"

"可是，你属于这少数的一分子。"我说道。

"没错。你想要加入我吗？"

我盯着床那头的萨姆，看到她眼睛里射出愤怒的光芒。我的心跳加快了一两下，感觉胸中有什么东西在激荡，如同要破茧而出的蝴蝶使劲扇动翅膀。

我这才意识到，这是一种渴望，渴望跟那天早晨的萨姆拥有同样感受的渴望，一种对发出光芒的渴望。

"我不知道，"我说道，"或许吧。"

萨姆一把抓起夹克衫，把它穿在身上，拉链拉到最顶端。

"那么，咱们走吧。"

第十四章

我能承受得了。

我对自己说道。

天哪，我要去的只是中央公园，而不是一片旷野中的森林。我有辣椒水，我有萨姆，我们会没事的。可是，等我刚来到户外，心中的豪情就被疑虑取代。夜晚的空气异常寒冷，我使劲搓着胳膊取暖，萨姆则在大楼的雨棚下面点燃一根香烟。接着，我们便出发了。我们穿过哥伦布大道，我的心脏越跳越快，我跟在萨姆后面，追随着她香烟的痕迹。

等我们到达中央公园，我的焦虑变得更加严重。

显然，情况并不乐观。我的内心有种预感，仿佛这种意识是我体内的一个器官，有血有肉的深红色器官，充斥着难以名状的焦虑。我们不应该跑到这里来，在这夜深人静的时候。

之前，我是想过再次体会到那种发光的感觉的。可现在，我感觉到的只有灰暗、空洞和渺小。

"我觉得我们走得够远了。"

　　我的话语在刺骨的寒风中失去了声响。要是她听到，应该会转过头来的。但她只是一往无前地穿过街道，然后右拐，朝着南边一个街区之遥的中央公园走去，沿着我每天早上晨跑的路线，我只好小跑几步追上她。

　　"我们跑到这里来干什么？"我问道。

　　"你会知道的。"

　　萨姆扔掉香烟，钻进公园。我则在栏杆跟前停了下来，中央公园西侧的大灯照着我的脸，把我的影子投射在人行道上。我好想转身回去，并且差点就走了，我的身体准备跑回家里，冲到床上，紧贴着杰夫。可是，我看不到萨姆了。她被吞没在中央公园黑暗的大口中。

　　"萨姆？"我喊道，"回来。"

　　没有回答。

　　我等着，希望她重新出现，笑着说这只是她对我的另一个试探，而我没有通过测试。可是，她并没有回来，我的神经重重地抽动了一下。萨姆独自在公园里，在这深更半夜，虽然我知道她能够照顾自己，但心里还是充满担忧。于是，我把手伸进口袋，手指紧紧握住辣椒水纤细的瓶身。我恨自己刚才没有再吃一片阿普唑仑。接着，我深深地吸了一口气，抬起脚走进公园。

　　萨姆就站在入口旁边，并没有消失，她只是站在阴暗处，等着我追上她。她看起来有些不耐烦，或者不高兴，我分辨不出来。

　　"来吧。"她抓住我的胳膊，把我拽到她跟前。

　　我很熟悉公园的这片地方，因为我来过这里不下一千次了。我们的左边是戴安娜·罗斯游乐场，大门关着并且上了锁。我们的右边对着七十九街的横向出口。黑夜让公园变成了一块陌生的禁地。我几乎认不出它的样子。一片雾气升起，浓重而阴森，它在我的皮肤上呻吟，让小径两旁的路灯变得模糊起来。昏暗的光圈投射在草坪上，缠绕在树干上，让公园的树林显得更加浓密，更加原始。

我努力不去想松林小屋周围环绕的树林，虽然此情此景之下，脑子里能想到的只有它。那片浓密的森林，充满着隐藏的危险。感觉我又回到那里，准备再次在林子里进行一次关乎生死的奔跑。

萨姆朝着公园深处走去。我跟在她后面，虽然脑海里一直有一个声音—— 这是危险的，是错误的。

透过浓雾，我依稀看见戴拉寇特剧院模糊的轮廓。在它后面，是贝尔维迪尔城堡，从一块突出的岩石上伸出的微缩模型。它的轮廓让我想起童话故事里的森林。

我想，在这样的环境里人是很容易迷路的，很容易从小路上偏离，然后再也没有出现。

就像贾内尔。

就像我的那些伙伴。

此时，萨姆和我一直在向南的小路上，紧贴着公园的西侧边缘。虽然是半夜，我们也不是公园里唯一的访客。我瞥见其他人—— 远处移动的人影。有两个人正快速穿过公园，低着头在迷雾中行进。我们身后出现一位夜跑者，呼吸粗重，耳机里飘出轻微的音乐声。

他们每出现一次，我的心就像铙钹撞响一次。接着，依稀看见个别独行的男子，在公园里逡巡，寻找艳遇或者一夜情。许多人穿着类似的衣服，仿佛这是一种暗号：运动裤加昂贵的跑鞋，连帽毛线开衫，拉链敞着露出里面的紧身T恤衫。他们从各个方向的迷雾里冒出来，喊叫着，奔跑着，寻找着。他们都不会看萨姆跟我第二眼。我们不是他们的目标。

"我们该回去了。"我说道。

"没意思。"萨姆说道。

她跟那些四处逡巡的男子有着同样的不安分。有一种东西驱使着她。一种饥渴，一种需求。她坐到一张长椅上，右腿不停晃来晃去，仿佛在寻找地面。先前眼中的火焰被一种坚定取代，黑色的眼睛里透出寒光。我坐在她身边，心脏跳得好厉害，我怀疑长椅都在跟着它震动。萨姆从夹克衫口袋里掏出一根香烟点燃。雾中打火机闪烁的火光吸引了一个流浪者的注意——这个穿皮衣的家伙过来借火，他靠近的时候，我顿时紧张起来。我的手紧紧握住口袋里的辣椒水。等他来到我们的长椅跟前，形象就变得清晰起来：英俊、修长，下巴布满胡楂，浑身散发着一种黑色的性感气息。

"嘿。"他说道，声音很轻，带着歉意，仿佛这里不允许交谈似的。"我可以借根烟吗？"

萨姆同意了，从口袋里抽出一根香烟，像递银币那样轻松地递到他手里，然后摁下打火机，男子探出身子，用烟头接触火苗，烟头亮了一下，然后暗下来冒起烟来。他冲萨姆点点头，吐出一个烟圈，烟圈融合在夜雾中。

"谢谢。"

"不客气，"萨姆说道，"晚上好运。"

男子微微一笑，羞涩而性感。他站起身，大步走开，头也不回地说道，"这跟运气没什么关系，甜心。"接着，他便消失了，消失在雾中他出现的地方。

我想起了他。在另一片森林中，在另一个时间。要是他也像这样消失，走开，离开我们，事情就会有截然不同的结局。

"萨姆，我想回家。"我说道。

"好的，"萨姆答道，"走吧。"

"你不跟我一起吗？"

"不。"

"你在这里干什么？"

萨曼莎"嘘"的一声，忽然警觉起来。她站起来，望着刚才我们过来的方向，绷紧身体，好像要弹起来。我往她望的方向看去，想看看她看见了什么。雾中出现一名女子，大约一百码开外。她独自一人，胸前抱着一个笨重的大皮包，快速穿过公园。似乎很年轻，肚子很饿的样子。她徒步穿过公园，可能是为了节省出租车费，却不考虑在这样的深夜，这是一个多么糟糕的做法。

一名男子从雾中出现，正好在她身后，贴得很紧，宛如她的影子。他穿着一件黑色的毛衫，看起来也像一个影子。只见他稍稍加快脚步，赶上这个女孩。女孩意识到旁边有人，加快脚步，小跑起来。

"萨姆，"我的心脏紧张得跳到胸口，"你觉得他会抢劫她吗？或者——"

我本来要说："或者更糟。"

还没等我说出来，那个半人半鬼的人，已经追上那个女孩，把一只手搭在她肩膀上，另一只手向她的胸部伸过去，不知目标是冲着皮包，还是皮包下面的双乳。

萨姆站起身，沿着小路快速跑起来，她的靴子在雾中沙沙作响。我本能地跟在她身后跑起来，虽然脑子里只是模糊地知道会发生什么。

那个女孩抬起头，看见萨姆，后退了一下，以为萨姆是冲着自己来的。她努力挣扎，想要从男子的手下挣脱出来，但双腿不太稳，只好把皮包举起像盾牌一样护住前胸。萨姆绕了一个圈经过她，一个箭步向男子冲去。

男子被从女孩跟前撞开，然后跌倒在草地上。萨姆也被反弹，后退了几步。女孩赶紧闪开，很想往后看，却又不敢看。我走到她前面，举起手，手里还握着那瓶辣椒水。

"朋友，"我说道，"我们是朋友。"

她身后，那个抢劫犯悄悄地在草坪上站起身来，试图逃跑。萨姆立刻朝他奔去，撞到他的背上。而我领着那个女孩坐到最近的长椅上，并要求她待在那里。接着，我起身朝萨姆跑去。

她已经把那名男子推倒在地。他倒地的时间比她想象中长，她骑到他身上，弯腰把他的脸按到草地上。

我脑子里全是库珀刚才说过的话。我不知道她会做出什么样的事情。

"萨姆，不要伤害他！"

我的声音穿过草坪，分散了萨姆的注意力。她抬起头，时间不长，也就几秒钟时间，可这足以让歹徒抬腿踢她。他的脚踢到她的腹部，她在草坪上打起滚来。

男子突然起身，双腿分开，膝盖弯曲，活像一个在起跑线上的短跑运动员。瞬间，他就出发了，鞋子带起一片草皮。萨姆依然倒在草坪上，她试图侧过身子，让冷空气缓解腹部的疼痛。

我赶紧跑向她，尴尬的是，一只手还下意识地在口袋里握着那瓶辣椒水。

歹徒现在已经完全站起来，几乎要跑。可是，我的速度更快，这么久以来的慢跑没有白跑。我一把抓住他的毛衣，然后把帽子从他头上拽下来。帽衫的帽子下面还有一顶棒球帽，戴得有点歪。他的脖子后面有一撮乌黑的头发，长在深色的皮肤上。我紧紧抓住他的帽子，让他的速度慢了下来，他脚上的帆布鞋滑掉，胳膊在胡乱舞动着。

他转过身来，我以为能看见他的脸，然而看见的却是朝我挥来的一双手。接着，脸上便遭到重重一击——粗糙的手扇到我的脸颊，力量很大，以致我的整个脑袋都被打得侧向右边。

我的视线里闪过一片红云，夹杂着疼痛，其余什么也看不见。这种疼痛让我想起了多年前经历的那种疼痛。确切地说，是十年前，从松林小屋逃出，尖叫着穿过树林的时候。那些粗壮的树枝撞得我头晕眼花。

忽然，我好像又恢复了意识，内心深处感觉到那种树枝带来的疼痛。时间交叠，变成一个漆黑的隧道，我感觉自己马上就要跌进去，一直下落，坠落到发生那些可怕事情的被诅咒的森林。

但是，我没有，我又回到现实中，恐惧让我的身体麻木。我的双手背叛了我的意志，它们放开了歹徒的帽子。跟着眼前的红云，我又看到那个家伙。他挣脱开来，正朝南边跑去，跑得越来越远，很快消失不见。

他的形象被从不同方向过来的另外两个人所取代。其中一个是萨姆，她快速跑到我身后，呼唤着我的名字。另一个是我们刚刚搭救的女孩。她离开长椅，朝我走来，一只手插进大皮包里。

"你流血了。"她说道。

我把一只手放在鼻子上，感觉到鼻孔里有又热又湿的东西流出来。一低头，我才看见血从手指间渗出来。女孩递给我一张纸巾，我用它压住鼻子，这时，萨姆从后面拍着我的背，给我一个拥抱。

"我的天哪，宝贝，"她说道，"我们靠自己的双手打了一场硬仗。"我用嘴呼吸着，吞咽着带着微微青草味道的冰冷的空气，整个身体沉浸在一种安眠药、恐惧和自豪夹杂在一起的复杂感觉里，萨姆或许是对的，我是有了那种自豪的感觉，我是一名战士，光芒四射的战士。

我们搭救的那个女孩——她一直没有告诉我们她的名字——看起来也十分震惊。我们一起穿过浓雾往公园外面走去，她满怀敬畏地问我们是不是治安员。

"不是。"我说道。

"是的。"萨姆答道。

我们来到中央公园西边，我拦下一辆出租车，确认女孩确实上了车。关车门之前，我往她手里塞了二十美元，然后把她的手握紧，对她说："出租车费。以后，千万别这么晚一个人步行穿过公园了。"

第十五章

醒来的时候，我的脸还在疼——从颧骨到鼻子，一丝残留的隐痛。洗澡的时候，我把水调到自己能够承受的最烫的温度，然后让水对着鼻子冲了五分多钟，才把鼻孔里面的干血块清理出来。接着，我抬起脸，让热水浇在脸上。

我想起了昨晚的事情，双腿忽然剧烈地抖动起来，我不得不靠着卫生间的墙壁才没有跌倒。难以置信，我居然会那么蠢，那么快就让自己投入危险当中。公园里的男子很可能带着武器，我可能被刺伤、枪击甚至杀害。这样看来，我能够用手背捂着脸离开公园，已经算是幸运的。

走出淋浴间，我用手擦了擦卫生间镜子上的水汽，让雾化的镜面稍微清楚一些。镜子里面的那个我，脸颊上有轻微的瘀青，不仔细看几乎看不出来。可是，稍微碰一下，就会感觉到疼痛，来自手指的轻微压力，就能让我疼得往后一退。

脸颊上新的伤痛唤醒了旧伤。虽然当时在松林小屋受到的刺伤并没有导致任何永久性的后果，但它们的确留下了伤痕。今天，我又被击伤——

我感受到多年前第一次感觉到的那种疼痛。我微微弓起背，肚子上的伤痕也出现在镜子里。沿着被蒸气熏红的肌肤，肚子上有一条乳白色的线。我凑到镜子跟前，仔细看着肩膀下面的两处伤痕，彼此相隔只有几寸。一个是一条竖线，另一个稍微有点斜。要是当时刀子再大一些，两条线就会交错到一起。

等我擦干身体，穿好衣服，一切屈从于一阵轻微的疼痛。很烦人，是的，但倒也不是无法忍受。

在厨房，我用葡萄味苏打水冲下一片阿普唑仑，等着萨姆从她的房间里出现。几分钟后，她果然出现，看起来像是截然不同的另一个人。她的头发被别在耳后，露出化着淡妆的整个脸孔，眼线画得很轻，嘴唇也没有涂成鲜红色，而是淡淡抹了点粉色的唇膏。不过，跟平时一样，她还是穿着深色的牛仔裤，蓝色平底鞋，还有昨天从购物中心拿回来的那件宽松衬衫。耳朵上戴着我偷回来的金耳环。

"哦。"我说道。

"挺适合我这个年龄戴，是吗？"

"嗯。"

"我想留下个好印象。"

走在去咖啡厅的路上，我们引起了一些路人的侧目。虽然我们无从知晓他们是因为看了乔纳·汤普森的文章，还是因为萨姆的新形象而关注我们，或许是后者吧。我注意到，有几个人瞟向我这边。他们似乎在把我跟萨姆做比较。

当我们到达咖啡厅，经过库珀常坐的位置的窗外时，甚至连库珀都在打量我们。隔着玻璃，我看见库珀冲我微微点头，然后把审视的目光直接投向萨姆。我的脖子后面出现一丝让人不安的刺痛感。

库珀见我们走进咖啡厅，便站起身来。跟前两次我们见面时，他的打扮很像上流社会人士不同，今天，他穿着卡其裤和一件黑色的polo恤。这让他看起来很帅气，短短的袖子下面露出紧绷的肌肉，皮肤下面依稀可见暴起的青筋。

"你一定是萨曼莎吧。"他说道。

他不知该不该跟她握手，显得有点犹豫和尴尬。倒是萨姆走到桌子这边，抓起他打开的手，帮他完成了握手的动作。

"您是库珀警官吧。"她说道。

"叫我库珀吧，"他立即说道，"大家都叫我库珀。"

"大家都叫我萨姆。"

"很好，"我说着，脸上挤出一丝微笑，然后跟萨姆一起坐了下来，"我们都是熟人了。"

库珀面前摆着两个杯子。他的咖啡和我的茶。他看着它们说道："萨姆，我想帮你点喝的，但不知道你想喝什么。"

"咖啡，"萨姆说道，"我自己点吧，你们继续。"

她起身向咖啡厅后面的吧台处走去。后面的一张桌子边坐着一个留胡子的男子，头上反戴着一顶棒球帽。从他面前的笔记本电脑可以看出，他是一位作家。桌子的其他地方摆着一个皮革挎包、一部苹果手机和一支亮闪闪的万宝龙牌钢笔，摆在一个黄色的拍纸簿上边。她经过的时候，他抬眼看了她一眼，显得有些诧异的样子。萨姆冲他笑笑，翘起手指冲他挑逗地一挥。

"那么，这就是萨曼莎·博伊德喽。"库珀说道。

"对，是本人。"我看了眼他，他一直望着咖啡馆那头的萨姆。"有什么不对吗？"

"我只是觉得很惊讶，"他说道，"我从来没想到她会这样露面，就好像见到一个幽灵一样。"

"我也很惊讶。"

"我没想到见到的她是这样的。"

"那你预想中是怎样的？"

"我想，应该是更粗野一些吧。她看起来跟那个学生册上的照片很不一样，你觉得呢？"

我本可以告诉库珀，萨姆其实不是这样，为了我，为了给库珀留下一个好印象，她已经磨平了自己粗糙的棱角。但我没有说话。

"昨天晚上，我特意看了关于夜光旅馆的一些材料，"库珀说道，"我无法想象她这些年来经历了什么。"

"她过得很艰难。"我说道。

"你俩相处得怎么样？"

"很好。她和杰夫都没有正眼看过对方。"

库珀露出一丝微笑。"我觉得这倒不算太意外。"

"杰夫是那种需要慢慢熟悉的人，目前对萨姆的安排只是暂时的。不管怎么说，杰夫算是永久的。"

我不知自己为什么要说这个，这是我事先未曾考虑就脱口而出的。这时，库珀脸上的笑容不见了。

"但是，感谢你能来。"我说道，歉疚感让自己的语气软化下来。"你提建议是为了我好，虽然我感觉自己是一种负担了。"

"你不是负担，昆西。你过去从来不是谁的负担，未来也不会是。"

库珀此刻，正用同样的审视的目光盯着我。我把一根手指放在脸部瘀青的位置，不知道他是不是注意到我颧骨上那道不易察觉的粉色伤痕。内心有点希望他问起，让我用一个谎言来解释。"哦，这个，我不小心撞到一个门框上了。"不过，我失望地看见他的目光越过我的肩膀，望着正端着一杯冒热气的咖啡走向我们的萨姆。当她再次经过作家身旁的时候，她不小心碰到桌子，咖啡杯也不小心倾斜了一下。

"对不起！"她喊道。

男子抬起头，微笑道："没关系。"

"笔记本电脑很漂亮。"她说道。

很快，她又回到我们的桌前，坐在我旁边，不等库珀开口，再次抢先说道："您跟我想象中的不太一样。"

"是好的不一样还是坏的不一样？"库珀问道。

"我以为您会更丑些。但显然不是。"

"这么说来，今天之前你就知道我喽。"

"当然，"萨姆说道，"就像您之前也知道我一样。这就是网络的力量。大家再也没有秘密了。"

"你是因为这个原因才隐匿起来的吗？"

"算是吧，"萨姆说道，"但是现在我又回到人群中来了。"

"你当然是。"库珀的声音中带着一丝不信任，仿佛他对萨姆努力显示出的好女孩的形象并不买账。他向后靠了靠，歪着脑袋，像萨姆打量他那样打量着萨姆。"你为什么决定回到人群中来？"

"在我听到丽莎的遭遇之后，我觉得我或许可以帮助昆西，"萨姆说道，随即她又补充，"如果她需要帮助的话。"

"昆西不需要帮助。"库珀说着，仿佛我并没有坐在他正对面，仿佛我是透明的一般，替我下了定论，"她很坚强。"

"可是我之前不知道呀，"萨姆说道，"所以我才过来的。"

"你打算待很长时间吗？"

萨姆漫不经心地耸耸肩。"或许吧。现在说还为时过早。"

我啜饮了一小口茶，它好烫，烫到我的舌头。可是，我却一直喝着，希望疼痛能够赶走后颈处升起的那股不安。这次，是一个手指大小的东西，压着我的皮肤。

"萨姆改名字了，"我说道，"所以之前大家都找不到她。"

"真的？"库珀惊讶地挺直身子。我以为，他们之间也会出现当年我跟他提我想改名字的那段对话。

可是，他却说道："我不打算问你去了哪里，或者你改成了什么名字。我希望，某一天，等你足够信任我的时候，你会亲自告诉我这些。我想问的，就是你是否联系过你的家人，让他们知道你的行踪。"

"我的家人就是我消失的原因，"萨姆说着，变得安静起来，"那里的环境不算好，就算在夜光旅馆案件发生之前，也不算好。发生后，则变得更糟，我爱他们，但是跟有些家人相处得并不太和谐。"

"我可以为了你而联系他们，"库珀提议道，"告诉他们你是安全的。"

"我不能要求您为我做这些。"

库珀耸耸肩。"你没有啊，这是我主动提的。"

"像一位真正的公务人员那样跟他们讲，"萨姆说道，"您一直是警察吗？"

"不是。之前我来自军队，海军。"

"您见过打仗？"

"见过一些。"库珀朝窗外望去，一双蓝眼睛盯着外面的世界，避免跟萨姆目光接触，"在阿富汗。"

"见鬼，"萨姆说道，"你一定见过一些颠倒黑白的事情。"

"我见过，但是我不想谈论这些。"

"嗯，你跟昆西在这一点上倒是有共同点。"

库珀把目光从窗外收回来，看着萨姆，而不是我。他的表情中依然有种让人看不懂的东西，忽然显得非常悲伤。

"每个人应对创伤的方式是不同的。"他说道。

"那你是怎么应对你自己的创伤的？"萨姆问道。

"我钓鱼，"库珀说道，"还有打猎，还有远足，你知道的，典型的宾夕法尼亚男人做的那些事情。"

"有帮助吗？"

"多数时候有。"

"或许我应该试一下。"萨姆说道。

"有时间我会很乐意带着你和昆西一起去的，如果你们愿意的话。"

"昆西是对的，你的确是最好的。"

萨姆把手伸过桌子，抓住库珀的手。他并没有把手抽回去。我心里升起一丝愤怒，一种张力在双肩累积，穿过阿普唑仑隔出来的柔软屏障。我想要再吃一片，我担心自己成为那种需要多吃一片药的女人。

"我得去趟洗手间，"我说着，从桌上拿起手包，"萨姆，一起吗？"

"当然。"萨姆冲库珀眨了一下眼，"女孩子，我们的时间都差不多，对吧？"

在回咖啡厅的路上，她又冲那个作家挥了挥手。他也冲她挥挥手。萨姆和我进入只能供一人如厕的洗手间。我们站在布满灰尘的镜子前面，肩膀贴着肩膀。

"我表现得怎么样？"萨姆边问边检查着自己的妆容。

"问题是，你到底要干什么？"

"表现得友好呀。这不是你希望的吗？"

"这是——"

"那问题在哪里？"

"只是需要低调点，"我说道，"如果你表现得太过，库珀会发现这是装出来的。"

"如果被他识破，这会成为一个问题吗？"

"这会让事情变得很尴尬。"

"我不介意尴尬。"萨姆说道。

我开始在包里翻找，看里面有没有散落的阿普唑仑药片。"库珀会介意的。"

"哦，"萨姆说道，话中带着一丝讽刺，"所以，你俩之间的关系已经变得尴尬了。"

"他是我的一个朋友。"我说道。

"是的。一个朋友。"

"他是。"

在提包最下面，我找到几片口香糖，还有一颗包装被磨得模糊了的曼妥思薄荷糖，没有阿普唑仑。我把包拉上。

"我没打算跟你吵架。"萨姆说道。

"不，你在挑事情。"

"我？"萨姆装出被冒犯的样子。

"我可没有暗示你跟那个性感的警察有什么特殊关系。"

"我觉得你有。"

"我想说的就是他很性感。"

"我从来没有注意到。"

萨姆从包里抽出一支口红，迅速给上下嘴唇补了下颜色。"宝贝，我觉得这简直是无稽之谈，什么我觉得这很难注意到之类。"

"我是认真的，我的确从没有注意过。他救了我的命。如果有人这样做，你是不会从这个角度思考问题的。"

"可男性会。他们假装自己没有，但他们就是这样。"

萨姆用一种更明智、更通晓人情世故的口吻说道，就像是年长的姐姐在给予我两性方面的建议。我忍不住想，她会去跟什么样的男性约会，或许是那种老男人吧，那种有着结实的胸部和臀部的自行车手，有着许多灰色的胡须。

或者，她希望他们再年轻点，像那种苍白、虚弱、涉世未深的男性，最心不在焉的手部动作，都会让他们心怀感激。

"如果是库珀，"我说道，"他一定会表现得很绅士，不会把这个当回事的。"

"绅士？"萨姆说道，"他是一个警察。从我的经验来看，他们做起来就像个凿岩机一样。"

我没再搭腔。我知道她只是为了激发我的反对，找机会引诱我发作变得粗鲁。贾内尔总是这样做。

"我开玩笑的，"她说道，"放轻松点。"

这也是贾内尔的另一个特点。只要违背过一次诺言，就会有第二次、第三次，她会把一切都当作一个笑话般甩得一干二净。今天，萨姆也在演绎着这个特点。

"我很抱歉，昆西。我会低调些的，真的。"她把手插进口袋里，"顺便提一下，我觉得你可能会喜欢，为你的秘密抽屉增加一个收藏。"

她取出一支万宝龙牌的钢笔，它光滑、闪亮，宛如一颗银色的子弹，她把它放在我的手里。它的主人是咖啡厅里的那个作家，现在，它则属于我们，是我们的又一个共享的秘密。

松林小屋
下午六点五十八分

他们不得不为晚餐换上正装。这也是贾内尔的另一条规定。在他们离开之前，她要检查确认每个人带来了合适的正装。"邋遢鬼会被赶回家去哦。"她警告道。

昆西在箱子里装了两条礼服——也是她带到大学的仅有的两条。两条都是她母亲精心挑选的，她曾经希望昆西能够像她当年一样常去鸡尾酒酒会和姐妹俱乐部的聚会。

一条裙子是黑色的，昆西觉得这或许适合这个场合。

不过，在小屋昏暗的灯光下，昆西穿着它，不像电影《蒂凡尼的早餐》中的奥黛丽·赫本，而更像是去参加葬礼的寡妇。这样，就只剩下蓝色的那条，它显得比她想象中更邋遢一些。

"我看起来矮矮的。"昆西说道。

她知道自己是对的，因为贾内尔看到她的时候，神情比半小时前手指被缠上绷带的时候更加紧张。

"糟透了，"她说道，"你看起来活像个老处女。"

"这也不是坏事啊，你懂的。"

"如果你想得到些什么的话。"

"克雷格知道这会是我的第一次。"

"这条裙子会让这一点显而易见，"贾内尔一边从头到脚打量着她，一边说道，"我有办法了。"

她打开自己带来的两个皮箱中的一个，从里面抽出一个东西扔给昆西。这是一条礼服裙，白色丝质，像泳池般冰冷闪亮。

"难道白色不是最处女的颜色吗？"昆西问道。

"裙子的颜色说明你是处女，但它的剪裁却很性感。这就是两者的完美结合。克雷格会喜欢它的。"

昆西转动着眼珠。这真是典型的贾内尔，一看到《心理教程 101 问》，就深陷其中的麦当娜妓女情结而无法自拔。

"你准备穿什么？"

贾内尔转身对着自己的行李箱。"当然，我还带了别的。"

"当然。"

昆西拿起裙子比着自己的身体，在房间灰暗的方形镜子中端详着。那绷紧的上衣和不对称的短裙，对自己来说太过性感了些。虽然贾内尔在她身后，但她还是察觉到她的忧郁。"试试吧，昆西。"

昆西脱下身上的蓝裙子，这让贾内尔有机会看到她的胸衣和内裤。它们不是一套，而且有些旧，毫无性感可言。

"天哪，昆西，真的吗？你有为这个周末做过任何准备吗？"

"没有，"昆西说着，把刚刚脱下来的蓝裙子拿到胸前，试图藏在它后面，"因为计划会带来压力，我又不喜欢任何压力。不管克雷格和我周末会做什么，我都希望能够顺其自然。"

贾内尔露出一丝姐妹般的微笑，然后帮昆西把脸上的一绺金发别到耳朵后面。"紧张也没关系呀。"

"我不是紧张。"昆西也听出自己的声音在颤抖，做了个鬼脸。"我就是有点……缺乏经验。万一我——"

"觉得性脏？"

"嗯，这是一个方面。"

"不试试你是不会知道的。"贾内尔说道。

"万一克雷格不喜欢呢？"

昆西反复考虑着贾内尔刚才说过的话，关于克雷格除她以外还有很多选择。她再了解不过，那些比赛后上前嘘寒问暖的啦啦队女队长，那些在学校操场上穿着彩色校服呼唤他的名字的粉丝，她们随时准备着要取代昆西的位置，如果克雷格对她失去兴趣的话。

"他会喜欢的，"贾内尔说道，"毕竟，他是个男生。"

"那要是我不喜欢呢？"

"你会喜欢的，只是需要一些时间来适应。"

昆西感觉自己肚子里像进了只蝴蝶在呼扇着翅膀，不只是蝴蝶，还有飞鸟。"需要怎样适应呢？"

"会好的，"贾内尔向她保证道，"现在，让我看看你穿这条裙子怎么样吧。"

昆西套上裙子，白色的丝质面料滑过她赤裸的双腿。她把它套上，调整肩部位置的时候，贾内尔问道："你觉得乔怎么样？他挺性感的，对吧？"

"应该说是可怕吧。"昆西说道。

"他很神秘。"

"这跟可怕差不多是一个意思。"

"嗯，我觉得他既神秘，又性感。"

"而且名草有主了，"昆西补充道，"你忘了他有女朋友吗？"

现在，轮到贾内尔转动眼珠不以为然地说道："那又怎样？"

"我只是想郑重声明一下，我们其他几个人都不希望他待在这里。之所以后来默许了，是因为你过生日。"

"我当然知道，"贾内尔说道，"别担心，我打算让他好好娱乐一下。"

穿完裙子后，昆西回到贾内尔跟前，让贾内尔帮她拉上拉链。两人一起看着镜子里的昆西，虽然裙子比昆西通常喜欢的那种要紧，但贾内尔是对的，她穿上以后显得很性感。

"哦。"她说道。

贾内尔吹起了口哨。

"你看起来好美，连我都忍不住想要和你上床了。"

"好吧，那我谢谢你。"

贾内尔帮她做了一些调整，帮她把肩上的面料松了松，然后给了她一个紧紧的拥抱。

"完美。"

"你真这么觉得？"昆西问道，虽然，她也已经知道，这条裙子穿在自己身上的确堪称完美。

然而，一件事情依然困扰着她。

"怎么了？"贾内尔问道。

"会很痛，是吗？"

"是的，"贾内尔说着，叹了口气，"是有点痛，但是感觉也很妙。"

"那我还会有什么感觉？坏的感觉还是好的感觉？"

"这就是最诡异的部分，它们是一体的。"

昆西看着镜子，对镜子里面的自己感觉很不自在。"你确定吗？"

"相信我。"贾内尔用双手从后面环抱住昆西，"我什么时候骗过你吗？"

第十六章

　　库珀坚持要步行送我们回到我家，虽然萨姆和我完全有能力照顾好自己，昨晚发生的事已经充分证明这一点。萨姆走在他旁边，小心地让自己的步调跟他的保持一致。

　　我跟在后面，抬起头对着太阳。这是一个阳光明媚的、炎热的下午——在冬季来临之前，秋阳尽情发挥它最后的热力。我脸上瘀青的部位因受到阳光的炙烤而跳动了一下。我想象着它一点点泛红的样子。我希望库珀转过身来，终于注意到它，关切地瞪大眼睛。但是，他一直在萨姆前方两步的距离，等他们拐弯走进八十二大道的时候，他们的步伐还是保持着这种同步。

　　突然，他俩停了下来。

　　我也停了下来。

　　我家大楼外面发生了什么事情。一大群记者聚集在那里，人数之多，让我们在两个街区之外就看到了他们。

　　"库珀，"我的声音很小，像是平时自己说话的回声，"发生什么事了？"

　　"哦，不，见鬼。"萨姆说道。

"别紧张，"库珀说道，"我们还不确定他们为什么会在那里。"

不过，我知道，他们是冲着我俩来的。

我把手伸进提包，拿出手机，在萨姆和我之前离开我家的时候，我就把它关机了。等它开机后，一大拨提示信息相继袭来，有未接来电，有未读邮件，还有许多未读短信。我翻阅这些信息的时候，双手因为焦虑变得麻木起来。许多来电号码都是陌生的，这意味着是记者打来的。只有乔纳·汤普森是熟悉的号码。他打了三次电话。

"我们得走开，"我说道，因为我知道，只需两三分钟，我们就会被这些记者发现，"或者打车离开。"

"然后去哪里？"萨姆问道。

"我不知道。杰夫的办公室。中央公园。反正离开这里就行。"

"这个主意不赖，"库珀说道，"这能让我们有时间搞清楚究竟发生了什么。"

"而且他们不会永远待在这里。"我盯着街道那边的人群，感觉刚过去的三十秒内又多了许多人。"对吧？"

"我可等不了那么久。"萨姆小声咕哝道。

她沿着街道，径直朝那群记者走去。我一把抓住她衬衣的后襟，想要拉住她，可这没有用，丝质的面料很快从我手中滑走。

"做点什么？"我对库珀说道。

他看着一往无前的她，眯起眼睛。我分不出这是担忧还是震惊，又或者是二者都有。不过，我能感到的，就是担心，所以我立刻朝着萨姆跑去，并在她走进我们那个街区的时候追上她。

当然，记者一下就发现了我们，他们几乎同时把头转向我们这边。仿佛一群秃鹰看到了尸体的鲜肉。他们旁边是举着摄像机的电视台的人，他们争先恐后地占据最佳位置。紧随其后的是摄影记者，他们纷纷按下快门。乔纳·汤普森就在他们中间，毫无疑问。他跟其他记者一样，大声喊着我们的名字。仿佛他认识我们，仿佛他真的关心我们似的。

"昆西！萨曼莎！"

我们退后几步，周围全是一拥而上的照相机和麦克风。一只手搭到我的肩膀上，沉重而有力。我甚至不用回头，就知道这双手属于库珀，他终于加入了我们。

"走吧，请大家让开，"他对记者说道，"让她们过去。"

萨姆前后挥舞着胳膊，推开一条通道，也不管自己打到了谁。

"都他妈的让开。"她大声喊道，知道这么一喊，电视新闻就没法儿录像了。

"我们他妈的什么也不会跟你们说的。"

"这么说没有评论？"一个记者问道。他是一个电视台记者，他后面的摄影机正对着萨姆，就像希腊神话中独眼巨人愤怒的眼睛。

"听起来他们他妈的是冲着我来的。"

她转过身，看着我。那些闪光灯把她的脸照亮，闪烁的强光让她的形象变得扁平，让她像一轮满月一般苍白。

在视线边缘，我看见乔纳正朝我这边挤过来。

"你真的不打算对丽莎·米尔纳的事情发表任何评论吗？"他问道。

内心升起一股好奇，把我往前推。丽莎的自杀发生在几天之前，从新闻二十四小时的周期来看，它应该已经过期了。一定还有别的事情，新的事情发生。

"丽莎怎么了？"我问道，一个个摄像机把我刚才站过的地方填满，包围着我。

"她没有自杀，"乔纳说道，"她的死被判定为他杀。丽莎·米尔纳是被谋杀的。"

以下是细节：丽莎·米尔纳去世的当晚，她喝下两杯墨尔乐红葡萄酒。她不是自己一个人喝的，还有其他人跟她在一起，也喝了红酒。那个人往丽莎的酒杯里撒了大量安多啡林，那是一种强效抗焦虑药物，用来缓解严重的失眠症状。丽莎服下的量足以让一只成年雄性猩猩陷入昏迷。

在对丽莎之死进行调查并进行毒物化验的时候，这些安多啡林被检测出来。没有它们，大家会继续以为丽莎是自杀。甚至有了它们，一开始大家也是这么认为的。但调查警官在厨房餐台上发现了更多安多啡林。但他们没有找到药瓶，也没有找到丽莎的医生开具的处方，不过，在网络药房大行其道的时代，网上的药品的价格是来自加拿大的进口药丸价格的三倍。你无法从药房获取的药品，可能离你也只有一步之遥。

在毒物检测报告像拉斯维加斯的赌场一样被点亮之后，一支犯罪现场鉴定小组被重新派到丽莎家中。他们对于几天前就应该仔细调查的部分进行进一步检查，但是大家却都不耐烦做这件事，因为每个人都认为丽莎是自杀。他们找到丽莎用的葡萄酒杯，它的底部沾有安多啡林粉末。他们还在餐厅桌子上发现了两个干掉的葡萄酒圆环，是两个酒杯的杯底留下的。其中一个圆环上带有安多啡林，另一个没有。他们无法找到的是第二个酒杯，也没有发现任何打斗的迹象，或者破门而入的痕迹。可见丽莎对那个杀害她的人十分信任。

法医注意到，丽莎手腕的伤口有不寻常之处。它们比多数自残导致的刀伤要深。尤其是在当事人服用药物失去意识的情况下，更不可能造成这么深的伤口。而每个刀伤的方向则能说明更多问题——丽莎左手手腕上的伤口方向是从右到左，而右手腕上的伤口则是从左到右。在多数案例中，当事人伤口切割的方向都与此相反。即便丽莎能够以这种反常的方式割伤自己，伤口的角度也有问题。她本人不可能留下这些伤口，一定是其他人造成的，跟在她酒杯里下药，并且后来把自己的酒杯带走的，是同一个人。

　　而本案最大的疑点——不是谁是凶手，也不是凶手的作案动机——而是丽莎用自己的手机拨打 911 报警电话的时间。曼西市警察局怀疑，这个时间是在丽莎服用药物之后，割伤之前。他们的依据是，丽莎意识到自己服用了安眠药物，想办法拨通了 911 报警电话，但是，还没等她开口说话，她身边的人就把电话抢过去挂断了。此人知道警察会很快赶来，于是拿了一把刀，把意识混沌的丽莎拖到浴缸里，然后割开了她的手腕。这也解释了为什么丽莎服用的安眠药本身已足以致命，但她的手腕还是割开了。还有一个情况警方一开始不知道，后来，他们在丽莎电脑硬盘里发现，就在这一切发生约一小时前，丽莎曾经给我发过一封电子邮件。当我们围在库珀的手机跟前，听警方介绍全部情况的时候，它突然跃进我的脑海。

　　"昆西，我需要跟你谈谈。这非常重要。拜托，拜托不要忽略这封邮件。"

　　我们在餐厅，我站在桌子一头，疲倦、愤怒和刚才的紧张，让我忘了坐下来。丽莎已经死了，新披露的线索无法改变这个事实。但是，它却给我留下新的哀伤。

　　丽莎不是自杀，而是被一个陌生的恶魔杀害，但最终的结果都是一样的。不过，这两种手段的含义有着天壤之别，"自杀"就像一条蛇——像精神和灵魂的一种病症；而"谋杀"，则让我想到漆黑、污浊、浓稠的泥浆，充满疼痛。丽莎的死如果是自杀，对我来说还容易接受一些，这意味着结束自己的生命是她本人的决定。不管正确与否，至少是她的选择。而谋杀，则意味着她没有选择。

　　库珀和萨姆听了这一切也非常震惊。他们坐在桌子相对的两侧，沉默不语。库珀以前从来没有来过我的公寓，这使得已经显得超现实的氛围变得更加诡异。他穿着便服，在一把精致的餐椅上坐立不安的样子，显得很不和谐，仿佛他不是库珀本人，而是冒名顶替的人，跑到一个不属于自己的地方。

同样地，那个假装精神奕奕的萨姆，也被留在了咖啡厅。现在，是真正的萨姆，她一边盯着库珀的手机，一边快速咬着自己的指甲，仿佛她看到的是电话那头讲话的人，而不是屏幕上的电话号码。

电话里讲话的，是库珀在印第安纳州警察局的一个熟人。她的名字叫南希，史蒂芬·利伯曼在女子俱乐部大开杀戒的时候，她是第一个接到报警电话的人。她可以说是丽莎身边的库珀。

"我不打算对你们隐瞒，"疲倦和悲哀让她的声音变得低沉，"他们在这个案子上投入的精力很小。"因为脑子里一直萦绕着邮件的事，我只听到了她讲的部分内容，而丽莎的声音则变得强烈起来。

"昆西，我需要跟你谈谈。"

"如果他们刚发现她的尸体就能按照我的意见，仔细搜查她的住所，结果可能会有所不同。可是，他们没有。天知道这之前已经有多少人动过房间，整个现场都被破坏了，到处都是指纹。"

这非常重要。

"这么说来，他们可能永远都没法儿知道是谁干的？"库珀问道。

"我从来不说'永远'这样的词，"南希说道，"但这次，情况看来并不乐观。"

接下来是一阵短暂的沉默，我们四个都在思考，确实存在永远无法获取更多信息的可能。不会有凶手被绳之以法，不会知道犯罪动机，也无法知道丽莎为什么要在喝下决定生死的液体之前，给我发那封邮件。

拜托，拜托不要忽略这封邮件。

我的脑袋里忽然闪过另一个念头，虽然间接，但却让人警惕。

"我和萨姆应该担心吗？"我问道。

库珀挑了下眉毛，假装自己并没有想到这个可能，不过，他当然已经想到了。

"嗯?"我说道。

"我认为没有理由担心,"他说道,"你说呢,南希?"南希的颇具权威的声音从电话那头响起。"没有证据表明,这个案子跟你们经历过的有任何关系。"

"可万一有关系呢?"我问道。

"昆西?"库珀看我的眼神是我以前从未见过的,其中带着些严厉,又夹杂着失望,似乎感觉到我可能有什么事情瞒着他。"你想要对我说什么?"

我几天前就应该告诉他的。我没有说,因为我觉得丽莎的邮件是绝望之中的最后尝试,想说服自己不要自杀。可现在,我得到了不同的消息,我怀疑丽莎是真的想要提醒我。关于什么,我则毫无头绪。

"我收到一封丽莎发的电子邮件。"我说道。

萨姆终于把目光从手机上抬起来,手仍然放在嘴边,无名指的指尖在上下牙之间来回滑动。"什么?"

"什么时候?"库珀问道,眼睛里闪出亮光。

"就是她去世的当晚,确切地说,大概一小时之前吧。"

"告诉我上面写的什么,"他说道,"一字不落。"

我把邮件的内容都告诉他,还有我什么时候收到的邮件,什么时候才真正读到它。我甚至还想解释为什么等了这么长时间才告诉大家,虽然库珀并不真的在意其中的原因。他唯一关心的是,为什么我没有早点告诉他。

"昆西,你应该在一收到邮件的时候就告诉我。"

"我知道。"我说道。

"这可能会让结果有所不同。"

"我知道,库珀。"

这可能会让警察更有理由仔细搜查丽莎的家,让他们早点得出她是被谋杀的结论。它甚至还可能引出关于凶手的重要线索。这些我都知道,这

种负罪感让我也很气愤。气愤我自己，气愤杀死丽莎的凶手。我甚至气愤丽莎，将我置于这样的境地。愤怒袭遍我的全身，甚至盖过了我的心跳和震惊。

"这并不意味着你或者萨曼莎就会处于危险之中。"南希说道。

"它或许没有任何意义。"库珀也补充道。

"或者，这可能意味着她觉得有人在针对我们。"我说道。

"谁会想这么做呢？"库珀问道。

"很多人，"我说道，"疯子。看看那些讲犯罪案件的网站。你们就会知道那些变态对我们有多感兴趣。"

"那是因为他们嫉妒你们，"库珀说道，"他们害怕你们经历过的事情，你们想方设法活了下来。昆西，能做到这一点的不多。可是你们做到了。"

"那你怎么解释那封信呢？"

无须多说，库珀知道我指的是哪封信。是那封威胁信，那封恐吓信。他对它的紧张不亚于我。

你不应该活着。

你应该死在那个小屋。

死亡是你的宿命。

虽然我不知道写信的人是谁，但至少知道信是用打字机打出来的。看得出，每个字都是用按键狠狠敲出来的，因为纸面上的字都像是被烧成炭黑色的皮革一样浓重。库珀说，这个线索可能会有助于警方查出写信的人是谁。那是两年前的事。我倒并没有屏息以待，尤其是在每个查证发信人的尝试都无功而返之后。信纸和信封上都没有留下指纹，而且，信封也不是用唾液封口的，而是用海绵蘸水来封口的。邮票也是用海绵蘸水贴上去的。而追溯邮戳，则发现信是从伊利诺伊州一个叫昆西的小城的公共邮箱中发出的。

这不是巧合。

收到这封信的时候，杰夫和我刚住在一起一个月。这是他第一次体验到我的生活以后会是什么样子的。当然，我当时歇斯底里地坚持我们必须立刻搬家，最好是搬到国外去。杰夫劝我放弃这个念头，说这封信很糟糕，但它最终只是无害的恶作剧而已。

库珀对待它的态度则要严肃得多，毕竟，他是库珀，他的角色不一样。那个时候，我们的关系已经疏远到几个月才发一两条短信，而且已经超过一年没有见过面。

这封信改变了这一切。我刚把信的事情告诉他，他就专程开车到城里来宽慰我。我们在平时见面的地方一起喝了咖啡，然后他向我保证，永远不会允许不好的事情在我身上发生，并且要求我俩必须每隔半年就见上一面。过去的就让它过去。

"发信的人是一个疯子，"库珀说道，"是一个精神病人。而且，昆西，那是很久以前的事情了，后来不是什么都没发生吗？"

"确实是，"我说道，"对于那个发信的疯子，也什么都没有发生。他还在那里，库珀。而且他也许给丽莎或萨姆也发过恐吓信。或许，他最后还是会采取行动的。"

我看向萨姆，一刹那，她变成了过去的自己，头发从耳朵后面耷拉下来，像帘子一样遮住了大半张脸。

"你有收到过任何死亡恐吓信吗？"

萨姆微微摇摇头。"我很长时间没有收到任何信件了。这就是没有人知道你在哪里的好处。"

"嗯，他们现在知道了，"我说道，"地址上了报纸的头版。"

一想到汤普森和他的所作所为，我的双手不禁攥成了拳头，松开，再攥紧，真想一拳把他的下巴打掉。

"丽莎有收到任何恐吓信吗？"库珀靠近电话，对南希问道。

"收到过几封，"她答道，"有的非常让人不安。我们对每一封都认真对待，甚至还准备追溯写信人是谁。最后查出他们是独居的怪人，仅此而已。肯定不是凶手。"

"所以，你觉得萨姆和我不会成为下一个目标？"我问道。

"嗯，我不知道该怎么表述，"南希说道，"没有证据表明这一点，但是，各种可能都要防备到，这也是必要的。"

这并不是我想听到的话，所以我的怒气更加强烈。我渴望一个答案，无论是好还是坏，至少是明确的、具体的，是可以指导我下一步行为的答案。没有它，一切就像昨晚中央公园的大雾一般扑朔迷离。

"这还会困扰到其他人吗？"我问道。

"当然我们会被困扰，"库珀说道，"如果我们有了答案，会第一时间告诉你们的。"

我扭过头，不想去看他那双蓝眼睛和他热切的眼神，他想传递给我安慰，但其实自己也充满了不确定。在今天之前，库珀对我来说一直是一个坚强有力的存在，我会觉得，即使我世界的其他部分都被淹没，他也是一个可以依靠的人。可现在，即便他也不能对情况给予明确的解释。

"你生气了。"他说道。

"是的。"

"这可以理解。但是，你真的不必担忧发生在丽莎身上的事情会在你俩身上重演。"

"为什么？"

"因为如果真的有这种可能，南希会告诉我们的，"库珀说道，"如果我真的认为有人意图伤害你，我们现在就会在出城的路上了。我会把你带到遥远的地方，甚至杰夫都不一定能找到你。"

他会这样做，这一点我毫不怀疑。这就是我一直在寻求的最终答案，这一刻，它足以把我的所有愤怒挤出胸膛。可这时，库珀看着桌子对面，他用同样的蓝眼睛望着萨姆说道："你也一样，萨姆，我希望你能明白。"

萨姆点点头。接着，她开始哭了起来，或许她已经哭了一会儿，只是库珀和我没有注意到。但现在，她确认我们都在注意她。她把挡在脸前的头发拨开，我们一眼就能看到她脸颊上的泪水。

"对不起，"她说道，"这—— 整个事情—— 真的让我很难过。"

我一动不动，试图分辨萨姆的眼泪是真的还是假的，一想到它们有可能是假的，我就感觉好尴尬。不过，库珀则站起身，绕到桌子那边，朝她走去。

"难过是正常的，"他说道，"这确实是一个糟糕的事情。"

萨姆点点头，擦拭着双眼。她站起来，伸出双臂，想要一个安慰的拥抱。

库珀妥协了。我看着他伸出粗壮的胳膊环住萨姆，把她拥进自己怀中，给了她一个我十年来都没有得到过的拥抱。

我转过身，走进厨房，又吃下一片阿普唑仑，然后开始烘焙。

第十七章

等库珀终于走进厨房，我已经在揉做苹果布丁用的生面团，面前的餐台上整齐地摆放着一碗碗的各种配料。面粉、盐、发酵粉、白奶油，还有一些用来把它们混合在一起的牛奶。库珀靠在门框上，默默看着我把干的配料混合在一起，接着加入白奶油，然后加入牛奶。很快，一个大大的生面团出现在台面上，极富光泽与韧性。我一只手握拳，把面团轻轻捶了几下，然后把它压成一个不对称的大块。

"把空气排出去。"我说道。

"我知道。"库珀说道。

我又拍着，面团在手指下膨胀起来。我碰到下面的餐台，才停下来，擦拭着双手。

"萨姆去哪儿了？"

"我想她是去躺下了，"库珀说道，"你没事吧？"

我勉强挤出一个微笑，僵硬得就像要被崩断的橡皮筋。"我没事。"

"你看起来不太好。"

"真的吗？我没事。"

"很抱歉，目前我们对于谁是杀害丽莎的凶手知道得很少，我知道这很难接受。"

"是的，"我说道，"但是我会好起来的。"

库珀高耸的双肩有些下垂，甚至耷拉下来，仿佛也被我把里面的空气拍了出来。我抓起一把散面粉撒在餐台上。接着，我把生面团拍在上面，面粉纷纷闪开。我把面团压扁，拉长。每压一下，双臂就紧张一下。

"你能把这个放下跟我聊聊吗，昆西？"

"没什么可聊的，"我说道，"希望他们有朝一日能把杀害丽莎的人抓住，然后一切恢复正常。到那时候，我相信你会尽最大努力确保我的安全的。"

"这正是我的计划。"

库珀捏了一下我的脸颊，就像我父亲经常做的那样。小时候，我跟他一起烘焙，每次都会把东西搞错，他经常做这个动作。那时，我不是把碗里的面粉碰撒，就是把鸡蛋打得一塌糊涂，蛋液里还漂着几片蛋壳。我郁闷了，他就用食指和中指夹住我的脸颊，提起来，我就平静下来。虽然现在库珀的动作轻得多，但效果是一样的。

"谢谢你，"我告诉他，"真的，我知道我是个难搞的人，尤其是在像今天这样的日子。"

库珀要说什么，他张开嘴，我听见他舌头碰到牙齿的声音，话开始酝酿。可就在这时，门开了，杰夫的声音充斥着整个公寓。

"昆西？你在吗？"

"在厨房。"

虽然杰夫对库珀的到来十分意外，但他成功地隐藏了这一点。我注意到，他只迟疑了一下，只有差不多一秒钟，然后就了解情况，意识到库珀到来的原因，跟他下午带着一箱红酒和从我爱吃的泰国菜馆里打包的食物回到家来的原因是一样的。

"我一听到新闻，就赶紧下班了，"他说着把它们放进冰箱，"我一直给你打电话，但应答的都是语音信箱。"

这是因为我在家的时候，手机一直是关机的。此时，手机里的短信、邮件和未接来电估计已经累积了一大堆，以致我永远无法把它们都读完。

杰夫空出双手，给我一个拥抱。"你怎么样？"

"她没事。"库珀面无表情地说道。

杰夫冲他点点头——算是第一次公开承认他在房间里。他转向我问道："是吗？"

"当然不是，"我说道，"我很震惊、难过，又生气。"

"可怜的丽莎，他们知道是谁干的，是吗？"

我摇摇头："他们不知道是谁干的、为什么要这么做。他们只知道她是怎么被害的。"

杰夫拒绝放过我，再次转向库珀。我的脑袋依然贴着他的胸脯，不自主地也跟着他转了过去。"我很高兴你过来陪她们，富兰克林。我想这对昆西和萨姆来说会是一个很大的安慰。"

"可惜我只能做这些了。"库珀说道。

"你已经做得够多了，"杰夫说道，"昆西很幸运，生命中能有你。"

"还有你，"我对杰夫说道，"我很幸运能有你。"

我紧紧贴住杰夫的胸膛，他的领带碰到我的脸颊。他误以为我这是绝望的表现，于是把我抱得更紧。我任自己被他抱住，面朝里，杰夫的身体挡住了我的一部分视线，我看不见库珀从厨房那边盯着我的样子。

晚上，杰夫和我在床上看了另一部黑色电影——《爱到天堂》，电影里面，吉恩·蒂尔尼扮演一位陷入杀人不可自拔的新娘。那么美丽，那么危险。电影结束的时候，我们又看了十一点新闻，里面出现了一条关于杰夫代理的案件的新闻。警察工会举行了一场新闻发布会，去世的警察的遗孀，要求严惩对警察行凶的罪犯。在杰夫拿起遥控器换台之前，我瞥到了那个寡妇的脸。苍白，布满深深的皱纹，因悲恸显得异常憔悴。

"我想看看。"我说道。

"我以为你不想看到不好的新闻。"

"没事的。"我说道。

"就像萨姆没事，库珀也没事一样。"

库珀在杰夫到家后没几分钟就离开了，借故说还要开长途回到宾夕法尼亚去。而显得十分犹豫的萨姆，在晚餐时间也没怎么说话。我虽然吃了阿普唑仑，烘焙了，又喝掉半箱红酒，但还是疯疯癫癫的，几小时以后，我的情绪演变成一种非理性的、不顾一切的愤怒。

我对所有事情都很气愤，对生活气愤。

"我知道这对你来说很难接受。"

"你不知道。"我说道。

这不是说气话，这是像石头一样冰冷的现实。杰夫不知道，世界上两个跟你一样的人中的一个，突然永远消失，这是什么样的感觉。他不知道这是一种多么悲伤、恐惧又混乱的感情。

"对不起，"他说道，"你是对的。我不知道。我永远也不会知道。但是我能理解你的愤怒。"

"我没有。"我在撒谎。

"你有。"杰夫顿了一下。我紧张起来，我知道他要说出一些我不想听到的话。"既然你已经不理智了，那我也要告诉你，我得再回芝加哥去。"

"什么时候？"

"星期六。"

"可你刚从那里回来。"

"我知道，这个时间不对，"杰夫说道，"但是一个新的证人出现了。"

我看着电视黑色的屏幕，似乎依然能看见警察遗孀的那张脸。

"哦。"我说道。

"那个家伙的表哥，"杰夫继续说道，虽然我并不想听他客户的情况，"他是一个牧师。他们两个一起长大，一起受洗。这对他的辩护是有帮助的。"

我躺倒在我那边，对着墙壁。"他杀了一个警察。"

"被怀疑。"杰夫说道。

我想到库珀。如果是他被这个家伙枪杀了呢？或者，如果是杰夫的客户杀害了丽莎呢？我会假装乐意听到一个牧师的表弟获得了减刑吗？不，我不会。然而，杰夫希望的似乎正是这一点。

"你知道，他很有可能是有罪的，对吗？"我问道，"像每个人说的那样，他开枪射杀了那个警察。"

"这不是我能够断定的。"

"真的吗？"

"当然，"杰夫说着，试探性地看着我，"重要的不是他以什么罪名被起诉，而是他有权利和其他人一样受到良好的辩护。"

"可是你觉得他到底干没干呢？"

我坐起身，把肩膀靠在杰夫身上。他依然背靠着床头，手枕在脑袋后面，两眼望着天花板。他眨了一下眼，我看见他的眼球快速地转动了一下。他知道自己的客户是有罪的。

"我又不是那种收费高昂的犯罪辩护律师，"他说着，仿佛这样就能让自己的行为更合理，"我又没有靠给明显是罪犯的人辩护来发大财。我只是在坚持美国司法体系的一个基本原则——每个人都有权利得到公正的审判。"

"万一你被派去给真正的坏人辩护呢？"我问道，躺回自己那一侧，不想再看他。

"我别无选择。"

但是他有的。如果他的客户是挥刀杀人的史蒂芬·利伯曼,或者是坏蛋卡尔文·惠特默,他可以选择说不的,像那样的坏人不配得到辩护。

然而,我内心知道杰夫不会做出这样的选择。他会选择站在他们那一边,去为他们辩护,去帮助他们。甚至是他。

"总是可以选择的。"我说道。

杰夫没有说话。他只是盯着天花板,直到眼皮越来越沉重,最后闭上。几分钟后他就睡着了。

对我来说,睡觉则成了不可能完成的任务。我太生气了,于是,我钻到被子下面,试图找到一个舒服的姿势。坦率说,我这样做有一部分原因是为了吵醒杰夫,让他跟我一样无法睡眠。可是他并没有醒来,甚至从十一点到十二点,再到一点,动都没有动过一下。

大约一点一刻的时候,我从床上爬下来,套上几件脏衣服,踮着脚来到门厅。萨姆的门缝里依然透出灯光,于是我敲了敲门。

"进来吧,昆西。"她说道。

我看见她交叉双腿坐在床上,在看一本书,书上印着艾萨克·阿西莫夫[1]的名字。她换了件衣服,换成了黑色的牛仔裤和昨天穿的 T 恤衫。她的皮夹克被叠了起来。她看着我,我知道她能看出我的愤怒。她当然知道我为什么进来。

萨姆一言不发地下了床,来到背包跟前,从里面掏出一个提包。这是一个人造革的怪家伙,带子很短,只能挎在手腕上。接着掏出来的是一沓平装书,萨姆把这些书装进提包里。

"给你。"萨姆说着,把提包像扔足球一样扔给我。

---

1. 艾萨克·阿西莫夫 (1920—1992),俄裔美国科幻作家,多产作家。

　　我接住它，被它的重量吓了一跳。"这是干什么的？"

　　"诱饵。"

　　我什么也没说，只是跟着萨姆走出房间，提包的带子在我手里握得出了汗，我们一起来到夜色中。

第十八章

外面，清新的空气扑面而来，暖和得有些异常。白天的炎热渗进黑夜。等我们到达公园时，我已经大汗淋漓，脸上亮闪闪的。

进入公园，里面也很热，那些穿帽衫的男子纷纷脱下帽衫，穿着紧身T恤在公园里活动。

我们跟一些路过的人点头示意，仿佛我们也是他们中的一员，在夜晚四处游荡猎艳。

从某种程度来说，我们的确是。

这一次，公园里没有大雾弥漫，而是变得清新透亮。月光投在草地上，闪着白光，看起来活像一颗颗尖利的白牙。树林里，树叶纷纷从树枝上落下，像刚刚上吊的人。

我们在一张长椅上坐了下来。昨晚坐的那张长椅就在不远的对面，一片三角形的路灯灯光投射在椅面上。我想象着二十四小时之前，自己坐在那里，紧张得要死，什么都不想干，只想回家。此刻，我扫视着隐藏在夜色中的公园里的那些阴暗的角落，每个阴影下似乎都潜藏着未知的危险。我已经准备好了，迫不及待。

"看到什么了吗？"我问道。

"没有。"萨姆说道。

她从衣兜里取出一盒烟，抽出一根。我伸出手。

"给我一根。"

"你当真？"

"我以前也抽过烟。"我说道，事实上，我只抽过一次烟，还是在被贾内尔诱骗之后。只吸了一口，我就剧烈咳嗽起来，她只好赶紧把烟拿走，担心我受到更多危害。

今天晚上，我表现得好多了，吸了两小口，然后才轻轻咳嗽了一下。

"菜鸟。"萨姆说着，深深地吸了一口，吐出一个烟圈。

"卖弄。"我说道。

我只是手里拿着烟，她则一直吸着手里的烟，我们一直留意着四周，眼睛从来没有离开过公园的阴暗区域。

"你什么想法？"萨姆问道，"关于丽莎。"

"简直疯了。"

"很好。"

"她的遭遇太不对劲了。我觉得如果——"

我说不出自己想的下半句话来。如果丽莎是自杀的，这还让人更容易接受一些，至少这不是别人可以操纵的行为。

"你真的觉得会有人出来针对我们吗？"萨姆问道。

"有这种可能，"我说道，"我们某种程度上也算是名人。"

事实上，我们声名狼藉，因为我们经历常人无法想象的可怕状况又捡回了一条命。有些人——像是专门开车到伊利诺伊州的昆西给我发那封信的那个疯子——可能会认为这是一种挑衅。我们完成了别人无法做到的事情。

萨姆把手里的最后一截烟抽完。接着，她吐出一个烟圈，同时说道："你之前有打算过把收到丽莎邮件的事情告诉我吗？"

"我不知道，"我说道，"我有想过。"

"但你为什么没说？"

"因为我不知道这意味着什么。"

"因为这意味着我们可能处于危险之中。"萨姆说道。

然而，我们在这里，在三更半夜坐在中央公园的椅子上，这不是自找麻烦吗？事实上，简直是希望有麻烦发生。可是，在这清新的夜里，我什么也没有看到，只看到我们被路灯拉长的身影，上面点缀着我们丢弃的两个烟蒂。

"如果什么人也看不到，怎么办？"我问道。

萨姆用手指了下我怀里抱着的手提包。

"所以我们要带着这个。"

"什么时候要用到它？"

她挑了下眉毛，自己笑了下。"如果你愿意的话，现在就可以啊。"

很快，我们想出了一个计划。因为我身材更矮小，也更容易成为坏人的目标，所以就由我先一个人穿过公园，胳膊下面夹着手提包作为诱饵。萨姆会悄悄在一定距离开外尾随着我，一直不走上小路，这样她就不容易被别人注意到。如果有人来袭，我们也能够在第一时间反击。

这个计划看上去天衣无缝，只是制订得稍有点草率。

"我准备好了。"我说道。

萨姆指着一条林荫覆盖的小路说道："出发吧，飞虎队。"

一开始，我走得太快了，沿着小路快速前进，手里的包也跟着呼扇，有经验的劫匪恐怕也不会轻易下手，而且，萨姆也很难追上我。我回头望去，她已经被我远远甩在了后面，正绕开树林快速朝着草坪这边奔来。

随后，我减慢了速度，提醒自己一定要看起来很柔弱、很容易被赶上。而且，我也不想让萨姆离我太远，这样万一危险来临，她就无法第一时间赶来救我。终于，我找到了一种恰当的均匀的步速，沿着通往中央公园湖畔的小路朝南走去。我什么人也没看见，除了中央公园西侧偶尔经过的车辆和自己鞋底踩在地上的沙沙声，也听不见什么别的声音。

我的右边是一片空荡荡的公园，被高高的石墙与外界隔开。我的左侧是那个湖，水面上散布着上西区楼房投射的倒影。

我看不到萨姆的踪迹，她应该是在后面的某个地方跟着我，在暗处行进。我独身一人，不过这倒并没有让我太过紧张。我过去也曾独自一人在林子里，当时的情况比现在危险得多。

我花了大约一刻钟时间，转了一圈，回到之前出发的位置。我站在刚才出发的地方，皮肤微微有些出汗，腋下也有些湿。现在，该到恢复理智的时间了，找到萨姆，然后一起回家，回到床上，跟杰夫一起。但是，我感觉的自己并不理智，尤其是在度过这样的一天之后。我感觉自己心里出现了一种空洞的疼痛，就像饥饿一样。独自一人穿过中央公园，已经不能填补这种空虚。于是，我打算再走一圈，继续沿着湖边走去。这一次，水面上灯光下的倒影变少了，周围的城市渐渐进入梦乡，点亮的灯也一盏盏熄灭。当我到达湖南端的拱桥的时候，周围也更黑。黑夜把我扫进它怀中，用黑暗包裹着我。

到来的不只是黑暗，还有别的，是一名男子，他沿着我右边的一条小径穿过公园走过来，距离我大约有五十米。这时，我看出，他跟那些出来猎艳的男人不一样。他走路的步伐没有那么自信，头低着，两手插进黑色夹克衫的口袋里，与其说在走路，不如说在漫步。他努力显得不那么可疑和有威胁。

可是，他却在看着我。我注意到，他的洋基队棒球帽一直指着我这边的方向。

我放慢脚步，改成小碎步往前走，确保我们脚下的路在前方二十米处交会的时候，他是在我前面。我好想转过身，看看萨姆有没有赶上来。但是我不能，这会惊扰到他的，我需要避免这种可能。

这个人一边走一边吹着口哨，这种音调很高的口哨声，如同无法名状的惊悚穿过公园的沉默。我有种感觉，他在试图让我放松，无论是出于好意还是恶意，目的都是让我放松警惕。

前面就是小路交会处。我停下来，假装在包里翻找东西，确定他会注意到，他肯定能注意到，这个包好大，不可能视而不见。然而，他假装没有看见，继续夸张地沿着他之前的小路慢慢走着，只是稍微在我前面一点。他继续吹着口哨，努力不去吓到我，让我继续往前走，仿佛当自己是魔笛手一般。

我开始走。一步，两步，三步。

口哨声停止了。

他也停下了脚步，忽然转过身来，面对着我。他的眼珠在眼眶里打着转，贪婪而黑暗。一看就是那种欠修理的瘾君子的眼睛。不过，从外边来看，他还算不上危险，顶多算是个憔悴的极客（Geek），身体瘦得像扫把杆一样。他实际的体重估计跟我差不多，甚至比我还要轻，就像羽毛一样。

他高耸的前额和刀削般的脸颊上面都有汗珠，这让他的脸孔更加难看。他的皮肤紧绷得像一面鼓。饥饿和绝望让他的身体颤抖起来。

他讲话的时候，声音有些含混不清。"我不想打扰你，知道吗？但是我需要一点钱，去买食物，你知道吗？"

我什么也没有说，只是站在那里，给萨姆足够的时间赶过来，但是她根本不在。

"你听见我说的话了吗，妈妈？"

我依旧一言不发，静观着他的反应。他可以走，也可以留下来，如果他找麻烦的话，萨姆肯定会来揍他的。

或许吧。

"我真的很饿，"这人说着，盯着我的手提包，"你这里面有吃的吗？能给我一些钱吗？"

我终于看向身后，寻找着萨姆靠近的身影。

但她不在那里，后面一个人也没有。

只有我、这个男子和这个手提包。如果他真的看一眼，一定会大怒的，因为里面装的全是平装书，没有别的。我应该很害怕，我整个过程都应该很害怕。但是我没有，相反，我感觉到的是与害怕相反的情绪。

我感觉自己闪闪发光。

"没有，"我说道，"我没有。"

我盯着他，监视着他的动作，等着有手臂或者拳头挥过来，或者任何表明他要伤害我的行为。

"你确定你那里面什么也没有吗？"他说道。

"你是在威胁我吗？"

男子抬起双手，向后退了一步。"哦，妈妈，我什么也没有做。"

"你在骚扰我，"我说道，"这就是做了。"

我转过身，准备走开，提包在我手里晃来晃去。这个人让我走了，他吸毒吸得都丧失抗争能力了。他所能做的，就是口头的骚扰。

"你这个冷酷的婊子。"

"你说什么？"

我转过身，大步朝他走去，离他近得能闻见他的呼吸。是那种混杂着廉价红酒、变质香烟和口香糖的臭味。

"你觉得自己是块硬骨头，是吗？"我说道，"你以为我一看见你就会吓得发抖，就会要什么给什么？"

我推了他一下，这让他失去平衡，朝后倒去，他挥舞着胳膊努力保持平衡。一只手打到我的脸，动作其实很轻，我几乎感觉不到。

"你他妈的打我。"

男子的脸因为震惊而变得苍白。"我不是故意……"

我又推了他一下，打断了他的话。然后又是一下，男子把双手挡在胸前，阻挡我要推的第四下，我扔下提包，开始打他的手臂和肩膀。

"嘿，住手！"

他躲开我的拳头，双膝跪下。一个东西从他的夹克里掉了出来，掉到地上。是一把闭合的弹簧刀。一看到它，我的心立刻缩紧。

男子伸手要去够那把刀，我猛地撞到他身上，屁股撞到他的肩膀，把他撞开。等他站起来，我开始扇他的耳光，动作很大，然后挥拳击打着他的胸部、肩膀和下巴。男子本准备向前，现在却频频后退。我依然在打他，用脚踢着他的小腿。

"停止！"他喊道，"我什么也没有做！"

他抓住我的手猛地一拉，疼痛让我停下来。我的眼睛不由自主地闭上，突如其来的黑暗中什么东西闪动了一下。不是疼痛，而是一段对于疼痛的记忆，跟现在男子拽我的感觉一样，既熟悉又陌生。

记忆中的疼痛在我的眼皮下面像烟火一般炸开，明亮而炙热。我在外面，在树林旁边，松林小屋在我的视线中越来越模糊。有人抓住我的头发，把我往后拽，周围有人在尖声叫喊。

我的手指抓住男子的衣领，把他跟我一起拽倒在地。我们重重地摔在地上，我是背朝下，他则压在我身上，我们都喘着粗气。当他再次要来抓我的头发的时候，我准备好了。我把头转向地面一侧，躲开他的手，然后侧起身，用我的脑袋朝他的脸撞去。我的前额正好撞到他的鼻子，感觉软骨被撞弯了。

男子大叫一声，从我身上滚开，一只手捂住流血的鼻子。他跪坐起来，手指瞬间被染红。

现实中的疼痛和记忆中的疼痛像汽车电池的总线一样交错点出火花，从而启动了我的肌肉。它打破了我记忆外面包裹的脆壳，一些碎片掉落下来，我从那里窥见了一丝过去的痕迹。

他。

在松林小屋外面的草地上，同样像这样半蹲着，手里握着一把血淋淋的刀子。

虽然我模糊地意识到这里是不同的时间、不同的环境，可我眼前看到的只有他。于是，我跳到他身上，挥起拳头朝他的脸砸去。仿佛有黑色的物质从我拳头间飞溅出来，遮住我的眼睛。我什么也看不见，什么也听不见，什么也闻不到。唯一剩下的感觉是触觉，我唯一的感觉是自己的双拳砸到他脸上带来的疼痛。当这种痛变得无法忍受，我站起身，用脚踢他的头。一下，又一下。

每一下都伴随着一个名字，不由自主地从我脑海里冒出来。我把它们像毒药一样吐出来，喷在他身上，盖住他。

"贾内尔。克雷格。艾米。罗德尼。贝茨。"

"昆西！"

这不是我的声音，是萨姆。她突然出现在我的右后方，抓住我，把我拉开。

"住手，"她说道，"天哪，快住手。"

我挣扎了几秒钟，如同一条被拴住的野狗，只要看到血，就想挣脱开来。我看到萨姆手上的一块血渍。看见它，让我以为自己弄伤了她，这种想法将我心中的愤怒一扫而空。

"萨姆，"我说道，"你在流血。"

我错了。我意识到，我看到的是自己的双手，它们沾满了血。血沿着我的胳膊流下来，染湿我的衣服，还有脸。还有脖子上的热腾腾的鲜血，都是一样的。

其中一些血是我的。

多数不是我的。

"萨姆？发生什么事情了？你刚才去哪儿了？"

萨姆没有回答，而是在确认我不会乱跑之后，放开了我。她飞速冲到草地上的男子那边，那人侧身躺着，一只手捂住后背，另一只手向前蜷缩着。

我无法直视他的脸，却又忍不住去看他的脸。看上面怎么样。他的肿胀的双眼闭着，被撞的鼻子里流出比别的地方更暗红的血。他一动不动。萨姆把两根手指伸向他脖子上的血污处，寻找动脉的地方。脸上露出一丝担忧。

"萨姆？"我说着，眩晕、恐惧和震惊一起袭来，"他还活着，对吗？"

我的视线变得模糊起来，萨姆和那个快死的人在我的视线里忽远忽近。

"对吗？"

萨姆什么也没有说。只见她用衣袖擦着刚才手指碰到的男子脖子的地方，把手指留下的指纹擦去，然后捡起草地上的那把弹簧刀，把它装进自己的口袋。然后她拉着我离开这里，看都不看我一眼。而我则带着哭腔问道："我该怎么办，萨姆？我该怎么办？"

第十九章

我们快速走着，像一对亡命之徒般在黑暗中穿行。萨姆脱下夹克披在我肩上，用手轻轻拍着我的背，推着我往前走。我被动地往前走着。因为萨姆不让我停下来。虽然我想做的就是倒在草地上，待在那里。

呼吸开始变得困难。因为焦虑和战栗，我每吸入一口气都阻力重重，每吸入一口气都伴随着啜泣。我的胸膛因为缺氧而变得膨胀起来，我绝望的双肺使劲撞击着肋骨。

"停下，"我喘着气说，"拜托，让我停下来。"

萨姆加大了力度，推着我往前走，我们经过一棵棵大树，一尊尊雕像，经过一个个睡在长椅上的流浪汉。我们每次遇到其他人——一个骑车的男子、三个手挽手醉醺醺的朋友——她都要朝里转过身，不让他们看见我沾着血污的身体。

我们只在到达保护水域的时候停了一下，白天，小孩们会在这片漂亮的水塘里玩航模。我被她带到水池边上，她让我弯曲双膝，把手伸进水里。萨姆尽可能帮我把血渍洗干净，把水拍到我胳膊上、脖子上还有脸上。在水池的另一边，一名无家可归的男子也在做同样的事情。他盯着我们，萨姆冲他大喊起来："你他妈看什么看？"

男子退后一步，抓起几个垃圾袋，消失在黑暗中。

萨姆把一只手伸进水里，拍了点水到我的额头上。

"听着，"她说道，"我觉得他还活着。"

我想要相信她，但是我做不到。

"不可能，"我咕哝着说道，"我把他弄死了。"

"我摸到了脉搏。"

"你确定吗？"

"是的，"萨姆说道，"我确定。"

我感到浑身一阵轻松，比拍到我被血沾湿的皮肤上的凉水更让我清醒。我的呼吸也轻松多了。我的喉咙打开了，释放出一声啜泣，这是感激的哭声。

"我们需要打急救电话。"我说道。

萨姆再次把我的双手伸进水中，用自己的手帮我擦洗着，擦掉我皮肤上的证据。"我们不能这么做，昆西。"

"可是他需要去医院呀。"

我想把双手从水里抽出来，但是萨姆把它们摁在水下。

"打 911 急救电话会把警察引过来的。"

"那又怎样？"我说道，"我可以跟他们说我是正当防卫。"

"你是吗？"

"他有刀。"

"他打算使用它吗？"

我无言以对。或许他最后还是会用的。或者他会逃开，我永远无法知晓。

"可他还是有刀呀，"我说道，不知道自己想说服的是谁，是萨姆还是我自己，"如果他们知道，警察不会起诉我的。"

萨姆最后终于把我的手从水里提起来，翻转过来看上面有没有残留的血渍。它们都不见了。我的手掌变得苍白，闪闪发光。

"如果他们知道我们为什么要来这里，他们会的。"

"如果他们知道我们试图引人上钩，尤其是知道你本可以逃走之后，他们会起诉的。"

她怎么会知道这一切的，唯一的解释就是她刚才也在那里，藏在暗处，整个过程都观察着我，甚至在男子的刀子从口袋里掉出来时，她也在观望着。一时间，这个事实比其他一切事情都更重要。

"你看到我了？"

"是的。"

"你在那里？"

我的呼吸再次变得急促起来，我的身体饱受肺部扩张运动的折磨。突然的缺氧让我变得有些恶心，又或许是震惊导致的。不管怎样，我还是让自己在水塘边平静下来，没让自己摔倒。当我讲话的时候，发现自己的声音尖锐刺耳。"为什么—— 你不来帮忙？"

"你不需要帮忙。"

"他有一把刀，"我说着，喉咙里升起一股热腾腾的怒气，感觉像喝了一口野火鸡威士忌，开始在往上翻，"你就坐在那里袖手旁观？"

"看我差点把一个人弄死？高兴了？这就是你期望看到的我的反应？你为什么不试图阻止我？"

"问题是你应该问问自己为什么不阻止你自己。"

我站起来，狠狠甩掉手上的水，然后大步走开，离开水塘，离开萨姆。

"昆西，"她在我背后喊道，"别走。"

"我走了！"

"去哪里？"

"他们会逮捕你的。"

她说的这句话让我停了下来。虽然声音很平静，但里面的内容却足以让我的心"咯噔"一下。她是对的，我知道。我的内心深处泛起一阵恐慌。我是一只不小心扑向火苗的蛾子，现在则被火苗吞没。

"不管有没有刀，警察都不会理解的。"萨姆说道。

"他们只会认为你是一个想要报复的婊子，到这里来找麻烦。你会被以故意伤害罪逮捕，甚至更糟。这些罪名，连你的男人杰夫，也没办法让警察撤销起诉。"

我想到杰夫，正在几个街区之外，熟睡正酣。这可能会毁掉他。他跟这件事一点关系也没有，但是没有人会在意。我犯下的罪足以把我俩都毁掉。

眩晕的感觉卷土重来，夹着的双腿因为麻痹而抖动起来。我摇晃起来，不知道自己还能够站多久。可她一直在说着，这让情况变得更糟。

"昆西，你会再次上报纸的。不只是一家报纸，而是所有。"哦，这一点我倒是可以确定。我甚至能够想出他们用的标题：最后的女孩奋起反击，转向愤怒的暴力。乔纳·汤普森肯定会在此大做文章。

"这不会有逆转的可能，"萨姆说道，"如果你去警察局，恐怕小命都保不住了。"

这些话从她嘴里说出来显得好丑陋，但或许这就是事实。可是，我还是很恨她。恨她突然冒出来，闯进我的生命，把我带进这个公园。跟恨在一起的还有其他沉重的感情。失望。

它在我体内不断膨胀，让我大汗淋漓，让我泣不成声，感觉好无助，好想一头扎进水塘，再也不浮上来。

"你有什么打算？"我说道，声音中透出绝望。

"没打算。"萨姆说道。

她捡起刚才被我抖落在水塘边的夹克衫，重新披到我肩膀上，推着我往前走。这一次，我们的步伐要慢一些，我俩都在留意着周围有没有警察的踪影。然后沿着跟来时不同的小路走出公园。

从中央公园回家的路上，倒是没有几个人看到我们。那些人就算看到了，顶多把我们当成两个喝多了的女孩跌跌撞撞地往家走。我晕晕乎乎的样子更证明了这一点。

刚一到家，我就钻进客卧的浴缸，脱下衣服，上面沾的血迹让人恶心。它虽然不像松林小屋那件被染成红色的白裙子那样触目惊心，但也差距不大了。看着它，我忍不住蹲在浴缸跟前啜泣起来。水里形成几个粉色的涡流，微微旋转着然后消失不见。我闭上眼睛，告诉自己，今天晚上发生的一切也会像它们一样消失不见的，像闪过的颜色一样，很快烟消云散。公园里的那个男子会活着，因为他带着一把刀，所以他不会提起我对他做的事情。几天，几个星期以后，一切都会被遗忘。

我检查着自己的手指关节，发现它们都变成了亮粉红色，一阵阵地跳着疼。我用来把那名男子踢得不省人事的那只脚，也疼得厉害。

脑子里回忆起那晚更早时候经历的感觉。我的头发被拉扯，我看见他在地板上趴着，手里握着一把血淋淋的刀子。

这些记忆，不是今晚的，而是十年前松林小屋那晚的记忆。是我以为自己已经忘却的一些东西。

我告诉自己，它们不可能再被记起。关于那天晚上的所有细节，都已经被我从脑海里删除掉了。但是我知道自己错了，我记得一些事情。

我并没有坐起来，而是蜷缩在浴缸里，希望热水能够把它们洗刷掉。我不想回忆起松林小屋发生的事情，正是因为这一点，我的大脑才自动把它们都删除掉，不是吗？因为这些东西太可怕，不适合存储在大脑里。

然而，不管我情不情愿，无法否认的是，昨晚已经有一些记忆重新出现。虽然不完整，只是一些闪过的记忆片段，就像发黄的照片一样。但是，这也足以让泡在热水齐颈深的、冒着热气的浴缸里的我浑身战栗。

这时，突然传来急促的敲门声，这是萨姆要进来的提示。她刚往里面迈了一步，就被地上那件被血染红的衣服吓得停住了脚步。她一言不发地把它们收起来。

"你打算怎么处理它们？"我问道。

"别担心，我知道该怎么办。"她说着，把它们拿出卫生间。

可是，我还是很担心。主要是因为突然在我的意识里复苏的那些记忆，还有公园里的那名男子，还有为什么萨姆当时眼睁睁看着我把他打到失去知觉却不上前阻止，似乎这是她的另一项未挑明的对我的测试。

突然，我被一个想法吓了一跳。我想到一个问题，虽然热水升腾的蒸汽，还有我的疲劳，让它变得有些模糊和遥远。萨姆怎么会知道该怎么处理我那些血迹斑斑的衣物呢？

随之而来的还有另一个问题：在我们逃离犯罪现场的时候，她为什么那么镇定？在把我带离现场的整个过程中，她考虑得极其周到，既确保挡住我不让旁人看到我身上的血迹，又很快找到水源让我清洗干净。

谁能在这种环境下保持这么高的效率呢？除非是以前曾经做过这种事情的。

紧接着我又冒出另一个念头，这次不是一个问题，而是一件可以确定的事情，它忽然在我的脑海里迸发出来，以至我突然从浴缸里弹起来，把水弄得到处都是。

就是那个手提包。

我们把它落在了公园。

第三部

——

噩梦延续

"我从来没有对你说过谎，昆西。一次都没有。"

"可是，你并没有把全部事实告诉我，"我说道，"我只是想了解真相而已。"

第二十章

"别担心，宝贝。"我跟萨姆说了遗失提包的事情之后，她这样对我说道，"我已经知道了，如果它很重要的话，我会把它带上的。"

我们来到她的房间，她在窗口吸烟，我则紧张地坐在床边。

"你确定里面没有任何线索吗？"我问道。

"确定，"萨姆说道，"现在睡会儿吧。"

我要问的问题还很多。她打算怎么处理我那些带血的衣服？为什么她让我在公园里肆意发泄？我当时那么暴力，那么失控，是因为在记忆中闪现了松林小屋中的他吗？这些问题都没有答案。可是，就算我问了，萨姆也不会回答我的。

于是，我离开房间，去厨房拿了阿普唑仑和葡萄味苏打水，然后躺到沙发上，准备迎接又一个不眠之夜。让我诧异的是，困意居然来袭，我太累，无力跟它抗争。不过，我的睡眠很短，很快就被噩梦打断，我梦见丽莎，梦见那些人。她站在松林小屋里，鲜血从手腕上流下来。她手里拿着萨姆的提包，边角已经磨破。她把提包拿给我，微笑着说道："昆西，你把这个给忘了。"

我一下惊醒，从沙发上坐起来，四肢挥舞着。虽然公寓里很安静，但我感觉到客厅里出现一声回响，或许是从我嘴里发出的一声尖叫，或许它只是梦里的声音。

窗外，夜空开始缩小，黎明初现。我知道自己应该再多睡一会儿，否则，我很快就会崩溃的。可是，我的神经兴奋得乱成一团，让它们平静的唯一方法，就是回到公园，看看提包还在不在那里。

于是，我踮着脚走进卧室，看到杰夫睡得很熟，微微打着鼾，心里松了一口气。很快，我又套上跑步穿的衣服，双手带上无指手套，以掩饰手指上已经开始结痂的伤口。

一出家门，我就以极快的速度跑过一条条街区，跑到中央公园，穿过红绿灯路口。一辆开过来的出租车一个急刹车，差点撞到我。司机使劲按着喇叭，我没理他。事实上，我什么都顾不上，径直跑到背包脱离我的手的地方。在那里，我把一名男子的脸狠狠地揍得像个烂苹果。可是现在，那名男子不见了，背包也不见了，取而代之的是警察。

十几名警察，站在黄色警示带圈起来的一大片区域中。看起来像是谋杀案的现场，那种你在警匪片中才能看到的情景。警察们在围起来的区域内四处搜查，一边小口喝着纸杯咖啡，一边互相确认着信息。

我往后退了几步，慢跑着凑到跟前。虽然很早，但已经有些旁观者，站在青灰色的晨曦中。

"发生什么事了？"我对其中一位问道，那是一个年老的女人牵着一条同样年迈的狗。

"有人被袭击了，打得真狠。"

"太可怕了，"我说道，希望自己的声音听起来是真诚的，"他没事吧？"

"其中一位警察说他昏迷了。"她几乎是悄悄对我说的，话语带着八卦的色彩。"城市里尽是变态狂。"

我心中顿时五味杂陈。高兴的是，那名男子依然活着，我好在没有杀了他。欣慰的是，他昏迷了，这就意味着他暂时还没法儿跟警方说话。但也有负罪感，为自己的释然而内疚。当然，最重要的，还有担心。担心那个提包，它很可能已经被警察发现了，或者被人偷走，或者被那些不知怎么混进公园的野狼拖进草丛里。不管它在哪里，只要它不在我们手里，它就有把我拖进伤人案的危险。因为上面满是我的指纹。

于是，我神情严肃地回到家。等我溜进家门的时候，杰夫已经醒了，穿着T恤衫和大短裤站在厨房。

"昆西？你去哪里了？"

"我去跑步了。"我说道。

"这个点？太阳还没出来呢。"

"我睡不着。"

杰夫睡眼惺忪地看着我，浑身散发着睡意。他挠挠头，抠抠大腿，说道："没事吧？这可不像你呀，昆西。"

"我还好，"我说道，但实际显然不好。我的身体感觉被掏空了，仿佛自己的内脏都被平时做玛芬蛋糕用的冰激凌勺子掏走了。"挺好的。"

"是因为昨晚的事吗？"

我在他面前突然怔住，想着他昨晚是不是听见了什么。一想到自己瞒着他的这些秘密，我简直都要愧疚得颤抖起来。一旦被他知道，只会让事情更糟。

"我不得不去趟芝加哥。"他说道。

我呼出一口气。特意把动作放缓，以防引起他的注意。

"当然不是。"

"你似乎对这件事情很不高兴。相信我，我也是不得已。我也不喜欢让你一个人跟萨姆待在一起。"

"我们会好好的。"我说道。

杰夫瞟了我一眼，皱着眉头，一副十分关注的样子。

"你确定一切会好好的吗？"

"是的，"我说道，"你为什么一直要问我这个问题？"

"因为你不到六点就出去跑步，"杰夫说道，"因为你刚刚发现丽莎·米尔纳是被谋杀的，而警方又没有找到嫌疑人。"

"这才是我睡不着觉，出去跑步的原因。"

"可是，如果有什么不对劲的地方，你会告诉我的，对吗？"

我挤出一个微笑，努力做出若无其事的样子。"当然。"

杰夫把我揽入怀中。他的身体温热而柔软，闻起来有微微的汗味和床单柔软剂的味道。我想要抱住他，但是做不到。我感觉自己不配接受他的感情。

接下来，他去准备上班的东西，我给他做了早餐。我们默不作声地吃着，我把受伤的手藏在一条洗碗巾下面，或者搭在腿上，杰夫则浏览着《纽约时报》。他每翻开一页，我都要偷偷瞥一眼，确认上面还没有出现关于中央公园那名男子的新闻，虽然我知道它应该不会这么快就见报。我的负罪感度过了最严重的极限。那个见鬼的新闻要到明天才会公之于众。

杰夫刚一走，我就取下脖子上挂着的钥匙，打开我的秘密抽屉。萨姆从咖啡厅偷的钢笔还在里面。我把它拿起来，在手腕上写了一个字：幸存者。

接着，我来到水龙头前，看着水把手腕上的墨迹冲掉，并强迫自己在这个过程中不要眨眼。

萨姆和我没有说话。

我们在烘焙。

我们的任务已经确定好了。我要做的是法式苹果挞加焦糖汁，萨姆要做的是小甜饼。我们的工作台分别位于厨房的两端，就像作战时共享一个前线的敌对双方。我把做苹果挞用的生面团揉好，并不时查看手上有没有血痕，发现手掌上还是有深红色的痕迹。我看到的是肿起的肉和因多次清洗而出现的粉红色。

"我知道你还在回想昨晚的事。"萨姆说道。

"我没事。"我说道。

"我们做的是对的。"

"真的吗？"

"是的。"

我已经开始在做蜜脆苹果，双手在轻微颤抖。

我盯着红黄色的苹果皮，变成长条形卷曲着被削下来。我希望只要自己把注意力集中在上面，萨姆就会住口，但这并不奏效。

"现在去警察局并不会让情况恢复正常，"她说道，"不管你的意愿有多么强烈。"

我并不是想去警察局，而是我觉得我不得不去。从杰夫的工作中我知道，罪犯前去自首的结果会比被抓到好得多。警察对于那些主动坦白的人会有基本的尊重，法官也一样。

"我们应该告诉库珀。"我说道。

"见鬼，你疯了吗？"

"他或许可以帮助我们。"

"可他毕竟是一个警察。"萨姆说道。

"他是我的朋友，他会理解的。"

至少我希望他会理解。他说过很多次，为了保护我，他可以做任何事情。这是真的吗？还是只是库珀对我表达善意的一种方式？毕竟，他是对他了解的那个昆西做出了承诺，而不是现实中存在的这个昆西。我不确定他的承诺是否还会适用于那个今天清晨从公园回来后已经吃下两片阿普唑仑的昆西，或者是从商场偷来亮闪闪的东西只为看上面自己的影子的昆西，或者是把一名男子打得昏迷不醒的昆西。

"别担心了，宝贝，"萨姆说道，"我们没事的，我们离开了，这件事就过去了。"

"你真的确定那个提包里没有任何指向我们的线索吗？"我问了大概是第 50 次了。

"我确定，"萨姆说道，"放心吧。"

然而，一小时过后，当我把苹果挞从烤炉里取出来的时候，我的电话响了。我把苹果挞放在餐台上，取下露指手套，拿起电话。一个女子的声音在我耳边响起。

"是昆西·卡彭特小姐吗？"

"我就是。"

"卡彭特小姐，我是纽约市警察局的探员卡尔曼·埃尔南德斯。"我突然被恐惧攫住，简直要战栗起来，都不知道自己是怎么继续拿住电话的，我居然还能够讲话，这也是一个奇迹。

"有什么事吗？警官？"

听到这个，萨姆立刻从餐台上绕开，怀里抱着一大摞碗碟。

"不知道您今天是否有时间来一趟警察局？"埃尔南德斯探员说道。

我只听到她说的一半。内心深处的恐惧把传入耳朵里的话屏蔽了一大半。不过，关键词我还是听到了，它就像冰锥扎进冰块里：中央公园、提包、问题、很多问题。

"当然，"我说道，"我尽快过来。"

放下电话，那种极度的恐惧减弱了一些，取而代之的是绝望的煎熬。我感觉身上忽冷忽热，我似乎要被融化成泥浆摊在厨房的地板上。

松林小屋事件两天后

他们的名字是科尔探员和弗里蒙特探员，虽然他们也可以被叫作好警察和坏警察，各自有着不同的角色，但他们都演得很好。

科尔是比较客气的，他很年轻，可能还不到 30 岁，昆西喜欢他那双友善的眼睛和温暖的微笑，还有他那细密的小胡子，努力让他显得成熟一些。他跷起二郎腿坐着的时候，昆西注意到，他袜子的绿色跟领带的绿色正好呼应。给人的印象不错。

弗里蒙特探员则显得冷冰冰的，他身材矮小敦实，头还秃了顶！他的下颌骨好像斗牛犬，当他讲话的时候，它们也轻轻跟着活动。"我们被一些东西迷惑了。"

"与其说是迷惑，不如说是好奇吧。"科尔说道。

弗里蒙特不耐烦地看了他一眼。"事情就是联系不起来，卡彭特小姐。"

他们在昆西的病房里，昆西当时痛得下不了床。于是，她只好靠着几个枕头，让自己处于坐着的姿势。她的胳膊上还扎着静脉针，不停滴下的注射液让她分了神，没有认真听到探员的话。

"什么事情？"她问道。

"我们有许多问题。"科尔说道。

"一大堆问题。"弗里蒙特说道。

"我已经把我知道的都告诉你们了。"

那是在前一天，因为过度悲伤和止痛药的作用，昆西变得虚弱无力，都不确定自己到底说了什么。但是，她掩饰了最基本的事实，这一点她可以确定。

不过，此时，弗里蒙特还是用他那双布满血丝的疲倦的双眼盯着她。他身上的西装一定是穿了好些日子，袖口都磨破了。领子上带着一块黄色的干掉的芥末酱的痕迹，一定是某顿午餐留下的。

"但这并不是全部。"

"我们希望你能够回忆起更多的内容，"科尔说道，"你能尝试一下吗？哪怕就是为了我？我会非常感激的。"

昆西靠回枕头上，闭上眼睛，努力回想着当天晚上她能记起的更多内容。但是，这一切都是一团混沌，如同黑色的旋涡。

她看见之前：贾内尔从树林中出现，刀光一闪。

她又看见之后：奔跑着穿过森林，树枝抽打着她的脸，救援人员从天边出现。

可是，中间发生的事情，就怎么也记不起来了。

但她并没有放弃尝试，而是紧闭双眼，攥紧双拳，试图透过脑海中那团混沌的迷雾，深潜下去，寻找那些细微的记忆。可惜，能回想起来的只是些细碎的片段，血迹、刀锋，还有他的脸。它们无法整合成具体的事物，而是像拼图的碎片，无法让人获得关于真相的线索。

"我做不到，"昆西最终还是睁开眼睛，羞愧让她的泪水在眼眶里打转。"对不起，但我真的实在想不起来了。"

科尔探员拍拍她的胳膊，她感觉到他的手掌出奇地光滑。他甚至比救她的那个警察还要英俊，那个昨天当她哭喊着说想见他，他就立刻跑到她身边的蓝眼睛警察。

"我理解。"科尔说道。

"我不。"弗里蒙特说道，他说着换了个姿势，屁股下面的折叠椅跟着嘎吱作响。"你真的把前天晚上发生的事情忘记得一干二净？还是你自己故意想忘掉它？"

"你忘记也是完全可以理解的，"科尔迅速补充道，"你受了那么多苦。"

"但是我们需要知道到底发生了什么事情，"弗里蒙特继续说道，"现在的片段没有意义。"

昆西的脑海里充满疑惑，头痛的感觉随之而来。她手臂上的静脉输液针管，也出现一种隐隐的、跳跃性的疼痛。

"真的没有意义吗？"

"那么多人已经死了，"弗里蒙特说道，"除了你之外都死了。"

"因为那个警察对他开了枪。"她决心永远都不要提到他的名字。"我确信，他一定也会把我杀掉的，要不是那个警察——"

"库珀警官？"科尔问道。

"是的。"昆西不确定自己是否已经知道警察的名字，她感觉这个名字一点也不熟悉。"库珀警官，你们问过他发生了什么事情吗？"

"我们问过。"弗里蒙特说道。

"那他是怎么说的？"

"因为布莱克肖恩精神病院报告一位患者走失，他接到命令对那一带的树林进行搜查。"

昆西屏住呼吸，等着他说出那个精神病人的名字，但又害怕听到这个名字。后来，她发现这个名字并没有被提起，一股释然的暖流传遍全身。

"搜查过程中，库珀警官听到小屋的方向传来尖叫声。他在前去查看的路上，发现了你。"

昆西想象着，两位警官的面孔在她床边叠加在一起的时刻。库珀警官注意到她膝盖处露出一块白布，才惊讶地意识到她的裙子被血染成了红色。她跌跌撞撞地朝他走来，断断续续地说出一些话，后来一直在她充斥着药丸作用的大脑里回响。

"他们死了。他们都死了。但他还在外面。"

接着，她朝他身上倒去，整个人压到他身上，血也跟着溅上去——她的血、贾内尔的血、每个人的血——都弄到他的制服上面。他们都听到了一个响动，就在他们左侧几码开外，树丛中窸窸窣窣的声音。

是他。

用骷髅般的胳膊和双腿拨开树枝，在树林中移动。

库珀抽出格洛克手枪，瞄准，射击。

他开了三枪，才将他击倒。两枪击中胸部，它们的冲击力让他的胳膊摆动得更加厉害，好像被操纵者放弃的提线木偶。可是，他还在走，他的眼镜从一只耳朵上滑下来，框架挡住他的脸，只露出一只惊恐的眼睛，库珀又对着他的前额开了第三枪。

"在这之前呢？"弗里蒙特问道，"那时发生了什么？"

昆西头痛的范围开始扩大，感觉脑袋里像是装了一个就要爆炸的气球。"我实在是记不起来了。"

"但你必须想起来。"弗里蒙特说道，显然是为她无法控制的事情而生气。

"为什么？"

"因为关于那晚的事情显然还不连贯。"

头痛越来越厉害，昆西闭上眼睛，皱着眉头。

"什么事情？"

"直说吧，"弗里蒙特说道，"我们不明白为什么其他人都死了，只有你活着。"

这就是昆西最终听到的话。他的声音背后透出谴责，话语间的怀疑也表露无遗。

"你能告诉我们这是为什么吗？"他问道。

就在这时，昆西体内有某种东西在扇动，她的胸中升起怒火，接着是一阵烦躁。她脑袋里的气球爆炸开，炸出一些她从来没有故意想要说的话，它们刚从她舌尖脱口而出，她就后悔了。

"或许是，"她说着，声音像钢铁一样干脆，"因为我比他们更难对付。"

第二十一章

埃尔南德斯是那种让人忍不住嫉妒又羡慕的女人。她身上的一切都是经过精心搭配的，黑色运动上衣配栗色内搭小衫，剪裁合体的宽松长裤配一双只露一点点脚后跟的皮靴。她的头发是深巧克力色，披在耳后，露出完美的脸型。她跟我握手的时候，双手友好而有力。她假装没有注意到我受伤的指关节。

"谢谢你这么快赶过来，"她说道，"我保证这只需要占用您几分钟时间。"

我调整呼吸，试图保持平静，按照萨曼莎刚才把我从厨房地板上扶起来时，教我的那样做。

"乐意效劳。"我说道。

埃尔南德斯笑了一下，并没有显出紧张的样子。"太好了。"

我们在中央公园辖区警察局，就是前几天杰夫和我把萨曼莎接回去的地方，不过，虽然也就是一两天内的事情，感觉像是过去了几年。警员带着我走的也是当时走的同一段楼梯，然后把我引到她办公桌前，上面整整齐齐的，摆着一个相框，照片上有她、两个小孩和一个胸肌发达的男子，我只能猜测这是她丈夫。

桌子上还摆着一个提包。

就在桌子正中央，跟萨姆和我落在公园的一模一样。它的出现并不意外。我怀疑，这就是警察打来电话的原因，我在来警局的路上，也一直在编造一个借口，想说明这个提包，还有我们，昨晚为什么会出现在中央公园。虽然心中有所准备，但看到它的时候，我的身体还是僵住了。

埃尔南德斯注意到我的反应。

"你认识它吗？"她问道。

回答之前，我不得不清清嗓子，把原本像不小心吞下的骨头一般卡在喉咙里的话吐出来。

"是的，是我们昨晚落在公园的。"

我刚说出这些话，立刻就想把它们收回嘴里去，如蛇收回吐出的舌头。

"我们？"埃尔南德斯问道，"你和蒂娜·斯通吗？"

我深吸一口气，她当然会知道萨姆和她的新名字，她本人就像她看起来一样精明。意识到这一点，我感到深深的虚弱和疲惫。她坐到办公桌后面，我则在她旁边的椅子上坐了下来。

"她的真名叫萨曼莎·博伊德，"我顺从地说道，对于自己纠正警官的行为，感到有些紧张，"她把名字改成蒂娜·斯通了。"

"就在夜光旅馆案件发生以后？"

我又深吸一口气。看来埃尔南德斯探员是提前做了功课。

"是的，"我答道，"她经历了很多事情。我们都是，但是我相信您一定都知道了。"

"发生的那些事情很可怕，对你俩来说都是如此。这个世界太疯狂了，是吧？"

"是的。"

埃尔南德斯再次笑了笑—— 这次是同情的微笑—— 接着，她打开提包，从里面取出几本平装书。

"我们今天早晨发现了这个提包，"她边说边把书摆到书桌上，"我们在一本书中找到了斯通小姐的名字，于是就查到了她。我们快速查询了一下之前的记录，发现斯通小姐就在几天前曾经被拘留过，我记得原因是拒捕和袭警。"

"这是一个误会，"我再次清清嗓子说道。"我记得那个起诉已经被撤销了。"

"是这样。"埃尔南德斯边说边翻看着其中一本书。书的封面上是一个女机器人对着紫色的星空怒吼的画面。"那天晚上是你把她带走的，对吗？"

"是的，我和我男朋友——杰斐逊·理查德。他在公共辩护部门就职。"

杰夫的名字让探员为之一动，她又笑了一下，这个笑容显得有些紧绷。"他手头有重要的案子，是吗？"

我咽了下口水，庆幸自己没有给杰夫打电话让他陪我一起来警察局。我内心当然想这么做，但是萨姆把我劝住了。她说，带律师去警察局，即便律师是自己的男朋友，也会增加警方的怀疑。更何况，他正在经手的，又是为谋杀警察的疑犯辩护的案子，他来了，作为受害者同事的其他警官会怎么想呢？

"我对这个不大清楚。"我说道。

埃尔南德斯点点头，然后回到最初的主题。

"因为我们没有斯通小姐的电话号码，所以，我觉得可以跟你先谈谈，看看你对她的情况是否了解。她跟你住在一起吗？"

我本可以撒谎的，但又觉得没有撒谎的必要。我感觉探员已经知道答案了。

"是的。"我说道。

"那她现在在哪里?"

"在外面等着。"

至少我希望她是这样。虽然我们离开公寓的时候,萨姆显得很平静,但我怀疑这只是为了做给我看的。在她一个人的时候,我想她会在外面来回踱步,抽完三根烟,并且不停地透过警察局的玻璃幕墙往里面张望。这时,我忽然想到,趁我在警局的时候,萨姆可以很轻易地离开这里,跳出乱局。坦率说,我都觉得这不是一个坏主意。

"我想今天是我的幸运日吧,"埃尔南德斯探员说道,"你觉得她会愿意进来回答一些问题吗?"

"当然。"感觉自己声音的频率好高,简直接近尖叫,"我想是的。"

探员拿起电话,按下几个数字,通知前台的值班警官,萨姆就在外面。

"把她带进来,让她在我办公室外面等着。"她说道。

"萨姆遇到什么麻烦了吗?"我问道。

"完全没有。昨天夜里公园发生了一起事故,一名男子被严重打伤。"

我把双手放在大腿上,特意用伤痕不那么多、不那么丑陋的左手挡住伤痕累累的丑陋的右手。"太可怕了。"

"今天早上,一个跑步者发现了他,"埃尔南德斯继续说道,"他当时失去了意识,被打得血肉模糊。要不是被及时发现,还不知道他会怎么样。"

"太可怕了。"我再次说道。

"因为斯通小姐的提包是在现场附近被发现的,我在想她昨天晚上会不会看见了什么。或者还有你,因为你昨晚显然是跟她在一起的。"

"是的。"我说道。

"这是什么时候的事?"

"大概凌晨一点钟,或者是更晚的时间。"

埃尔南德斯靠回椅子上，翘起她精致的手指。"对逛公园来说，有点晚，是不是？"

"是的，"我说道，"但是我们之前喝了点酒，你知道的，女孩们晚上出去喝点东西。而且，因为我就住在公园附近，我们觉得步行穿过公园会比乘坐计程车回去更快一些。"

这是萨姆和我来警局的路上编好的理由。我担心自己到时候会说不出来，不过，现在这个谎言被我毫不迟疑地说了出来，这么轻易地脱口而出，我自己都有些诧异。

"这时候，斯通小姐——"

"博伊德，"我说道，"她的真名是萨曼莎·博伊德。"

"博伊德小姐就是在这时候丢了自己的提包？"

"其实它是被抢走的。"

埃尔南德斯的眉毛弯成一个完美的弧形。"抢走？"

"我们在公园的长椅上歇了一会儿，萨姆想抽根烟。"我在谎言中掺入了一些真实的东西。"我们坐在那里的时候，一个家伙跑过来，抓起提包，然后拿走了。我们没有报警，因为你也能看出来，提包里没什么值钱的东西。"

"那她一开始为什么要带着提包呢？"

"萨姆对事情有一点偏执，"我继续编着谎，"这也不能怪她，因为她经历过那些事情。真的，对我们来说。她告诉我，带着提包可以保护自己。"

埃尔南德斯探员点点头。"作为一种诱饵？"

我点点头。"是这样。劫匪都喜欢大包，就像我们这个提包一样，这样往往会忽略那些真正值钱的东西，比如钱包之类的。"

埃尔南德斯从桌子那头打量着我，分析着我说的这些话，思忖着该怎么回应。看上去她似乎在数着时间，等到一段特定的时间过去才回答。后来，她终于开口道："你有留意那个偷提包的人的样子吗？"

"没怎么注意。"

"完全没有？"

"当时挺黑的，"我说道，"而且他穿着深色的衣服。我猜可能是皮夹克，我也不知道，一切发生得太快了。"

我向后靠在椅子上，松了一口气。我得承认，自己都对自己的表现感到意外而自豪。我毫不迟疑地把我们编造的理由全部说了出来，这太有说服力了，我自己都快要相信了。但是，这时，埃尔南德斯打开抽屉，拿出一张照片，把它放到办公桌上。

"这会不会是你看到的男子？"

这是一名男子模糊的照片。大眼睛，脖子上有文身，皮肤像瘾君子一样苍白。正是那个被我用前额撞破鼻子的瘾君子。看见他的脸，我的心脏简直要停止跳动。

"是的，"我咽了口口水说道，"就是他。"

"这跟今天早上我们发现的在公园差点被打死的是同一个人。"埃尔南德斯说道，当然，我已经知道了。"他的名字叫理查德·鲁伊斯，别名罗奇。他是个无家可归的瘾君子，就是常见的那种悲剧的人。负责公园巡逻的警官很熟悉他，他们说他并不是爱找麻烦的那种人。只是想找个地方睡觉，填饱肚子。"

我继续盯着照片。知道了这个人的名字，还有他是什么样的人，罪恶感和懊悔在我心中翻腾起来。我没有去想当时在公园里的恐惧，还有他拿出的那把被萨姆夺走的刀子。我想到的只有我伤害了他，严重地伤害了他，可能他永远都没法儿复原。

"太可怕了，"我假装咕哝着说道，"他会好起来吗？"

"医生说现在还不好说。但是，肯定有人对他下了狠手。你俩昨天晚上有没有看到什么可疑的人？比如说那种做了什么事情跑掉的人？或者任何形迹可疑的人？”

“提包被抢走以后，萨姆和我就尽可能快地离开了公园。我们没有看到这样的人。”我耸耸肩，蹙起眉毛表示强调，也向她表明我有多无奈。“很抱歉，别的我也没什么可以告诉您的了。”

“等我跟斯通小姐——嗯，我的意思是，博伊德小姐交谈的时候——她也会告诉我同样的内容吗？”

“当然。”我说道。

至少我希望她会这么说。自从昨天晚上的事情以后，我也不确定萨姆和我还是不是站在同一边。

“我想，你俩关系很亲密吧，”埃尔南德斯说道，“你们经历过同样的苦难。报纸上给你们起了什么名字来着？”

“最后的女孩。”

我有些不满地说道，尽可能显得不屑，我希望埃尔南德斯知道，我并不认为自己是她们中的一员。我已经超越了，虽然现在我并不相信自己真的做到了这一点。

“就是这个。”探员感觉到我的不悦，也跟着不屑地抽了下鼻子。“我猜你们并不喜欢这个标签。”

“非常不喜欢，”我说道，“但是，我觉得比被认为是受害人会好一些。”

“那你更希望被叫作什么？”

“幸存者。”

埃尔南德斯再次靠回椅背上，显得有些感触。“那你跟博伊德小姐关系亲密吗？”

“算是吧，”我说道，“周围有能够理解自己的人，是件不错的事情。”

“当然。”她听起来很认同这一点，我觉得，这里面有一点真心诚意。虽然她的脸色立刻就有点变化。“你是说她跟你住在一起吗？”

"这几天是的。"

"这么说，她之前有案底的事情，你并不介意？"

我吞了下口水。"先前？你是说，除了那天晚上以外？"

"我猜博伊德小姐故意没有告诉你这件事情吧，"埃尔南德斯一边查看着她的记录，一边说道，"我对她最近的经历做了一点调查。也不算太长，就是最近五年左右的时间。除了在倒霉的罗奇遇袭的晚上之前的那次袭警，她四年以前在新罕布什尔州也有因酗酒和扰乱秩序被逮捕的记录，另外一次是两年以前在缅因州，乘坐快轨逃票，还有上个月在印第安纳州的一次交通违规。"

听到这里，我觉得整个世界都突然停止。感觉突然有东西让一切都倾斜。我的双手从大腿上滑下来，抓住椅子的底座，仿佛自己马上就要从椅子上跌落下去。

萨姆去了印第安纳，就在上个月。

我努力对埃尔南德斯探员挤出一个微笑，表明我并不为所动，我知道关于萨姆的一切。事实上，我的心里全都是过去的事情，像影集一般一页页翻开。每个记忆都是一张快照，明亮、生动、充满细节。

我看见手机里丽莎的邮件，在黑暗中发出冰蓝色的光。

"昆西，我需要跟你谈谈。这非常重要。拜托，拜托不要忽略这封邮件。"

我看见乔纳·汤普森抓住我的胳膊，紧张地说道：

"是关于萨曼莎·博伊德。她在对你撒谎。"

我听见库珀低沉而关切的声音：

"我不知道她会做出什么样的事情。"

我看见萨姆在公园里，用自己的外套盖住我沾满血迹的衣物，然后把我拉到水边，帮我洗掉手上沾的血。整个过程那么果断敏捷。我看见她熟练地把这些衣服卷起来，轻车熟路的样子。

"别担心。我知道该怎么做。"

我看见她咒骂着从外面成群的记者中开出一条道路，完全不畏惧那些摄像机，而当听到乔纳告诉我们丽莎是被谋杀的时候，也丝毫没有显得意外。她的脸在灯光的照射下显得苍白，显出像停尸板上的尸体那样的暗影。她脸上看不出任何表情，既没有悲伤，也没有惊讶。

什么都没有。

"卡彭特小姐？"在交错的记忆中，探员的声音显得很弱。"你没事吧？"

"我没事，"我说道，"这些我都知道。萨姆从来没有对我说过谎。"

她没有，至少没有什么是可以被我明确指定为谎言的。但是，她也没有把全部真相告诉我。自从她来这里到现在，她基本没怎么跟我说过关于她的事情。

我不知道她去过哪里。

我不知道她跟谁在一起。

最重要的是，我不知道她可能做过什么可怕的事情。

第二十二章

强劲的冷风吹回到公园，湖中的水波像是刚跳进冰冷泳池的人，哆嗦着搅动一片涟漪。空气中有一种变化的气息——一种时间就要耗尽的感觉。秋天已经正式来临。

或许是因为天气的原因，每个人的动作中都带着一种疯狂的劲头。不管是跑步的人、骑车的人，还是推着超宽婴儿车的保姆。感觉他们在逃跑，而且是朝着不同的方向。无可奈何的蚂蚁躲着飞奔来的脚，急忙往它们的山上爬去。

然而，站在警察分局高高的玻璃幕墙外面的我，却一动不动。萨姆进去了，她正在跟埃尔南德斯探员交谈，信心满满地把我说过的话再向她重复一遍。虽然我看起来乐意这样一动不动，但其实我想奔跑。不是朝着家的方向，而是朝着远离家的方向。我多想一直跑到乔治·华盛顿大桥，然后我会继续奔跑。穿过新泽西，穿过宾夕法尼亚和俄亥俄，消失在美国的腹地。

只有到那时候，我才能远离自己在公园所作所为的现实，离开像寒湿的衬衫般贴着我的松林小屋那些闪回的画面。最重要的是,我才能离开萨姆,她走出警局的时候,我不想在这里。我害怕自己将看到的东西,似乎只需看一眼,我就能看到她脸上的罪恶,就像她的红唇一样闪亮刺眼。

可是,我还是待在原地,因为体力消耗,我的双腿都颤抖起来。我好想好想要一片阿普唑仑,想着想着,舌尖上似乎都有了葡萄味苏打水的味道。

我还是待在原地,因为我可能错怪萨姆了。

我希望是自己搞错了。

丽莎还活着的时候,她在印第安纳州。最大的可能是,她俩并没有什么交集。印第安纳州很大,毕竟不止一个曼西。萨姆出现在那里,并不意味着她会去看丽莎,更没有理由去推测是她杀害了丽莎。我立刻就跳到这个结论,恐怕更多是我自己的问题,而不是她的问题。

我在寒风中瑟瑟发抖,两条腿弯曲着,脑袋里想着萨姆在我背后的大楼里深谈些什么。她已经进去二十分钟了—— 比我待的时间要长得多。焦虑开始在我体内升起,翻腾,让我更想跑走了。

我从衣兜里掏出电话,手指在屏幕上滑动着。我想到给库珀打个电话,承认自己所有的罪行,虽然这意味着他会憎恨我。与逃跑不同,这是唯一合理的行为。直面自己的错误,卸下伪装。

就在这时,萨姆出现在警察分局的玻璃大门口,像是逃脱了管束的孩子一样微笑着。这笑容点燃了我内心的恐惧。我担心萨姆已经把昨晚的真相告诉了警官。更糟糕的是,我担心她会跟我怀疑的一样,而她本能地也知道我心里在想什么。

她已经从我的表情中看出了什么。她的笑容不见了,只见她歪着脑袋,打量着我。

"放松,宝贝,"她说道,"我是按照计划说的。"

她手里拿着提包,包带从她手臂上垂下来,让她透出一种不经意的优雅。她想要把提包递给我，但是我退后一步。我再也不想跟它发生任何关系。我也不想再跟萨姆发生任何关系。我们一起步行离开警察局，我一直跟她保持着一步的距离。虽然步子迈得不大，但我的身体很想弹开。

"嘿，"她注意到我在刻意跟她保持距离，"你现在没必要那么紧张啦。我完全按照我们讨论的说法跟警官说的。女孩们晚上出去喝一杯，在公园里喝醉了，那个蠢货把提包偷走了。"

"他有名字的，"我说道，"理查德·鲁伊斯。"

萨姆瞟了我一眼。"哦，你现在都能叫出他的名字了。"

我感觉自己被迫开始每天重复这个名字，就像每天念万福玛利亚，为自己赎罪。如果这真的有用的话，我也会这样做的。

"所以这一点上很清楚了，"萨姆说道，"既然你都可以说他的名字，为什么不让我说——"

"不要。"

这个词如同向我抽来的鞭子，尖锐地刺痛了我。

萨姆摇摇头。"见鬼，你太紧张了。"

我完全有理由这样做。因为我，一个男子变得生命垂危，丽莎被杀害了，而萨姆——

或许？

可能？——在现场。

"你来纽约之前在哪里？"我问道，"不要告诉我是在'到处游荡'。我需要知道具体的地点。"萨姆沉默了一会儿，这么长的时间足以让我怀疑，她正在脑海里编造出几条谎言，看看哪个是最好的。最后，她说道："缅因州。"

"缅因州的哪里？"

"班戈。现在满意了吧？"

我没有。这什么意义也没有。

我们继续向南边走去，走到公园深处。小路两边长满整齐的红色橡树，树叶在树枝上摇摇欲坠。已经开始有橡子落下来，四散在树干周围。我们经过的时候，正好赶上几颗落下，听到它们落在地上外壳撞裂的声音。

"你在那里待了多久？"我问萨姆。

"不知道。好几年吧。"

"这段时间你还去过别的地方吗？"

萨姆抬起胳膊，摇晃着提包，不以为然地说道："哦，没什么特别的地方。你知道的，就是夏天去汉普顿，冬天去里维埃拉。这个季节最适合去摩纳哥。"

"我是认真的，萨姆。"

"我真的被你的这些问题惹恼了。"

我好想使劲摇晃萨姆，让真相自己掉落出来，像刚才看到的那些松子一样掉得满地都是，我希望她把一切都告诉我。不过，表面上，我努力平息着自己内心的情绪风暴，过了半晌，说道："我只是想确认我们两个之间没有秘密。"

"我从来没有对你说过谎，昆西。一次都没有。"

"可是，你并没有把全部事实告诉我，"我说道，"我只是想了解真相而已。"

"你真的想知道真相吗？"

萨姆冲着我们前面的小路点点头，这时候，我才意识到，我们已经走了多远，萨姆利用我们之间的一小点距离，稍稍在我前面一点，竟不知不觉把我引到昨晚我们逃逸的地点。警察都走了，也带走了隔离用的带子，可以看出他们来过的唯一印记就是一片被踩踏得扁平的草地，这无疑是被寻找线索的警察踩平的。我仔细看着草地，想找到哪个是埃尔南德斯探员的靴子留下的脚印。

在罗奇·鲁伊斯被找到的位置，摆着一排蜡烛。它们很高很细，边上是圣母玛利亚的照片，只要花上一美元，几乎在市里的每台自动售货机上都能找到。那里还摆着一个廉价的泰迪熊，怀中捧着一个心形的卡片，上面写着"为罗奇伸张正义"，旁边用塑料绳子系着一个氦气球。

"真相就在这里，"萨姆说道，"是你干的，宝贝，我在为你打掩护。我本可以把一切都告诉警官的，但是我没有。这就是你需要知道的真相。"

她不需要再说什么，不需要再做什么，我就很清楚地知道了。

萨姆继续走着，一直向南，天知道她要去哪里。我待在原地，一时间，被负罪感、恐惧感和疲惫感深深攫住。我不记得自己上一次夜里睡一个完整的觉是在什么时候，但我可以确定，应该是在萨姆出现之前。自从她来以后，我就再也没有好好休息过。我相信，未来情况也不会改善。我知道自己将会度过许多个不眠之夜，我的夜晚将充斥着关于萨姆，关于罗奇·鲁伊斯，以及关于割腕的丽莎的噩梦。

"你来吗？"萨姆问道。

我摇摇头。

"随你便吧。"

"你要去哪里？"

"随便哪里，"萨姆说道，语气中带着讽刺的意味，"别等了。"

她转过头，只回头看了我一眼。虽然她走得并不远，但我看不清她脸上的表情。一阵乌云带来一阵冷风，把下午的太阳挡住，太阳在光影间偶尔露露脸。

松林小屋
晚九点五十四分

正如贾内尔预料中的，晚餐一点也不精致，而是又沉默、又尴尬，像几个成人在演哑剧：倒酒，递食物，每个人都专注于不要把东西撒到衣服上，都希望赶紧摆脱身上愚蠢的宴会礼服和累赘的饰物。乔是唯一一个看起来比较舒适的人，穿着自己的旧毛衣，跟众人迥然不同。

晚餐后，气氛才稍微轻松一些，昆西端来蛋糕，点燃二十根蜡烛。贾内尔把它们全部吹灭，然后用刚才削破手指的那把刀子，把蛋糕快速切成几块。

接着，真正的派对开始了，耽误了一整天，现在才轮到它开始。酒瓶打开，一整瓶酒被倒进他们的杯子里，克雷格专门带来 iPod 和一个移动话筒，碧昂斯、蕾哈娜、贾斯汀·汀布莱克还有说唱歌手 T.I.……就是他们在大学宿舍里听的那些歌曲，只不过现在声音更大、更狂野，最后变成发泄。

他们在大屋里跳起舞来，杯子举到空中，酒水飞溅。昆西一点酒都没有喝，她拿起自己的饮料—— 健怡可乐，但也没有喝下去。她跟其他人一起跳起来，在大屋中间扭动着，边上是克雷格、贝茨和罗德尼。艾米在她旁边，扭着屁股大笑着。

贾内尔也加入进来，举着昆西的相机拍照片。昆西微笑着摆了个姿势，跳了个迪斯科的舞步。贾内尔大笑起来。昆西也大笑起来，她随着音乐的节奏舞动着，这是她记忆中最美好、最自由、最快乐的时刻。她在那里，跟着被她吸引的男朋友一起跳舞，然后把手伸向最好的朋友，这才是她一直向往的大学生活。

跳过几首歌曲之后，他们累了。贾内尔给大家的酒杯添满酒，艾米和贝茨伸开腿脚坐在大屋的地板上。罗德尼制作了一种烟，举在头顶像旗帜那样挥舞着。等他把它放下来的时候，贾内尔、克雷格和艾米都围过来，排队等着尝试。

昆西不喜欢这种东西，她试了一次，这让她咳嗽，大笑，然后再次咳嗽起来。接着，她感觉有些震颤和生涩，把她刚才体验到的快乐驱赶得无影无踪。

其他人吸烟的时候，她待在大屋里，小口啜饮着自己的健怡可乐，她非常确定贾内尔趁她不注意的时候悄悄把朗姆酒吐掉了。一直奉行轻食主义的贝茨也在那里，喝了三杯红梅伏特加之后，醉倒在地板上。

"昆西，"她的呼气散发出廉价伏特加的味道，"你不一定非要这样做。"

"做什么？"

"跟克雷格上床。"贝茨咯咯地笑着，仿佛这是她第一次说这样的话。

"或许是我想这么做吧。"

"贾内尔想让你这么做，"贝茨说道，"主要是因为她自己想这么做。"

"你喝醉了，贝茨，开始说胡话了。"

贝茨很坚持："我没事，你知道的，我没事。"

她又笑了一声，昆西努力不去注意。可是，贝茨不仅醉到放声大笑，还跟着她来到厨房。但这笑声中很有含义，暗示着只有昆西才懂的内容。

在厨房里，她发现乔靠在餐台上，正在研究贾内尔帮他调制的恶心的饮料，他的存在把昆西吓了一跳。晚饭后，他一直很沉默，她都忘了他的存在。其他人似乎也忘了。甚至连贾内尔也把他像圣诞节下午的玩具般抛到了脑后。

但是，他还在那里，透过那又脏又厚的眼镜片，观察着大家喝酒和跳舞。昆西不知道，他是如何看待他们兴高采烈地玩闹的，他是会跟着高兴？还是嫉妒？

"你跳得很好。"他盯着自己的杯子说道。

"谢谢。"昆西的话说出来像一个问句，仿佛自己并不相信他。"如果你觉得无聊，我可以带你回车上去。"

"没事的。现在开车恐怕不太好。"

"我没怎么喝酒，"昆西说道，虽然她自己也越来越怀疑这是一个谎言，这当然是拜贾内尔所赐。她开始感到些微的眩晕。"很抱歉，贾内尔非要让你留下来。她是那种，嗯，不达目的决不罢休的人。"

"我觉得很有意思，"乔说道，虽然事实显然与此相反，"你们非常好。"

昆西再次跟他道了谢，并且句末再次用了一个问句，带着一个潜在的问号。

"而且很漂亮，"乔说道，这一次，他终于敢抬起头来，"我觉得你非常漂亮。"

昆西看着他，真正地看着他，这时候，她终于看到贾内尔看出来的东西。他挺酷的，有点傻傻的那种。就像电影里的那种呆子，摘下眼镜反而很惊艳。他羞涩的举止中透出执着，显得他说出的每个词都是认真的。

"谢谢。"她答道，这次是发自内心的，话中带的疑问最少。

这时候，其他人的说笑声传来，刚才的烟让他们兴奋到眩晕。

罗德尼把艾米扛在肩上，背着她冲进大屋。贾内尔和克雷格互相倚靠着，朝对方脸上吐着烟圈。贾内尔细细的胳膊搂住克雷格的腰，在他准备去找昆西的时候也没有放开，而是伸着胳膊跟着他。

"昆西！"她说道，"你错过了最好玩的。"

贾内尔的脸红通通的，闪着光。一缕湿漉漉的黑发粘在她的太阳穴上。当她发现乔也在厨房的时候，她的脸色沉了一下。

"你在这里啊！"她像对久未联系的老朋友那样跟乔打着招呼，"我一直在找你！"

她把他领到大屋的一个旧扶手椅上，跟他一起挤了进去，抬起双腿，把膝盖放在他腿上。

"玩得开心吗？"她问道。

昆西转过头，看着朝自己走来的克雷格。他也很醉很兴奋的样子。不过，他醉得笑嘻嘻的，像贝茨那样，或者像贾内尔那样，是装醉。他身上散发着一种成熟的气息，昆西觉得他强壮的身体显得很性感。他压到她身上，滚烫的身体贴着她的皮肤，小声说道："上楼去找点乐子？"

"好啊。"昆西小声回应道。

她感觉自己被拉着朝门厅走去，而且还注意到路过贝茨时她投来的那种审视的目光。她扭头看向大屋，看到贾内尔依然挤在扶手椅里，抚摸着乔的头发，而且是假装注意着乔，事实上，她的目光一直锁定在离开的昆西身上，黑眼睛里透出的不知是满意还是嫉妒。

昆西分辨不出。

第二十三章

我一到家，就感觉疲倦排山倒海地袭来。刚到客厅，我就一头扎进沙发，进入梦乡。几小时后，我醒来，发现杰夫跪在我身旁，轻摇着我的肩膀。

"嘿，"他脸上透出深深的关切，"你没事吧？"

我坐起来，睡眼惺忪，眯眼看见傍晚的阳光从窗外洒进来。"我没事，就是累了。"

"萨姆去哪儿了？"

"出去了。"我说道。

"出去了？"

"去城里转转，我觉得她在这里可能是待腻了。"

杰夫吻了我一下。"我很了解这种感觉。这意味着我们也该出去走走了。"

他努力装作他是此刻才想出的这个主意，我能看出他的迫切，他早就希望迎来没有萨姆的时光了。

我答应了，虽然内心深处并不想出去。疲劳和焦虑让我的后背、肩膀和脖子都感到疼痛。接下来，还有我的网站的问题，再不更新就要被关闭了。那个负责任的我，是会吃上一片止痛药，然后彻夜奋战烘焙一些东西放上去的。但是，那个不负责任的我，需要克制自己不去想自己其实对萨姆一无所知这个现实，她为什么来这里，她打算干什么，甚至连她到底是谁，我都不知道。

我把一个完全的陌生人邀请到自己家中。

在这个过程中，我也变成一个陌生的自己，一个能在中央公园把人打得稀巴烂的人，一个还能就此对警方撒谎的人。一个曾经对杰夫那样依恋，但此刻更希望独自一人的人。

到了外面，在背后落日的照耀下，我的影子在人行道上被拉得很长，模糊而纤细。我忽然觉得，我跟这个影子的共同点，都比跟过去的我要多。我觉得自己好抽象，仿佛一旦黑夜降临，自己就会开始融化直至消失。

我们走过几条街，最后来到一家法国小饭馆，过去我们口口声声说喜欢这里，但实际上却鲜少光顾。虽然天气冷了，我们还是选择了一张户外的桌子，杰夫穿着一件二手的曼博灵夹克衫，而我裹了一件宽领羊毛开衫。

我们避免谈萨姆的事情，也避免谈杰夫的案子。于是，剩下的话题就变得很少，我们就只顾着吃蔬菜和豆子焖肉。我也没有说话的欲望，于是强迫自己吃下一点食物，每吞下一小口，都要卡在喉咙中间，只有喝酒把它冲下去。于是，我的酒杯很快就空了。

当我去够红酒瓶时，杰夫终于注意到我的手。

"哇，"他说道，"手怎么了？"

此时是把一切告诉杰夫的最佳时机，说我差点杀了个人，说我多么害怕自己被抓起来，说我更害怕拾起松林小屋的另一段记忆。说我知道在丽莎死的那段时间，萨姆其实在印第安纳州。

但是，我只是挤出一丝微笑，努力模仿着妈妈的样子。没有任何问题，我完全正常。如果我足够坚信这一点，它就会变成现实。

"哦，就是不小心烫伤了，"我说着，还特意微微强调了"烫伤"两个字。"今天早上，我太着急了，不小心碰到一个还热着的烤架。"

我还没来得及把手拿开，就被杰夫抓住，他仔细端详着我指关节的那些伤痕。

"看起来伤得很厉害，昆西。疼吗？"

"不算疼，只是太丑了。"

我再次试图把手抽出来，但是杰夫一直牢牢抓住我的手。

"你的手在抖。"

"是吗？"

我望向街边，故意装作被一辆经过的银色凯迪拉克轿车所吸引。我无论如何也不敢直视杰夫的眼睛，尤其是他这样贴心地关心我的时候。

"答应我，如果严重的话，一定要去看医生。"

"我会的，"我爽快地答道，"我保证。"

之后，我又喝了些酒，把瓶子里的酒喝光，然后没等杰夫阻止，就又点了一瓶酒。说白了，我想要的就是红酒。记得之前从公园回到家里的时候，最让我舒服放松的就是酒精混合阿普唑仑了。我背上和肩膀上的疼痛不见了。我几乎都想不起萨姆、丽莎或者罗奇·鲁伊斯。如果真想起来，我只会想要喝更多红酒，直到不再想他们。

在从小饭馆回家的路上，杰夫牵着我没受伤的那只手。我们在斑马线前停下来的时候，他斜着身子亲吻我，把舌头伸进我的嘴里，在我体内搅起一种战栗的欲望。刚进楼，我们就在电梯里亲热起来，完全不管安装在电梯角落上的摄像头，无视可能在地下监控室里，或许正有一个大汗淋漓的胖保安在注视着我们。

进到公寓，还在门厅，我就跪了下去，把杰夫含在嘴里，他呻吟起来，估计隔壁邻居透过墙壁都能听到。他的一只手摸到我的头，我伸出手，把他的手捱到我的头跟前，希望拳头砸下来。

我需要疼痛，一点点就行。

我应该被打。

后来，在床上，杰夫让我挑选一部电影。我选的是《迷魂记》。当屏幕上出现色彩明艳的开场画面时，我紧紧靠在杰夫身上，伸出胳膊搭在他胸膛上。我们静静地看着电影，多数时候，杰夫都在呼呼大睡。但是在高潮的时候，他醒来了，看见吉米·斯图尔特拖着可怜的金·诺瓦克走上钟楼的台阶，要求他说出真相。

"我并不是一定要去的，"电影刚一结束，他就说道，"去芝加哥。如果你需要，我可以留下来。"

"去那里对你来说很重要。而且，你不会去很长时间，对吧？"

"三天。"

"三天很快就过去了。"

"你可以跟我一起去，"杰夫说道，"我是说，如果你愿意的话。"

"你不会很忙吗？"

"会忙得不可开交。不过，这并不意味着你不能在那边好好玩一下呀。你不是很喜欢芝加哥吗？想想那里的——很棒的宾馆、深盘比萨，还有那些博物馆。"

我的头靠在杰夫肩膀上，能听到他的心跳在加快。显然他是希望我去的，我也想去。我很想离开这个城市去到另一个城市，哪怕只有几天，也足够用来忘掉自己的所作所为。

但是我不能去。萨姆还在附近，还会领着我去我袭击罗奇·鲁伊斯的地方，萨姆非常清楚地向我表明，她对此缄口不提是帮了我一个忙。我这边如果有一个闪失，就会破坏我们精心维持的生活的平衡。现在，萨姆已经拥有了摧毁我们的能力。

"那萨姆怎么办？"我说道，"我们不能就这样把她一个人留在这里。"

"昆西，她又不是一只狗。就几天时间，她完全可以照顾好自己。"

"那我会难过的。而且，她又不会在这里待很长时间。"

"不是这个问题，"杰夫说道，"我担心的是你，昆西，我觉得有点不对劲，自从她来以后，你的举止就有点奇怪。"

我开始从他身边移开，本来这个夜晚挺美好的，他一开口，这份美好就不复存在了。

"我要应付的事情太多了。"

"我知道，这段时间对你来说，肯定是慌乱的，有压力的。可我总觉得还发生了别的事情，你没有告诉我的事情。"

我向后靠过去，闭上眼睛。"我没事。"

"如果遇到事情，你保证会让我知道吗？"

"会的。现在，拜托不要再问我这些问题了。"

"我只是想确保我不在的这段时间你会好好的。"杰夫说道。

"当然，我会的，我有萨姆。"

杰夫也躺到床的另一侧。"这正是让我不放心的。"

我等了一小时，睡意才到来，我伸直后背，调匀呼吸，告诉自己随时会进入梦乡。可是，我的思想却是一匹脱缰的野马，一直四处冲撞，不肯停下。我觉得它也是看了《迷魂记》导致的一个后果——像一个不停旋转的亮闪闪的螺旋，每一层都有自己不同的颜色。红色是关于谋害丽莎的凶手，绿色是关于杰夫和他对我的关心，蓝色是乔纳·汤普森坚持认为萨姆在对我说谎。萨姆的螺旋是黑色的，只有透过我失眠模糊的大脑才能依稀看见它。

大约凌晨一点，我下床踮着脚来到走廊。客卧的门关着，门缝底下没有灯光透出来。或许萨姆已经回来了，或许没有，就连她是否存在，也变得不确定起来。

在厨房，我打开笔记本电脑，既然醒来了，不如在网上做些更有意义的事情。不过，我的手指并没有打开"昆西甜品站"，而是直接点开了自己的邮箱。收件箱里充斥着几十封来自记者的未读邮件，甚至有些是从法国、英国乃至希腊那样遥远的地方发来的。

我直接跳过它们，它们的地址变得模糊，直到我发现一封不是来自记者的邮件，而是来自一个用户名为"Lmilner75"的发件人。

我打开邮件，虽然我已经把里面的内容刻在记忆里面。如果要用《迷魂记》里的彩色螺旋来形容的话，它一定是亮粉色。

"昆西，我需要跟你谈谈。这非常重要。拜托，拜托不要忽略这封邮件。"

"你发生什么事了，丽莎？"我小声说道，"什么事情那么重要？"

我打开一个新浏览器窗口，直接输入谷歌搜索。我输入萨姆的名字，果然，好多条关于夜光旅馆、丽莎之死和最后女孩的条目出现了。还有一篇是关于萨姆突然消失的文章，我在里面没有发现关于萨姆可能在哪里的线索。

接着，我又搜索了"蒂娜·斯通"这个关键词，弹出许多重名的女子的信息，还有脸书网站的个人主页和领英网上更新的简历。似乎不可能找到我想找的那个蒂娜·斯通的信息。我不禁想，萨姆是不是故意选择了这个大众化的名字。她是不是也像现在的我一样，看着世界上无数个蒂娜·斯通的资讯海洋，决心跳进去，并且知道自己永远也不会浮上来。

我离开谷歌搜索，回到丽莎的邮件。

"昆西，我需要跟你谈谈。这非常重要。拜托，拜托不要忽略这封邮件。"

读这封邮件的时候，乔纳·汤普森的话似乎自己跑到文本上来，把它变成了其他的内容。

"是关于萨曼莎·博伊德。她在对你撒谎。"

我刚准备再在谷歌上搜索一下，忽然听到自己背后有响动，是一个小声的咳嗽，或者是地板轻微裂开的声音。接着，突然就有人过来，站在我背后。我赶紧合上笔记本电脑，转过身，看见萨姆，静静地站在昏暗的厨房里。她把双臂垂在身侧，脸上毫无表情，显得深不可测。

"你把我吓了一跳，"我说道，"你是什么时候回家的？"

萨姆耸耸肩。

"你回来多久了？"

她又耸耸肩。我也不知道她是之前一直在这里，还是刚刚才到。

"睡不着？"

"嗯，"萨姆说道，"你呢？"

我耸耸肩。我俩像在做游戏。

萨姆的嘴角稍微抽动了一下，但却没有笑容。"我这里的东西或许有帮助。"

五分钟后，我坐在萨姆的床上，腿上放着野火鸡威士忌，萨姆给我涂指甲油，我努力让自己的手不要颤抖。指甲油的颜色是闪闪的黑色——每根手指都像被涂了一幅微缩油画。跟我受伤的指关节倒是很配，都像生了锈一般。

"这个颜色很配你，"萨姆说道，"有种神秘感。"

"它叫什么颜色？"

"死亡黑。我特意在布鲁明戴尔百货店选的。"

我点头表示了解，是她顺来的。

几分钟过去，我们都没有说话。接着，萨姆忽然毫无来由地说道："我们是朋友，对吧？"

有一个套娃式的问题。回答了一个，就意味着全都要回答。

"当然。"我说道。

"很好，"她说道，"昆西，这很好。我的意思是，想象一下，如果我们不是朋友，那会怎样？"

我努力分辨她脸上的表情，上面没有表情，很空洞。

"你这是什么意思？"

"嗯，我现在非常了解你了，"她平静地说道，"你能够做出的事情，你已经做出的事情。如果我们不是朋友，那我就有很多事情可以用来对抗你。"

在她手中的我的手变得紧张起来。我努力克制着把手抽出来跑出房间的冲动，虽然指甲上的黑色指甲油才涂了一半。与此相反，我甜蜜地望着她，希望她会认为我的回答是真诚的。

"这种事情不会再发生的，"我说道，"我们是一辈子的朋友。"

"很好，"萨姆答道，"我很乐意。"

房间又一次陷于沉默，又过了大约五分钟，萨姆把黑色的指甲油刷放回瓶子里，微微一笑，说道："涂完了。"

还没等指甲上的指甲油全干，我就离开了房间，以致开门的时候只好很尴尬地用手掌去开门。在走廊里，我使劲吹着指甲，希望它们快点变成闪亮的外壳。接着，我走到主卧，快速瞟了眼杰夫，确认他听起来还在酣睡，然后溜进卫生间。

我不想打开灯，没有光更好。我躺在地板上，挺直脊背，肩膀贴着冰冷的瓷砖。然后，我拨通了电话，库珀的号码已经深深刻在我的记忆中。

铃声响了几声，他才应答。听得出，他的声音里充满睡意。

"昆西？"

只是听到他的声音，我就感觉好多了。

"库珀，"我说道，"我觉得我遇到麻烦了。"

"什么麻烦？"

"我觉得我卷入了一件自己无法抽身的事情。"

电话那头传来被单翻开的声音，库珀坐起身来。我忽然想起，他有可能不是一个人，其实他很有可能每晚并不是自己一个人睡，只是我不知道而已。

"别吓唬我，"他说道，"快说说发生什么事了。"

但是我不能，这就是最矛盾的部分。如果不说出自己做过的可怕的事情，我就不可能把自己对萨姆的怀疑说给库珀听，它们是彼此交错的、无法分割的。

"这可不是个好主意。"我说道。

"你需要我开车带你离开这里吗？"

"不，我只是想听听你的声音，看看你对我有什么建议。"

库珀清了下嗓子："不知道你到底发生了什么事，我很难给出建议啊。"

"拜托了。"我说道。

库珀沉默了半晌，我想象着他从床上下来，套上制服，随时准备过来，不管我是否需要，都会对我施以援手。最后，他说道："我只能告诉你，如果你遇见了不好的事情，最好的解决办法就是勇敢地面对。"

"如果我做不到呢？"

"昆西，你比自己想象中强大。"

"我没有。"我说道。

"你是一个奇迹，这一点你自己都没有意识到，"库珀说道，"要是别的女孩遇到你在松林小屋遭遇的那种情况，早都丧命了。但是你没有。"

公园里出现的那段可怕记忆在大脑中闪现。他，在松林小屋的地板上爬着。我为什么会想起这个画面呢？

"那只是因为你救了我。"我说道。

"不，"库珀对我说道，"你已经在拯救你自己了。所以，不管你遇到什么样的麻烦，我知道你都有力量自己走出来的。"

我点点头，虽然我知道电话那边的他看不见我的动作。我这样做只是为了让他高兴。

"谢谢你，"我说道，"很抱歉吵到你睡觉了。"

"永远不要为找我而内疚，帮你是我的责任。"

我知道。这也让我感激到无言以对。

　　我看着屏幕上的时钟一闪一闪，一分钟过去，又一分钟。然后又过去好几分钟，我知道自己该怎么做了，一想到这个主意，肚子里就隐隐作痛。

　　于是，我在手机里找到乔纳·汤普森发给我的那条短信。我回复了他，但是每按下一个字，手指都在斗争。

　　"可以谈谈，布莱恩公园，11：30 左右。"

第二十四章

上午。

布莱恩公园。

午餐拥挤的人潮到来之前是短暂的安静。此时，已经有个别附近写字楼上班的人，从工位上早早溜出来，零零星星地进入公园。我坐在纽约公共图书馆阴影下的一个座位上，看着他们，妒忌他们无忧无虑的生活，妒忌他们拥有的友情。

上午天气不错，虽然有点冷。落在人行道上的树叶已经变成金黄色，包围着树木，树干光秃秃的，已经在为冬天做准备。

我在公园的另一边发现了乔纳——人群中他的头发闪闪发光。他打扮得像是第一次参加约会：考究的衬衫，外面套了件方口袋的大衣，勃艮第卷边休闲裤，虽然已经是十月的寒冷季节，脚上也没穿袜子，俨然是一个做作的大学预科生。

我穿着跟昨天一样的衣服，实在太累了，已经懒得去换衣服了。跟库珀打过电话之后，我获得些许的平静，得以小睡一会儿，不过五到六小时的睡眠也不足以弥补这周欠下的觉。

乔纳看到我，立刻笑着说道："我还跟一个同事打赌十美元，看你到底会不会来。"

"恭喜你，"我说道，"你刚刚赢了十美元。"

乔纳摇头道："我的钱是没指望了。"

"瞧，我不是来了吗？"

我都懒得掩饰自己的疲惫，我的声音听起来像那种有严重睡眠障碍的人，或者是头痛严重的人。事实上，我两者都有。头痛就在我的眼睛后面，让我斜眼看着乔纳。他说道："那现在怎么做？"

"现在，你有一分钟时间说服我留下来。"

"好的，"他低头看了看手表说道，"但是，在开始计时之前，我有一个问题。"

"你当然有。"

乔纳挠挠头，他的头发一动不动。我猜，他一定是花了好几小时来打扮自己，就像一只猫一样，或者像那些不停地从皮毛里抓东西的猴子。

"你当时还记得我吗？"他问道。

我记得他出现在我家大楼外面的人行道上。我还记得自己对他的鞋子吐了口水。我当然更记得他把丽莎·米尔纳死亡的可怕真相告诉我。但是，除此以外，我对这个人没什么印象。我的迟疑，已经让他知道了答案。

"你不记得。"他说道。

"我必须记得吗？"

"昆西，我们一起上的大学。我跟你一起上过心理学课。"

现在才到了让我诧异的时候，主要是因为，这意味着乔纳比我最初猜测的年长了至少五岁。否则他就是搞错了。

"你确定吗？"我问道。

"确定，"他说道，"在坦布拉大厅。是那种围成半圆形的教室，座椅摆得像体育场一样，你后面人的膝盖，离你的后脑勺儿只有几厘米。第一周过后，每次上课大家差不多都坐在固定的位置上。我坐在靠后的位置，稍微偏左一点。"

"对不起，"我说道，"我完全不记得了。"

"我很清楚地记得你，"乔纳说道，"开始上课之前，你一般都会跟我打个招呼。"

"真的吗？"

"是的，你非常友好。我记得那时你一直显得很快乐。"

快乐。我实在想不起上一次有人用这个词形容我是在什么时候。

"你跟另一个女孩挨着坐，"乔纳继续说道，"她经常迟到。"

他说的就是贾内尔，她总是在上课以后偷偷溜进教室，带着宿醉。有些时候她课上会睡着，把头靠在我肩上。下课后，我会让她抄我的笔记。

"你们是朋友，"他说道，"我猜的。或许我错了。我记得你们还经常吵架。"

"我们没吵过架。"我说道。

"吵过。好像你们之间还发生过一些非主动的口角。貌似你们假装是彼此最好的朋友，但是却无法忍受对方。"

我一点也记不得了，但这并不意味着这不是事实。显然我们不止发生过一次矛盾，才会让乔纳也记得这些。

"我们那时是最好的朋友。"我平静地说道。

"哦，天哪，"乔纳故做一副现在才恍然大悟的样子。他肯定是先前就知道，两个女孩在班上坐在他前面，一个十月的周末之后，两个人都再也没有回来过，怎么可能不知道呢。

"我不应该提起这个话题的。"

不，他应该，而且，要是我的头不那么痛，我不那么急于转换话题的话，我可能会告诉他这件事。

"既然你已经知道我不太记得那时的事情，那你不如告诉我为什么要找我来吧，"我说道，"现在轮到你来说了。"

乔纳倒是直奔主题，推销员式的风格。我怀疑他之前练习过这种套路，这种熟练是多次排练的结果。

"你之前很清楚地说过，你不想谈论过去发生的事情。我能理解，也可以接受。昆西，这不是关于你个人的情况——虽然我来这里，是希望万一你还有可能愿意谈论它——是关于萨曼莎·博伊德和她个人的情况。"

"你之前说她在对我说谎，是关于什么？"

"这个我暂且不谈，"他说道，"我想知道的，是你对她的了解有多少。"

"你为什么对萨姆这么感兴趣？"

"不只是我，昆西，你应该能从报纸的那些文章中，知道你们两个人引起了媒体多大的兴趣，网络上那些文章更是充满了非理性。"

"如果你再提那些文章，我真要走了。"

"对不起。"乔纳说道，他的脖子下面有些微微发红。我乐意看到他为自己的行为稍微感到尴尬。"好，回到萨姆的话题上来。"

"你想让我说她的坏话吗？"我说道。

"不是。"他立刻高声反驳，让我觉得自己的猜测是对的。

"我只是想让你分享自己的想法，就当是给她这个人画一幅肖像。"

"我的话会被录音吗？"

"我更希望录音。"乔纳说道。

"太糟糕了。"我开始生气，这让我的头痛更加剧烈，传导到双腿，使它们不停地抖动。"那走吧。"

我们开始离开图书馆，朝着第六大道走去。公园里拥进更多人，人行小道上都是人，路边的长椅上也坐满了人。乔纳和我被挤得只好肩膀挨着肩膀走在一起。

"人们真的很想知道关于萨姆的事情，"乔纳说道，"她到底是个什么样的人？这些年来她藏在哪里？"

"她并没有藏起来。"不知为什么，我依然觉得有必要捍卫萨姆，仿佛如果自己不这么做，就会被她知道似的。"她只不过是保持低调而已。"

"在哪里？"

我顿了几秒，迟疑着自己该不该说，然后才开口。但是，这不就是我来到这里的原因吗？虽然我一直告诉自己这不是。

"缅因州的班戈市。"

"为什么她现在突然不再保持低调了？"

"丽莎·米尔纳自杀以后，她想见我，"我刚开口，就意识到自己错了，"我是说，被谋杀。"

"那你现在了解她吗？"

我想起萨姆给我涂指甲油的情景。*我们是朋友，对吗？*

"是的。"我说道。

就这么简单的两个字，但是，我们的关系又岂是那两个字可以说清的。是的，我现在开始了解萨姆了，正如她开始了解我。我也知道自己并不信任她。我很确信，她对我也是同样的心态。

"你确定你不会把自己知道的事情跟她分享吗？"乔纳问道。

我们已经来到布莱恩公园的乒乓球台——它们几乎是全纽约的公园里仅有的几个。这些球台都有人在打球，其中一个是一对年老的亚洲夫妇在打球，另外两个是写字楼上班族在用，他们解开领带，挥舞着球拍打来打去。我看着他们打了一会儿，想要给乔纳的问题找到一个合适的答案。

"事情并没有这么简单。"我说道。

"我知道的一些事情可能会让你改变看法。"乔纳对我说道。

"什么意思？"

这是个愚蠢的问题。我已经知道他是什么意思。萨姆对我撒了一个大谎。乔纳掌握着让我不安的信息。

"乔纳,不妨把你知道的直接告诉我吧。"

"我很乐意,昆西,"他说着,再次挠挠头,"我真的会的。但是,好的记者不会把自己知道的信息跟那些不配合的采访对象分享。我的意思是,如果你真的想让我跟你分享一些高度机密的信息,那就应该给我同样的东西作为交换。"

我比之前任何时候都更想离开,我知道自己应该这样做,告诉乔纳我走了,然后回家去好好睡个午觉,比待在这里有必要得多。

可是,我也想知道萨姆到底对我撒了多少谎。后面的想法战胜了前面的那个。

"蒂娜·斯通。"我说道。

"是谁?"

"萨曼莎·博伊德。她几年前已经把名字改成了这个,以便躲避你这样的人。所以,实际上萨曼莎·博伊德已经不再存在了。"

"谢谢,昆西,"乔纳说道,"我想我会想办法去深入挖掘一下蒂娜·斯通的生活。"

"那你要把调查的结果告诉我。"

我没有征求他的意见,而是直接用了命令的语气,他微微点头表示同意。

"当然。"

"现在轮到你了,"我说道。"把你知道的告诉我吧。"

"是关于那篇文章,我发誓我永远也不会再提到的那篇,尤其是文章上配的照片。"

"它们怎么了?"

乔纳深吸一口气,想表明自己开口之前是无辜的。

"我只是个传消息的,"他说道,"可别把我杀了。"

第二十五章

　　萨姆在厨房里，系着围裙，假装成贝蒂妙厨的样子，假装自己不是一个狡猾的婊子。我进门的时候，她正端着碗，把鸡蛋打进面粉和糖里。

　　"我们需要谈谈。"我说道。

　　她的眼睛一直没有离开过碗。"稍等一分钟。"

　　我跑到她跟前，突然间，碗离开餐台朝着地板摔去。里面的蛋糕粉从碗里撒出来，溅得餐台上、地板上到处都是。

　　"搞什么，昆西？"萨姆问道。

　　"这恰恰是我想知道的，萨姆。你要搞什么？"

　　她靠在餐台上，警惕地望着我，接着，她明白了。她知道我指的是什么事情。

　　"他跟你说了多少？"

　　"都说了。"

　　我都知道了。丽莎去世的新闻面世的第二天，她就跑到乔纳的报社，告诉他自己是谁，告诉他跑到纽约是为了看我。她还问他想不想要丽莎生前的照片。

　　"那天你对我介绍你自己的时候，你知道他还在那里，"我说道，"这都是你一手策划的。你想让我们出现在报纸头版头条。"

　　萨姆一动不动，她的靴子像是长在地板上一般，其中一只鞋上沾了一些蛋糕粉。

　　"是的，"她说道，"那又怎样？"

　　我抓起跟前的一只锅铲，朝房间另一头扔去。铲子撞在窗户旁边的墙上，一些蛋糕粉沾到墙壁上，铲子摔在地上，但我的心里并没有因为这一扔而好过一些。

　　"你知道这种做法有多愚蠢吗？萨姆，人们会看到那些照片，那么多照片，现在连陌生人也都认识我们了。他们还知道我住在哪里。"

　　"我这么做是为了你。"萨姆说道。

　　我把手重重地拍在餐台上。我不想听她解释。

　　"闭嘴！"

　　萨姆皱了下眉头，她画过的眉毛弯成一个弓。"我需要让你知道我为什么要这么做。"

　　我旁边放着一个装鸡蛋的纸盒，里面放着六七个鸡蛋，我拿起一个。

　　"闭嘴——"

　　鸡蛋朝着萨姆的脑袋飞去。她躲开了，鸡蛋在她身后的茶几上碎裂开来。

　　"嗯——"

　　我又抓起一个鸡蛋，它像是我的手榴弹。我的手腕快速一抖，它落在地板上的碗旁边。我又抓起两个鸡蛋，把它们相继投出。

　　"见——鬼——"

　　这两个鸡蛋都打到萨姆的围裙上，黄色的蛋液让她退后一步，不是被鸡蛋打退的，而是因为惊愕不已。我又拿起一个鸡蛋，但是萨姆跌跌撞撞地冲了过来，把盒子推到一边，让最后一个鸡蛋直接掉落在地板上。

"你就不能让我解释一下？"她喊道。

"我已经知道你为什么要这样做了！"我冲她喊道，"你想让我愤怒！而我差点杀了一个人！这样的愤怒对你来说还不够吗？你还想让我做什么？"

萨姆抓住我的肩膀，使劲摇晃着。"我想让你醒醒！你藏了这么多年。"

"看你说的。销声匿迹的不是我，连自己的亲生母亲都不联系的人也不是我。"

"我不是这个意思。"

"那你是什么意思，萨姆？我希望你能解释清楚。我曾经努力去理解你，但我做不到。"

"别再装成另外一个人活着了！"萨姆也打算扔东西了。餐台上放着另一个碗，她把它摔到地上。碗滚到墙角，然后旋转了几下。"你装成一个完美的女孩，过着完美的生活，做着完美的蛋糕。但是，这不是你，昆西，你自己也知道。"

她把我推到洗碗机跟前，洗碗机的把手硌着我的下脊椎骨。我反推她一把，她在地上的面粉和鸡蛋里滑了一下。

"你根本就不了解我。"我说道。

萨姆又跑过来，猛推我一把，我撞在餐台上。

"只有我才了解你。你是一个斗士，你为了活下来，什么事情都做得出来，就跟我一样。"

我反驳着，却感到有些无力。"我跟你不一样。"

"你是见鬼的最后的女孩的一分子，"萨姆说道，"所以我才会去找乔纳·汤普森，这样你就再也无法隐匿起来，这样你才最终配得上你自己挣来的这个名分。"

　　她的脸紧紧贴过来，我屏住呼吸。她的存在像是一把火，把房间里所有的氧气燃烧殆尽。我把她推开，为自己腾出足够的空间。萨姆抓住我的手，试图把我拽到她跟前。我的另一只手在餐台上摸索着，寻找着任何可以够到的东西。我的指关节触到几个量杯，想抓一个勺子，没抓住，把它碰掉到地上。我的手指最终摸到一个东西，我拿起来朝她挥舞着。

　　她喊了一声退后几步，跌倒在地上，紧紧靠着身后的酒柜的柜门。

．　　我在厨房另一边愣住了，模糊地意识到她是在不停地重复我的名字。声音听起来闷闷的，好像来自很远的地方，仿佛是从一口井里面发出来的。

　　"昆西！"

　　这一声足够大，让酒柜都摇晃起来，也让包裹在我周围的混沌瞬间被驱散。

　　"昆西，"萨姆此时的喊声变成了耳语，"求求你。"

　　我低下头。

　　自己手里拿的是一把刀。

　　它斜着，扁平的刀刃对着天花板，反射出厨房吸顶灯的光芒。

　　我把刀子扔掉，感觉手上有灼热的感觉。"我不是故意的。"

　　萨姆躺在地上，身体蜷缩成一个球形，膝盖碰到围裙的带子。她颤抖不停，像是被我抓住的俘虏。

　　"我没打算伤害你。"我说道，喉咙有些哽咽。

　　"我发誓。"

　　萨姆的头发垂到脸前，我看见她朱红色的嘴唇和鼻尖，一只眼睛从发丝间露出来，里面闪烁着恐惧的光芒。

　　"昆西，"她说道，"你是谁？"

　　我摇摇头，我确实不知道。

家门口对讲机里传来的声音打破了厨房的静寂。有人在外面。我按下门边的对讲按钮，一个女子的声音响起。

"是卡彭特小姐吗？"

"谁呀？"

"嘿，昆西，"那个声音说道，"我是卡尔曼·埃尔南德斯。很抱歉这样贸然来访，不过我确实需要跟你谈谈。"

很快，埃尔南德斯出现在我家餐厅，灰色上装配红色衬衣，显得很干练。她坐下的时候，露出右手腕上戴着的手镯，银圈上有十几颗闪亮的珠子，或许是她丈夫送给她的结婚纪念日礼物。或者是她等不及他表示，自己给自己买的礼物。不管怎样，镯子很可爱，我内心那个野蛮的自己很想把它夺走。我看着这些珠子，想象着每个上面印出一个不同的自己。

"我来的不是时候吗？"她这是明知故问。在餐厅里，透过过道，能对厨房的情况一览无余，厨房里到处都是面团和蛋液，显然一团糟。就算她没留意厨房的情况，萨姆和我两人浑身沾满面粉和蛋液坐在她对面，显然也不寻常。

"没有，"我说道，"没关系。"

"你确定吗？你们看起来有些慌乱啊。"

"这些天就是这样。"我挤出一个夸张的笑容，牙花子都露了出来。我妈妈一定会为我的演技而骄傲的。"你知道下厨对我们来说是多么疯狂的事情。"

"我家都是我先生下厨。"

"你真幸运。"

"您怎么会过来呢，警官？"萨姆问道。这是自对讲机响起以来她第一次开口。她把头发别到耳朵后面，让警官看到自己的全脸。

"关于罗奇·鲁伊斯被袭一案，我还有几个问题要问。不算什么大事，只是例行公务而已。"

"我们已经把一切都告诉你了。"我努力让自己显得不那么慌张，但声音还是出卖了我。我说出的每个词里都投射出焦虑。"确实再没有什么可以补充的了。"

"你确定吗？"

"确定。"

埃尔南德斯从外套里拿出一个小笔记本，把它翻开的时候又露出了手镯上的那些小饰物。"嗯，不过我有两个目击证人持有不同的观点。"

"哦？"我说道。

萨姆一言不发。

埃尔南德斯在笔记本里寻找着。

"其中一人是在中央公园逛游的男妓，"她说道，"他名叫马里奥。昨天晚上，一个便衣警察把他带到警察局。果然不出所料，他是个有一大堆案底的家伙。警察问马里奥当天晚上有没有看到人袭击罗奇，他说没有。但是当天晚上他的确在公园里看到了不寻常的人。两个女子坐在公园里，差不多凌晨一点。其中一个在抽烟。他说她给了他一根烟。"

我想起他了，那个穿皮衣的英俊小生。警察提到他，我更有理由紧张了。萨姆跟他说了话，他还看到了我们的脸。

"他帮我指认了这两名女子，"埃尔南德斯说道，"就是你们两个。"

"他怎么会知道的？"萨姆说。

"他从报纸上认出来的。我记得你们两位是出现在次日报纸的头版上。"

我一直把双手放在膝盖上，在埃尔南德斯看不到的地方。两只手紧张地握成拳头，她说得越多，我握得越紧。

"我记得他，"我说道。"我们坐在公园的时候，他到我们跟前。"

"是在凌晨一点？"

"这犯法吗？"萨姆问道。

"不。只是有些不寻常而已。"埃尔南德斯翘起脑袋望着我们，"尤其是连续两个晚上你俩都出现在公园。"

我的手臂弯曲起来，双拳依然紧攥在膝盖上。我试图松开一个手指。

"我们跟你说过我们为什么会出现在那里。"我说道。

"出去喝酒，对吗？"埃尔南德斯说道，"马里奥看见你们的那个晚上，你们出去喝酒了？"

"是的。"我高声答道。

萨姆和我对视了一眼。埃尔南德斯在笔记本上记录着什么，似乎是在把什么东西画掉，然后写上别的内容。

"很好，"她说道，"现在，咱们来聊聊第二个证人吧。"

"又一个男妓吗？"萨姆问道。

埃尔南德斯探员没有被她逗笑。她朝萨姆皱了下眉头，说道："一个无家可归的男子。他对前去公园调查鲁伊斯被袭案的警官说，他看见两个女人坐在小孩玩航模的水池边上。我记得有书里提到过这个地方，我还给孩子们念过。是关于一只老鼠的？"

"精灵鼠小弟。"我说道，不知道自己为什么可以不假思索地说出来。

"对，就是它，不错的地方。那个无家可归的男子很确定看到过你们。他有时候会在附近的长椅上睡觉，不过，在罗奇被袭的那天晚上，他说他被那两名女子赶走了。当时，其中一名女子正在水里洗手，她们发现他在旁边看。他说看起来那时候一名女子正在流血。"

我不敢问他是否描述了这两名女子的样子。显然，他跟警察说了。

"你们两个正好吻合他给我们提供的描述，"埃尔南德斯说道，"所以，我只好大胆地假设那就是你们两位。你们谁愿意解释一下当时发生了什么事情吗？"

　　她把双手交叠放在桌上，戴手镯的那只手在上面。桌子下面，我的拳头已经攥成了一块石头，煤块都要被挤压成钻石了。我指关节的一个伤疤受到挤压，手指间渗出几滴血来。

　　"当时就是这个情况，"我不假思索地扯起谎来，简直就是脱口而出，"我们穿过公园的时候我绊了一跤，不小心把手擦伤了，流了很多血，于是我们来到水池那边，我把手上的血洗掉。"

　　"这是在提包被偷之前还是之后？"

　　"之前。"我说道。

　　埃尔南德斯低头盯着我，盯得很仔细。在整齐的头发和合体的上衣造就的甜心般的外表之下，是一颗强硬的心。她或许不必努力工作就能得到现在拥有的一切，而且比很多男性都拥有得多，这一点是很确定的。我敢打赌，所有男性都低估了她的实力。

　　当然，我也不例外，所以现在她会在这里。

　　"真有意思，"她说道，"我们那位无家可归的朋友，并没有提到他看到一个提包。"

　　"我们——"

　　不知出于什么原因，我停顿了。谎言像舌尖上的盐巴突然就消失了。

　　埃尔南德斯探出身子，仿佛是很友好地准备开始一场闺密间的谈话。"听着，姐妹们，我不知道那天晚上在公园里到底发生了什么。或许罗奇是嗑药嗑得失去了理智。或许是他打算伤害你们，你们的防卫有些过当。如果真是这样的话，这将是对你俩最有利的局面。"

　　她往后靠回去，朋友时间结束。她再次拿起笔记本，手镯在桌子上刮了一下。

　　"我甚至能想象你们可能不想这么做。这个人处于昏迷当中，情况很严重。但是我发誓，我在充分掌握情况之前，不会对你们妄加评断。"埃尔南德斯查看了下笔记，看着萨姆，"斯通小姐，我甚至还查看了你过去的法律记录。"

萨姆一如既往地面无表情，她的脸上带着一副平静的面具。但是，我能感觉到，她是在等着我的反应。我的毫无反应，已经让她明白了她想知道的一切。

"我只是想向你澄清，这些事情丝毫不会影响我们对你的判断，"埃尔南德斯说道，"当然，如果你们中的任何一位愿意自首的话，我们是欢迎的。"

"我们不会的。"萨姆说道。

"花点时间好好考虑下吧，"桌子那头，埃尔南德斯站起身来，把笔记本夹到胳膊下面，手镯又响起来，"你们商量一下吧，但是不要耽误太久。你们等的时间越长，事情就会变得越糟糕。哦，恰好是你俩中的一个干的，那她最好祈祷罗奇·鲁伊斯能够从昏迷中醒来。因为如果是我通过自己的渠道发现有人过失伤人，那所有谈判的通道都会关闭了。"

"我们什么也不会说的。"埃尔南德斯一离开，萨姆就宣称道。

"我们不得不说。"我说道。

我俩继续待在餐厅，陷入一种持续的、让人无法忍受的静寂之中。阳光透过窗户照进来，把桌面上扬起的灰尘照亮。我们都不敢看对方，而是看着那些灰尘，就像在等待一场风暴的来临，房间里弥漫着莫名的紧张和恐惧。

"事实上，我们不会的，"萨姆说道，"她太自负了，她又没有抓住我们什么把柄。晚上坐在中央公园里又不犯法。"

"萨姆，有很多目击者。"

"一个流浪汉和一个什么也没看见的男妓。"

"如果我们现在说出真相，她可能会对我们从轻处理。她能理解的。"

甚至连我自己也不相信这一点，埃尔南德斯探员并没有打算帮助我们。她只是作为一个极其精明的女人在例行公务而已。

"上帝呀，"萨姆说道，"她在撒谎，昆西。"

沉默继续，我们看着灰尘在舞动。

"为什么你不告诉我你曾经去过印第安纳州？"我问道。

她终于看向我这边，面孔显得好陌生，我读不懂上面的表情。"你不会想去那里的，宝贝，相信我。"

"我需要答案，"我说道，"我需要知道真相。"

"你需要知道的唯一真相就是公园里发生的事情因你而起。我只是在努力拯救你。"

"通过说谎的方式？"

"通过帮你保守秘密，"萨姆说道，"现在我知道你的很多事情，比你想象的要多。"

她起身离开桌前，这个动作引起了我的许多疑问，一个比一个强烈。

"你在那里遇见丽莎了吗？你那时在她家里吗？你还有什么事情是瞒着我的？"

萨姆转过身，黑头发向外披着，脸显得有些模糊。它解锁了我的一段记忆，是同样的画面。这段记忆非常模糊，好像是关于一段记忆的记忆。

"萨姆，拜托——"

她一言不发地离开餐厅。过了一小会儿，只听见大门在她身后"啪"的一声关上。

我坐在原地，感觉累得动弹不得，担心自己一站起来，会一下子跌倒在地板上。萨姆刚才的样子一遍遍在我脑海里重放，搅动着我的记忆。我以前曾经看到过，我知道我看到过。

突然，我记起来了，它驱使我飞速来到笔记本电脑跟前，我登录Facebook，找到丽莎的个人主页，上面充斥着各种哀悼的信息，有几百条。我略过它们，在丽莎过去上传的照片当中翻找着，很快找到自己想看的东西——丽莎拿着一瓶葡萄酒，满脸欢快，整个人熠熠发光。

红酒时间到啦！哈哈！

我仔细查看照片的背景，那片模糊的暗影，我一看见就被它吸引。我死死盯着那张照片，仿佛这样就能把照片看透。我用眼睛瞟着这张照片，让自己的视线跟照片的背景一样模糊，希望这种平衡能让它变得清晰起来。当这种方法运用到极致的时候，暗影的深处忽然出现一片白烟。白烟里面是一抹红色。口红的颜色。

萨姆的口红。

像血一样红。

看见它，我的身体内部突然激灵了一下。我觉得自己仿佛被装进一架火箭，冲出大气层，火光四溅，我跟火箭一起爆炸。

第二十六章

　　杰夫下班回家的时候，厨房已经打扫干净，我的行李也已经收拾好。一个行李箱，一个提包。他站在我们卧室门口的过道上，使劲眨着眼睛，仿佛我是一个幻影。

　　"你在干什么？"

　　"我要跟你一起去。"我说道。

　　"去芝加哥？"

　　"我在网上买了一张机票，跟你同一个航班，不过我们可能不能坐在一起。"

　　"你确定吗？"杰夫问道。

　　"这不是你的主意吗？"

　　"当然。只是感觉太突然了。那萨姆怎么办？"

　　"你自己说过我们可以留下她单独待几天的，"我说道，"她又不是一条狗，不记得你说的话了？"

　　事实上，我希望我们回来的时候，萨姆也会回来，悄悄地，不惊扰到任何人。她就好像一只蝎子，那么急于想走，都忘了叮人一下。这时，杰夫环视了卧室一圈，仿佛这是最后一次看到卧室。他说道："但愿我们回到家的时候家里还能剩下些东西。"

"我会留意的。"我说道。

萨姆那天晚上深夜才回来，那时杰夫和我已经上床很久。第二天早上，我们准备出发去机场之前，我敲响了她房间的门。敲了好几声，没有应答，于是我打开门锁，朝里张望，萨姆在床上，大披肩盖在脸上，躲在皱皱巴巴的被子下面。

"不，"她呻吟着，"请别这样。"

我跑到床边，摇晃着她的肩膀，她蜷缩着身体，醒了过来。

"发生什么事情了？"她问道。

"一个噩梦，"我说道，"你在做噩梦吧。"

萨姆盯着我，确定我不是噩梦里的人。她看起来好像一个刚刚被救起的溺水的女子——脸红红的，浑身湿漉漉的。湿乎乎的头发贴在脸上，好像海草。她甚至还抖动了一下，仿佛是要抖去身上沾着的水。

"哦，"她说道，"是一个噩梦。"

我坐在床边，打算问问她到底做了什么梦。是不是卡尔文·惠特默和他那张蒙着麻袋的脸？

或者是别的？也许是丽莎，在浴缸里血流如注。但是萨姆一直看着我，似乎知道要发生什么事情。

"杰夫和我要离开几天。"我说道。

"去哪里？"

"芝加哥。"

"你要把我赶出去吗？我住不起旅馆。"

"我知道。"我说着，尽量保持语气的平和。保证自己说的内容不会让她不安，这很重要。"我们不在的这段时间你也可以待在这里。就算是帮我们看房子了。或者你喜欢的话，还可以再做一些烘焙。"

"我不想做了。"萨姆说道。

"杰夫和我可以信任你吗？"

这个问题问得毫无意义。我当然不信任她。所以我才会首先选择跟杰夫一起去芝加哥。离开她是我唯一的选择。

"当然。"

在进房间之前，我已经把衣兜里的现金取出了不少，只剩下两张皱皱巴巴的百元大钞。我把它们递给萨姆。

"这是一点零花钱，"我说道，"用它买点吃的、或者可以去看场电影，或者去做你喜欢做的事情。"

这是一种贿赂，萨姆心知肚明。她把钞票叠在一起，说道："看房子难道没有报酬吗？照看这个地方，确保一切正常。"

她把它编成了一个非常完美的问题，并没有让我感受到像挨了一耳光一般的那种背叛。我还记得萨姆来的第一天晚上，杰夫直截了当地问她来这里是不是为了钱。

她直接否认，我当时也相信了她。现在，我有一种感觉，她来到这里的唯一目的，就是为了钱。那些彻夜深谈，陪我烘焙，还有我们的全部友谊，都是为了达到这个目的。

"那五百美元怎么样？"我说道。

萨姆环视着房间。我看得出她是在头脑里打着自己的小算盘，评估这屋子里每件东西的潜在价值。

"一千美元似乎更好些。"她说道。

我咬了下牙。"当然。"

我走出房间去取我的钱包，回来的时候带着一张支票，上面写着蒂娜·斯通的名字，期限设定在杰夫和我回来的日子。萨姆看到日期，没有说话，她只是把支票折起来，把它跟床头柜上的现金放在了一起。

"你们回来的时候还希望我住在这里吗？"她问道。

"这取决于你呀。"

萨姆笑了笑。"真的是这样吗？"

在飞机上，坐在我旁边的旅客很善意地答应跟杰夫调换座位，这样我们就坐到了一起。起飞上升期间，杰夫一直抓着我的手，轻轻地握着。

飞机着陆，我们在酒店办理入住以后，我们有一整个下午和晚上待在一起。两天前的尴尬一扫而空，没有了萨姆，情况果然变得截然不同。我们沿着酒店外的街道散步，过去一周的紧张关系也被密歇根湖吹来的凉风一扫而空。

"我很高兴你能一起来，昆西，"杰夫说道，"我知道昨天晚上我没有立刻说明这一点，但我是认真的。"

他伸出手来牵我的手，我也欣然接受。这样有助于让他进入我的阵营，尤其是考虑到接下来我将要做的事情。

在回酒店的路上，我俩都被一个商店橱窗里摆着的一条裙子所吸引。那是一条黑白相间的裙子，带腰带，裙摆像二十世纪五十年代的迪奥裙子那样向外扩。

"一定是刚刚从巴黎到货的，"我居然说出了电影《后窗》里格蕾丝·凯丽的台词，"你觉得它会卖出去吗？"

杰夫支吾了一下，是吉米·斯图尔特的风格。

"嗯，让我想想，这取决于它的售价。"

"大概一千一百美元吧。"我说，依然是格蕾丝的台词。

"这条裙子应该被拿到股票交易所去。"杰夫放下演出，变成他自己。"我想你应该把它买下来。"

"真的吗？"我说着，也变成了我自己。

杰夫露出爽朗的笑容。"过去的一周挺不容易的。你值得买一件漂亮的东西。"

在商店里，得知裙子的标签售价比我的格蕾丝·凯丽估计得稍微低一点点，我感觉释然了不少，试的时候发现很合身，我就更开心了，于是当场把它买了下来。

"这样的裙子需要一个合适的场合来穿，"杰夫对我说道，"我想我正好知道这样的场合。"

于是，我们为晚餐换上正装。我穿着新买的裙子，杰夫穿上了自己最考究的西装。多亏酒店的前台，我们得以预订到芝加哥最嬉皮士、最昂贵的餐厅的位置。在杰夫的鼓励下，我们选择了九道菜的套餐，然后用一瓶上好的卡伯纳-苏维翁红酒来佐餐。作为餐前甜点的巧克力奶酥相当地道，我还特意问主厨要了做法。

回到酒店，在酒精造成的微醺和新奇环境的作用下，我们之间的气氛变得暧昧而诱惑。我一边缓缓亲吻着他，一边解开他的领带，丝滑的领带绞缠在我的手指之间。杰夫也花了一点时间来解开我的裙子。他把拉链拉下来的时候，我颤抖了一下，背也随之弓起来。他的呼吸变得越来越粗重，我的裙子垂落到地板上。他抓住我的双臂，我感觉稍微有点疼。他的眼里燃烧着欲望之火，这种狂野是我多年没有看到过的。这让他看起来像一个陌生人，充满了未知和危险。我想起松林小屋事件之后，跟我上过床的那些粗暴的大学生和足球运动员。那些家伙从不畏惧扒下我的内裤把我摁倒在床上。那些家伙从不在意我是谁，或者我想要什么。

我的身体颤抖起来。这是一种赞许。这就是我需要的。

但很快，这种感觉就消失了，激情退去得像我手中滑落的杰夫的领带一样快。还没等我意识到它的离开，我们就已经在床上，杰夫进入我的身体，忽然，他异常疯狂而体贴地问我，感觉怎样，想要怎样的姿势。

我想要他不要关注我的需求。

我想要他闭嘴，尽管索取他想要的。

不过，这两点都没有发生。我们的性爱像以往一样结束——杰夫消耗殆尽，我则平躺着，体内有种不满足的感觉。

杰夫去冲了个澡，回到床上的时候，皮肤粉粉的，充满温柔。

"你明天怎么计划的？"他问道，我感觉他的声音是从遥远的梦之国乘着小船漂过来的，感觉好远。

"正常观光游览一下吧，艺术学院啦，世纪公园的芝加哥豆[1]啦，可能还会去逛逛街吧。"

"很好，"杰夫睡眼惺忪地咕哝道，"你会玩得很高兴的。"

"所以我才要一起来嘛。"我说道。但事实却并非如此。我来这里跟好玩一点关系也没有，也跟杰夫一点关系都没有。趁他刚刚洗澡，冲掉身上的汗液和性爱气息的时候，我打了个电话租到一辆车。

明天早上，我会开车到印第安纳州，去寻找自己问题的答案。

---

1. 芝加哥豆，芝加哥世纪公园的大蚕豆形雕塑，由雕塑家阿尼什·卡普尔（Anish Kapoor）设计制作，代表雕塑界的一股新潮流。

第二十七章

芝加哥和曼西之间的车程大约为 230 英里，我把自己租到的丰田凯美瑞轿车开到了最高时速。我的目标是到丽莎家去，看看能不能发现些什么——然后在晚上之前开车赶回芝加哥。这段路程很长，总共差不多要开七小时，但是如果车速足够快的话，我能在杰夫发现之前赶回来。

到那里的时候，我的时间卡得正好，并且只在 I-65 号高速旁的一个便利店停了一次。平淡无奇的装修让你会以为它是一家连锁店，不过，仔细看那些苏打水易拉罐、破损的地砖、架子上的裸体杂志和透明袋里的安全套，它们告诉你它并不是连锁店。我买了一瓶水、一个即食麦片条和一包芝士薄脆饼干。俨然是一顿丰盛的早餐了。

柜台上摆了一排银色的打火机。当面无表情的收银员打开抽屉给顾客找零的时候，我抓了一个把它塞进衣兜。这个动作正好被收银员看到，他冲我一笑，然后会意地眨了眨眼。

接着，我回到车里，根据阳光投射在沥青路面上的角度判断着时间。窗外路过的风景是一片荒凉，很多房子的屋顶瓦片脱落，柱子也变得倾斜。

然后是几英里的田野，田里的秸秆只剩下短茬。高速的出口指向一些小镇的名字，这些名字稀奇古怪：巴黎、巴西、秘鲁。

就在太阳变成头顶上方一个不眨眼的黄色眼睛的时候，我已经开车来到曼西市，寻找丽莎留给我让我回信给她的地址。

我发现她家是在一条安静的小街道上，满是田园牧歌式的小屋和参天大树。丽莎家显然比其他人家更漂亮一些，百叶窗上的油漆是不久前刚漆的，前庭的装饰古典而质朴。修剪整齐的草坪中间有一个圆形的花床，花床中间有一个玻璃纤维的小鸟水盆，伸出来像一个巨大的蘑菇。

车道上停着一辆旅行车，后保险杠上贴着美国公共房屋管理局的标志。显然这并不是丽莎的车。

在路边停车后，我透过反光镜看了看自己，确定自己的样子是清醒而好奇的，而不是衣冠不整、鬼鬼祟祟的样子。

在酒店的时候，我花了很多心思挑选衣服，既能显得随意，又能表达出哀思。深色牛仔裤，深紫色衬衣，黑色外套。

我沿着院子里的碎石小道来到正门口。摁下门铃的时候，我听见房间里面传出门铃的响声。

开门的女子穿着一件米黄色的 polo 衫，下配一条黑白相间的宽松长裤，身材瘦高，很像年轻时的凯瑟琳·赫本。不过，如今，她的浅褐色的眼睛周围已经布满皱纹。她让我想起著名摄影师沃克·埃文斯拍摄的俄亥俄农民的照片——瘦削、坚定、骨感。

我非常清楚她是谁。

南希。

"有什么事吗？"她的语气像吹过平原的风那般率真。我之前没有计划好到了这里该说什么、该做什么，唯一的想法就是来到这里。现在，已经到了，我却不知道自己下一步该干什么。

"嘿，"我说道，"我是——"

南希点点头。"昆西，我知道的。"

她看着我被胡乱染成黑色的指甲，还有我的右手，指关节处留着一些像晒伤痕迹一样的伤疤，这引起了她的注意。我赶紧把手深深插进口袋。

"你来这里是参加葬礼吗？"她问道。

"我以为葬礼已经举办过了。"

"明天。"

我早该料到葬礼会推迟举行的。之前还要进行尸检，还要等着各种重要的毒物检查报告的结果。

"丽莎讲了很多关于你们两个的事情，"南希说道，"我知道她是希望你过来的。"

我能想象，明天葬礼时媒体记者也会纷至沓来，把镜头对准念诵第二十三章赞美诗的人们拍个不停。

"这恐怕不是一个好主意，"我说，"我想我可能变成一个干扰因素。"

"那你可以告诉我你过来的原因吗？我虽然不是特别聪明，但也知道从纽约到曼西之间可不是扔块石头就能到的距离。"

"我来是想了解一些丽莎的情况，"我说道，"我想知道细节。"

丽莎的家整洁而紧凑。主体部分由客厅、餐厅和厨房组成，这些房间组合在一起成为一个大的房间。墙壁上装饰着木质的板条，使得整个屋子的风格显得陈旧老派。

这是那位守寡的祖母的家，而不是一个 42 岁的中年女子的家。

在这里，我看不出凶手的任何痕迹。没有前来采集指纹的警察，没有面孔铁青的犯罪现场鉴证科工作人员掀起地毯用镊子提取证物。这些工作已经完成了，调查的结果还没有出来。

客厅里散布着一摞一摞的纸箱，有些折叠起来，有些还没有，箱子里装着一些小物件。

房间尽头的桌面上有一些没落灰尘的圆圈，是曾经摆放过瓶子和碗碟的地方。

"丽莎的家人问我能不能开始收拾她的东西，"南希说道，"他们再也不想踏进这个地方来。当然，这也怪不得他们。"

我们在一张椭圆形的饭桌前坐了下来。她面前摆着一个双层餐垫。我们一边交谈，一边啜饮着杯子里的热茶，周围摆放着粉色的玫瑰花。

她的全名叫南希·斯科特，在印第安纳州警察署工作了二十五年，不过，明年的这个时候，她就该退休了。她独身，从未结过婚，养了两只从警局退役的德国牧羊犬。

"我是最早进入女子俱乐部小屋的人之一，"她说道，"我也是最早意识到丽莎并没有像其他人一样死亡的人之一—— 除了我以外其他所有的人。我看到那些尸体，想到了最坏的后果。哦，事实也的确如此，太可怕了，血，到处都是。"

她停下来，忽然想起自己在跟谁说话。我点点头，示意她可以继续。

"我看了一眼丽莎，就知道她还活着。我不知道她是不是一直那个样子，不过，她还是挺了过来。从那以后，我就喜欢上了她。这个女孩，她是一个斗士。"

"所以你俩就亲近起来？"

"丽莎和我的那种亲近，就跟你和弗兰克一样。"

弗兰克，听到他被这么称呼，感觉有点怪怪的。对我来说，他就是库珀。

"她知道任何时候只要需要我，都可以给我打电话。"南希说道，"而我也会尽可能随时赶到，倾听她的心声，给她提供力所能及的帮助。你知道的，这种事情很微妙的。你需要让她知道你随时都在，但又从来不会束缚她。她不会把我当作那种把自己的观点强加在她身上的人。"

"我们成为你所说的那种朋友，是最近五年来的事，"她说道，"我跟她的家庭也变得亲近起来。她们会邀请我参加感恩节的晚宴，或者家庭成员的生日会。"

"听起来他们都是好人。"我说道。

"的确是。当然，他们现在也正经历一段艰难的时光，失去她的悲伤，恐怕会伴随他们的余生。"

"那你呢？"我问道。

"哦，我很愤怒。"南希喝了一小口茶说道，她的嘴唇被烫得抿起来，而后又展开成一条线。"我知道我应该感到难过，我确实很难过。但是，除了难过，我也很生气。有人把丽莎从我们身边带走，虽然她渡过了那么多难关，却没能逃过这一关。"

我很清楚她话中的意思。杀害丽莎的凶手像是一个终结者，让最后的女孩最终消失。

"你一直怀疑这是一场阴谋？"

"我非常确定，"南希说道，"我知道丽莎不可能自杀。她曾经那么努力地抗争要活下来，也曾经用重新获得的生命做了那么多事情。当然我是对的。他们在她身体里发现了安眠药片，但是在家里却怎么也找不到装药片的瓶子。接着，他们才发现刀伤，可这本来是第一时间就应该发现的。"

"我们一起在电话里商谈的时候，你说不可能找到任何嫌疑人，现在这个情况有变化吗？"

"没有。"南希说道。

"那犯罪动机呢？"

"还是无从知晓。"

"听起来，你是觉得他们不可能抓到凶手喽？"

"是的，"南希说着叹了口气，"等那些傻瓜意识到究竟发生了什么的时候，已经太晚了。犯罪现场已经被破坏，全部人蜂拥而至，天知道会带走什么东西。"

她把身子靠向前，看着桌子。

"在整个过程中，红酒留下的圆圈都在那里，这是那个失踪的酒杯留下的，但是没有人知道杯子的去向。肯定是杀害丽莎的人把它拿走的。它很有可能被抛弃在某个公路边上，直接从车窗里扔出去。"

我把双手放在桌面上，手掌摊平。但我立刻把它们抽回去。

"而且，他们已经做过指纹采集了，"南希说道，"找不到任何线索。"在卫生间，刀子上，丽莎的电话上，都没有找到任何线索，都被擦去了。

"她的朋友那边有什么线索吗？"我问道。

"他们四处问了一圈。但是这很困难。丽莎是个很爱社交的人，她周围的人太多了。"

南希显然对此并不赞同。她说这些话的时候是喷着说出来的，仿佛它们会在她嘴里留下不好的味道似的。

"你觉得她不应该这样。"我说道。

"我觉得她太容易相信别人了。因为她经历过的事情，她总是喜欢主动去帮助那些有需要的人，其中多数是些女孩，遇到麻烦的女孩。"

"什么麻烦？"

"那些遇到危险的女孩，或是跟父母关系出现问题的，或是跟男朋友吵架的。丽莎会收留她们，照顾她们，帮助她们重新走上正轨。我觉得，她这样做是为了填补女子俱乐部那晚惨案给她带来的空虚。"

"空虚？"我问道。

"丽莎不经常出去约会，"南希说道，"她不怎么信任男人，这也可以理解。跟很多女孩一样，她也许曾经也梦想着嫁一个白马王子，生个孩子成为妈妈。可女子俱乐部惨案把这些都剥夺了。"

"那她从来没有约会过吗？"

"偶尔，"南希答道，"但没有发展成认真的关系。许多男性得知她的经历之后，就放弃了。"

"她有向您提过他们中的任何一个吗？比如有没有哪个人骚扰过她？或者她曾经提到过跟这些她帮助过的女孩子之间出现过问题吗？"

其实我真正想说的，是萨姆。丽莎曾经提到过萨曼莎·博伊德吗？

"没对我说过，"南希把杯中的茶一饮而尽。她看了看我的杯子，显然是希望我也赶紧喝完然后离开。"你到这边待多久，昆西？"

我看了下手表，现在是下午一点十五分。如果我想在不引起杰夫怀疑的情况下回到芝加哥，就必须在两点半之前动身。

"还有一小时。"我环视着正在收拾中的房间，还有那些靠在墙边的空箱子，"需要帮忙吗？"

第二十八章

我提议去收拾丽莎的卧室，而南希继续收拾客厅。她同意了，虽然她当时咬了咬嘴唇，仿佛不确定是否应该信任我。不过马上，她就递给我两个箱子。

"不必操心分类的事，"她说着，向我指了指过道，"她的家人会去做的。我们只需要把这里的东西都装箱就好。"

我终于来到她的视线之外，在走廊里逡巡着，查看着那边的三个房间。

第一个房间是一个客卧，没什么家具，挺干净。我走进房间，沿着它的四边走了一圈，食指滑过衣柜、床和床头柜。没有萨姆留下的痕迹，不过，我能想象出她在打开的窗户边吸烟的样子，就像此时此刻她在我家做的一样。

我回到走廊，在卫生间前停下来。我不想进去，感觉就像不想进入地窖一样。而且，从走廊就能把它看得一清二楚，从洗手池，到浴缸，到马桶。卫生间还是一片浅蓝色的海洋，到处都是提取指纹用的铝粉。我盯着浴缸，顿时失去了勇气。丽莎就是死在那里的。

我想到她躺在浴缸里，周围是被染成粉色的水。接着，我想到萨姆站在走廊，就像我现在这样，她观望着，确定自己已经完成任务。

我实在无法再多看浴缸一眼，于是径直朝丽莎的卧室走去，努力甩掉突然袭来的恐惧感。卧室以奶油色和粉色系为主，奶油色的地毯，粉色的窗帘，床上摆着玫瑰色的羽绒被，墙角放着一台跑步机，上面布满灰尘，还挂着几件衣服。

我在想丽莎每次跟我电话聊天的时候，是不是会在这里，一边在跑步机上走着，一边给我提建议，或者有时是趴在床上。我又想起她电话里跟我说的那些话。

"你无法改变已经发生的事情。你唯一能掌控的，就是自己对待它的方式。"

我走到丽莎的衣柜跟前，衣柜顶上摆着一些发饰、装化妆品的塑料箱，还有一个老款的首饰盒。我把盖子打开，一个陶瓷的芭蕾舞女开始旋转起来。

衣柜的另一侧，是几幅用仿木塑料相框装起来的照片。一张是丽莎跟南希在海滩，眯眼站在阳光下。一张好像是丽莎跟她父母，站在一棵圣诞树前面。还有一张是丽莎在大峡谷，身后是带霓虹灯的栏杆，她肩上搭着一只手，手上戴着一个红色的戒指，看样子是生日的场合，她脸上还被抹了蛋糕。

我把丽莎衣柜的一个抽屉倒空，里面有几件丽莎的胸罩、袜子和宽松内裤。我赶紧把这些衣服放到一边，避免引起跟犯罪有关的任何联想。我感觉自己完全不是来帮着整理物品的，而是闯进她家来搜查的。

等我到壁橱跟前，开始把里面的那些衣服、长裤还有过时的花衬衫翻出来时，也是这种感觉。就在这时，我发现了自己想要找的东西。衣柜最里面的角落里放着一个锁着的灰色盒子，被一个篮子挡着，很不易察觉。它很小，里面有一个抽屉。我注意到那个唯一的抽屉上，有一个钥匙孔，跟我家那个秘密抽屉上的一样。跟我的抽屉还一样的是，钥匙孔周围有过很多开锁时钥匙刮擦的痕迹。

此刻，我才开始确定萨姆来过这里。那些刮擦的痕迹就是她留下的，一定是。

我用手摸了下脖子上挂着的自己秘密抽屉的钥匙。我还把它带在身上，只是它现在在离家很远的地方。它给了我一种走上正轨的感觉，尤其是在我的生活被萨姆搞得天翻地覆之后。

我轻轻拽了下抽屉，它就打开了。里面整齐地摆放着一些文件。

最上面的一份是蓝色的，没有贴标签。我把它打开，看到的是各种剪贴簿，有报纸、杂志和打印下来的网上各种文章的剪报，它们都是关于女子俱乐部谋杀案的。一些文章中的句子下面用蓝色钢笔画了线，边上空白处画着一些问号和悲伤表情的符号。另外两个文件夹分别是红色和白色的。其中一份是关于萨姆，另一份是关于我。不用打开，我也知道一共有几份：三个最后的女孩，所以就有三个文件夹。

萨姆的文件夹是红色的。里面有许多关于夜光旅馆的文章，包括一篇《时代》杂志的文章，里面把我描述成一个孩子。丽莎也在这些文章里写了评论。边上注解了许多词、短语和句子。

在文件夹后面有两份报纸的剪报，它们的日期都看不到了。

宾夕法尼亚州铁杉溪——警方继续调查上个月两名露营者遇刺死亡一案。警方发现两具尸体分别是汤米·柯伦（24岁）和苏西·帕克维奇（23岁），他们是在城外两英里的密林中的一个帐篷里被发现的。两位受害者都被刺了很多刀。虽然他们露营的营地有打斗的痕迹，但警方说从犯罪现场没有提取到有价值的线索，他们于是推断说他们的死与抢劫无关。

这起可怕的案件在这个偏远小镇产生了巨大的影响。不到一年之前，布莱克肖恩精神病院的职工上下班经常路过的山谷路一带发现过一具20岁女性的尸体。警方已经无法辨认尸体是谁，只知道她是被勒死的，并且判断她是在其他地方被杀害，然后被抛尸到这里的树林中。

警方称，两起罪案之间不存在联系。

宾夕法尼亚州黑泽尔顿——昨天，一名男子被发现被刺死在他跟妻子和继女共同生活的家中。黑泽尔顿警察局接到报警后赶赴现场调查，发现此名男子名叫厄尔·波塔什，46岁，死于他在枫叶街复式住宅的厨房中，胸口和腹部连中数刀。警方已经排除了自杀的可能。目前调查仍在继续。

我把一只手放在前额，感觉皮肤好烫。这是因为第一篇文章提到了布莱克肖恩精神病院，一听到这个名字我就会冒冷汗。虽然我记不得为什么，但我知道我曾经听说过森林那些杀人凶手的事情。在松林小屋案件之前，每年在这片林子里几乎都会发生凶杀案件。为什么丽莎要把这个新闻剪报放在萨姆的文件夹里，这让我十分费解。

看了第二篇文章，也没能让我的疑惑消除，于是，我把剪报放回文件夹，把它放到一边。现在，该看白色文件夹了。这是我的文件夹。

打开它，我看到的第一样东西是一个单页纸，上面写着我的名字，我的电话号码。现在，似乎有了点眉目，萨姆就是在这里得知我的电话号码，并在她被拘的那天晚上给我打电话的。

接下来是关于松林小屋案件的文章，它们被一个粉色的小夹子夹在一起。我翻过这些剪报，没有看它们，生怕看到他的照片。在这些文章下面有一封信。

这是一封连库珀看了都会紧张不已的信。

"你不应该活着。

你应该死在那个小屋。

死亡是你的宿命。"

　　我感到一阵震惊，忍不住喘起粗气来，但我赶紧制止自己，怕被南希听见。于是，我眼都不眨一下地盯着这封信，那些画在外面的圆圈仿佛一只只眼睛在盯着我。

　　我脑海里忽然冒出一个问题，一个无法忽视的问题。

　　丽莎怎么会得到这封信的副本呢？

　　接下来是一个更为紧迫的问题。

　　她为什么要保存这封信呢？

　　信的后面，夹着一份警察局审讯的记录。上面写着我的名字和日期。是在松林小屋案件发生一周之后。

　　下面整齐地签署着两个我多年没有看到过的名字——科尔警官和弗里蒙特警官。

　　南希的声音从走廊尽头传来，并且是在移动中，感觉越来越近。

　　"昆西？"

　　我啪地一下合上文件夹，然后提起裙子，把文件夹压平放在脊椎后面，确保我走路的时候不会掉出来。接着，我把手插进衬衣，希望南希不会注意到。

　　我把另外两个文件夹放回壁柜，然后关上抽屉。这时南希走进房间，她先看了看那些箱子，然后看了看我，我在丽莎的衣柜前站起身来。

　　"你的时间差不多到了。"她说道。

　　她又扭过头看了看那些箱子，两个箱子都只装了一部分东西，其中一个边上挂了条丽莎的牛仔裤。

　　"抱歉，我没能多收拾一点，"我说道，"整理丽莎的物品比我想象的难多了。这意味着要承认，她真的离开了。"

　　我们两人分别搬着一个箱子来到客厅，我让南希在前面带路。我们在门口告别的时候，我还很担心她会拥抱我，那样我就露馅了。一想到她那骨瘦如柴的胳膊在我背上摸到文件夹，我就紧张起来。还好，她连我的手都没有握一下，只是撇了下嘴唇，嘴唇周围的皱纹皱到了一起。

"照顾好你自己啊。"她说道。

松林小屋案件一周后

好警察和坏警察都盯着昆西，希望她说出她无法讲出的东西。长得像老斗牛犬一样的弗里蒙特警官，看起来疲惫极了，仿佛几天都没有睡觉。昆西注意到他穿着他第一次给她录口供时穿的那件衣服，那上面的芥末酱污痕丝毫未动。而与此相反，科尔警官也依然保持着帅气的样子，只是他上唇的胡楂需要刮了，当他冲昆西微笑的时候，胡楂都翘了起来。

"你是不是紧张啊，"他说道，"不用紧张。"

可是，昆西还是十分紧张。她刚刚出院两天，就被带到警察局，因为她走起路来腿还是疼，她是被她绝望的母亲用轮椅推去的。

"真是麻烦，"她母亲在去警局的路上说道，"他们难道看不出这有多麻烦吗？"

电话打来的时候，她母亲正在楼上卫生间打扫卫生，她是戴着橡胶手套接的电话。不管麻不麻烦，她还是在离开家去警察局之前换上了一条花裙子。昆西依然穿着睡衣和浴袍，都是她母亲不能接受的。

"有什么不对吗？"昆西在轮椅上等着两位警察说道，她不知道自己为什么要被带到这里。

"我们还有几个问题。"科尔说道。

"我已经把自己知道的一切都告诉你们了。"昆西说道。

弗里蒙特抱歉地摇摇头。"都是些没用的东西。"

"听着，我们不想让你觉得我们是在骚扰你，"科尔说道，"我们只是想把小屋发生的一切都弄清楚。为了死者的家人。我想你肯定能够理解的。"

昆西不想去想那些悲伤欲绝的父母和亲友。贾内尔的母亲曾经到医院探视过她。眼睛红红的，还发着抖，她恳求昆西告诉她贾内尔没有遭受痛苦，她死的时候没有疼痛。昆西撒谎道："她那时失去知觉了，我能肯定。"

"我知道，"她对科尔说，"我想要帮你们，真的想。"

警官从脚下拿起一个公文包，从里面取出一个文件夹，他把它拿到桌上，接着是一个金属的长方形——原来是一个录音机，它被放到文件夹旁边。

"我们打算问你几个问题，"他说道，"如果你不介意的话，我们会将谈话录音。"

昆西看着录音机，心里涌起一阵不安。

"当然。"这句话有点困难地说出来。

科尔摁下录音键，然后说道："现在，昆西，告诉我们，尽你最大的努力，去回忆一下当天晚上发生的事情。"

"一整晚吗？还是贾内尔开始尖叫的时候？因为后面的事情我记不大清楚了。"

"一整晚。"

"好吧——"

昆西顿了一下，微微转过头，瞥了眼门上面的玻璃小窗。之前，他们让她母亲在外面等着，然后就关上了门。透过窗户，只能看到外面一小片象牙白色的墙壁，还有一张提示酒驾危险的海报的一角。昆西看不见她妈妈，她谁也看不见。

"我们知道你们当时喝了酒，"弗里蒙特说道，"还吸了一些大麻。"

"是的，"昆西承认道，"但我既没有喝酒，也没有吸大麻。"

"你是一个好女孩，嗯？"弗里蒙特说道。

"是的。"

"乔·汉南也在？"

昆西听到他的名字，哆嗦了一下。她身上的三处刀伤，隐隐作痛起来。

"是的。"

"派对上发生什么事了吗？"弗里蒙特问道。

"有什么让他生气了，是吗？有人挑逗他吗？或是虐待他？或者以某种方式伤害了他，导致他发作？"

"没有。"昆西说道。

"有发生什么让你生气的事情吗？"

"没有。"昆西再次说道，并特意给这两个字加上重音，希望能让这个谎言变成现实。

"我们看看你性侵庭检的结果。"弗里蒙特说道。

他指的是，昆西的伤口愈合以后，法庭检查她是否遭到强奸。具体情况昆西记不起来了，她只知道自己当时盯着天花板，努力不让自己哭出来。护士则平静地跟她讲述着检查的每个步骤。

"检查表明你在案发的当晚有过性交行为。这是真的吗？"

强烈的羞耻感让昆西的脸颊变得通红，她微微点了一下头。

"这是你自愿的吗？"弗里蒙特说道。

昆西再次点点头，滚烫的红晕从前额一直延伸到脖子。

"你确定吗？如果不是的话，不妨告诉我们。"

"是，"昆西答道，"我是说，自愿的。我没有被强奸。"

科尔探员清了清嗓子，他似乎跟昆西一样急于换个话题。"好，让我们继续。让我们聊聊你的朋友贾内尔跑出森林，你的肩部被刺伤以后，发生了什么事情。你确定你记不起当晚这以后的任何事情吗？"

"是的。"

"努把力，"科尔鼓励道，"哪怕就几分钟也行。"

昆西闭上眼睛，她感觉这个星期已经尝试过不下几百次了，去寻找那段失去的时光的哪怕最微弱的记忆。她做起深呼吸。她的头开始痛起来，她的脑袋仿佛要爆炸一般。可是，她看见的只有一片黑暗。

"对不起，"她抽泣着说道，"我做不到。"

"完全不行吗？"弗里蒙特说道。

"不行。"昆西此刻颤抖起来，感觉马上就要泪如泉涌，"什么都没有。"

弗里蒙特交叠双臂，对着她不耐烦地叹了口气。科尔只是盯着她，轻轻瞥了她一眼，仿佛这样能得更清楚似的。

"我有点渴了，"他转向弗里蒙特说道，"汉克，能否劳驾你活动一下，去自动售货机上帮我买杯咖啡好吗？"

这个要求似乎让弗里蒙特很惊讶。"是吗？"

"是的。拜托了。"科尔望着昆西，"你可以喝咖啡吗？"

"不知道。"

"那我们最好还是别冒险了，"科尔说道，"咖啡因恐怕对你那些疼痛没有好处，是吧？它对你可能不好，是吧？"

这最后一个词分明也是在暗示昆西，他特意用很重的语气说出来，比行动更有力量。她才发现，科尔英俊的脸庞，那些温暖、暧昧而性感的微笑，都只不过是有意的伪装而已。

弗里蒙特刚出房间，科尔就证明了这一点。

"我会给你打信任分的，"他告诉她，"你是好人。"

"你不相信我。"昆西说道。

"也不是。不过最后我们会找到真相的，昆西。想想你朋友的父母，发现你这次一直在撒谎的话，他们会有何感受，是吧？"

他说话的时候狡黠地笑了一下，这就是在告诉昆西，自己明白她其实知道事情的经过。

昆西内心再次翻涌起来，是一种内在的坚持，一切都变得强硬起来，她感觉自己的皮肤变成金属，光滑闪亮，仿佛有一层壳，把她跟科尔的责怪屏蔽开来。这让她感觉更强大。

"对不起，我的失忆让你不高兴了，"她说道，"你可以问我问上几年，可是，只要我的记忆没有恢复，我的答案都是一样的。"

"我或许会这样做的，"科尔答道，"我会到你家去，每个月都去。我怀疑，到时候你父母要开始怀疑，那个英俊的警官为什么要一直跑到你家里去问问题。"

昆西脸上露出了谨慎的微笑。"只是有点英俊吧。"

"如果我是你的话，我是不会笑的，"科尔说道，"死了五个孩子，昆西。他们的父母需要答案。而你作为唯一的幸存者，一个脆弱的小女孩，却声称自己什么也记不起来了。"

"你真的怀疑我是故意的？"

"我认为你肯定在刻意隐瞒什么，或者是为了保护某个人。如果你最终能把那天晚上看到的一切告诉我，可能我会改变看法的，包括你声称忘记的那些东西。"

"我已经把我知道的一切都告诉你了，"她说道，"是什么让你认为我在说谎呢？"

"因为无法说明，"科尔答道，"杀死你朋友的那把刀上有你的指纹。"

"每个人的指纹都在上面。"昆西想起那把刀换过多少人的手，胸膛里燃起愤怒。贾内尔、艾米和贝茨都确定地碰过它。他也碰过。"我本来不需要提醒你这一点的，但是我也被刺了，刺了三刀。"

"两处刀伤在肩膀上，一处在腹部，"科尔说道，"几处都不是致命的。"

"但凶手的意图是要灭口。"

"你想听听其他人经历了什么吗？"

科尔伸手去取桌面上的文件夹。他把它打开后，昆西看到了那些照片。她的照片，用她的相机拍摄的照片。当然，警方是在松林小屋发现相机，然后把照片从相机里复制出来的。

科尔警官抽出一张照片放到桌子上，上面是贾内尔在松林小屋前面伸出舌头，对着相机做鬼脸。

"贾内尔·贝内特，"他说道，"身中四刀，分别刺中心脏、肺、肩膀和胃。另外还有一刀割开了喉咙。"

刚才昆西感觉到的那种安慰性的金属保护壳，突然间化为乌有。现在，她感觉自己全面地暴露在那些事实面前。

"别说了。"她小声说道。

科尔没有理会她，而是抽出另一张照片。这一次是克雷格，英雄般地站在他们远足后发现的大岩石上。

"克雷格·安德森，身中六刀，深度在两英寸到六英寸不等。"

"拜托了。"

接下来是罗德尼和艾米去远足的照片。昆西还记得当时他们谈论的内容：把相机当作你的情人。

"罗德尼·斯佩林，"科尔说道，"四处刀伤，两处在腹部。一处在他手臂上，一处在心脏。"

"别说了！"昆西尖叫道，叫声把弗里蒙特和门口巡逻的穿制服的警察吸引进来。她一下子认出他来，这是库珀警官，他正用一双蓝眼睛盯着自己，眼神充满保护和关切。哪怕只是见到他，就让她松了一口气。

"这里发生什么了？"他问道，"昆西，你还好吗？"

昆西看着他，马上就要哭出来，但还是强忍着不让泪水喷涌而出，她不想让他们看到自己哭。

"告诉他，"她乞求道，"告诉他我什么都没有做。告诉他我是一个好人。"

库珀警官走到她身边，让昆西以为他要来拥抱她。她很欢迎，她想要感受到臂膀里带来的那种安全感。可是，他只是把那双厚重的大手搭在她肩上。

"你是一个了不起的人，"他说道，虽然说的是她，但眼睛却是看着科尔探长，"你是一个幸存者。"

第二十九章

天空炸开一声响雷，让停在高速公路应急车道上的丰田凯美瑞轿车的喇叭嘀嘀地响起来。我坐在前排副驾驶的位置，双腿蜷曲在打开的车门前。车内侧的灯光在我双手攥着的文件夹上投下一圈昏暗的光圈。

文件夹打开的是弗里蒙特和那个浑蛋警官科尔给我录口供的笔录，一看到前面的几行，我就全想起来了。

科尔："现在，昆西，告诉我们，尽你最大的努力，去回忆一下当天晚上发生的事情。"

卡彭特："一整晚吗？还是贾内尔开始尖叫的时候？因为后面的事情我记不大清楚了。"

科尔："一整晚。"

我把笔录放在一边，不想再看下去。我不需要重温那段对话，一次就够了。

笔录下面有几页信件，被打印装订到一起，这些都是同一段时间发出的——差不多是在三个星期之前。

米尔纳小姐：

是的，我知道你是谁，也知道这些年来发生了什么。我诚挚地向你表示慰问，并想对你说，我对你这些年来表现出来的勇气和坚韧深感钦佩。所以我把你需要的我们做的卡彭特小姐的笔录寄给你。虽然别人不一定理解，但是我能理解你对于卡彭特小姐的好奇心。你们两人经历了非常相似的痛苦。我接触卡彭特小姐是很久以前的事了，但是我记得非常清楚。我的同事和我在松林小屋事件之后给她做过几次笔录。我们都感觉她并没有说出实情。我有一种隐隐的感觉，就是当晚松林小屋惨案发生之前已经发生过一些事情，是卡彭特小姐不希望别人知道的事情。这使得我同事认为她或许跟她朋友们的死有关。我并不认同他的这种观点，尤其是库珀警官在听说这件事之后，提供了压倒性的证词。不过，直到今天，我依然觉得卡彭特小姐在刻意隐瞒什么，这或许只有卡彭特小姐本人知道了。

致礼，

亨利·弗里蒙特警官

关于松林小屋案件，我能说的都已经说了。我对于昆西·卡彭特小姐的观点不变。

科尔

除了弗里蒙特警官的文采之外，这封信的内容倒没什么让我诧异的地方。科尔觉得我有罪，弗里蒙特也在其中。不过，他们的言辞比藏在丽莎衣橱里的那些文件夹更让我迟疑。这表明丽莎在窥视我的过去，而且就在她被杀几个星期之前。

我努力告诉自己，这些事情之间没有关联，但是，这是不可能的。我知道，它们是有关联的。

科尔和弗里蒙特的来信下面，还有两封打印的信件，这两封信更加让我不安。

丽莎，很高兴再次收到你的来信。我一如既往地希望你一切都好，昆西也挺好的，所以，你提出的关于松林小屋的那些问题让我吃惊。不过，我还是要感谢你没有直接去问昆西本人，我也希望你继续保持这样的审慎。我能告诉你的就是我一直以来说过的：昆西·卡彭特经历了非常可怕、非常痛苦的事情，这你再清楚不过，也能体谅。她是一个幸存者，就像你一样。我坚信，昆西说她回忆不起当晚的事情，说的是实情。作为一名儿童心理学家，你们都知道，记忆压抑综合征是一种真实存在的现象。想想昆西身上发生的事情，我无法责怪她会想要忘记它们。

富兰克林·库珀

另外：我不会告诉南希你在干什么，我想她知道以后一定会不高兴的。

一开始，我满心失望，不明白库珀为什么不愿意告诉我丽莎最近曾经联系过他。这是我应该知道的事情，尤其在她刚刚被害以后。但是，再读一遍，发现他是在维护我，心里就软下来。这就是库珀，坚定，礼貌，从不流露个人情感。这时我才意识到他为什么没有跟我说这件事：他不想让我担心。

如果说库珀的信让我诧异的话，那么底下的那封信就让我震惊了。

你好，丽莎！感谢你联系我，而没有直接写信给昆西。你是对的，我们最好还是私下联系，没有必要打扰她。不幸的是，我可能帮不上太多忙。昆西和我的联系不像过去那么多了，但事情就是这样！大家都很忙！如果你想要谈谈的话，我会把我的电话号码给你，你方便的时候可以给我打电话。

希拉

这封信让我太震惊了，以至一开始我都不确定这是不是真的。我眨眨眼睛，希望再次睁开眼睛的时候它会消失。但它还在那里，那斜体的字清晰地写在雪白的纸上。

那个婊子。我冲出汽车，坐在路沿上。我的脚边是打破的玻璃杯的碎片，也可能是一个瓶子，我忍不住想它们就是丽莎家里丢失的酒杯留下的，被人从一辆高速驶过的汽车里扔出来，而司机在杀人后，在冲动的驱使下依然亢奋着。

我从口袋里拿出打火机，把它放在文件夹底部，这个便宜的家伙，打了好几下才打着火。难怪那个售货员让我把它偷走，说不定那家店本来就是免费赠送它们。

火苗闪动了一会儿，才有火舌蹿到文件夹上。很快，火苗沿着文件夹的一侧燃烧起来，就在它快要烧到我的手的时候，我赶紧把文件夹扔掉，火焰在空中燃烧着。一位路过的司机看到它，摁了下喇叭，然后扬长而去。文件夹在地上一点点燃成灰烬，风把灰吹到公路上。

我确认每一页都被烧毁之后，抓起车里的水瓶，把它浇在文件夹上，一阵青烟腾起，火苗被浇灭。

破坏证物，这是很容易的。

我接下来要做的事情则困难多了。我回到车里，开车回到I-65号公路，朝北驶去。我一只手握住方向盘，另一只手拿出手机按下几个号码。接着，我把手机平放在副驾驶座位上，打开免提模式。铃声在密闭的汽车里显得分外刺耳，让我想起往母亲家打的那些电话，我一边数着响铃的次数，一边又充满负罪感地希望不会有人来接听。可是今天，还是有人接了电话。

"昆西？"母亲说道，显然，接到我的电话她感到十分意外。

"出什么事了吗？"

"是的，"我说道，"你为什么没有告诉我，丽莎·米尔纳给你打过电话？"

第三十章

母亲那边顿了一下，这个停顿长得让我以为她挂电话了。几秒钟过去，除了车窗外的风声，我没有听见她那边有任何动静。接着，我母亲终于开了口。她的声音显得很冷淡，没有什么感情——像是混合了香草味冰激凌的感觉。

"昆西，你这个问题问得好奇怪啊。"

我不满地叹了口气。

"我看到那封信了，妈妈。我知道你把你的电话号码给她了。她给你打过电话吗？"

另一次停顿。我的电话里响起一阵杂音，然后我母亲说道："我知道你知道后，一定会生气的。"

"你们什么时候通的电话？"我说道。

"哦，我不知道。"

"你知道，妈妈，现在告诉我。"

更长的停顿和杂音。

"大约两个星期之前。"我妈妈说道。

"丽莎有跟你说她为什么突然再次对我感兴趣吗？"

"她告诉我她很担心。"

一阵冷战袭遍全身。

"昆西，我需要跟你谈谈。这非常重要。拜托，拜托不要忽略这封邮件。"

"为我担心？还是担心我会做什么？"

"她其实没有说明，昆西。"

"那你们在谈什么？"

"丽莎问我你怎么样，我告诉她你很好。我提到了你的网站，还有你漂亮的公寓和杰夫。"

"还有别的吗？"

"她问——"

母亲停顿了一下，考虑了一会儿，才继续说道："她问你是否恢复了任何记忆，关于那天晚上发生的事。"

另一阵冷战袭来。我把车里的暖风调节了一下，希望这样能让冷战消失。

"她为什么要问这些？"

"我不知道。"母亲说道。

"那你怎么跟她说的？"

"我说的是实情，就是你什么都回想不起来了。"

只是，这不是事实，或者说，不再是事实。我记得一些事情，仿佛已经有了一个钥匙孔，可以窥视到当晚发生的事情。

我深吸一口气，吸进去的是暖风机里吹出的布满灰尘的热空气。它并没有温暖我，只是让我的喉咙又干又痒罢了。我说话的时候，声音有一些破音。"丽莎提到过她为什么想知道这些吗？"

"她说她最近一直在考虑你的事情。她说她想了解你。"

"那她为什么不给我打电话？"

相反，丽莎曾经接洽过科尔、弗里蒙特、库珀和我母亲，就是没找我。等她来联系我的时候，已经太晚了。

"我不知道，昆西，"母亲说道，"我猜她是不想打扰你。或者也许——"

另一次停顿，一次长长的停顿，长得让我感觉出了我和母亲之间的空间距离，那些位于这条印第安纳州的高速公路和她在巴克斯郡的白色住宅之间的田野、城市和小镇。

"妈妈，"我说道，"也许什么？"

"我想说也许丽莎觉得你可能没有诚实地跟她说明白。"

"她其实没有说出来，是吗？"

"没有，"母亲说道。"完全没有这样的话。但是我感觉如此——当然也可能是错的——我感觉她知道些什么。或者在怀疑什么。"

"关于什么？"

母亲沉默了一下。"关于那天晚上发生的事情。"

我在驾驶座上扭动了一下，忽然感觉燥热难忍，汗珠沿着眉毛渗了出来。我把它们擦掉，关掉暖风。

"是什么让你有这种感觉的？"

"不止一次，她强调你有多幸运，你恢复得有多快，你的伤势没有那么严重。尤其是跟其他人相比。"

十年来，这是我母亲跟我谈论松林小屋案件最多的一次，还用了讨厌的排比句。如果不是情况紧急，我可能会把这当作我们之间关系的一次不寻常的突破呢。

"妈，"我说道，"丽莎有暗示过我跟松林小屋案件有某种关系吗？"

"她没有暗示任何内容——"

"那为什么你会觉得她在怀疑什么？"

"我也不知道，昆西。"

但是我知道。这是因为我母亲也在怀疑，她不认为我杀了其他人。但是我可以确定的是，她跟科尔和弗里蒙特一样，在好奇为什么别人都死了我却活了下来。在内心深处，她认为我有事情是没有说出来的。

我想起，几年前，我在厨房发脾气扔东西之后，她看我的眼神，那种伤害让她的目光变得暗淡，她的颤抖的嘴唇流露出恐惧。我多希望自己能像忘记松林小屋的一小时一样，把她的那副样子忘个一干二净。我希望把它从我记忆中擦除，把它涂得黑黑的，这样自己永远不会再看到它。

"为什么你没有把这件事告诉我？"

"我想说来着，"母亲说道，还特意加重了后面几个字，"我连续两天给你打电话，但你没回我。"

"两个星期以前你跟丽莎聊过，妈妈，"我说道，"这事情一发生你就应该给我打电话的。"

"我想要保护你，作为母亲，这是我的职责。"

"但不是通过这样的方式。"

"我所希望的就是你能幸福，"母亲说道，"这就是我的全部心愿，昆西，幸福、快乐、过正常的生活。"

最后一个词，才是我母亲的全部希望，也是我没能做到的。它像手榴弹一般，有力地投进我们的对话当中。但被炸伤的只有我。

"我不正常，妈妈！"我喊道，每个词都要弹出风挡玻璃一般。"发生这么多事情以后，我不可能过上正常的生活！"

"但你就是正常的！"母亲说道。"你曾经遇到过问题，但我们小心处理它，现在一切都好起来了。"

眼泪灼烧着我的眼角。我在心里想要阻止它们流出来，但它们还是夺眶而出，沿着脸颊滑落下来。我说道："我可远没有你想的那么好。"

母亲的语气缓和了下来，她的声音中有一种我很多年没有听过的东西——关切。

"为什么你从来没有跟我说过这些呢，昆西？"

"我不应这样的，"我说道，"你应该早看出来有什么地方不对劲的。"

"但是你看起来挺好的。"

"那是因为这是你强加给我的，妈妈。我吃那些药，我不想谈论这件事，全都是因为你。现在，我是——"

我不知道我是什么。

显然是一团糟。糟糕到我要向自己的妈妈历数自己作为人类有哪些失败之处。我可能已经陷入了跟警察局有关的麻烦中。我可能在自己的公寓收容了杀害丽莎的凶手，而这个公寓是因为我的朋友都被杀害我才有钱购买的。我吃阿普唑仑上了瘾，还有红酒。我假装自己并不抑郁，并不愤怒，并不孤独。

即便我跟杰夫生活在一起的时候，我有时也会感觉到难以忍受的孤独。

最糟糕的是，如果不是萨姆突然闯进我的生活，我居然根本意识不到这些。当然，她是花了一番功夫来诱导我。所有这些测试、冒险和教唆，解释了我自己身上的一些东西，也让我回忆起了些许自己特别乐于忘记的东西。接着，它重重地给我一击。我就像一个刚刚被榔头敲过的指甲——疼痛、脆弱，深陷一种无法逃脱的深渊当中。

"妈，丽莎在电话中的声音是怎样的？"

"你指的是？她的声音就跟我想象中一样啊。"

"我需要细节，"我说道，"她的声音听起来怎么样？是尖的？还是哑的？"

"我还真没有注意到。"母亲显然有些迷惑。我能想象她盯着电话，一头雾水的样子。"前些年跟丽莎交谈过的人是你。我不知道她的声音应该是什么样子。"

"求求你了，妈。哪怕能想起来任何细节都好。"

最后，母亲终于又陷入深深的沉默。我攥着方向盘，希望她能想起些什么。不过，虽然她过去有太多太多次让我失望，隔着这么远的距离，这次希拉·卡彭特却做到了。

"她讲话有很多次停顿，"她说着，忽略了自己话中一些矛盾的部分。"丽莎说话会不时停顿一下，每次停顿我都能听到她呼出一口气。"

"像是在叹气？"

"比叹气声音要小一些。"

这就是我需要知道的。事实上，它回答了我的所有问题。

"妈妈，我得走了。"

"你会好好的吧？"母亲问道，"告诉我你会好好照顾自己。"

"我会的，我保证。"

"我希望不管发生什么事情，我都能帮到你。"

"好的，妈妈，"我说道，"谢谢你，你帮我的比你想象中要多哦。"

因为现在我终于知道，母亲清楚听到的那些停顿，并不是叹气，而是有人吸烟的声音。

这意味着，跟她讲话的并不是丽莎。

母亲之前是在跟萨姆讲话。

那个好奇爱打探的萨姆。她知道的比她表现出来的多得多。她一直以来都知道。所以她突然出现，不是为了跟我联络感情，也不是为了钱。

她试图获取关于松林小屋的一切信息，尤其是关于我当时的所作所为。

我挂断电话，摇下车窗，让中西部清冷的空气灌进来。我握紧方向盘，脚踩下油门，看着速度计指针指到最大，超过七十迈、七十五迈，达到八十迈。

可是，不管我把车开得多快，都无济于事。我依然感觉自己像一只飞蛾，困在萨姆编织的网中。我意识到，只有两种方法能够让我重获自由——抗争或者逃走。

我知道需要采取哪种方式。

回到酒店，我改签了之前预订的航班。晚上八点有一班从芝加哥飞到纽约的飞机，我得乘坐这趟航班。

当然，杰夫无法理解我为什么要突然飞回纽约。我把衣服塞进行李箱的时候，他问了我一连串的问题。我则每个问题都回答了两遍——说出来的是谎言，留在脑子里的是真相。

"这跟萨姆有关吗？"

"没有。"

当然有。

"昆西，她做了什么错事吗？"

"还没有。"

是的，她做了可怕的事情。我俩都做了可怕的事情。

"我只是不明白你为什么非要在这个时间离开，为什么是现在？"

"因为我需要尽快赶回去。"

因为萨姆知道关于我的一些事情，可怕的事情。就像我知道一些关于她的可怕的事情一样。现在，我需要永远把她赶出我的生活。

"如果我跟你一起去，能不能帮到你？"

"这很贴心，但是不用了。你还有工作要忙呢。"

你不能跟我一起去，杰夫。我对你撒了谎。关于很多事情。如果被你发现的话，你肯定不会愿意再接近我的。

我装好行李，朝门口走去，杰夫一把抓住我，把我紧紧拥在怀里。我好希望时间就停止在这一刻，就这样舒服地在他怀里。但这是不可能的，只要萨姆还在我的生活中，就不可能。

"你会好好的吧？"他问道。

"会的。"我说道。

不，这超乎你的想象，我永远不会好起来的。

飞机很小，乘客也很少。这种到纽约肯尼迪机场赔钱航班的存在，只是为了早晨返航时更可观的利润。我自己一个人就占据了一整排座位。飞机起飞后，我在这排座位上舒展开身体，躺在那里，想尽各种办法不去想萨姆的事情。

可是，这些方法都不奏效。我根本无法忽视那些如蜘蛛腿一般涌进我脑海里的各种疑点。我想象着她把药片放进丽莎的酒杯，看着她把那些药喝进肚子里，等着药物发挥作用。我想象着萨姆拿着刀，划开丽莎的手腕，一边咬着自己的指甲，一边看着血流出来。

她真的会做出这种事情吗？

可能会。

为什么她要这样做呢？

因为她在追查关于我的信息，或许她强迫丽莎给她提供帮助。但是，丽莎犹豫了一下，把她推开，并威胁要把她踢出去。现在，轮到我做同样的事情了，我希望事情会有不同的结果。

不知怎的，我居然让自己睡了一路，可是睡眠并没有让自己放松多少。我梦见萨姆直挺挺地坐在我家客厅的沙发上，我则坐在她对面的一把椅子上。

是你杀了丽莎·米尔纳吗？我问道。

是你杀了松林小屋的那些孩子吗？她问我。

你在回避我的问题。

你也是。

你觉得我在松林小屋里杀人了？

萨姆笑了，她的嘴唇好红，感觉像是鲜血涂的。*你是一个斗士。为了活下去你可以做出任何事情。就跟我一样。*

在我就要降落纽约的时候，一位空乘把我拍醒。我把座椅调直，从睡梦中摆脱出来。我看着窗外，夜空和飞机内部的灯光把飞机舷窗变成一面椭圆形的镜子。我差点认不出里面的自己，她正盯着我。我也想不起自己上次照镜子是在什么时候。

松林小屋
晚上十点十四分

在卧室，克雷格迫不及待地脱掉自己的裤子。昆西甚至都没有意识到他已经脱掉裤子，他就已经爬到她身上，醉醺醺地亲吻着她，把她的裙子掀到肚子上，在她大腿内侧摩擦着。他把手放在昆西的胸部，昆西用手握住他的手，点头表示默许。

她已经准备好了。贾内尔让她有了准备，她知道接下来会发生什么。她如同一个处女，被放上祭坛，等着永垂不朽。 但是，克雷格的呼吸变得粗重起来，他的行动也是，因为喝了太多酒，吃了太多东西，他变得很鲁莽。当他把双膝放在她的双腿中间，并把它们分开，昆西的整个身体变得紧张起来。

"等等。"她小声说道。

"放松。"克雷格说道。他把脸埋进她的脖子，吮吸着，让她的皮肤贴着他饥渴的嘴唇。

"我尽量。"

"努力。"

克雷格再次尝试用膝盖分开她的双腿，昆西却紧紧夹住双腿，大腿肌肉紧绷着。

"停下。"

克雷格把嘴压在她嘴上，搅动着舌头让她安静下来。他沉重的身躯压在她身上，像一头公牛一样喘着粗气，摩擦着她并拢的双腿。昆西感觉自己被包裹着，压得快要窒息了。克雷格的手从她胸部下移到她大腿上，摩挲着它们。

"停下，"昆西这次说得更大声了，"我是认真的。"她推了克雷格一下，从他身下溜了出来，坐起来，靠在床头。克雷格微微一笑，不过笑容瞬间消失，像是刚反应过来。

"我以为我们已经达成共识要做。"他说道。

"是的。"

"那出什么问题了？"

昆西不知道是否出了问题。她的身体也被欲望驱动着，渴望克雷格压在她身上，碰撞她，进入她。可是，内心又有一小部分觉得不应该是这样。如果他们继续，会显得太草率，太鲁莽，仿佛是在遵循贾内尔的一条愚蠢的规矩。

"我希望我的第一次特别一些。"

她以为这会说服他，他会看出这对她有多么重要。但是，他却说："这对你来说难道还不够特别吗？这已经比我过去好多了。"

这句话证实了昆西一直怀疑但从来不想去问的事情。这并不是克雷格的第一次。他以前经历过。发现这一点，对昆西来说意味着一种背叛，这背叛虽小，却让她受伤。

"我以为你知道呢。"克雷格很轻易就猜出了她的想法。

"我以为你也做过。"

"我从来没有告诉过你我是处男。如果让你以为我是的话，我很抱歉，不过，我不是故意要隐瞒什么。"

"我知道。"昆西说道。

她在想有多少女孩跟他有过同样的姿势，是不是她们所有人都听任他摆布。她希望也有其他人曾经拒绝过。她希望自己不是唯一的一个。

"我没有对你说谎，昆西。所以，你最好找到一个更好的理由，而不是拒绝我。"

"但是我并没有要拒绝你，"昆西说道，她突然退缩了，这对她来说简直太疯狂了。"我只是觉得——"

"需要有蜡烛、鲜花，要浪漫一点？"

"这很重要，"昆西说道，"难道这对你来说不重要吗？"

克雷格躺回床上，忽然害羞起来。他去够他的裤子，然后扯起衬衣下摆盖在胯部。这就是昆西需要的答案。接着，她靠到他跟前，试图引诱他在穿好衣服以前回到床上。

"这不必成为一个问题，"她说道，"我还是想跟你一起过夜。谁知道会发生什么呢。"

虽然她试图挽回，但克雷格还是在床边找到自己的裤子，并且开始把双腿往里套。"什么也不会发生。我想你已经说得非常清楚了。"

"回到床上来吧，我只是需要多想一下。"

"好好想吧。"克雷格拉上拉链，走到门跟前，"但是我已经想够了。"

接着，他消失了，重新回到派对当中，留昆西自己蜷缩在床上哭泣。泪水大滴地滴落在借来的白裙子上，每一滴都会散开，在白色的真丝面料上留下深色的印记。

第三十一章

我到家的时候已经过了深夜。飞机上的小睡并没有让我得到充分休息，我反而感觉又困倦又虚弱。我用钥匙开门的时候，手都在颤抖，一半是因为疲劳，一半是因为不知道接下来会发生什么。我不知道公寓里等待我的将是什么。我想象着打开门，看见家里自己的东西被洗劫一空，我过期的支票被扔在空荡荡的地板上。不过，这总比发现萨姆在墙角的阴影里，拿着刀等着我要好。

我把包扔到门里面，好腾出双手来保护自己。但是，并没有拿刀的萨姆。也没有举着溶有药丸的葡萄酒等着我的萨姆。我迅速扫视了下房间，发现一切基本还是我离开家时的样子。公寓里很黑，感觉空荡荡的。这个地方弥漫着一种被放弃的气息，似乎有人刚刚离开，留下了一些像尘埃般的蛛丝马迹萦绕在房中。

"萨姆？是我。"

我的心开始怦怦跳起来，等着有人回应，但是没有。

"我决定早点回来，"我心中充满期待地喊道，"我赶上了晚上的航班。"

我走过所有房间，把灯都打开，厨房、餐厅、客厅。没有被盗的痕迹，也没有萨姆的痕迹。

她走了。我确定这一点。她离开了这座城市，正如我所希望的那样。她带着她的秘密，离开了我。

我翻着手提包，找出手机。落地的时候，我已经给杰夫发过短信，告诉他我已经安全到达，并且说安顿好以后会给他打电话。现在，我已经安顿好了，我站在走廊里，手里拿着手机。

这时，我才注意到客卧的门依然关着。门缝下面透出光，我站到它跟前，光穿过我的鞋子。里面透过木门传来放音乐的声音。

我的心跌落到地板上。

萨姆还在。

"萨姆？"

我握住门的球形锁，转动了一下，它松开了，门没有锁。我毫不迟疑地推开门朝里望去。

房间沐浴在红色和金色的光中。红色的光来自落地灯，金色的光来自落地灯旁边的几根蜡烛 。音乐声从一台旧 CD 机中传来，这台 CD 机应该是从储物间里翻出来的。音乐是佩姬·李唱的《狂热》。

在柔和昏暗的灯光中，我依稀看见萨姆坐在床边。

或者我觉得那是她。她看起来跟平时很不一样，所以我过了一会儿才反应过来，她穿的衣服也跟首次露面时穿的劣质的黑衣服很不一样。这一件是红色的，袖子收紧，领口略低。下身穿一条 A 字短裙，脚上穿着一双高跟鞋。她把头发扎起来，露出苍白的脖子。

她并不是一个人。

一名男子坐在她旁边，穿着黑色 polo 衫和卡其布裤子。我毫不费力地认出他。

库珀。

他的手搭在萨姆脖子上，轻轻抚摸着她脸颊下方白皙的肌肤。萨姆也在抚摸着他，她的食指在他健壮的左臂上游走。他们彼此依偎着，脸对着脸，就要亲吻。

"怎么——"

他妈的怎么回事——

我本来想说这句话的，可最后只冒出两个字。萨姆把手从他胳膊上拿下来。库珀的手却依然搭在她脖子上，他的整个身体因为惊愕而僵住。自从我们第一次在松林小屋外面遇见以来，我从没有见他如此震惊过。他脸上的表情跟当晚如出一辙。虽然没有当时那么惊恐，但也很像，基本算是复制了当时的表情。

"昆西，"他说道，"我很——"

"出去。"

他挣扎着站起来，朝我走来。"我可以解释。"

"出去！"我重复道，每个词就像是炸出来的。

"可是——"

"出去！"

突然，我站到他面前，用一只手抓住他，对他扇起耳光来。接着，我把双手握成拳头，朝他挥去，完全不顾及自己打到他的哪个部位。我一拳又一拳地打着，库珀只是站在那里，承受着我的拳头。但是，萨姆一下子弹起来，我只看见眼前闪过一阵红光，就发现自己被推得撞到墙上。

"快走！"她悄悄对库珀说道。

他停在门口，看着我把自己的脑袋朝墙上撞去，一下比一下重。

这一次，库珀听从劝告走出房间。我沿着墙壁滑下来，大哭起来。疼痛让我身体蜷曲，我用双手捂住肚子，感觉有一把尖刀刺进我的腹部，一刀又一刀地刺下去。

松林小屋
晚上十点五十六分

昆西哭干了眼泪，离开房间去找贾内尔。她需要的安慰、怜悯和磨砺只有贾内尔可以给。从这个意义上来讲，她就像一个人类的砂纸，既粗糙，又让人慰藉。

在大屋里，她发现艾米和罗德尼挤在一张扶手椅里。艾米坐在罗德尼腿上，瘦瘦的胳膊搭在他脖子上，正在做爱。他们让昆西想起了游泳的人，张着嘴，大口吸气。

"贾内尔在哪里？"

这一对合体人中的女性艾米抬起头来，喘了口气，很不耐烦被打扰。"什么？"

"贾内尔，你看到她了吗？"

艾米摇摇头，然后又埋下头去。

昆西走出房间，来到屋外栏杆处。夜晚很清新，圆圆的月亮把大树照成灰白色。她站在门口台阶上，竖起耳朵倾听哪里有贾内尔的声音。这时，远处的草地上传来脚步声，或者是偷笑声，这声音很熟悉，她从人群里也能听出来。她再次凝神倾听，除了这个季节树叶沙沙作响，以及一只猫头鹰飞过，再没听见其他动静。

昆西并没有进去，而是往外走，走到林子中。她发现自己走上了下午探险时走的那条小路，树叶还在往下落。直到走到林子深处，昆西才想起是不是该回去了。这时候，已经很晚了，但她继续往前走，自己都不知道为什么。可以说是一种预感，一种本能，甚至是她血管里涌出的一种确信。

接近山坡顶部的时候，那块巨大的岩石映入眼帘。它尖锐的外形让树枝形成的顶棚中断了一下。就像雨伞上破了一个洞，银色的月光穿过洞倾泻在岩石上的两个人身上。

那两人一个是贾内尔。

另一个是克雷格。

他平躺着，脱下的衬衫卷成一个球垫在头下面，算是一个枕头。他的长裤脱到脚踝，像脚镣铐在脚上。贾内尔坐在他上面，骑在他身上。每动一下，她的裙子就跟着抖动一下。克雷格赤裸的双腿像波浪一样起起伏伏。她的裙子上半身脱了下来，露出雪白的双峰，它们在月光下闪闪发光。

"嗯……"她呻吟道，这个词纠缠在夜晚的空气中。

"嗯，嗯，嗯……"

昆西被愤怒和刺痛紧紧攫住，仿佛有一只手从她体内捏住她，并攥成拳头。可是，她又无法把目光移开。尤其是在贾内尔那样呻吟的情况下，她的动作与其说是动情，不如说是绝望。这情景太过美丽、痛苦又怪诞。

接着，她啜泣起来，完全无法控制自己。昆西用一只手捂住嘴巴防止声音被听见。虽然她不应该在意他们是否听见她，虽然她想做的只是仰天长啸，让自己女鬼般的哭号随冷风飘散。

可是，她体内那个愤怒的拳头依然攥着，不断地加重她的愤怒和痛苦。她退回林子里，刚才眼泪风干的地方又有新的泪水流下来。她沿着山坡往下走，依然能听到贾内尔的声音，她的呻吟就像枝头嘲笑她的小鸟。

"嗯，嗯，嗯……"

第四部

最后的女孩

我看见刀在他手中举起，我看见他模糊的眼镜，镜片后面，他那双大睁着的迷惑不解的眼睛里充满恐惧。对我的恐惧。

第三十二章

"为什么？"我依然坐在地板上，说道。

萨姆没有理会我，径直穿过房间，去关掉 CD 机。然后又把它放在背包里，在那里，她取出黑色牛仔裤，并开始在红裙子下面穿了起来。

"为什么？"

"但这是必须要做的。"萨姆说道。

"不是的，"我跪着说，"是你觉得是必须的。"

因为她知道一旦被我发现，我会有多受伤。我也知道她是故意要让我知道。这也是搅乱我，让我觉醒，让我愤怒的另一种方式。

我扶着墙，用它帮助自己站起来。可是，我还是站不稳，只有靠着它，双眼跟萨姆齐平，瞪着她。她脱下裙子，现在正把她的性手枪牌衬衫搭在头上。接着，她坐到床上，把高跟鞋脱掉换成中筒靴。

"你有病，"我对她说，"你知道的，是吗？你不想让我们中的一个过上正常的生活。或者至少我们中的一个真正幸福。"

萨姆走到窗户旁边，把它打开，点燃一根烟。她一边吐出烟圈，一边说道："你想让我说清楚这一切，是吗？"

"是的。你过来，看到我过着正常、稳定的生活，就决定把它搞得翻天覆地。"

"稳定？你把一个男人送进了医院，宝贝。他还在严重昏迷中呢。"

"那还不是因为你！是你想让我这样做的！"

"好好想想吧，昆西。如果你需要这个谎言来活着的话，那就继续相信它吧。"

我看向别处，不知道自己该相信什么。

我感觉地球引力已不存在，我生活中一切安全确定的东西，现在都飘浮到空中，突然到了我够不到的地方。

"为什么是库珀？"我问道，"这是在曼哈顿，有几百万男子供你挑选。为什么是他？"

"保险。"

"对什么保险？"

"今天那个警察又来了，"萨姆说道，"埃尔南德斯。她说她想要跟你谈谈。我跟她说你出去了，她说她会回来的，并且要你不要再出城了。"

因为我跟我的律师男朋友一起离开，让我显得很可疑，当然会这样。

"我不知道该怎么办，"萨姆说道，"于是我给库珀打了个电话。"

我屏住呼吸，忽然觉得一阵麻木。"你没跟他说我们去公园的事，是吧？"

萨姆翻了下眼睛，吐出一个烟圈。"当然没有。我跟他说我们应该加强互相了解。他有空的时候应该多到纽约来，结果他就来了。"

"然后你就引诱了他。"

"我不会这么说，"萨姆说道，"他更多是自愿的。"

"那你为什么要这样？"

萨姆微微叹了口气。她看起来好疲惫，被生活打败的感觉，非常受伤的感觉。

"因为我觉得这能够帮助我们，"她说道，"尤其是帮助你。如果警察追查到那个人是被我们打伤的，我们需要有人站在我们这一边，除了杰夫以外的人。"

"一个警察，"我说着，露出会意的一笑，"能够在他同僚面前维护我们的人，一个在感情驱使下能够做出正确的选择，并且就算怀疑什么也会站在我们这一边的人。"

"对呀，"萨姆说道，"但是你已经知道了，对吧？"

"我从来没有试图跟库珀发生关系。"

萨姆哼了一声，吐出几个烟圈。"在这样的事情上，你依然需要利用他。这么多年来，你一直在利用他。整天给他发短信，希望他随叫随到。时不时跟他调个情，让他一直保持兴趣。"

"不是这样的，"我说道，"我永远不会对他做这样的事情。"

"昆西，你一直在这样做。我已经看到你做了。"

"不是故意的。"

"真的吗？"萨姆说道，"你真的是在跟我说，你们两个之间那些诡异的事情，跟松林小屋事件一点关系都没有吗？你难道一点都没有注意到，你已经把他玩弄于股掌之间了吗？"

"我没有。"我说道。

萨姆取出烟盒，又点燃一根烟。"撒谎，撒谎，撒谎。"

"让我来说说撒谎这件事吧。"我说着，不再靠着墙壁，愤怒让我坚强起来。"你跟我说你从来没有见过丽莎，这就是撒谎。你见过，你还在她家待过。"

萨姆不再吸烟，她的两颊微微鼓起，看得出嘴里含着不少烟。她微张嘴唇，烟像烟柱般从里面涌出。

"你疯了。"

"这不是回答，"我说道，"不过至少承认了你去过她家。"

"好吧，我去过那里。"

"什么时候？"

"几周之前，"她说道，"但是你已经知道了。"

"你为什么要去？丽莎邀请你了吗？"

萨姆摇摇头。

"那你就是像找我一样不请自来的？"

"是的，"萨姆说道，"跟你不同的是，她意识到我是谁的时候，还跟我打招呼问好。"

"你在她家待了多久？"

"大约一个星期。"萨姆说道。

"她喜欢你待在她家吗？"

这个问题是一句废话。丽莎当然喜欢萨姆住在她家，她就是干这个的——给那些遇到麻烦的年轻女孩提供庇护所，并且帮助她们。萨姆估计是这些女孩中遇到最大麻烦的一个了。

"喜欢呀，"萨姆说道，"一开始是，不过，一个星期过去，丽莎就无法再忍受我了。"

我能推测出剩下的故事。萨姆突然出现，背包里装着野火鸡威士忌，脸上带着姐妹般的亲热表情。丽莎很乐意邀请她住进自家客厅。但是，这还不够，对萨姆来说还不够。她需要窥视、刺探。她可能试图让丽莎抛开满足的状态，试图激怒她，把她变成一个愤怒的幸存者。

跟我不一样，丽莎没有就范。我俩都付出了代价，但程度却很不一样。

"那你为什么要说谎呢？"

"因为我知道，一旦我告诉你，你肯定会大惊小怪的。你肯定会开始怀疑的。"

"为什么？"我说道，"你有什么要隐瞒的？萨姆，是你杀了丽莎吗？"

就是它。这个问题在我的脑海里已经萦绕了好几天，现在终于说出来了。萨姆摇摇头，仿佛是在为我惋惜。

"可怜的昆西。你比我想象的要糊涂得多。"

"你敢说你跟她的死一点关系都没有吗？"我说道。

萨姆扔掉香烟，然后用靴尖做了个要在地板上把它踩灭的姿势。"不管我说什么，你都不会相信我。"

"到目前你还没有提供任何理由，"我答道，"为什么现在开始说了？"

"我没有杀死丽莎，"萨姆说道，"不管你相不相信，我什么都不会说的。"

我的衣兜深处传来一声嘀嘀声。是我的手机。

"这或许是你男朋友吧，"萨姆故意用很鄙视的口气说道，"至少是其中一个吧。"

我看了下手机。毫无疑问，是库珀发来的短信。

"我们需要谈谈。"

萨姆在窗口问道："是哪个呀？"

我没有回答，这本身就是答案。我盯着屏幕，心里一想到要再次见到库珀，就紧张起来。不仅今晚如此，恐怕以后都会如此。

萨姆把另一根香烟放在嘴唇中，说道："快跑去找你的小警察吧，昆西·卡彭特。但是，记住，讲话要当心点。我的秘密就是你的秘密。而库珀警官恐怕不会喜欢你的秘密。"

"下地狱去吧。"我说道。

萨姆点燃香烟笑道："已经在地狱里了，宝贝。"

松林小屋
晚上十一点十二分

昆西回到松林小屋的时候，已经上气不接下气。她的肺被夜晚的空气刮擦着，像是要燃烧起来。虽然吹的是冷风，但她的皮肤表面已经覆盖了一层薄薄的汗珠，又冷又黏。

小屋里面一片狼藉，到处都是脏盘子和见底儿的酒瓶。大屋里没有人，壁炉里的火都熄灭了，只有冒烟的木柴留下了一丝热量。

睡觉。这是昆西唯一的想法，好好睡上一觉，醒来以后把晚上看到的一切忘得一干二净。她觉得这是可能的。她的大脑已经告诉她，她混淆了一些事情，看到了一些并没有真实看到的东西。或许贾内尔是跟其他人，说不定是跟乔在做爱。又或者，昆西觉得，她看见克雷格平躺在岩石上，贾内尔面部扭曲地把他推倒。

但她心里却不是这么想的。

昆西擦掉泪水，穿过走廊，来到贾内尔的空房间。在走廊里，她发现贝茨已经上床了，关上的门让她看不见那张破旧的床。艾米和罗德尼的房门也是关上的，但却能听见水床从里面发出的声响，还有罗德尼偶尔发出的呻吟。

昆西转向克雷格的房间。

浑蛋克雷格。

现在这里成了她的房间。

但是，里面并不是空无一人，有人在床上，月光下依稀看见一个模糊的轮廓。他枕着双手躺在上面。昆西隐隐能看见他脏眼镜下面睁大的眼睛。

"我不知道该睡哪里。"他说道。

昆西盯着他，嫉妒他看起来舒服的样子，这再明显不过。她抽了下鼻子，还没等眼泪流出，就强忍住了。

"你没事吧？"他问道。

"你得出去。"昆西说道。

他坐起来，模糊的镜片后面的眼睛投来关切的目光。"你不太好啊。"

"不好个鬼。"昆西说着，坐到床上，又一滴眼泪掉落下来。这一次，她再也无法克制了。

"我看见他们一起走了，"他说道，"他们一起走到树林里去了。"

"我知道。"

"对不起。"

他碰了下她的肩膀，这个突然的动作让昆西往后缩了一下。

"请走开。"她说道。

"他配不上你。"

他第二次触碰她肩膀的时候，昆西默许了。

他得手后得寸进尺，沿着昆西的胳膊滑到她的小腹。再一次，她默许了。

"你比他好多了，"他小声说道，"比他们都要好。那么漂亮。"

"谢谢你。"昆西说道。

"我是认真的。"

昆西转向他，很庆幸还有他在。他看起来那么真诚，那么无辜，跟克雷格正好相反。

她侧着身子，亲吻了他。他的滚烫的嘴唇迎合着，也亲吻着她。他的舌头溜进她嘴里，试探着，挑逗着。这让昆西几乎忘了刚才在树林里看到的景象。贾内尔如何骑在克雷格身上，驾驭着他，疼痛让她显得更加性感。

但是，这还不够，昆西想彻底忘掉。

她一言不发地爬到他身上，并惊讶于身体下面的他竟然那么结实，像一棵被放倒的树，坚硬的橡树。昆西脱去他的毛衣，那上面隐隐有一股清洁剂的味道。这个味道让她的鼻子有些痒痒，昆西把它扔到地板上，然后又脱去他的 T 恤衫。

她开始吮吸他瘦瘦的胸脯，把手放在他苍白的皮肤上，那皮肤那么苍白，那么冰凉，像幽灵的皮肤。

接着，她的裙子被脱了下来。他的灯芯绒长裤也被脱到膝盖处。床边的地板上放着克雷格的背包，里面装了一盒安全套。昆西取出一个，把它放到乔颤抖的手掌上。

"你确定吗？"他问道。

"是的。"

"要是疼的话告诉我，"他小声说道，"我不想伤害你。我只是想让你感觉好一点。"

昆西深吸一口气，脱掉内裤，准备好迎接即将到来的快乐和疼痛，她也知道，二者是密不可分的，会同时出现，交织在一起。

第三十三章

　　库珀又发了条短信给我，上面是离我家几个街区之外一家旅馆的名字，还有他的房间号。我不知道他是来见萨姆之前就订好了房间，还是刚才出去之后才订的。我决定不去问。我站在他房门外面，不确定自己是否还能够面对他。我已经知道自己不想。我无论如何也不想站在这个昏暗的旅馆走廊，旁边是嗡嗡作响的冰激凌机，还散发着地毯清洁剂的臭味。但是，我们毕竟认识那么久。不管库珀做了什么，我还是要给他一个机会来解释。

　　我敲了敲门，门很快在我手边打开。库珀出现在眼前的时候，我的手依然攥成一个拳头。

　　"昆西。"他的点头迅速而羞涩，"进来吧，如果你愿意的话。"

　　把我留在这里的只有过去。我的过去，库珀在其中扮演着角色。如果不是他，我甚至连过去都没有，这是无法否认的事实。

　　于是，我走了进去，进入房间，才为它的狭小感到震惊。这几乎就是一个大的壁橱，有人在里面放了一张床和一个梳妆台而已。床和墙之间只有两只脚的距离，以至库珀要去关门的时候，我都很难绕过他。我依然站着。

我很清楚自己要做什么，就是把一切都告诉库珀。关于萨姆的所作所为，我的所作所为。或许这样，我能够重新让自己的生活走上正轨。虽然自从松林小屋事件之后，它就没有正常过。

但是我不能向库珀坦白。我几乎都不敢看他。

"让我们直接略过吧。"我交叠双臂，把重心转移到左腿。

"我会很快的。"库珀说道。

他刚刚洗完澡，小小的卫生间里弥漫着水蒸气。他的头发湿漉漉的，身体似乎也散发着湿气和香皂的味道。

"我需要为我自己解释一下，解释我的行为。"

"你业余时间干什么事情跟我一点关系都没有，"我说道，"你又不是我的什么人。"

库珀勉强笑了一下，我感觉好像出了一口气。我也在伤害他，抽他的血。

"昆西，我们都知道这不是事实。"

"不是吗？"我说道，"如果你真是我的什么人的话，你就不会跑到我家里，趁我不在的时候跟萨姆偷情。"

"我去那里并不是为了这件事。"

"显然我看到的就是如此。"

"昆西，是她给我打的电话，"库珀说道，"她说她很担心你。于是我来了，因为我感觉到不对劲。我不相信她，昆西。从她刚来的那一刻起我就没有相信过她。她肯定有问题，我只是想弄清楚到底是什么问题。"

"色诱是一种有趣的审讯技巧，"我说道，"你经常使用吗？"

"昆西，你所看到的并不是我计划的，只是个巧合。"

我翻了下眼睛，然后把眼睛睁得很大，很夸张，就像贾内尔经常做的那样。

"这是书里最老土的借口了。"

"是真的，"库珀说道，"你不知道我有多寂寞，昆西，那么孤独。我住在足以容纳五个人生活的大房子里，但是里面只有我，有些房间我好几年都没有进去过了。它们都空着，房门都关着。"

他袒露这些让我无言以对。这是库普第一次对我敞开心扉，我这才发现我们的共同点比我想象的要多。可是，我拒绝同情他。我还没有准备原谅他。

"你让我来就是要解释这些吗？"我说道，"让我可怜你？"

"不是，我要你来是因为我要跟你说一些事情。我——"

库珀停下来清了清嗓子。"我一直守护你的原因，我一直对你不分昼夜随叫随到的原因。昆西——"

从本能上，我知道接下来要发生什么。我摇摇头，感觉自己头脑里有个声音在大喊，不要，拜托，库珀，不要，不要说出来。

可是，他还是说了出来："我爱你。"

"不要，"我这一次大声说了出来，"别再说了。"

"但是我的确爱你，"库珀说道，"你知道的，昆西。我以为你一直都知道。否则，你觉得我一个电话就大老远开车跑过来是为什么？就是为了来看你，跟你在一起。我不在乎是一分钟还是一小时。要不是你，我一个人开车跑这么老远有什么意思。"

他朝我靠近了一步，我往后退，退到梳妆台和墙壁之间的一个角落。库珀继续往前，并没有停下来，而是径直站在我面前。

"昆西，我从来没有遇见过像你这样的人，"他说道，"相信我，你太坚强了，是一个真正的幸存者。"

他用他那双蓝色的眼睛凝视着我，我的双膝都颤抖起来。他把食指放在我脸上，轻轻滑到我的嘴唇。

"库珀，"我说道，他用指尖轻轻抚过我的嘴唇，"住手。"

"你也有同样的感觉，"库珀说道，声音有些沙哑，"我知道你也是。"

我想象着他搂着萨姆，抚摸着她的脖子，嘴唇开始向她靠近的情景。

我讨厌这样的库珀。依偎在他怀里的应该是我。

"我没有。"我说道。

"你在说谎。"

房间里很热，其实是很闷。窗户下面的排风系统吹出的小风起不到任何作用。库珀在这里，离我那么近，辐射出另一种热量。

"我要走了。"我说道。

"不，你别走。"

他靠过来，我退后一步，同时手推着他的胸膛。他的衬衫下面出了汗。我感觉到自己双手下面的面料紧紧贴着他的皮肤。

"你需要我做什么，库珀？你已经把你想说的说出来了，你还想要什么？"

"你，"他温柔地说道，"我想要你，昆西。"

与我跟库珀说的相反，我曾经想过怎么让自己不被库珀的魅力所吸引。那双蓝眼睛盯着我像盯犯人一样。它们像激光一样明亮，能够洞悉一切。但是，他的声音最后起了作用。那句温柔的坦白把我送进他怀中。

这是松林小屋事件以来我们第一次拥抱。他第一次用那坚实的臂膀环抱着我。我希望自己的记忆能让这个拥抱黯淡一些。但它并没有。它只是让它更加甜蜜。

跟他在一起，我感觉很安全。

一直以来都是如此。

我亲吻着他，虽然这是错误的。他也用他饥渴的嘴唇亲吻着我，咬我。多年压抑的欲望在这一刹那终于得到释放，而结果比欲望更加重要，带来的痛苦也比快感多得多。

很快，我们倒在床上。这里没有别的地方可去。我的衣服不知怎么就被脱了下来。它们似乎是自己滑落的，库珀的也是如此。他知道自己想要什么。

上帝帮助了我，我要让他拿回去。

松林小屋
晚上十一点四十二分

昆西从床上起来，找到鞋子、裙子和内裤，踮着脚离开房间的时候，他还在睡觉。一走路就能感觉到疼痛，两腿之间火辣辣的，弯腰的时候更是疼得要命。不过，这没有她想象的那么糟糕，其中也有一些慰藉的感觉。

她迅速穿上裙子，突然意识到房间里非常冷。似乎自己发烧了。这寒冷让她颤抖，但皮肤却像燃烧起来一般滚烫。

昆西穿过走廊一头扎进洗手间，懒得去打开头上的吸顶灯。她不想看到强光下自己在镜子里的样子，只是在昏暗的光线下审视着自己，大半个轮廓都隐去看不清楚。她变成了一个影子。

她脑海里忽然闪出一首歌，是中学时，她跟朋友们在漆黑的洗手间里，重复唱着歌中的名字："血腥玛丽，血腥玛丽，血腥玛丽。"

"血腥玛丽。"昆西望着镜子里看不见的自己。

走出卫生间后，她在大屋门口停了下来，害怕克雷格和贾内尔会回来，醉醺醺地笑着，假装两人之间什么都没有发生过。她没有听见任何动静，于是继续往前走。小屋一片寂静，昆西来到厨房，站在那里，思忖着接下来该怎么办。她应该去找他们吗？要求回家去？或者她应该去找到克雷格的钥匙，开上他的越野车，让他们被困在这里，手机也不在身边。

一想到这个主意，她竟笑了一下。不过，她已经进入了悲伤的第二个阶段，这是三天前她刚刚从心理学课上学到的。贾内尔那次翘了课，昆西还把自己的笔记借给她。她还不知道悲伤的第二个阶段是什么，但是昆西知道。

是愤怒。

那种义愤填膺的愤怒。

昆西感觉自己腹中充满愤怒，它很热，比胃灼热的感觉更热。它在向外辐射，穿过她的胳膊和双腿。

她走到水池跟前，准备利用一下这种愤怒的力量。她母亲就是这样做的，那个又老又善良又被动又有攻击性的希拉·卡彭特，选择用打扫卫生而不是尖声大叫，用修补而不是破坏的方式来发泄自己的愤怒，她永远不会说出自己真实的感觉。

昆西不想成为这种女人。她不想像其他女人那样去做家务。她想要疯狂。见鬼，她已经疯了，她那么愤怒，直接把一个脏盘子从水池里拿出来，准备朝着餐台扔去。

是玻璃的反光阻止了她。厨房水斗上方的窗户上反射出她苍白的脸庞。这一次，她无法回避，这一次，她清楚地看到了自己。

眼睛红红的，充满泪水，嘴唇弯成要咆哮的样子。皮肤因为愤怒、羞耻和狂乱的心跳变得潮红起来，让她觉得自己完全是一个陌生人。

这不是昆西期望中的自己。这完全是另一个人，另一个她不认识的人。

黑暗在她周围蔓延，昆西感觉到它的到来。一股黑潮涌上岸边，很快将她包围，淹没厨房，将它吞没。昆西只能看见镜子中自己的脸，也在盯着自己。那个陌生人的脸，直到黑暗也将它吞没。昆西把盘子放回水槽，取而代之，手里出现了另一样东西。

一把刀。

她不知道自己为什么要抓起它，她当然也不知道该怎样使用它。她知道的就是手里握着它感觉很好。她手里紧紧握着那把刀，穿过松林小屋后门，穿过三层台阶的围栏。外面，离小屋最近的树木像灰色的哨兵一般站立着，守卫着剩下的森林。

在路上，昆西用刀尖划过一棵树。那种力量通过她的手传到胳膊。她向树林深处走去。

第三十四章

一扇门关上，回声响彻走廊，把我从沉睡中惊醒。我喘着气睁开眼睛，干燥的空气滑过我的舌头。

早晨的阳光透过窗户照进来，直接照到我的被子上，清亮而刺眼，像一根针刺穿我的视网膜。我翻过身，一边诅咒着太阳，一边把胳膊探向床的另一边。

它是空的。

这一刻我才记起自己是谁。

我跟谁在一起。我做了什么。

我从床上站起来，脑袋嗡嗡直响，感觉整个房间都在旋转。我好不容易走到狭小的卫生间，然后就一头栽倒在地板上，冰凉的地砖在我赤裸的身体下面，我的膝盖碰到胸脯。我感到脑子里一团迷雾，非常混沌。我能感觉到这个世界，但觉得自己并不是它的一部分。我才意识到，这是醉酒后遗症，一种带着负罪感的后遗症。很多年没有体验到这种感觉了。

记忆缓缓爬上来，就像时钟的分针，嘀嗒，嘀嗒，嘀嗒。不到一分钟，一切都回来了。每一个不堪回首的细节。

显然，库珀已经走了，或许刚才吵醒我的关门声就是他弄出来的，虽然我怀疑他应该是悄悄地出去，不忍心吵醒我。我不能责怪他。

不过，至少他足够绅士地留下了一张字条，是用酒店的笔草草写下的。我刚才去卫生间的时候，看见它放在电视旁边。

我一会儿再读它，等我能从地板上爬起来。

我全身上下都痛，不过是那种得到了自己想要的东西之后满足的酸痛。是我在慢跑之后有时体验到的那种酸痛。筋疲力尽，又稍微有点担心自己是不是运动过度了。

这一次，毫无疑问，我是做过头了，而且是用最糟糕的方式。

我看着自己的双手，萨姆给我涂的黑色指甲油多数都被磨掉了，只剩下一些残迹。指甲下面有一些污渍，并且越擦越明显。或者是库珀的背上皮肤留下来的，当时我抠着他的背，祈求他用力一点。我双手上还有着他的味道，是汗、精液和淡淡的老香料牌沐浴露的味道。

我站起身，来到只有碗口大小的洗脸池跟前，用冷水洗着脸，并小心地不看到镜子里的自己。我害怕看见自己的样子，实际上，我害怕自己什么也看不见。

走了两步，我又回到床上，坐了下来。库珀留下的字条在电视遥控器旁边盯着我。

我拿起它，读了起来。

"亲爱的昆西，我为自己的行为感到羞耻。虽然我心里非常企盼这件事情发生，但是现在我意识到，这件事情根本就不应该发生。我觉得我们还是很长时间都不联系比较好。对不起。"

就是这样了，十年的保护、友谊和精神上的互相欣赏，一夜之间化为乌有，就像我把字条往靠墙的垃圾桶里扔掉那般轻而易举。它没有被扔进去，落到地板上，我走过去，把它捡起来投了进去。

接着，我捡起垃圾桶，把它扔到房间对面去。它撞到墙上，然后直接翻倒下来。然后，我又抓住了别的东西，是那个遥控器，它也飞了起来，撞到床头破成两半。

我又冲向垂到地板上的床单，撕扯它，用它缠住我攥紧的拳头，把它放到嘴跟前，堵住自己的啜泣。

库珀走了。

我一直觉得这一天迟早会到来，见鬼，其实它几乎已经来了，就在那封威胁信把他带回我的轨道之前。但是，我还没有准备好，去面对库珀在我需要的时候不能随叫随到的那种生活。我不知道自己是否能够独自面对这一切。

但现在，我已经别无选择。现在，我的生活里已经没有任何人，只剩下杰夫。

杰夫。

见鬼。

意识到自己对他的背叛有多深，我的肚子里泛起一阵恶心。要是被他知道，他肯定会崩溃的。

这时，我决定，永远不能让他知道我做过什么。这是我自己的选择。我会找到办法去忘记这个陈旧的房间，这些纠缠的床单，还有库珀的胸膛压着我胸部，还有他的灼热的呼吸在我耳边的感觉。像松林小屋一样，我会把它隔绝在我的记忆之外。

等我再次面对杰夫的时候，他不会有任何怀疑，而只会看见自己了解的那个昆西，那个正常的昆西。

心中有了计划之后，我坐起来，试图忽视那种压迫内心的负罪感。我想，我需要慢慢去习惯这种感觉。

我看了看手机，有三个未接来电和一条来自杰夫的未读短信。我不能去收听他的语音留言。他的声音会击中我的。不过，我读了他的短信，里面的每一个字都透露出担忧。

"你为什么不接电话？一切都好吗？"

我给他回了信息。

"抱歉，我一到家就睡着了，晚些时候给你打电话。"

我输入"我爱你"几个字，但又把它们删掉了，担心这样反而会引起他的怀疑。我已经开始像个骗子一样考虑事情了。

除了杰夫，我还错过了另一个来电。是来自乔纳·汤普森的，大概是八点以后打过来的，距离现在差不多一小时。我给他回拨过去，铃声只响了一下他就拿起电话。

"终于联系到你了。"他说道。

"早上好。"我说道。

乔纳忽略了我的问候。"我对萨曼莎·博伊德做了一个调查，也就是现在的蒂娜·斯通。我觉得，你对我查到的东西会很感兴趣的。"

"你查到了什么？"

"电话里不容易解释清楚，"乔纳说道，"你最好亲自来看看。"

我叹了口气。"毕士达喷泉。二十分钟以后。带上咖啡。"

松林小屋
晚上十一点四十九分

月亮躲到云层后面，使得林子比之前更加昏暗。昆西看不清路，只感到脚下的地面满是落叶和杂草。但是，她还是来到了山坡处。她能感觉到自己小腿绷紧但却充满力量。

她没什么计划，没什么具体的想法，只是想遇到他们。她想到那块岩石那里，站在他们气喘吁吁的、洒满月光的身体前面，告诉他们自己有多伤心。

刀子会让他们相信的。它会让他们害怕。很快，昆西就来到半山坡，心怦怦地泵出热血，呼吸也有点上气不接下气。她往上走的时候，总感觉有人在观察自己，这种感觉让她震惊。但周围什么也没有，只是她后脖子有一点痒痒，但她还是觉得自己不是一个人。她停下来，环顾四周，虽然什么也看不见，但她还是无法摆脱那种被人盯着的感觉。这让她想起白天他们说的在森林里游荡的印第安鬼魂的传闻。她欢迎它们，那些带着仇恨的幽灵，她巴不得它们也加入自己的阵营。

一个声音传进树林。昆西的鞋子踩在落叶上沙沙作响。那一刻，昆西觉得树林里面真的有鬼魂，成群结队地朝自己走来。她回头看了一眼，以为会看见它们穿过树木。但是，这个鬼魂太像人了。昆西听见呼气的声音，比自己的要粗重。很快，这个声音就在她身后，让她眩晕起来。

乔出现了，他不知什么时候醒了过来，匆匆穿上了衣服。他的毛衣穿反了，一双眼睛盯着昆西的时候，喉结被毛衣的商标摩擦着。

"我想要一个人。"她说道。

他的呼吸依然很粗重，挤出了几个词："别这样做。"

昆西转过身，只是看了他一眼，就感到恶心起来。昆西依然感觉他在自己体内，那种双腿之间燃烧般灼热的感觉，让她既羞耻，又兴奋。

"你又不知道我要做什么。"

"我知道，"他说道，"这不值得。"

"你怎么知道？"

"因为我也这样做过。当时我跟你的感觉一样。"

"走开吧。"

"我知道你想要伤害他们。"他说道。

笼罩着昆西的那种厚重的黑暗忽然消失了，让她眩晕而不适。她看见自己手里的刀，并深吸了几口气。她记不得自己为什么要把它捡起来。她真的想要用它来对付他们吗？还是对付自己？

昆西的心被羞耻感灼烧着。她前后摇着头。昏暗的森林模糊起来。

"不是你想的那样。"她说道。

"真的吗？"

"我没打算——"

她停了下来，知道自己怎么说都没有意义。她已经词穷了。

"你应该回去，"他说道，"晚上这样出来是不对的。"

"他们伤害了我。"昆西说着，忽然哭了起来。

"我知道，"他说道，"所以你应该现在回去。"

昆西擦了擦眼睛，她讨厌自己在他面前哭泣，讨厌自己曾经享受跟他做那件事，讨厌他居然是松林小屋里唯一真正了解自己的人。

"我会的，"她说道，"你要去哪里？"

他看着前方，仿佛在找远处的某个地方，在森林的尽头。

"家，"他说道，"你也应该回家了。"

昆西点点头。

她扔掉刀子。

它侧着躺在地上，被落叶包围。

接着，她沿着来时的路跑回去，经过他身边，努力不去看月光反射在他眼睛上，像雾一般让镜片变得模糊。

第三十五章

　　跟乔纳通完电话大约二十五分钟后，我来到中央公园，穿过通往毕士达喷泉的巴洛克隧道。透过隧道华丽的拱形，我看见他坐在喷泉边上。穿着粉色 T 恤、蓝色长裤，外面套着灰色的运动衣。他上面是水上天使，一群鸽子栖息在天使伸出的翅膀上面。

　　"抱歉，我迟到了。"我坐在他身边。

　　乔纳吸了口气。"哇哦。"他说道。

　　我也能闻到自己的味道。刚才在酒店我想过要冲个澡，但是酒店里没有热水了。我穿衣服之前，只好用洗手池简单擦洗了一下，然后换上前一天穿到现在的衣服。

　　穿衣服的时候，我想起过去二十四小时里，这身衣服跟着我走了多少英里，从芝加哥到曼西，然后又回到纽约。现在，它们又来到中央公园，上面已经沾满汗水，散发出臭味。

　　过了今天，我想我肯定会把它们一把火烧掉的。

　　"好意思走过来吗？"乔纳问道。

"少来，"我说道，"我的咖啡呢？"

他脚旁放着两杯咖啡，旁边还放着一个文件袋，里面装满各种文件，我希望它们足够让萨姆滚出我的生活。如果不是的话，我也得想办法把她从我的公寓里清走。

"找地儿坐吧，"乔纳说着，举起杯子，"黑咖啡还是加奶精和糖的？"

"奶精和糖，最好给我静脉注射进去。"

他把一杯标着"X"的咖啡递给我。我来不及凉一下就一口喝掉一半。

"谢谢，"我说道，"不管今天你做多少好事，都比不上这一件好。"

"你一分钟后就会改变主意的。"乔纳说着，把手伸向文件袋。

"你有什么发现？"

他打开袋子，取出一个牛皮纸信封。"一个炸弹。"

文件夹里有十几页纸，乔纳用手指翻阅着它们，我只是大概扫了眼那些复印的报纸新闻和从网上打印的文章。

"搜索萨曼莎·博伊德看到的就是常规的关于夜光旅馆的信息，"他说道，"她是唯一的幸存者，一名最后的女孩，大约八年前消失在公众视野之中，此后一直销声匿迹，直到前些日子重新出现。"

"这个我已经知道了。"我说道。

"蒂娜·斯通的故事则截然不同。"乔纳停止翻阅这些文章，而是在一张剪报的页面停了下来。他把它递给我。

"这是从《黑泽尔顿鹰报》上剪下来的，十二年以前。"

一看到它，我的心狂跳起来，丽莎家也有同样的剪报。

宾夕法尼亚州黑泽尔顿——昨天，一名男子被发现被刺死在他跟妻子和继女共同生活的家中。黑泽尔顿警察局接到报警后赶赴现场调查，发现此名男子名叫厄尔·波塔什，46岁，死于他在枫叶街复式住宅的厨

房中，胸口和腹部连中数刀。警方已经排除了自杀的可能。目前调查仍在继续。

"你怎么找到的？"

"在律商联讯网站上搜索蒂娜·斯通的名字搜到的。"乔纳说道。

"但这跟她有什么关系呢？"

"根据报纸报道，厄尔·波塔什的继女承认是自己杀了他，声称自己遭受了多年的性虐待。因为存在性虐待的因素，她的名字在庭审记录中被隐去了。"

现在我知道为什么丽莎会有这篇文章了。

"就是她，"我说道，"蒂娜·斯通。她杀死了自己的继父。"

乔纳使劲点了点头。"恐怕是的。"

我又喝了几口咖啡，希望它能把脑袋里再次袭来的疼痛赶走。这时候，我极度渴望一片阿普唑仑。

"我还是不理解，"我说道，"为什么萨姆要把自己的名字改得跟杀死自己继父的女孩一模一样？"

"这是很诡异，"乔纳说道，"我不确定她真能干出这种事情来。"

文件夹之外有几页医学报告。最上面的一张写着蒂娜·斯通的名字。

"医学报告难道不是保密的吗？"我问道。

"显然你低估了我的能力，"乔纳说道，"有钱能使鬼推磨。"

"真卑鄙。"

我翻阅着这些报告，从去年到更早的时候。蒂娜·斯通时不时会去医院，经常是出于紧急状况，而且通常都没有医疗保险。我看到，四年以前有一次是在一场摩托车事故中摔伤手腕，一年多以前做乳房 X 光发现有肿块，后来发现是良性的。八年以前服用安多啡林过量。这引起了我的注意。

这是她第二次服用这种药物过量，在两年以前还出现过一次。我看了看日期，正好是松林小屋事件发生三个星期之后。

"这不可能是萨姆，"我说道，"这个日期不吻合。她告诉我她是在松林小屋事件发生几年后才改的名字。"

不过，意识到这一点，让我诧异得差点跌进喷泉里。我把文件夹扔掉，里面的纸张散落开来，乔纳不得不赶紧摁住它们，以防被风吹走。

我继续一动不动，他回到我身边，把文件夹夹在腋下。"你现在明白了，对吧？"

"蒂娜·斯通和萨曼莎·博伊德，"我说道，"她们并不是同一个人。"

"但问题来了，在你公寓里的是哪一个呢？"

"我不知道。"

可是我需要搞清楚。我忽然站起身，迈开腿准备离开。

乔纳把我拦下来，用歉意的眼神看着我，说道："不幸的是，这还没有完呢。"

他打开文件夹，翻开后面的一页。"这是跟她有关的一起事故。"

"我知道，"我说道，"这是发生在她说的改名的时间之前。"

"你可能会想看看她服用药物过量是在哪里。"

乔纳指着蒂娜·斯通去诊治的医疗机构的名称。

布莱克肖恩精神病院，就在松林小屋上面的那片森林旁边。

看到它让我忽然感到一阵晕厥，比早上起来的感觉还要糟糕，比我意识到自己把理查德·鲁伊斯打成生命垂危还要糟糕。

蒂娜·斯通曾经是布莱克肖恩精神病院的一名病人。

跟他同一时期。

也就是在他来到松林小屋，闯入我的世界的那个时候。

松林小屋
深夜

昆西回到小屋后门的栏杆处时，听到第一声尖叫。那是从森林里传来的，就在她迈上木台阶的时候，那声音径直朝她袭来。昆西朝声音的方向转过身去，太过吃惊反而没觉得害怕。

那种恐惧是后来才袭来的。

她环视着小屋后面昏暗的树林，挨个扫视着每一棵大树，仿佛尖叫声是某一棵树发出来的。但是，她已经知道它的来源。

贾内尔。

昆西很确定。

第二声尖叫从树林里发出，比第一声更长，然后变成一阵喧嚣穿过天际。声音越来越大，惊扰到附近枝头的一只猫头鹰。那只鸟呼扇着翅膀，飞过栏杆，消失在小屋上方的天空中。它飞走的声音还伴随着其他东西靠近的声音，脚步声——杂乱的脚步声。

过了一会儿，克雷格从树林里冲了出来。他的眼神很空洞，但她感觉到他是疯狂地跳出来的。他的衬衫有穿到身上，长裤也是，不过昆西注意到裤子没有拉拉链，皮带也没有扣，垂在那里来回摆动。

"快跑！昆西！"他跟跟跄跄地跑过来，大声喊道，"我们都要跑！"

这时，他也来到栏杆处，经过她身边的时候试图拉着她一起跑。昆西的胳膊被他的手拽着，她哪里都不想去，除非贾内尔跟他们一起走。

"贾内尔？"她喊道。

她的声音在林子间回响，引发了新的声音，一声比一声微弱。接着又传来第三声尖叫。克雷格听到声音后也喊了一声。他抖动了一下，仿佛要把什么东西从后背抖掉。

"快走！"他朝昆西大喊道。

但是，第四声尖叫促使她往前走了几步，来到栏杆最上面的台阶处，脚尖踩到台阶边缘。她身后，克雷格努力想进去，却被里面急着拥出来的人挡住。

"那是什么？"艾米惊恐地问道。

"贾内尔在哪里？"贝茨问道。

"死了！"克雷格喊道，"她死了。"

但是她并没有，昆西依然听到她在夜空中奄奄一息的声音。像猫一般安静的脚步正穿过树林。

贾内尔突然出现，像一个突然显形的印第安鬼魂，沿着小屋后面的树林往前走。她没走多久，就停住了，是一种站立的本能让她还直着身子。她的肩膀上、胸部、腹部的裙子上沾染着许多发黑的血渍。她的两只手都放在脖子上，一只紧紧压着另一只，血从手掌间汩汩地流出来—— 像流在她胸部的一条深红色的瀑布。

这时，恐怖袭来，那种让人毛骨悚然的恐惧让后门边上站着的众人动弹不得。

只有昆西动了一下，是恐惧让她往前移了几步，走下台阶，走到开始结霜的草坪上，双脚沙沙地踩着草地，朝着贾内尔走去。鞋子中渗透进湿冷的气息。

接着，她来到贾内尔身边，伸出手，扶住向前倒过来的贾内尔。贾内尔的手从脖子上放下来，露出上面巨大的伤口。血从伤口处喷涌而出，又热又黏，立刻把昆西的白裙子染成红色。

昆西用手捂住伤口，涌出的血液从她手指间渗出来。接着，她感到贾内尔的身体一软，整个地扑倒在昆西身上，压得昆西膝盖都弯曲了。很快，她坐在草地上，贾内尔像一个布娃娃一般倒在她腿上，大睁着充满恐惧的双眼，盯着她，颤抖着呼吸。

"救命啊！"昆西喊道，虽然她知道贾内尔已经没救了。"救命啊！快来人！"

其他人站在栏杆处没有动。艾米蜷缩着靠在罗德尼身上，睡裙的一角随风飘动。贝茨开始不受控制地啜泣起来，声音忽高忽低。只有克雷格望着她们。昆西觉得他能看穿自己的内心，仿佛洞悉她的每个可怕的秘密。

她盯着他，看见他眼神中透出新的恐惧。

"昆西！快跑！"

但是昆西跑不了。贾内尔死在自己的怀中，她并没有察觉到他们当中多了其他人——可恶，令人仇恨。等她终于转过身，看到他出现在那里。他把手插进她的头发，抓起一撮，使劲一拽。疼痛袭遍她的全身，她挣扎着转过身，想看看其他人看到了什么。

一个身影闪过。

一把刀闪过。

一道银光闪过。

刀几乎同步刺了过来，一刀又一刀。

她的肩膀感觉到两下尖锐的刺痛，火辣辣的，穿过皮肤和肌肉，渗入骨头。

昆西没有尖叫，实在太痛了，疼痛替她呐喊起来。

她翻了个身，贾内尔从她腿上滚了下去。她们面对面躺在草坪上，昆西盯着贾内尔已经失去光芒的眼睛。血流到她们之间的草地上，将薄霜融化，缓缓流动起来。

他还在那里。昆西听见他呼气和吸气的声音。一只手再次碰到她的头发，这次没有拽，而是在抚摩。

"那里，那里。"他说道。

昆西看见他在自己视野中很远的地方，依然是一个影子，她等着刀子最后向自己刺来，但是他开始移动。

经过她。

经过贾内尔刚才在的地方。

他朝松林小屋走去。

这是她看见的最后画面，接着她就被疼痛和悲伤淹没。接着，她的眼前一片乌云，世界模糊起来。她闭上眼睛，迎接这种被黑暗吞没的感觉。

第三十六章

　　乔纳请求我让他跟我一起回家，但我是不会答应的。他说这太危险了，他是对的。但是，他的存在只会让事情变得更加复杂。这件事需要在我和萨姆——或者蒂娜，或者不管她到底是谁，两个人之间来解决。

　　我进家门的时候又一次小心翼翼，又一次希望她不在里面。

　　但是她在。在门厅，我看见走廊的洗手间有水流出来。萨姆在里面。我走到洗手间门口，停了一下，却听到另一边传来响声。是来自萨姆的咳嗽声，是她那特有的烟熏嗓的声音。水依然从淋浴间里流出来。

　　我赶紧走进萨姆的房间，她的背包依然靠在墙角。我不能打开它，我的双手颤抖得太厉害。

　　我深吸一口气，虽然知道自己需要保持头脑清醒，但是好想吃一片阿普唑仑。最后，还是药瘾占了上风，我鬼使神差地进了厨房，把一粒阿普唑仑倒进嘴巴。然后又喝了好几口葡萄味苏打水，直到药片被冲下喉咙。

　　或许是因为药物的力量，我又回到萨姆的房间。现在，我的双手稳定多了，很轻易就打开了萨姆的背包。我在里面翻找着，把那些偷来的衣服、黑色 T 恤衫和一对穿旧的内衣内裤全部掏了出来。一瓶野火鸡威士忌露出来——是一瓶还未开封的。我把它放到地板上，它滚到我的膝盖跟前。

我翻找着背包底部，里面有一把刷子、一瓶除臭剂和一个空的药瓶。我看了下标签，是一种叫安必恩的安眠药，不是安多啡林。

我找到萨姆从我的秘密抽屉拿走的苹果手机，就是我从咖啡厅偷来的那一部。它关机了，电池好像也没电了。在背包的最底部，我的手指碰到一本冰凉的大书，是一本杂志。

我把它抽出来，然后转过来看看封面。是从《时代》杂志复印下来的一页，页脚已经卷边，感觉快要从订书针的装订下脱落开来。正面的照片是一个摇摇欲坠的汽车旅馆，周围停满警车，长了些爬满寄生藤的松树。上方，灰色的天空处用红色字体写着："旅馆惨案"。

我还是孩子的时候，也被《时代》杂志以同样的主题报道过，当时我躲在被子下面，担心噩梦降临。我翻阅着，一篇文章勾起了我少时就有的恐惧。

它刊载了夜光旅馆的另一张照片——是其中一间房间外部的情景，门开着，闪过一个白色的影子，一个受害者身上盖着白色的被单。

文章刊登在照片旁边，用狭窄的段落记录着如下内容：

"你以为这事会发生在电影里，不可能发生在现实生活当中。或者至少，不会这样发生，而且当然不会发生在你身上。但是，它却发生了，先是在印第安纳州的一个女子俱乐部，接着是在佛罗里达州的一家汽车旅馆。"

这段话里有很多我熟悉的内容，一种似曾相识的感觉，不是来自少时，虽然当时我肯定读过这篇文章，但记忆确实是近些时间的事。

萨姆来的第一天晚上，她跟我讲的。当时我们还能进行闺密间的促膝谈心，分享一瓶野火鸡威士忌，她自言自语般讲述着夜光旅馆的事情。

不过那都是一些废话，每个字都是从这篇杂志的文章里剽窃的。

我把她的物品塞回背包，但杂志却没有放回去，我觉得可以把它作为弹药来对付她，当然，还有那部偷来的苹果手机，是可以被用来对付我的。我把杂志卷起来夹在腋下。我把手机塞到衬衣里面，用内衣的带子固定住它。

我满意地离开房间，感觉里面跟我进来时几乎一样，然后赶紧跑回厨房，抓起葡萄味苏打水，拿着它走到笔记本电脑跟前。我又喝了一口，然后打开电脑，登录 YouTube 网站，在搜索栏里，输入"萨曼莎·博伊德采访"几个字。弹出的是几个萨姆接受电视独家采访的视频。我点开第一个视频，它播放起来。

屏幕上出现的那个电视台女记者，跟跑来我家要采访我的那个喷香奈儿香水的记者是同一个人。她的表情显得很随和——其实是故做公正的面具。只有她的眼睛出卖了她。它们黑暗而贪婪，像鲨鱼的眼睛。

一个年轻女子跟她坐在一起，背对着摄像机，几乎是在画面之外。我只能看到她的轮廓。是一个半大的女孩子，形象模糊，认不出来是谁。

"你还记得那天晚上发生了什么吗，萨曼莎？"女记者问道。

"当然，我记得。"

那个声音，听起来并不像是我认识的萨姆的声音。采访里萨姆的声音不太清晰，发音也有些模糊。

"你经常会想起它吗？"

"经常，"萨姆答道，"我总是想起他。"

"你指的是卡尔文·惠特默，对吗？那个蒙面杀手？"

萨姆点头的时候，画面暗了一下，她说道："我还能看见他，你知道吗？当我闭上眼睛的时候。他在蒙脸的面罩上挖了两个洞露出眼睛，然后在鼻子上挖了一个小洞用来出气。我永远都忘不了他呼吸的时候面罩呼扇呼扇的样子。他在脖子上系了根绳子，用来固定面罩。"

这些话也是她偷来的，跟我说得好像是第一次讲起似的。我返回视频开始的地方，那个香奈儿五号小姐用她鲨鱼般的眼睛盯着接受采访的萨姆的时候，画面稍微有些模糊。

"你还记得那天晚上发生了什么吗，萨曼莎？"

我眨了下眼睛，忽然觉得好困。

"当然，我记得。"

电脑中的声音变得遥远而模糊。

"你会经常想起它吗？"

麻木开始在我的身体上蔓延，先是双手，然后像两行火蚁一般爬上我的双臂。

"是的，我经常会想起他。"

笔记本电脑的屏幕变得模糊起来，采访者的脸到了我的目光焦点之外。我看向别处，看到整个厨房变成一片模糊的色块。我瞟了眼葡萄味苏打水，它变成《查理和巧克力工厂》里面旺卡式的那种亮紫色。我的手麻木得连瓶子都举不起来，我胳膊肘碰到了它，它的底部冒着泡泡，瓶底有一些变蓝的阿普唑仑粉末。

一个声音在我身后响起。

"我知道你会口渴的。"

我转过身，看见她在厨房，穿着衣服，身上是干的。远处依然传来花洒流水的声音，那是一个伪装，一个陷阱。

"哇——"

我不能说话。我的舌头变得很重，感觉仿佛有一条鱼被扔到我嘴里。

"嘘嘘嘘嘘。"她说道。

她变成一个模糊的影子，而另一个她依然在我电脑里说话。那个接受采访的萨姆跑到现实生活中来，只是她并不是萨姆。即便那些抑制我的神经系统的药片也无法掩盖我的意识。这一刻我非常清醒，我最后的清醒时刻不知持续了多长时间，或许是永远。

"蒂娜。"我说道，感觉肥胖的舌头依然在前后翻转。

"蒂娜·斯通。"

她朝我走了两步，我靠近餐台上的木质刀架，但胳膊的行动非常迟缓。我抓起最大的那把刀。在我手里，它仿佛有一百磅重。我踉跄着向前移动了一下，两条腿已经不听使唤，双脚像石头一样重。我稍稍挪动了一小步，然后刀就从我软面条般的手指间滑落。厨房歪斜起来，但我知道其实是我自己在歪斜，然后朝着侧面倒下，一切变成一团模糊，我的头撞到地板上。

松林小屋事件一年后

蒂娜是最后离开的人之一。她坐在嘎吱作响的床上，直勾勾地看着房间另一边，被一个头发毛糙的叫作希瑟的纵火狂占据。床单已经被撤掉，只剩下一个带着椭圆形尿渍的凹凸不平的床垫。在它旁边的墙上，是希瑟的前任梅用口红写下的一些诅咒的话语，上面挂的一幅画也没能完全挡住它。她被转走以后，把自己的口红送给蒂娜。

把所有事情交代以后，蒂娜在这个房间里度过了三年。是她在一个地方待过的最长时间。不过，她别无选择，这是州里的决定。

现在，到了要走的时间。海蒂护士在走廊那头用她特有的乡土口音喊道："到关门的时候了，伙计们！大家出去吧！"

蒂娜拎起靠在床边的双肩背包，它过去是乔的。他的父母在他被杀之后，整理完他的房间，把这个留了下来。现在，它变成她的，她拥有的一切都装在里面，不过东西不多，它很轻，轻得让她吃惊。

蒂娜离开房间的时候，并没有回头多看一眼。她已经在里面待得够久，回头看一眼，也不会让离别变得更轻松一些，即便从进来的那一刻起她就极度想要离开。

在走廊，蒂娜跟其他流浪者排队等着最后一遍点人头。后勤兵并没有看是不是每个人都在这里，而是要确保没有人留在后面。到中午，布莱克肖恩精神病院的大门就永远地关上了。

可是，里面的多数患者精神还是疯癫，不能随便流入社会。他们被转到其他州立精神病机构里去。希瑟就是其中之一。蒂娜是少数被认定为精神状况适合释放的人。她已经付出了不少时间，现在，终于可以离开了。

点过人头之后，她跟其他人一起穿过宽敞通风的娱乐室，看到里面的家具已经被搬空，电视机也已从墙上被拆掉，很多椅子堆在墙角。但是，她的桌子还在那里。就是破窗户旁边的那张桌子，她跟乔经常坐在那里，眺望窗外精神病院杂草丛生的草坪，畅想着他们一旦出去都要去哪些地方。

蒂娜还是让自己最后回头看了一眼，可看完她就后悔了，因为这让她想起了乔。她已经被要求不要想起他，但她还是没做到，时不时就会想起来，离开这里，也无法改变这一点。

她也被要求不要去想那天晚上的事情，关于发生的那些可怕的事情。那些死去的孩子。但是，她怎么可能不想呢？这个地方就是因为这个原因才关闭的，她和其他人也正是由于这个原因才被遣送出去的。

一些后勤兵过来看他们离开。马特·克罗姆利也在那里，那个留烫发头的蠢货。他曾经把手伸进蒂娜的裤子，次数多得蒂娜都数不清。她经过他身边的时候，一直盯着他。他冲她使了个眼色，舔了下嘴唇。

一辆厢式货车停在外面，等着把他们送到公共汽车站。大家都不知道这里不再存在以后自己该去哪里。蒂娜爬上车后，海蒂护士递给她一个大信封，里面是一家社会服务机构的名字，可以帮助她找工作、办理医疗等必要的相关手续，还有一些现金。蒂娜知道这些现金只够她在外面生活两个星期。

海蒂护士把手搭在她肩膀上，笑着说道："蒂娜，好好生活。让自己活出点名堂来。”

松林小屋事件两年以后

蒂娜敲着洒满阳光的大门，不断地告诉自己，家里没有人，家里没有人，自己应该走了。

但是，她没法儿走，她已经花完了仅有的最后一美元。

蒂娜努力让自己生存下来，有那么一段时间，她做到了。多亏社会服务机构那位善良的女士，她找到一份工作，虽然是在地上满是沙尘的超市打包货物；同时拥有一个住所，虽然是为她这样的人设立的供应膳食的简陋公寓。但超市因为违反卫生条例被关停了，这意味着她也失去了收入来源去支付公寓的房租。政府发放的失业补偿金只够支付食物和公交车的费用。

现在，她又回到了黑泽尔顿，还在敲那扇她四年没有见过的复式公寓的门，希望没有人来开门。真的有人来开门，她差点跑掉。她宁可饿死，也不想来到这里。但是，她的双腿还是停留下来站在那个陈旧的门垫上。

前来开门的女子比蒂娜上次见她的时候胖了不少，屁股有爱心座椅那么宽。旁边站着一个小孩——不停扭动着、哭闹着，屁股上垂下纸尿裤来。蒂娜瞟了眼他，心就沉了下来，又生了一个孩子，那个可怜的、不幸的小家伙。

“嘿，妈妈，”蒂娜说道，“我回家了。”

她妈妈看她的眼神就像看陌生人一样。她嘟着脸，噘起嘴唇。

“这里不是你的家，”她说道，“这是你自己的决定。”

蒂娜的心揪了起来，虽然这本是她预料之中的结果。她妈妈从来不相信厄尔会对她做那些事情：触摸她、抚弄她，并且在半夜三点钻到她的被子里去。他会说：“嘘，”呼吸中带着啤酒的味道，“别告诉你妈妈。”

“求求你，妈，”蒂娜说道，“我需要帮助。”

小孩闹得更加厉害。蒂娜怀疑这个孩子根本不知道自己姐姐的事情，她甚至怀疑他根本就不知道自己还有个姐姐。

蒂娜也不知道他是谁。"门口的小孩是谁？"

蒂娜的妈妈瞪着她说："无关紧要。"

松林小屋事件三年后

星期二的晚上，酒吧里挤满了人。所有的包厢和卡座都坐满了，没有什么比一杯两美元的啤酒更能让酒鬼们满足的。拥挤的人流，让蒂娜整个上班时间都耗在空杯子和沾着番茄酱的盘子上面。她把它们全部洗了，双手泡在水里的时间太长，以致手指的皮肤都皱缩起来。

到了下班时间，她摘下发网和围裙，把它们放进厨房后门旁边的洗衣桶，然后走进酒吧大堂，问当班的酒保要了杯免费的酒，不过根据酒吧老板的要求，这些饮料的费用是要从他们的薪水里扣除的。

那晚当班的酒保是莱尔。蒂娜对他的好感比对其他人要多一些。他留着八字胡，一副天包地的牙齿略显性感，粗壮的手臂毛茸茸的。他不问她要什么就给她倒好了酒。

"一杯野火鸡威士忌给蒂娜小姐。"他说道，同时也给自己倒了一杯酒。

他们碰了下杯。

"干杯。"蒂娜说着，把杯子里的酒一饮而尽。然后她又要了一杯。莱尔免费给她倒了一杯，虽然她告诉他自己的钱足够买酒的。这一次，她小口啜饮着，坐在吧台最尽头，看着里面的人。

那些人说不清什么样子——就是一群形象模糊、来来往往的长头发的男女酒鬼。

接着，她看见一个自己确实认识的人。他溜进后排的卡座，揪着一个显然不愿意被他揪住的红毛小子坐在一起。他们已经有几年没见，但他看起来几乎没什么变化。

马特·克罗姆利。

那个曾经骚扰过她、希瑟，还有布莱克肖恩精神病院不知多少其他女子的后勤兵。这么多年后又看见他，解锁了蒂娜脑海中封存的那些不好的记忆。让她想起每次她被他推到那个储物间，把手伸进她的裤子然后又不让她出声："你不可以告诉任何人，听见了吗？要知道，我可以让你过得很难受的，真的很难受。"

她只跟乔说过。乔一听就气疯了，说要把他的耳朵割掉，这样的豪言壮语使他坐上了布莱克肖恩的头把交椅。一个社区大学的毛头小子曾经挑衅过乔，乔反击的方式是把切牛肉的刀扎进了他身体侧面。

蒂娜拒绝了和他一起喝酒的邀请。像马特·克罗姆利这种浑蛋就不应该不受惩罚跑出来。所以蒂娜把杯中的酒一饮而尽，溜进厨房去拿了点东西。接着，她大摇大摆地走到他的卡座跟前，冲他妖娆一笑，说道："嘿，陌生人。"

十分钟后，他们站在酒吧后面的杂草丛中，马特的一只手已经伸到她牛仔裤前面，另一只手狂热地抚摸着自己的私处。

"你喜欢这样，是吗？"他呻吟道，"你的马特小伙子让你感觉怎么样？"

蒂娜点点头，虽然事实上他的抚摸让她想吐。

但是她忍住了，她知道这不会持续太久。

"你跟几个女孩这样做过？"她问道，"从布莱克肖恩那时候开始？"

"我不知道。"他其实是在数，声音传到她耳朵里显得很粗鲁，"十个，十一个或者十二个吧。"

蒂娜的身体僵硬起来。"这是为了她们。"

她用胳膊肘猛击他的腹部，让他弯腰退后两步，那双冰冷猥琐而纤细的手也抽了回去。接着，她绕过去给了他一拳，然后连续击打了好几下，击中他的鼻子。很快，他就双膝跪下，用双手捂住鼻子，不让血从里面流出来。

蒂娜又踢了他几下，踢他的腹部、肋骨，还有腹股沟。

他躺在地上，疼得翻滚起来，蒂娜把从厨房拿来的洗碗布塞进他嘴里。她脱掉他的牛仔裤和内裤，把他的衬衣撕开，一直撕到只剩下肩上的一些碎片。接着，她用从厨房水池底下找出来的绳子绑住他的手腕和脚踝。等他安静下来，蒂娜突然拿出酒吧每日特价的白板上放着的黑色干性签字笔，用嘴咬下笔帽，在马特赤裸的身体上写下几个字：

流氓。变态。人渣。

她离开的时候，把他的衣服也带走了。

松林小屋事件九年以后

到了十月，意味着她在想乔。秋天来临的时候经常这样。尽管九年过去，只要冷风吹起，她的心中就会泛起他的样子，穿着沙灰色的毛衣，在走廊里逡巡。等等我！她曾经对着后门大喊，努力想要追上他。

每一次新的一年来临，她以为会跟往年不同，以为记忆会渐渐褪色。但是，现在，她怀疑它们会永远成为她的一部分，就像自己手腕上的文身一样。

在饭馆吸烟小憩的时间，蒂娜会用手指轻轻抚摸着那个文身，感受着那个深色、光滑的词：幸存者。

她文这个文身也有六年时间了，距离她想办法北上去班戈也有很长一段时间了。在马特·克罗姆利粉色矮胖的身体上写字以后，她忽然有了灵感，她一点也不后悔文下这个文身。它让她感觉自己更强大，虽然后来她有些担心一些顾客会被它吓到而少付她小费。相反，看到文身更多人给得更多了。那是同情的小费。有了这些钱，她居然能够买下一辆小轿车。虽然它只是一辆转手过三次的福特护卫者老式轿车，但她不在意，毕竟也是有轮子的。

饭馆里面，吃午饭的人群开始拥进来。多数顾客蒂娜都认识，她在这里干了那么长时间，已经知道他们都是谁，想要什么，只有一个顾客是陌生人——一个穿黑色衣服的哥特男孩。他一直盯着她，她只好出来给他点菜，并且问道："我认识你吗？"

那小子望着她。"不，但是我认识你。"

"我可不这么认为。"

"你是那个女孩，"他说着，目光锁定在她的文身上，"那个很多年前在旅馆差点死掉的女孩。"

蒂娜抢着说道："我不知道你在说什么。"

"你的秘密在我这里是安全的。"那家伙压低声音悄悄说道，"我不会告诉任何人你是萨曼莎·博伊德的。"

等到下班以后，蒂娜径直走到图书馆那些过时的老电脑跟前。坐在一群老年人和不会上网的人当中，她用谷歌搜索"萨曼莎·博伊德"这个名字。

她们看起来并不很像，不会被人误认为是双胞胎姐妹，她比萨曼莎瘦多了，她们的眼睛也不一样。但是，看起来还是有相似之处的，如果蒂娜把头发染成像那个哥特男孩那么黑，恐怕会更像。

她再次想起乔，可这也没有用。搜索他的名字，看到的就是松林小屋谋杀案凶手的照片，一度被印得到处都是。凡是乔的照片出现的地方，就会随之出现一个女孩的照片。昆西·卡彭特。那个幸存者。

蒂娜盯着昆西的照片，然后又看看乔的照片。然后又回到萨曼莎·博伊德，那个深色头发版本的她。

她脑海深处动了一下，升起一个计划。

松林小屋事件九年零十一个月之后

蒂娜从福特护卫者轿车的后备厢里取出她的双肩背包，确认自己可以真的实施这个计划。她已经策划了将近一年，也做了很多功课，记住了每个步骤。

她准备好了。

她把背包背在肩上，沿着铺着碎石的人行道，按响门铃。一个目光柔和的金发女子前来开门，蒂娜很清楚她看见的是谁。

"丽莎·米尔纳吗？"她说道，"是我，萨曼莎。"

"萨曼莎·博伊德？"丽莎问道，嗓音因为惊讶而变得厚重。

蒂娜点点头。"叫我萨姆吧。"

第三十七章

我醒着，只是我的双眼还不知道。不管我怎么控制自己的脸部肌肉，眼皮就是拒绝配合。我试图抬起双手，用手指掰开眼皮。但我做不到。我的双手像灌了铅一般，重重地搭在我的腿上。

"我知道你能听见我说话，"蒂娜说道，"你能说话吗？"

"能。"这句话甚至都不能成为耳语从我嘴里说出来。"什么——"

我能做到的只有这些。我的思维醒着，像一只要从泥巴里爬出去的蜗牛。

"它会消退的。"蒂娜说道。

它已经开始消退了，一点点地，感觉重新回到我的身体，让我足以意识到自己正坐着，什么东西勒着我的胸部，一条安全带。我坐在车里。

蒂娜坐在我左边，我能感觉到她的存在。我听见她的手在皮质方向盘上摩擦的声音，虽然汽车并没有动，发动机也没有点着。我们停着。

我想要动一下，在安全带下扭动身体。

"为什么——"

"放松，"蒂娜说道，"省点力气吧。你很快就会需要它的。"

我继续在座位上扭动，并伸手去够车门把手。但沉重的手指只抓到空气。

"昆西，你本来可以让这一切简单点的，"蒂娜说道，"相信我，我想让它简单一点。我想让它持续一天，最多两天。我出现，当个好人，然后让你告诉我你记得的关于松林小屋的所有事情，里里外外所有事情。"

我的手指想要够到车门把手。不知怎么我居然可以转动它。车门被打开，一股十月森林的气息扑面而来。我朝它靠过去，试图让自己滚出车门外，但是安全带阻止了我。我昏昏沉沉的大脑把它给忘了。但更重要的是，就算我能够脱离安全带离开车子，我也无处可逃。因为我的大部分身体还像大理石一般僵硬。

"哇。"蒂娜说着，把我拽回座位上。关车门的时候她的手越过我的大腿，我用力打了下她的胳膊。可力量是那么小，可能我只是摸了她一下。

"宝贝，不用这么费劲，"她说道，"我需要的只是真相而已。关于松林小屋你记得什么？"

"没有，"我说着，感觉舌头变松了，甚至可以说出一个完整的句子，"我什么都不记得了。"

"你一直是这样说的。但是我就是不相信你。丽莎什么都记得，她把它们写进书里。萨姆也是。她跟那个采访她的记者什么都说了。"

我的思维继续在加速。我的嘴也跟了上来。"你假扮她多久了？"

"没多久。大概一个月吧。就在我意识到自己可以摆脱它之后。"

"为什么？"

"因为我需要了解你知道多少，昆西，"她说道，"这么长时间过去了，我必须了解真相。但是我需要帮助。自从我知道你和丽莎连一天时间都不肯给我后，我只能假扮成萨姆。我知道这有些冒险，而且未必管用。但是我也知道，这样会引起你们的注意。尤其是丽莎。她尽了最大努力帮助我了解松林小屋发生的事情。我告诉她这能帮到你。我说让你恢复记忆有助于治疗。她相信了一段时间，后来却有了新的想法。"

"但是你还在继续，"我说道，"你给我妈妈打了电话。"

蒂娜对于我知道这件事情并没有表现出惊讶。"是的，当我意识到丽莎不打算继续以后，她就让我出局了。"

"因为她知道你真实的身份。"我说道，说出这些话让我有了力量。我的身体迸发出能量。我的双手轻多了，双腿也是。我可以不假思索地说话了。

"她找到我的驾照，做了一些调查。"

"所以你就把她杀了？"

蒂娜狠狠地拍着方向盘，整个车子都震动起来。"我并没有杀她，昆西！我喜欢她。天哪，她发现真相的时候，我感觉糟透了。"

"但是你还是来找我了。"

"我差点不来了。这似乎不是最好的办法。"她爆发出一阵笑声，不合时宜又充满讽刺意味，"果然证明我是对的。"

"你想要什么？"

"信息。"

"关于什么？"

"乔·汉南。"蒂娜说道。

这个名字像一根鞭子，把我抽醒。我睁大双眼，眼前闪过橘粉色的光，是落日。一缕将死的光线穿过仪表盘，被蒂娜放在那里的什么东西反射过来。

一把刀。从我厨房里拿出的那把刀。

"你可以试着把它拿起来，"蒂娜警告道，"我保证我会更快。"

我把视线从那把刀上抬起，看着上面的风挡玻璃，上面布满雨刷的痕迹和干落叶的碎屑。不过，透过那些脏东西，我看到了树木，一条石子小路，一座破旧的木屋，窗户破了，门上布满青苔。

"不，"我说着，让自己再次闭上眼睛，"不，不，不。"

我一直说着，希望一直重复就能让它变得不是现实。让它成为一场我迟早会醒来的噩梦。

但它不是噩梦。它是真实的。我再次睁开眼睛，就意识到这一点。蒂娜把我带回了松林小屋。

第三十八章

　　时间并没有放过这个地方，它因为腐蚀和年久失修已经破败不堪，看起来不像一栋建筑，而是像某个从林地里冒出来的邪恶的东西，一个蘑菇，一个毒物。房顶和四周的石头、烟囱周围都布满落叶，像一颗蛀牙那样伸出来。小屋的外围披着一层暗灰色，上面爬满从树林里蔓延出来的藤蔓和苔藓。不过，它的标志依然挂在门上，其中一个角有些锈蚀，模糊了上面的文字。

　　"我不要进去！"我慌乱极了，歇斯底里地叫了起来，"你不能带我进去！"

　　"你不必进去，"蒂娜说着，比我镇定多了，"只要把真相告诉我就行了。"

　　"我已经把我知道的都告诉你了！"

　　她转向我，胳膊肘放在方向盘上。"昆西，没人相信你什么都记不起来。我看了口供记录。那些警察认为你在说谎。"

　　"库珀相信我。"我说道。

　　"那只是因为他想跟你发生关系。"

　　"请你相信我，我真的什么都记不得了，"我乞求道，"我对天发誓，我记不得了。"

蒂娜摇摇头，叹了口气，打开车门，说道："那我觉得我们还是得进去。"

我的身体开始眩晕起来，血液里充斥着肾上腺素。我看见仪表盘上放着的那把刀，把手伸过去。蒂娜也做了同样的动作，并且从我弹回的手里抢过它。

她是对的，是她更快。

接下来，我把手伸向钥匙，想去够那个塑料钥匙扣。蒂娜再次把我的手打开，从点烟器上抢过钥匙，拿着它和刀走下车子。

"我马上回来，"她说道，"别想跑。你跑不远的。"

她朝小屋走去，留下我一个人在车里，绞尽脑汁在想个计划。我用食指去摁屁股旁边的安全带按钮，却发现安全带被打了结。接着，我摸到口袋去找手机，它却不见了。

蒂娜把它拿走了。

但是我还有另一部手机，这段记忆突然从我因药物而变得迷糊的大脑中跳出来。我把手伸进衬衫，去摸那个偷来的手机，它还别在我的胸罩带子上。

透过风挡玻璃，我看见蒂娜在小屋正门处。她径直站在松林小屋的标志前面，转动门锁想要进去。门锁转不动，她就用身体和肩膀去撞门。

我打开手机，屏住呼吸查看电量，它已经变红，而且这里几乎没有信号。手机只剩下一格电，而且在不停闪动。我估计这电量和信号至少能让我打一个电话。

但愿如此。

但是，我不能拨打 911 报警电话。蒂娜会听见我说话，她会把这部手机也拿走，而且可能发生更糟糕的事情。我不能冒这个险，虽然我知道最坏的部分迟早都会到来。

只能发短信了，能发的只有库珀。因为我用的不是自己的手机，我知道他认不出这个号码，不过这样也许反而对我有利，毕竟昨晚发生了那样的事情。

我再次扭头看向小屋，蒂娜依然在用身体撞门。现在是我唯一的机会。

我迅速给库珀发了短信，并从模糊的记忆中召唤出他的号码，手指在快要关机的手机上迅速写下一句话："我是昆西萨姆把我劫持到松林小屋救救我。"

我按下发送键后，手机嘀了一声，确定信息在发送中，接着，我眼睁睁看着手里的手机屏幕变黑了，电池耗尽，我把它放进口袋里。

松林小屋那边，蒂娜成功打开正门，它嘎吱着打开，像是张开一张黑色的大嘴，要把我整个吞下去。汽车的头灯直接指着它，光柱在迅速降临的黄昏中照亮了通往小屋的道路，光柱中布满灰尘。

我瞟了眼小屋里面，胸中的恐惧加倍累积。感觉这恐惧像一片玻璃，刺穿我肺部的组织，切断我的气管。蒂娜朝车子走回来，我别无选择，只有逃跑。

可是，我却跑不动。

站起来跟坐起来的感觉截然不同。现在，我走出车子，迈开步子，才感到自己再次被药物所控制，它让我失去平衡。我朝一边倒去，无法避免地摔倒。但是蒂娜已经过来，把我扶直。刀子飞到我的脖子处，停在那里，刀片刮擦着我的皮肤。

"对不起，宝贝，"她说道，"这里是逃不出去的。"

蒂娜抓着我，朝小屋走去。我的脚踩在石子小路上，我虽然努力拖延，却无法减慢我们的速度。我的一只胳膊被夹在她的胳膊下面，她那只手握着刀子，我虽然看不见，但是能感觉出来。我每次尖叫的时候，脸颊就会时不时碰到刀柄。我不尖叫的时候，我试图劝蒂娜放弃自己现在的企图。

"你不能这么做，"我说这话的时候，唾沫都飞了出来，"你跟我一样，也是幸存者。"

蒂娜没有回答，她只是一直把我往小屋门口拖，现在只有十码的距离。

"你继父虐待过你，是吧？所以你把他给杀了？"

"是这样，是的。"蒂娜说道。

她松开手，就是那么一下，但我知道自己已经说到了点子上。

"他们把你送到布莱克肖恩，"我说道，"虽然你并没有疯。你只是在保护你自己，在躲避他，你一直在试图躲避他。你保护女人，打击那些伤害她们的男人。"

"别说了。"蒂娜说道。

我才不呢，我不能。

"在布莱克肖恩，你遇到了他。"

我不会再提起乔·汉南这个名字，蒂娜知道这一点，因为她说："我知道他的名字，昆西。"

"你们很亲密吗？他是你男朋友吗？"

"他是我的朋友，"蒂娜说道，"我他妈的唯一的朋友，永远的。"

她停止继续把我往小屋拽，而是紧紧抓住我，按着刀锋压在我脸颊下面。我想咽口水，但我不敢，我害怕刀会割破我的皮肤。

"说出他的名字，"她命令道，"昆西，你需要说出来。"

"我不能，"我说，"请不要逼我。"

"你能的，你会说出来的。"

"求求你。"我哽咽着说出这句话，几乎听不到，"求求你，不要。"

"说出他的名字。"

我不受控制地吞了下口水，使得我的脖子贴刀锋更近。它像烙铁一般滚烫、炙热地跳动着。泪水从我眼眶滚落下来。

"乔·汉南。"

一阵呕吐感袭来，裹挟着这几个字从我嘴里出来。蒂娜一直握着刀子，我胃里的东西开始翻上来，那些咖啡、葡萄味苏打水，还有一些尚未被我消化吸收的药片。

这种情况消退以后，我并没有更好受一些。刀依然架在我脖子上，我们离松林小屋只有五码的距离。

我还是恶心，还是头晕，而且，更要命的是，我筋疲力尽，身体虚弱得马上就要瘫倒。

蒂娜继续把我往小屋拽，我屈服了。我不再有反抗的力量，所能做的就是哭得泪水横流。

"为什么？"我问道。

但是我已经知道为什么。那天晚上她也在那里，跟他一起。她帮助他杀死了贾内尔还有其他人，就像她帮助他杀死那对森林里的露营者一样。就像她后来杀死丽莎一样，虽然她嘴上死也不承认。

"因为我需要知道你能记起多少。"蒂娜说道。

"可是为什么？"

因为这能够帮她决定是否需要把我也杀了，就像杀死丽莎一样。

现在，我们来到门边，那张阴险的大嘴。里面吹出一阵冷风，虽然微弱，却让人战栗。

我开始尖叫，喉咙里释放出的全是恐慌。

"不要！求求你，不要！"

我用没被她抓的那只手抓住门框，手指抠进木头里面。蒂娜使劲把我一拽，我的手指从木头里松开，拽下一片木头。我扔掉木片，继续尖叫。

松林小屋在欢迎我回家。

第三十九章

等我一进去，我便安静下来。

我不想让松林小屋知道我在这里。

蒂娜放开我，并推了我一下。我跟跟跄跄来到大屋中央，滑倒在地板上。里面很黑，昏暗的窗户隔绝了外面的大部分微弱光线。只有敞开的门透进汽车大灯的一些黄光——在地板上洒下一个长方形的光区。光区中间是蒂娜的身影，双臂交叉，挡住我逃跑的去路。

"记起什么了吗？"她问道。

我环顾四周，好奇中夹杂着恐惧。水渍让墙壁的颜色更深了，或者，它们根本不是水渍，而是血渍。我努力不去看它们。天花板上的斑点更多了，是圆形的，显然也是水造成的。横梁上有许多鸟窝和蛛网。地面上有许多鸟屎。墙角躺着一只死老鼠，已经干成皮。

整个地方已经被腾空，那些旧家具已经被搬走，最好是被烧掉了。这让整个房间显得更大，唯一留下来的是壁炉，它比我记忆中要小。看到它，我就想起克雷格和罗德尼促膝坐在它前面，两个男孩努力显得像男人一样，用火柴点燃木柴。

很快其他记忆也飞过来，让我震惊。仿佛我正在调换频道，每个频道都要停留一秒钟，闪现出一些画面。我知道我曾经见过它们。

贾内尔，光着脚在房间中间跳舞，唱着我们都爱的那首歌，直到其他人都开始讨厌它。

贝茨和艾米，一边准备鸡肉一边吵个不停，后来又都咯咯笑起来。

他，从房间对面盯着我，眼睛藏在脏兮兮的镜片后面，仿佛知道我们两个后面会发生的事情。

"没有，"我说道，空荡荡的房间让我的声音分外响亮，"什么也没有。"

蒂娜从门口走到我跟前。"咱们转转看看。"

她拽着我朝开放式的厨房走去。跟之前相比，那里现在只剩下一个空壳子。炉子已经被移走，这块长方形的区域变得空空如也，地上满是树叶和脏兮兮的灰尘。橱柜的门也不见了，露出空架子，上面有不少老鼠屎。但是，水池还在，上面有四个锈迹斑斑的洞。我靠着它的边缘想支撑一下自己，可双腿还是站不稳，身体几乎感觉不到它，只觉得像在飘浮一般。

"没想起什么？"蒂娜问道。

"没有。"

接着，我们来到走廊，蒂娜带的路，她无情地紧抓着我的小臂。她的脚步掷地有声，我却在飘浮。

在放着高低铺的那个房间，我们都停了下来。这是贝茨的房间。

里面除了一片灰色的破布摊在地板中央，没有别的东西。我对这个房间没有什么印象，要不是今晚，我永远不会再涉足其中。

我什么都没有说，蒂娜又把我拉进我本来想跟贾内尔同住的那个房间，就像我们在学校里那样。里面的两张床只剩下一张，上面的被子不见了，另外之前它是靠墙的，现在也被从墙壁跟前推开，其实只是一个生锈的床架。

这个房间勾起了我的回忆。我想起和贾内尔在这里一边试裙子一边探讨性的问题，如果我没有穿那天贾内尔借给我的白裙子，说不定就不会出现那样的结果。如果我坚持晚上睡在这里，而不是在走廊尽头的那个房间的话，恐怕也会有不同的结果。

蒂娜瞟了我一眼。"想起什么了吗？"

"没有。"我开始哭了起来，来到这里，情绪再次释放。实在是发生了太多事情。

蒂娜毫不迟疑地赶紧把我拽到走廊对面的房间。

水床没有了，所有东西都被搬走了，唯一让人注意到的细节就是这间空屋子的大块地板因为腐朽而变成深色，它一直延伸到我们脚下的门口，延伸到通往最后一个房间的走廊。

我的卧室。

我在门口迟疑了，不想进去。我不想去回想自己在里面做的事情。跟他。还有我后来做的事情，像个疯女人一样跑进树林，手里拿着刀，然后在恢复理性之后又把刀扔掉，其实是把刀交到了他的手中。

这都是我的错。

虽然杀害他们的可能是他和蒂娜，但是要怪都怪我。而且，即便他有机会，他也并没有杀我。他确定我能活着，只是给我留下一些不致命的刀伤，让科尔和弗里蒙特非常怀疑。我之所以幸免，是因为他对我做的事情。是我纵容他做的。

正因为跟他做过爱，我才得以保住一条命。

现在我知道了。

我一直都知道。

蒂娜注意到我脸上的异常，一丝抽动，一丝畏缩。"你想起了一些新的东西。"

"没有。"

是在说谎。

确实是有了新的东西，又多了一丝我以前没有想起的记忆。

我在这个房间里。

在地板上。

关闭的房门下面有水冲我流过来，渐渐把我包围，浸透我的头发、我的肩膀、我的整个身体，我因为疼痛和恐惧抽搐着。有人坐在我旁边，他泣不成声地含着眼泪说："你会好起来的。我们都会好起来的。"

从门的另一边传来一阵可怕的咔嗒咔嗒的声音。

是鞋子踩在水里的脚步声，就在外面。

更多记忆碎片涌现出来。敲门，门锁转动，然后关上，门咔的一声打开，撞在墙上。反射出月光的刀锋，闪着红色的血光。

我尖叫起来。

那时。

现在。

两声尖叫同时响起，我分不清哪个来自过去，哪个来自现在。有人抓住我，我使劲喊，使劲踢，挣扎着，不知道抓我的是谁，也不知道是什么时候，也不知道到底发生了什么事情。

"昆西。"蒂娜的声音，把我从迷惑中拉出来，"昆西，发生什么事了？"

我抬起头盯着她，确认自己是在现在。刀还在她手中，提醒我不可以让她失望。

"我开始回想起来了。"我说道。

第四十章

细节。

最终。

在我的记忆里，我在意识与无意识边缘穿行，眼睛时而睁开，时而闭上。仿佛我是在禁闭室，有人在操纵强光闪烁。

我翻滚着平躺下来，希望这样能够减轻肩上刀伤的疼痛，但这并不奏效。

眨眨眼望着头顶上的星星，我听见栏杆处传来其他人的声音，尖叫声和争先恐后往里跑的声音。

"昆西呢？"这似乎是艾米带着哭腔的声音，"她怎么样了？"

"她死了。"

我知道这个声音，一定是克雷格。

后门被啪的一声关上，然后上了锁。

我想看但是看不了。我试图扭头去看，疼痛简直要把我的肩膀撕裂，我感觉自己疼得像被放在火上炙烤一般。还有血，很多血，它们喷涌而出，看着它们，我的心跳都变得恐慌起来。他依然在穿过散落着秋霜的草坪往小屋这边走，鞋子踩在上面沙沙地响。

等他到达小屋的栏杆处，那脚步变成踩在木板上的咔嚓声。松林小屋里面，有人在窗前大叫一声，接着，窗户被关上。

我听见另一声咔嚓声，是门响的声音，几个人尖叫着朝小屋里面跑去，叫声渐渐变弱，只剩下一个声音，是艾米。她叫着叫着，只听门重新被打开，她的叫声被打断，接着是一阵痛苦的嗷嗷声。艾米沉默了。

我呻吟了一下，闭上眼睛。

亮光再次闪烁起来。

有人用双手搂着我的胳膊，把我惊醒，那人要把我扶起来。这个动作重新唤起肩膀上的剧痛。我叫了一声，立刻被人"嘘"地制止。

"别出声。"有人小声说道。

我睁开眼睛，看见贝茨站在我一侧，罗德尼站在另一侧。贝茨的手上沾满血，她触碰的每个地方都留下红色的血印。我身上全是血，罗德尼身上也有血，主要在脸上和肩膀上。他胳膊肘上缠着一根绷带，有血渗出来。

"快点，昆西，"他小声说道，"我们要离开这里。"

他们把我胳膊搭在他们肩上，这个动作让我痛得差点叫出声来。我把声音咽回去。我们离开的时候，我瞟了眼贾内尔，就躺在刚才我离开她的地方。她侧身躺着，头耷拉着，眼睛大睁着。一只胳膊伸在前面，躺在被血染红的草地上，仿佛在恳求我留下来。

我们三人抛下她，穿过小屋。贝茨和罗德尼负责一切，我只管被他们搀着往前走，因为失血和疼痛而虚弱不堪。我感觉自己好无助，罗德尼不得不把我架到小屋栏杆的台阶上。

把我放下后，他们两个人在我身后小声说道：

"他在那里吗？"

"我没看见他。"

"他去哪儿了？"

"我不知道。"

他们不再说话，竖起耳朵听。我也开始听，只听见夜晚的声音——这个季节最后的蟋蟀的叫声，树叶落下时鬼魅般的轻响。其他一切静寂无声。

接着，我们再次往前走起来，这一次更快，沿着门边的一排玻璃往前走。

艾米就在门里面，像一个被遗弃的布娃娃般靠在墙边，样子也像一个布娃娃，眼睛像塑料扣子般空洞，两只胳膊搭在身体两侧。

"不要看，"罗德尼小声说道，有些破音，"这不是真的，这些都不是真的。"

我想相信他说的，实际上，我几乎相信了。然而，我们踏进一片血泊，我的脚向前一滑，吓得叫出声来，罗德尼赶紧把手捂到我嘴上，使劲摇头示意我不要出声。

接着，我们一起往前挪动，来到大屋，朝着正门旁边的窗户走去。

"我们要去哪里？"我小声问道。

罗德尼悄悄答道："离这里越远越好。"

我们三人站在窗户旁边，观察着，至于观察什么，我并不知道，过了半晌，我才突然反应过来。

克雷格在外面，弯腰朝着把我们带到这里来的越野车跑去。我们的手机都放在上面。克雷格缓缓打开车门，双手颤抖着往后退了好几步。车灯亮了，他在里面，正在发动引擎。

"现在！"罗德尼说道。

贝茨一把推开正门，我们跑到外面，正好被越野车的大灯照到，我们的影子投到小屋正面的墙壁上，都很大。我转过身看着那些影子——像三个黑色的巨人，巨大而邪恶。

第四个影子加入其中。他拿着一把刀，刀投到墙上的影子足有三英尺长。

突然，我被人朝松林小屋的方向拽了回去。传来更多尖叫声，是贝茨发出的，也可能是我发出的。

到了小屋里面，罗德尼啪的一下关上正门，然后拉来一把破扶手椅抵在门背后。贝茨和我回到窗户跟前，越野车的头灯扫过我们，原来是克雷格开着它在掉头。

"他要跑了！"贝茨喊道。"他要抛下我们跑掉了！"

越野车刚开出几十米，就撞到小路边一棵巨大的枫树上，树叶如雨点般落在风挡玻璃上。白烟从保险杠里面冒出来，发动机发出噼啪的响声，然后就熄了火。

越野车里面，克雷格趴在方向盘上，颧骨正好压住喇叭，鸣笛声打破了夜晚的沉寂。拿刀的身影很快来到越野车前，打开车门，把克雷格从驾驶座上拽了下来。

鸣笛声戛然而止，周围再次陷入寂静。

虽然离开方向盘，但克雷格还有意识，他不出声地爬到越野车旁边，但他只是往前看了一眼，眼睛里就闪烁出恐惧的光。

我从窗户跟前挪开，突然感到一阵眩晕，再次撞到墙上，顺着墙壁滑下来，感觉地板升起来跟我碰到一起。就在周围的一切变黑前的一刹那，克雷格尖叫起来。

后来。

我不知道过去了多久。

我在一间卧室的地板上，是我的卧室。我认出了墙上的单子。门缝下面渗出水来，我不知道它是从哪里流过来的，是水管破裂？还是发洪水了？

我只知道，自己浑身上下都湿了，还在流血，比我过去生命中经历过的所有事情都要可怕。我啜泣着，罗德尼说道："你会好起来的。"

"我们都会好起来的。"

他挤在我旁边，墙上挂的一条单子搭在他肩上，他的头发里有血。

"贝茨在哪儿？"我小声问道。

罗德尼没有回答。

屋子外面一片寂静，甚至连蛐蛐声，连树枝和树叶的响声都听不到了。可这时，从门的另一边传出一个声音。

脚步声。

缓慢、谨慎的脚步声，踏着大厅地上的水，这声音，让我想起母亲拿着墩布在厨房拖地的声音。

咔嚓、咔嚓。

咔嚓、咔嚓。

脚步声停在了门的另一边。

"你锁门了吗？"

他点点头。门锁转动起来。

接着，感觉有东西在撞击门板，把它撞弯，外面的木板出现错位。恐惧驱使我站了起来，这时门又被撞得晃动起来，然后砰地一下打开，我看见一把刀，在黑暗中闪着寒光。

我尖叫起来。

我闭上眼睛。

刀子刺进我的肚子，进入我体内，尖锐的钢刀蹂躏着我。我咬紧牙齿，挣扎着吸了口气。刀子拔出来，我倒在地上。

"昆西，不！"

是罗德尼，身体经过我，倒在我前面。

我没有睁开眼睛。我睁不开。灯都熄灭了，我能做的只是听着脚步声咔嚓咔嚓地走出房间，进入门厅。我听见罗德尼在呻吟和挣扎。

接着，最后哽咽了一声。

然后便再无声息。

一直到后来。

我再次在一间潮湿的屋子里醒来，是我的房间。

小屋一片沉寂，蟋蟀和树叶也都没了声响。大家死的死，逃的逃。只剩下我。

我坐起来，腹部的疼痛超过了肩部的痛，两处都在流血。我的裙子泡在血和水中，不过主要是血，它更浓稠。

不知怎的，我居然站了起来，光着脚，天知道鞋子去哪儿了。

我站在门厅，瞟了一眼周围，看到贝茨死在另一间屋子里，周围布满被刀刺穿的水床泄漏出的液体。

罗德尼在门厅更远的地方，也死了。我跨过他的尸体，尽量避免去看他。

"这不是真的，"我小声自言自语道，"这些都不是真的。"

到了通往大屋的过道上，我才看见他，站在壁炉旁边，因为寒冷和失血瑟瑟发抖。他趴在艾米旁边，像一只狗在嗅一具尸体，想知道它能不能吃。

他的喉咙后部发出奇怪的声音，是细微的呜咽声。

一只痛苦的狗。

接着，他注意到我在那边，转过脑袋面对着我。那把刀在他旁边的地板上，上面的血已经发黑。他抓起来，把它举过头上。

"我刚要走，"他说着，艰难地喘着气，"听见尖叫声，就回来了。然后看见——"

我没有听见剩下的话，因为我立刻就跑了。恐惧、疼痛和愤怒让我燃烧起来，混合在一起像化学反应一般在我皮肤下面翻搅。我一直跑，跑出小屋，跑进森林，一路跑，一路喊。

第四十一章

那些记忆立刻全涌上来，像是突然死而复活的僵尸，用骨瘦如柴的双手抓住我。我试图抗争，但是做不到。一波又一波记忆涌来，将我包围、淹没，让我颤抖。那些被我封存了那么久的声音和画面，它们都回来了，占据我的脑海，无法撼动，并且一遍又一遍永无止境地循环播放着。

艾米和她那死去时洋娃娃般的眼睛。

克雷格被越野车拖行。

贝茨和罗德尼惊恐万分，他们比我看到的要多，他们目睹了全部过程。

不过，我也看到了他们没有看到的事情。我看见了他，朝着艾米爬去，呻吟着，拿起刀，举了起来。

这幅画面重放的次数最多。这里遗漏了一些东西，我无法理解。

从蒂娜的拉扯下挣脱出来，我冲向大厅，麻木的双腿在记忆的不断驱使下往前跑。我的呼吸很浅，心脏在胸膛里怦怦直响。

直到再次身处大屋，我才停下来，又回到我们开始的地方，我就站在十年前同样的位置，盯着自己最后看到他的地方。感觉仿佛他还在那里，在那个地方冻结了十年。我看见刀在他手中举起，我看见他模糊的眼镜，镜片后面，他那双大睁着的迷惑不解的眼睛里充满恐惧。

对我的恐惧。

他害怕的是我。

他认为我要伤害他。他认为杀死其他人的是我。

我双膝跪下，用力呼吸着布满灰尘的空气，咳嗽起来。

"不是他，"我在咳嗽的间隙说道，"不是他干的。"

蒂娜朝我扑过来，忘了自己拿刀的手已经放下。她跪在我面前，紧紧抓住我的胳膊，抓得好紧，让我觉得好痛。

"你确定吗？"她的语气里充满希望，一种颤颤巍巍、不确定的，让人可怜的希望，"告诉我你确定这一点。"

"我确定。"

我现在终于理解我们为什么要来这里，为什么蒂娜要调查丽莎和我，她想要我回忆起来，去证明乔是无罪的，去永远地宣布这件事情不是他干的。

这都是为了他。

为了乔。

"我想要跟他一起来的，"蒂娜说道，"我想要逃跑，我们一起。但是他要我留下来，虽然我跟着他走到大厅，到那扇破门跟前。他说他会为了我回来的。于是我留了下来。后来，他们告诉我他死了，说他杀了好几个孩子。可是我知道这不是他干的。"

"我不知道，"我说道，"我过去真的以为是他干的。"

"那是谁干的？谁杀了他们？"

怀疑像胆汁般在我喉咙里泛起。我再次咳嗽起来，试图把胆汁压下去。"别的人。"

"你？"她问道，"是你吗，昆西？"

她确实有权利这么怀疑。我忘记得太多了，不过，她也看出我的愤怒，毕竟这就是她的目的，激怒我，让我疯狂，看看我能干出什么事情。我并没有因此而失望。

"不是，"我说道，"我发誓，不是我干的。"

"那是谁？"

我摇摇头。我感觉上不来气，筋疲力尽。

"我不知道。"

事实上，我知道，至少我认为我知道。另一段记忆涌上来，一段迟来的记忆。是一段我跑着穿过森林的记忆，我看见了其他事情。

别的人。

"你想起什么了？"蒂娜说道。

我点点头。我闭上眼睛。想啊想，直到脑袋都抽痛起来。接着，我看见它，就像当天发生时一样动荡不定。我跑着穿过森林，大叫着，那些树枝抽打着我的脸。我看见汽车大灯。我看见一个男子在灯光下的轮廓。一个警察，我看见他的制服。

上面沾有一些深色、湿湿的东西，在月光下看，仿佛他被用机油涂过一般。不过，我知道这不是最重要的，在我跑向他的时候，我知道他的制服上沾着血。

我的血，贾内尔的血，每个人的血。

但是我太害怕了，不敢仔细去想，尤其是在觉得乔还在我身后林子里的某个地方追我的情况下。我的嘴唇上还留有他嘴唇的味道。于是我径直朝着那个警察跑过去，抱住他，把我的裙子贴在他的制服上。

血贴着血。

"他们死了，"我抽泣着说道，"他们都死了。他还在这里。"

忽然，乔出现了，在林子里穿行，警察举起枪，开了三枪，两枪击中胸部，一枪击中头部。我记忆中的枪声，就跟现实中一样响。

我听见第四声枪响。

比我记忆中更响。显然是在现实生活中。

它击穿小屋，让墙壁都为之震动，子弹的能量穿过打开的门抵达松林小屋内部，能量迅速填满每个屋子。

一股炽热的液体溅到我脸上。

我尖叫起来，瞪大眼睛，看见蒂娜朝侧面倒下，一只手向外挥过脑袋，砸在地板上，刀子从上面掉落下来。她身体下面流出一小股鲜血，迅速四处流淌开来。

她一动不动。我甚至不确定她是否还活着。

"蒂娜？"我摇晃着她的身体叫道，"蒂娜？"

门口传来一阵响动，是有人呼吸的声音，我抬起头，看见库珀站在那里，虽然是在黑暗中，但我能看到他蓝眼睛的闪光。他放下枪。

"昆西。"他点着头对我说道。

还是那样的点头。

第四十二章

　　我立刻注意到那个戒指，代替结婚戒指的那个红色的戒指，它是那么熟悉，又是那么陌生。我曾经那么多次见过它，以至都对它熟视无睹，就像对库珀的其他事情一样，习以为常。

　　所以，在丽莎·米尔纳的相册里看到它的时候，我并没有注意到它。库珀的脸没有出现在照片里，只有他的手搭在丽莎肩膀上，戒指就在那里，不仔细看很容易忽略。但此刻，我看到的只有它，戴在握着格洛克手枪的同一只手上。虽然枪放低了，但他的食指继续放在扳机上。

　　"你受伤了吗？"他问道。

　　"没有。"

　　"好的，"库珀说道，"这真是太好了，昆西。"

　　他往前靠近了一步，迈开的距离是平时的两倍，他又迈了一步，来到我跟前，赫然立在蒂娜和我旁边，或者现在只有我了。蒂娜很可能已经死了。我分辨不清。

　　库珀对着蒂娜手边的刀狠狠踢了一下，把它踢到远处的墙角，它立刻被阴影所吞没。我完全没有必要试图逃跑，库珀的手从来没有离开过扳机，只需要一枪，就能把我放倒，就像对蒂娜一样。

我甚至不确定自己还能跑得动，悲伤、药物，还有那晚那些记忆的重量，已经压得我几乎要瘫痪了。

"在最开始的那些年里，我一直好奇你知道多少，"库珀说道，"那天在医院你要求见我，我以为你是在耍弄我，想要我亲自在场，看着你告诉警员你记得一切。我差点就不想来了。"

"那你为什么要来？"

"因为我觉得从那时起我就爱上了你。"

我微微摇晃了一下，感觉眩晕和恶心。我向左边偏倒了一下，库珀放在扳机上的手指顿时紧张起来。我强迫自己静止下来。

"一共有几个？"我问道，"在那天晚上之前。"

"三个。"

他说这话时没有任何迟疑，就像点一杯咖啡那样随意。我以为他至少会愣一下。

三个。那个在路边被勒死的女子和在帐篷里被刺死的两个露营者。他们都在我在丽莎家里发现的那篇文章里被提到过。我想她知道他们的遭遇。

我想她正是因为知道这些才会死去的。

"这是一种病，"库珀说道，"你必须要理解，昆西。我从来不是故意要干这些事情的。"

我抽泣起来，鼻涕从鼻子里流出，我都顾不上把它们擦掉。"那你为什么要干呢？"

"我一辈子都是在这片森林里度过的，远足，打猎，干着年轻人才会干的事情，我在山头的那块大岩石上失去处子之身。"库珀重温着那段回忆，悔恨不已，"她是学校里的婊子，跟谁都能做，甚至是我。结束后，我在灌木丛里吐了。上帝啊，我为自己干过的事情而羞耻，以至我都想就在那块大石头上把她掐死，这样她就不会告诉任何人了。只是因为害怕被抓，我才没有这么做。"

我摇摇头，把一只手放在太阳穴上。每听到一个词，我感觉自己的心就被切下一块掉落下去。

"别说了。"

库珀继续说着，他的语气中带着那种坦白带来的释然。

"但是我很好奇，上帝啊。我觉得军队能够帮助我摆脱它，但没有用，军队里乱七八糟的事情只是让情况更糟糕。我退役回到家不久，就发现自己又回到那片森林，在车里，被一个试图搭便车去纽约的妓女拦下了。这一次我不怕了，战争让我甩掉身上所有的恐惧。这一次我真的那样做了。"

我面无表情，希望自己不要显露出任何内心的恐惧和恶心。我不想让他知道自己在想什么，我不想让他发疯。

"我发誓只干这一次，"库珀说道，"这只是我意外的状况。可是，我还是经常回到那片森林，通常都带着一把刀。当我看到那两个露营的人，我知道，那种病并没有离开我。"

"现在怎么样了？"

"我在努力，昆西，我真的很努力。"

"你那天晚上没有努力。"我颤抖着说道，心里好像在瞪着他，让他看看我有多恨他。我心里什么都没有剩下，都被刀切成碎片。

"我在测试我自己，"库珀说道，"走到这间小屋，我就是这么做的。我把车停到公路上，走到这里，不知道透过窗户看到的东西，会不会把那种病带回来。我既充满希望又害怕。没有什么，直到我看见你。"

我觉得自己快要死过去，我希望自己昏死过去。

"我本来是要去找那些从精神病院逃出去的孩子，"他说道，"可是，我转到这个地方，准备进行另一次测试。这时，我在林子里发现你，拿着刀。你径直从我身边走过，那么近，我都能伸手摸到你。但是你太生气了，根本没有看到我。你太生气了，昆西，而且那么伤心。这好美。"

"我没打算做你认为我要做的事情，"我说道，心里好希望他能相信我，希望有一天我自己也会相信，"我把那把刀扔掉了。"

"我知道。他一出现，我就看见你扔掉了。然后你就离开了。然后他也离开了。但是刀还在那里，于是我把它捡了起来。"

库珀又靠近了一步，那么近，我能闻到他的气息，那种汗水和剃须液混合在一起的味道。我脑袋里忽然闪过昨晚的一幕，他在我上面，进入我的身体。现在他的气息跟昨天晚上一模一样。

"我从来没想过这一切会发生，昆西。你要相信我。我就是想看看你带着那把刀要去哪里。我想知道是什么让你这么完美的人这么生气。于是，我到岩石跟前，看到他们，我知道是什么让你生气了，他们俩像下流的动物那样纠缠在一起。你知道的，当时他们就是这个样子。两只呻吟的肮脏的动物，需要被消灭。"

库珀轻轻摇摆着握着枪的那只手，胳膊肘似弯非弯，仿佛不打算再把枪指着我。

"可那时，你的朋友跑了，"他说道，"克雷格，他是叫这个名字，对吗？我不能让他跑掉，昆西。我做不到。这时你来了，还有你的朋友。我知道我不得不把你们都除掉。"

此时，我哭得更厉害，夹杂着羞耻和悲伤的泪水洗刷着我的脸庞。"你为什么不把我也杀了？你把其他人都杀了，为什么不杀我？"

"因为我能看出你很特别，"库珀缓缓说道，仿佛这么多年过后依然对我着迷似的，"我是对的。你应该看看你自己奔跑着穿过森林的样子，在那种情况下依然坚强。况且，你是在朝我跑过来，想要我帮助你。"

他向我投来仰慕和敬畏的目光。

"我没有权利拒绝你。"

"即便我有可能突然记起凶手是你？"

"是的，"库珀说道，"即便如此。因为我知道即将发生的事情。我创造了另一个丽莎·米尔纳，另一个萨曼莎·博伊德。"

"你过去就知道她们是谁？"我问道。

"我是一个警察。我当然知道，"库珀说道，"最后的女孩，这样坚强、大胆的女孩，我也创造了一个。我，在我心目中，她弥补了我干的所有坏事。我发誓我不会再让任何不好的事情发生在你身上。我要确保你一直需要我。甚至在你看起来要离我越来越远的时候。"

一开始，我不知道他说的是什么意思。不过我忽然醒悟过来，觉得自己要被真相压垮。我朝着地板跌坐下去。

"那封信，"我虚弱地说道，"是你写的那封信。"

"我不得不写，"库珀说道，"你那时离我越来越远了。"

确实是，当时我是如此。开通个人网页，跟杰夫住到一起，最后成为我一直想成为的那种女人。于是，库珀开车到伊利诺伊州的昆西市，用打字机打出了那封恐吓信，他知道它会让我立刻跑回他身边，而我果然也那么做了。一个在我心里隐藏多年的问题，此刻像一朵花般开放。我不敢问，但我必须问。"你还做过什么？在那天晚上以后，还干了别的坏事吗？"

"我是个好人，"库珀说道，"多数时候。"

这句话让我战栗。几个简单的词里蕴含了多少可怕的信息。

"这很难，昆西。有些时候，我差点就忍不住了。可当我想起你，我就控制住了自己，我不能冒险失去你。你让我克制住自己的行为。"

"那丽莎呢？"我问道，"她是怎么回事？"

库珀抬着头，非常后悔的样子。"这都是出于必须。"

因为她对一些事情生了疑。或许是在蒂娜过来寻求松林小屋案件的答案之后，丽莎仔细调查了一下——因为她就是那种人——擅长钻研细节。蒂娜走后，她继续调查，找到了关于森林杀人凶手的这些文章，并写过几封邮件，指出乔以他的身体可能并不足以杀死松林小屋的所有人，至少杀不死大块头罗德尼和运动员身材的克雷格。库珀是唯一足够强壮、能够战胜他们的人。

所以，丽莎在被害之前给我写了封邮件。她想要警告我提防库珀。

"你以前就认识她，是吗？"我问道，"所以她邀请你进家，给你喝红酒，完全信任你。"

"她并不信任我，"库珀说道，"至少不是那天晚上。她试图让我坦白。"

"但是她曾经信任过你。"

库珀微微点了下头。"几年以前。"

"你们是恋人吗？"

又点了下头，几乎察觉不到。

我并不意外。我又想起丽莎房间的那张照片，库珀的胳膊那么随意地搭在她肩上，这暗示着他们亲密和谐的关系。

"什么时候？"我问道。

"就在这里发生事情不久以后。我要南希介绍我们认识。我意识到自己造就了一个最后的女孩之后，我就想见见其他人。我想看看她们是不是都跟你一样坚强。"

库珀在这里说得顺理成章，仿佛这么扭曲的想法很有道理似的。仿佛我和其他人，都应当理解他那种把我们进行比较的冲动似的。

"丽莎很了不起，我会这么评价她，"他说道，"她想要做的就是帮助你，我都记不得有多少次她问我你调整得怎么样，是否需要帮助。我为她的遭遇感到难过。她对你的关心是值得敬佩的，昆西，是了不起的，跟萨曼莎不一样。"

我努力不让他看出我的震惊。我不想成全库珀。不过他还是看了出来，微微一笑，为自己感到得意。

"是的，我也见过萨曼莎·博伊德，"他说道，"真正的那个，不是这个廉价的仿品。"

他用下巴指了指蒂娜尸体的方向，撇了下嘴唇。那一刻，我以为他要朝她身上吐唾沫。我闭上眼睛，不想看到他真的这样做。

"你一直都知道她不是萨姆？"

"我知道，"库珀说道，"我一看见你俩在报纸上的照片，我就知道了。当然，她们有一点相像。不过我知道她不是真正的萨曼莎·博伊德。我不知道的是该怎么应对这个事实。"

我的思绪闪回到那天晚上，我回到家，发现他俩在一起。我想起库珀的手放在她脖子上的样子，看起来像是一种抚摸，但也可能是要把她掐死。他也曾经计划杀死蒂娜，也许就在我家的客卧。

"你为什么不告诉我？"

"我不能，"库珀说道，"如果说了，大家就都知道萨曼莎·博伊德已经死了。"

我呻吟了一下，我的悲痛已经掩藏不住了。我一直在呻吟，声音越来越大，试图盖住库珀的坦白。但是我已经听到太多，我现在知道，库珀还杀死了萨曼莎·博伊德。她也没能逃脱他的魔爪，他已经把她干掉了。

"为什么？"我哽咽着问道。

"因为她跟你不一样，昆西。她不配跟你相提并论。我坐飞机大老远跑到佛罗里达一个见鬼的小城去见她。结果我见到的却是一个软弱的废物，跟我想象中的萨曼莎·博伊德截然不同。我不相信这就是那个在汽车旅馆死里逃生的女孩。她又胆怯，又自卑，跟你一点也不一样，而且她是那么急于讨好别人。天哪，她几乎是主动对我投怀送抱。至少丽莎曾经表现出一点矜持。"

忽然，一切都涌现出来，所有的细节，像一串珠子项链一般，一个又一个串联起来，形成一个完整的圆形。

萨姆、丽莎和我。

现在，其中两个人都死了。

我是最后活着的人。

我继续哭，悲伤像一个拳头紧紧攥住我，挤出眼泪。

"她甚至都没有问起你，"库珀说道，也许这一点让她成为该死的人。"萨曼莎·博伊德，跟你同为最后的女孩，对我的裤子是那么感兴趣，甚至都没有问一声你怎么样。"

"我怎么样，库珀？"我问道，话语跟眼泪一样苦涩。"我做得好吗？"

他把枪放下，把它轻轻放回枪套。接着，他靠近过来，走到蒂娜的尸体旁边，跪在我刚才倒地的地方，用他那蓝色的眼睛径直望着我。

"你过去做得很好。"

"那现在呢？"

我颤抖着，害怕他会来碰我。我不想知道他会以哪种方式触碰我。

"你依然可以做得很好，"库珀说道，"你可以忘记一切，关于今晚，关于十年以前，你忘记过一次，就能再忘一次。"

地板上，有个东西在我的双腿间，尖锐的东西。

"要是我做不到呢？"我问道。

"你会的。我会帮你做到。"

我冒险瞥了眼下面，看见硌着我的是一把刀。跟从罗奇·鲁伊斯口袋里掉出来的是同一把刀。蒂娜过去留着它来防身，现在，她把它推向我，不知怎么回事她依然活着，用一只血糊糊的眼睛瞪着我。

她夹克的袖口露出文身，虽然是颠倒的，几个字却依稀可见：

幸存者。

"我们可以去某个地方，"库珀对我说道，"只有我们两个。我们可以开始新的生活，在一起。"

他听起来那么真诚，仿佛他相信这是真的。但是我俩都知道，这不是真的。

不过，我继续演下去。我点点头，一开始很缓慢，等库珀靠过来触碰我的脸颊，我点得更快了。

"是的，"我说道，"我愿意这样。"

我一直点头，直到库珀亲吻我。一开始是前额，然后是脸颊。当他的嘴唇碰到我的嘴唇，我克制自己不要露出恶心或者想叫想扭动的样子。我一边吻着他，一边把手放在地板上。

"昆西，"库珀轻声道，"我的宝贝，美丽的昆西。"

接着，他的手环绕着我的脖子，轻轻地捏着，努力不弄疼我。他也哭起来，他的泪混合着我的泪，然后他掐住我的咽喉。

我的手指碰到刀锋，沿着它锋利的边沿滑动。库珀继续捏我的脖子，他的手指滑过我的气管，往前推。接着，他再次亲吻我，把空气送进我肺里，但手却在把它们挤出来。他一直在哭，哽咽着说出几个字：

"昆西，宝贝，甜心，昆西。"

我的手指摸到刀柄。我用手抓住它。

我不再有呼吸了，它们都走了，但库珀还在吻我，在我唇边呢喃着道歉的话。

"对不起。"他小声说道。

我举起刀。

库珀依然在掐我，在吻我，在道歉。"我非常，非常抱歉。"

我以为库珀会抗拒一下，仿佛他的身体不是血肉组成的。可是，刀子还是很轻易就扎进了他的身侧，他惊讶得一动不动。

"昆西。"

这一个词里蕴含着震惊。我猜，除了震惊和被背叛的感觉，可能还有一点点钦佩。

他的手并没有从我的脖子上放下来，直到我抽出刀子，血从伤口冒出来，黏稠而炙热。库珀试图从我身边躲开，但我的动作太快了，刀子再次扎了进去，这次是在他的腹部正中央。

我转动着刀子，库珀的身体扭动着。大股的血和口水从他嘴里喷出来。

他把手放到我手上，试图拔出刀子。我咬紧牙关，喘息着紧紧握住刀子。库珀的手松了些，我又让刀锋最后转动了一下。

"昆西。"他又说了一遍，血从他喉咙后面涌出来。我点了一下头，确认他看见，然后他的眼睛就闭了起来。我想让他知道我不仅是一个幸存者，而且是一个他想象中的斗士。

我是他造就的，是用血、疼痛和冷酷的刀锋锻造出来的。

我他妈的是最后的女孩。

松林小屋第二次事件四个月后

蒂娜的肤色本来不是黄色，是岁月把她洗刷成这个颜色。黄色的衣服和黄色的皮肤很难区分开来。除了肤色以外，她看起来状态还不错，皮肤还是一样紧致，身体语言还是一样夸张。唯一不同的是她的头发，它更短了，黑色变成了深棕色。

"等你出来的时候会有一副不同的样子。"昆西对她说道。

"我们到时见，"蒂娜说道，"十五个月可是很长一段时间。"

她俩都知道时间可能会更短，当然也可能不会。在这种非常情况下，什么事情都有可能发生。虽然昆西对刑期的长度感到意外，蒂娜却一点也不奇怪。当你假装成另外一个人，还能被警察逮到，这是很奇特的事情。犯罪性冒充，盗窃身份，十几种不同的造假行为。对蒂娜的指控有好多种，涉及好几个不同的州，杰夫警告她可能会在监狱里待上两年。

昆西希望时间能够短一些。蒂娜已经经历得够多了，虽然她宣称自己是罪有应得。

其中一些罪名可能算是罪有应得，但大部分是为了洗刷乔的罪名。现在，他的无罪已经昭告天下，这才是她一直以来想要的。

不过，蒂娜差点连命都没了，都是因为他，那个新的昆西不愿提起名字的人。他射出的子弹距离蒂娜的左肺只有几毫米，距离她的心脏更近。失血量让医生极为担忧，不过即便如此，她还是恢复得很好，足以让她进监狱服刑。

"你知道你不用这样的，"昆西不止一次地对她说道，"把那句话说出来，我会坦白一切的。"

她环视着探视室，里面充满其他穿黄色衣服的女子和来探视的访客。临近的桌子传来低声的谈话，操着不同的口音。透过布满灰尘的窗户，昆西看见高高的防护墙边堆起的脏雪，防护墙顶上是带刺的电线。她实在不知道蒂娜怎么能够忍受这种环境，虽然有人向她保证，里面的情况没有那么糟糕。蒂娜跟她说这里让她想起布莱克肖恩。

"你坦白真相恐怕也并不能让我更快离开这里，"她说道，"而且，你是对的，是我诱使你对罗奇·鲁伊斯做那些事情的。"

差不多就在昆西最后一次把刀插进他身体的时候，罗奇也从昏迷中苏醒过来。不过，罗奇的记忆还是很模糊，损伤更多是来自他摔到地上磕破脑袋，而不是打击本身。不过他知道自己是被袭击的。出乎昆西意料的是，蒂娜把罪责揽到了自己身上，而罗奇也没有提出异议，埃尔南德斯探员也没有深究。杰夫提出民事和解，于是蒂娜目前的罪名既包括人身伤害也包括造假。

"你没有诱使我做任何事情，"昆西说道，"我的选择是我自己做出的。"

这其实是对的。是一些她无法控制的选择在不断上演。

"他们还没找到真正的萨曼莎吗？"蒂娜问道，"我已经向狱警打听过消息了。"

"没有，"昆西干脆地说道，"他们仍然在寻找她的尸体。"

一旦萨曼莎·博伊德被谋杀成为事实，佛罗里达州警方会想尽一切办法修复她的尸体。昆西过去四个月来一直在关注官方搜索沼泽、湖泊和废料堆等地方的进展。但是佛罗里达是一个大州，她能够被找到的概率很小。

昆西经过推断觉得保持现状就好。万一他们找到萨姆的尸体，就会给人感觉世界上有一个最后的女孩不在了。而现在给人的感觉是还有不止她一个。

"杰夫怎么样？"蒂娜问道，"他还好吗？"

"你跟他聊的恐怕比跟我还要多吧。"昆西说道。

"或许吧，下一次我见到他的时候，我会替你跟他问好的。"

昆西知道这也于事无补。在那个漫长而充满折磨的夜晚，她向他坦白自己所有的错误的时候，杰夫已经明确表明了自己的观点。看着他在爱和愤怒之间、同情与鄙视之间摇摆，昆西也很崩溃。有那么一刻，他不停地追问她，要她给出一个合理的理由，为什么要跟他上床。

可她给不出理由。

正因为如此，她决定他们俩最好还是分道扬镳，虽然杰夫本来可能找到一些方法来原谅她的。她觉得他们两个不合适，这一点他们一开始就应该看到的。

"这样更好，"昆西说道，"告诉他我是为他好。"

昆西是认真的。杰夫需要一个正常的伴侣。而她需要把精力聚焦到其他事情上去，比如让个人网站重新正常运行，为烘焙初学者提供指导。比如戒酒，戒药。杰夫搬出去的那一天，昆西的母亲过来探望她。她们做了很多年前就应该做的事情，交谈，哭泣，原谅。她们一起把那些蓝色的药片倒进卫生间的马桶里冲走。现在，只要昆西再有冲动想吃一片药的时候，她就会喝一小口葡萄味苏打水，来欺骗正在戒除阿普唑仑的大脑。这种方法有时候管用，有时候不管用。

"我读了你的长篇专访。"蒂娜对她说道。

"我都还没读呢,"昆西说道,"怎么样?"

"乔纳写得不错。"

松林小屋第二次事件之后,昆西接受过一次采访——乔纳·汤普森的独家专访。考虑到他曾经为了讨好她而帮助过她,这似乎是一个正确的决定。从新泽西首府特伦顿,到遥远的东京,各大主要媒体都转载了这篇文章。每个人都想知道她的消息。不过,鉴于她已经不再发声,大家都去找乔纳。他能够把大家的关注转化成更大、更好的新闻点。他从星期一的《纽约时报》开始,昆西希望他们已经为他做好准备。

"很高兴看到结果还不错。"她说道。

房间里的其他人逐渐离开,探视时间快要结束了,昆西知道自己也该走了,但是还有一个问题一直萦绕在她脑海中,驱使她问出来。

"你曾经怀疑过他是松林小屋案件的凶手吗?"

"没有,"蒂娜说道,她很清楚昆西指的是谁,"我只知道肯定不会是乔干的。"

"很抱歉,这些年来我一直把罪名加在他身上,"昆西说道,"很抱歉我给你带来这么多痛苦。"

"不用道歉。你还救过我的命呢。"

"你也救了我的命。"

她们望着彼此,没有说话,直到站在门口的警卫提示探视时间结束需要离开。昆西起身的时候,蒂娜说:"你觉得你什么时候还会回来吗?哪怕就来打个招呼?"

"我不知道。你希望我来吗?"

蒂娜耸耸肩。"我不知道。"

至少她们能够坦诚相待。从某种意义上来讲,她们一直如此,即便在说谎的时候也不例外。

"那我想我们就走走看看吧。"昆西说道。

蒂娜的嘴唇向上微微一翘，像是露出一丝笑意。"我会等着的，宝贝。"

昆西开着租来的汽车回到城里，眯着眼睛看着高速公路两侧堆起的反射着夕阳余晖的积雪。窗外闪过的景象再平淡无奇不过。长方形的大楼、教堂和停满汽车的停车场，车子上沾着白色的路盐，它们都只剩下昏暗的轮廓。不过，有一家店引起了她的注意——一个挤在比萨餐厅和周末关门的旅行社之间的小小铺面——窗户上闪烁着粉红色的霓虹灯标志——文身。

昆西不假思索地把车子开进停车场，关闭发动机，走进小店。门口的小铃铛响起，提醒她的到来。接待处的女子涂着深红色的唇膏，脖子上文着一簇粉色的星星。她的头发跟蒂娜以前的发色一样。

"需要帮忙吗？"她问道。

"是的，"昆西说道，"我想是的。"

一小时后就文完了。很疼，但是没有昆西预想的那么疼。

"喜欢吗？"粉色星星文身女孩问道。

昆西转过胳膊查看她的作品。上面的颜色还没有干，还有点痒，在手腕上显出的是深桃红色。每个字母上都带着血印，宛如标志牌上的灯光。不过，这个词还是清晰可见：幸存者。

"很好。"昆西看着文身说道。现在它变成她身体的一部分，跟那些伤疤一样将永远陪伴着她。

就在她盯着文身看的时候，文身店里的电视机突然闪出重要新闻的节目。昆西瞟了几眼，然后发现黑色的模印开始进入皮肤，不过感到更多的还是疼痛。不过，现在她的注意力又移开了，被电视上看到的新闻所吸引。

新闻导语提示，几名少年被发现死在加利福尼亚州莫德斯托的家中，总共九人被杀。

昆西从文身店冲出来，快速把车开回到城里。

一回到家，她立刻开始在各有线电视新闻网中搜索关于这个被称为莫德斯托谋杀案的案件的更多消息，得知八名被害者都是高三的学生——他们去一个同学的家中开派对，孩子的父母都外出了。另外一名死者是学校的维修工，不知为何会出现在那里，手里还拿着一把园艺大剪刀。唯一的幸存者是一个叫海莉·佩斯的18岁女孩，她在杀死杀害她朋友的凶手之后设法逃了出来。

其中一篇报道提到了昆西的名字，这一点昆西倒是毫不意外，毕竟这是松林小屋案件后发生的第一起此类案件。她的电话响了一晚上，记者的来电和短信络绎不绝。凌晨三点，她关上电视。到五点，她已经来到机场。当时针指向七点的时候，她已经在飞机上，朝着莫德斯托飞去，手腕上的文身还在跳着疼痛。

昆西等着新闻发布会召开，然后溜进医院。秃鹫般贪婪的记者纷纷聚集在医院正门口，他们光顾着关注海莉的医生和父母发布最新情况的报告，却没注意到戴着墨镜偷偷潜入医院的昆西，这副墨镜是她从机场礼品店买来的。

进到医院，她没怎么费力气就说服前台那个慈祥的大姐把海莉的病房号告诉她。

"我是她表姐，"昆西告诉她，"刚刚坐飞机从纽约赶过来，迫不及待地想要看到她。"

海莉的病房昏暗而阴沉，里面摆满鲜花，仿佛是一间教堂的避难所，海莉已经被保护在其中。

昆西进来的时候，她醒着，靠在一摞枕头上。她是个相貌普通的女孩，还算标致，但不出众。棕色的头发，匀称的小鼻子。在人群中，她是很容易被忽略的那种人。

除了那双眼睛。

它们吸引昆西走到病房里面，那双眼睛又绿又亮，像一对祖母绿宝石，闪烁着坚强和睿智的光芒，即便在深深的痛苦中，这光芒也丝毫没有削弱。昆西在这双眼睛中看见了自己，也看见了蒂娜。

"你感觉怎么样？"她一边走到病床跟前，一边问道。

"我好痛，"海莉答道，她的声音中带着疲惫、悲伤和止痛药带来的困倦，"到处都痛。"

"可以理解，"昆西说道，"但是过一段时间就会好的。"

海莉目不转睛地盯着她问道："你是谁？"

"我的名字叫昆西·卡彭特。"

"你怎么会在这里？"

昆西抓起海莉的一只手，轻轻握了一下。

"我来了，"她说道，"来教你怎么当一个最后的女孩。"

（全文终）

致　谢

写作一本书是一个独立的过程，但是出版一本书却是一项集体的工作。我很庆幸能成为这个跨越几大洲的杰出敬业的团队的一分子。

感谢我的代理人米歇尔·布劳尔，他对《幸存女孩》一书的热情，让我创下快速写作的记录；感谢切尔西·海勒，她把这本书送到世界各地的编辑手中；感谢库恩计划和扎卡里·舒斯特·哈姆斯沃思文学代理公司的每个人。我还要特别感谢佛里奥文学经营公司的黄安妮，对我朴拙的初稿提出宝贵的意见。

在达顿出版社，我必须感谢我杰出可敬的编辑玛雅·齐夫，跟他共事是一种乐趣；还要感谢玛德琳·纽奎斯特，有她确保一切进展顺利；感谢克里斯托弗·林精美的封面设计；感谢瑞秋·曼迪克对语法和拼写的矫正。我更要大力感谢我的英国出版商艾博里出版社的每位成员，尤其是我的编辑艾米丽·姚，一开始就对这本书倾注了无与伦比的热忱，还有卡尔拉·诺顿和苏菲·里托菲德，在这本书更早的版本上盖上同意的印章。你们的支持改变了这本书的命运。最后，我想要感谢在撰写《幸存女孩》那段黑暗时期里给予我情感支持的朋友和家人，尤其是莎拉·达顿。愿你的姜饼屋永远能够获得蓝丝带奖。而对于你，迈克·里维奥，我道多少声谢谢都不够。没有你无声的力量和坚定的支持，我根本不可能出版这本书。而我做到了，这一切都归功于你。